イタリア・ユダヤ人の風景

イタリア・ユダヤ人の風景

河島英昭

岩波書店

In memoria

del professore

Giacomo Debenedetti

目次

装丁　森裕昌

プロローグ

旅のはじまり

本書に登場する主な地名

ローマで知りあった、あるユダヤ人のことを、書いてみよう。小柄で、微笑みをたたえた、鳶色《とび》の瞳の老人だった。

テーヴェレ河に近い、古い街区のレストランを、切り盛りしていた。白いワイシャツに白い上衣、くすんだ色のズボンに同じ色のネクタイをしめ、小走りに、だが足音はたてずに、テーブルからテーブルへと跳びまわっていた。客に額《ひたい》を近づけながら、細ごまとその日の料理を説明してくれた。

ふとい鷲鼻と、真横に切れた薄い唇から、漠然と、ユダヤ人かもしれない、という印象を、私はいだいた。その街区には、観光客めあてに、ユダヤ料理の看板をかかげる店もあったから。しかし老人は「うちはローマ料理です」と胸を張って言った。「ただし、家内がモリーゼの出身なので、厨房に郷里の職人たちを入れているため、モリーゼの味は加わっていますが。」

たしかに、ローマ料理特有の、歯触りがよい、緑あざやかなプンタレッレを、付けあわせ野菜《コントルノ》として、初めて私が口にしたのもその店であったし、食後のケーキに、雪のように真白い美味なシャッロを堪能したのも、そこであった。

数名の給仕人《カメリエーレ》も働いていたが、時おり、老人は鋭い注意の言葉を彼らに投げかけた。それゆえ、彼をレストランの使用人頭《がしら》のように、私は思いこんでいた。ところが、文字どおり「店の主人《パドローネ》である」そう教えてくれたのは、私のテーブルに皿を運んできた、若い娘だった。いわゆるウエートレスになって働く女性はローマでは少ないから、私は彼女が老人の身内の者であり、店の手伝いをしているのであろうと思ってしまった。

「いいえ、ジョヴァンニはこの店の主人よ。あたしはここで働いているだけ」そう言って、彼女はアンジェラと名乗った。そしてつけ加えた。「ジョヴァンニはユダヤ人よ。」

久しぶりにローマに着いて、私がジョヴァンニの店へ入ってゆくと、老人は走りよってきて、テーブルを案内しながらたずねた。「いつ、ローマに着いたのか？」

「昨夜、日本から。」

私の返事を聞くと、ジョヴァンニは精一杯に料理をすすめてくれて、代金を受け取ろうとしなかった。いきおい、ローマにいるかぎり、私はジョヴァンニの店で食事をする習慣がついた。

午後も、三時ちかくになると、店内に客の姿はまばらになる。するとジョヴァンニ老人は私のテーブルの脇へ来て、「健康のもとだから」と言っては、食後《ディジェスティーヴォ》酒を注ぎながら、昔話にふけった。彼は自分がユダヤ人であることを少しも隠さなかった。そして言った。「統領《ドゥーチェ》といっしょに闘ったんだ！」

統領とは、もちろん、ムッソリーニのことである。冗談や酔ったうえでの科白《せりふ》ではなかった。それゆえ、この科白が私の頭のなかに惹き起こす混乱をかかえたまま、何年間か、断続的に、私は彼の店へ通わねばならなかった。

「また来るが、明日は日本へ発つから」そう言うと、ジョヴァンニは決して食事代を受け取らなかった。そして店の出口まで送ってきては、長い抱擁をして、老人は別れを惜しんだ。

シナゴーグ(ユダヤ教集会堂)に近い街路を歩きながら、私はあの科白を思い返していた。そして独りごちた。「それにしても、ジョヴァンニはどこで闘ったのか?」

もうひとつ、気にかかった、彼の言葉がある。それは聞き取りにくい、嗄《しわが》れた声のうえに、ローマ訛《なま》りで、自分がレストランの持主になった経緯を、縷々と物語ってくれたときのことであった。共同経営者であった友だちの寡婦に頼まれて、店を受け継いだという。「わたしは精一杯に料理を作っていた。だが、それ以上に、運がよかったから!」

考えてみると、私にはユダヤ系の知りあいはずいぶんいたが、みな、知識人だった。分類すれば、社会の上層に属する人びとだった。いわゆる民衆のユダヤ人では、ジョヴァンニ老人が初めての知りあいである。

《永遠の都》ローマにおけるユダヤ人の受難の歴史は長い。彼らがティベリーナ島周辺の、テーヴェレ河両岸に住みついたのは、当然の結果であった。古来、この河はローマと非ローマの境を流れてきたから。それに、思いきって流れに身をまかせれば、海へ逃れることもできたから。ユダヤの人びとはつねに脱出を考えながら生きてきた。

ローマに住み、ローマを描いた、ユダヤ系作家で、日本に知られているのは、アルベルト・モラーヴィア(一九〇七―九〇)であろう。一九三八年、いわゆる人種法が制定されたとき、「自分の命のなかに不条理が入りこんだ」と、モラーヴィアは回想している。彼は父方がユダヤ系であった。

ファシズム体制下で、モラーヴィアは執筆の自由を奪われていたが、一九四三年七月二五日、ムッソリーニが失脚して、バドッリオ軍事政権が成立すると、ファシズム批判の記事を発表していった。けれども、二ヵ月と経たない九月八日、連合軍との休戦協定が公表されるや、バドッリオ政府はローマを無防備都市にしたまま、南へ逃れてしまった。こうしてローマは、ドイツ軍とファシストの制圧下に、入ることになった。他方、ほぼ同時に、反ファシズム諸政党の代表からなる国民解放委員会CLNが結成され、抵抗運動が始まった。

そういう、ある朝、スペイン広場を通りかかったモラーヴィアは、顔見知りの外国人特派員から、自分が指名手配の名簿に入っていることを知らされた。逮捕されれば、ドイツへ強制連行されるという。ただちに家へ戻り、妻で同じく作家のエルサ・モランテを伴い、モラーヴィアはナーポリに向けて脱出した。

彼の小説には、しばしば、強制収容所やガス室の場面が、強迫観念となって出てくる。けれども旧ゲットー(ユダヤ人強制居住区域)での困難な状況や、ユダヤ人共同体での生活感覚が、描写される例は少ない。富裕な家庭に生まれたモラーヴィアは、むしろ有産階級に対する社会批判の意識が強く、自分の生まれ育ったブルジョアジーが住むパリオーリ地区を嫌い、そこに住もうとさえしなかった。

そのパリオーリ地区の外れに位置する日本文化会館で、初めてモラーヴィアに会ったとき、しばらく話しあったあとで、当時留学生であった私に、ローマ大学では誰の下で学んでいるのか、と彼はたずねた。

「近現代文学に関しては、デベネデッティ教授の世話になっている」と、私が答えた。

「そうか、ジャコミーノにか」と、親しげにモラーヴィアは言った。

ジャーコモ・デベネデッティ(一九〇一―六七)は、近現代文学の批評家として、最も秀れた存在である。詩人ウンガレッティの後を襲い、一九五八年からローマ大学教授となった。北イタリアに生まれたデベネデッティは、トリーノ大学を卒業して、ローマに移り、評論活動を展開していたが、ユダヤ系であったために、モラーヴィアと同様、ファシズム体制下で執筆の自由を奪われた。そして四三年九月、無防備都市ローマが、ナチ＝ファシストの制圧下に入るや、彼は北へ向かって脱出し、丘上の町コルトーナに難を逃れた。その後、トスカーナ・アペニン山地でパルチザン闘争に加わり、四四年秋、解放後のローマに戻ってきた。デベネデッティはただちに、『一九四三年一〇月一六日』と題し、ローマの旧ゲットーで起こったユダヤ人迫害の記録を著わした。この重要な小冊子が述べる惨状を、いまは書き記す余裕はない。

未明に一網打尽にされ、貨物列車で連れ去られた、一〇〇〇余名のうち、生還したユダヤ人は一〇余名だという。ジョヴァンニ老人は、そのなかに入っていたのか?

そのはずはなかった。「統領《ドゥーチェ》といっしょに闘ったんだ!」と繰り返すからには。

では、ドイツ軍に救出されたムッソリーニが、北イタリアのサロにつくった社会共和国で、統領の配下にあったのか?

そうでもなかった。

季節がめぐって、ある日、新しいプンタレッレの皿を運んできたアンジェラが、私に言った。

「知らなかったの? ジョヴァンニは、アウシュヴィッツから帰ってきたのよ。」

「……」私は言葉が返せなかった。

その日も客がまばらになり、ジョヴァンニ老人は食後酒の壜をもって、私のテーブルに話しに来た。彼は少しも隠しだてしなかった。アウシュヴィッツの経験をたずねると、「恐ろしいことだった」とだけ答えた。そしてつけ加えた。「わたしは精一杯に料理を作っていた。だが、それ以上に、運がよかったから！」

さらにたずねると、彼は答えた。「いつでも、どこにも、食べたがる人間は必ずいる。」

第1章

戦線へのピクニック

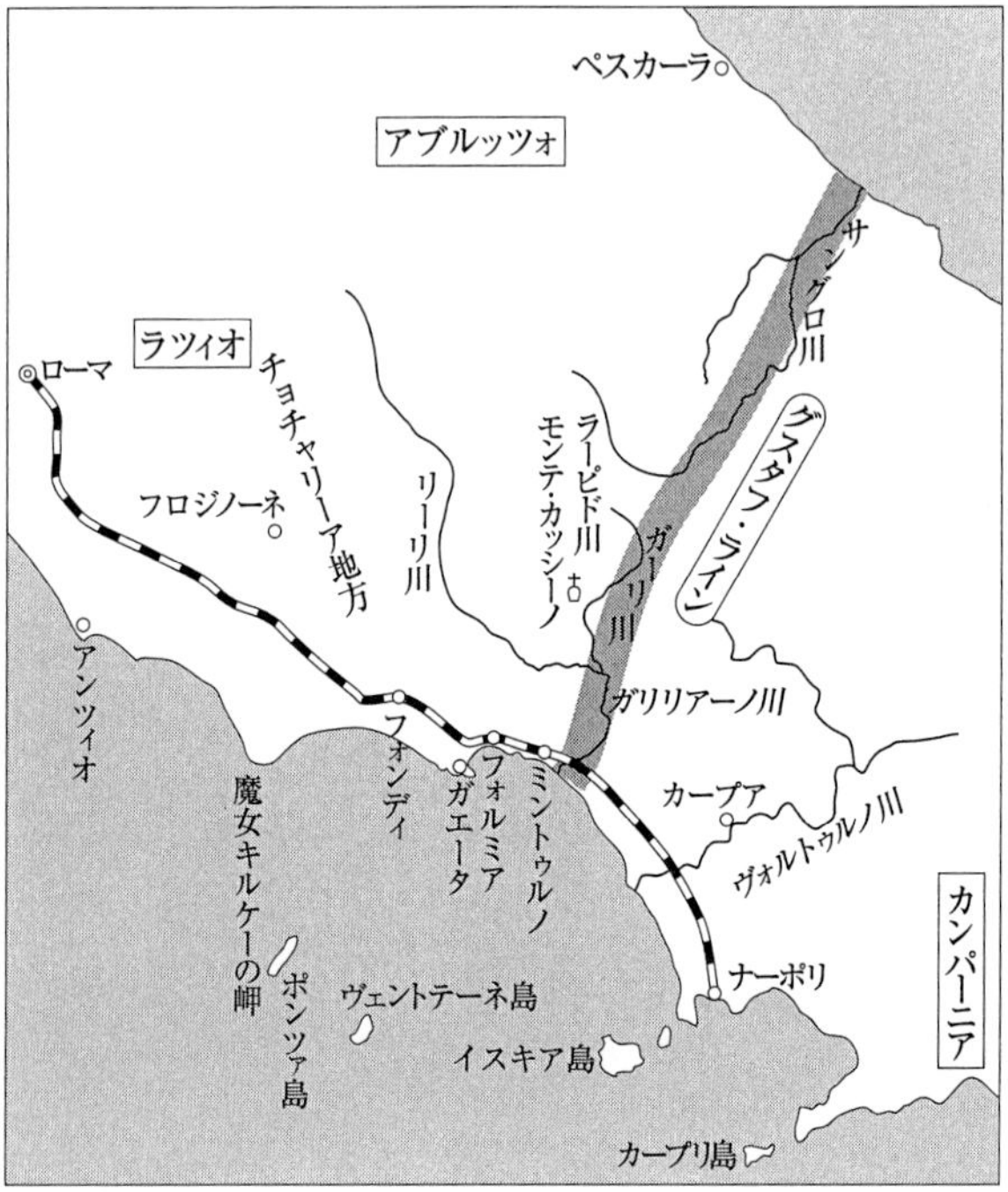

ローマ・ナーポリ間の関連地図

1　ふたりの逃避行

ローマで暮らしているあいだには、行きつけのジョヴァンニ老人の店で、食事のできない日もあった。たとえば、ヴァティカーノ博物館に籠って調べ事をしていると、時間がたつのを忘れて、食事に間にあわなくなってしまう。博物館の出入口は、やや不便な、ヴァティカーノ宮殿の北のはずれにある。そこから、シナゴーグに近い、古い街区の、ジョヴァンニ老人の店まで戻るのには、急ぎ足でも、半時間かかってしまう。

そういうときには、目の前のリソルジメント広場を横切って、コーラ・ディ・リエンツォ街の店へ入る。ごく普通のリストランテだ。一般に、この種の店は、入口が狭い。そして薄暗い奥へ、奥へと、部屋が続いてゆく。しかしこのリストランテでは、部屋がみな街路に面していて、大きなガラス窓があるので、どのテーブルも明るい。というのも、六階建て、端正な、ネオクラシック様式の、邸館の一階部分を、横に、長く、店が占有しているからだ。

作家モラーヴィアもこの店の常連であったらしく、亡くなる前の日まで、ここへ食べに来たという。清潔で上品な造りのこの店に、久しぶりに入ったとき、給仕人にモラーヴィアのことをたずねると、ひときわ明るい、窓ぎわの一角のテーブルに、案内してくれた。そして「ここが彼のいつもの席でした」と教えてくれた。

食事どきも終りかけて、人影のまばらになった店内で、私はまず生ハムとメロンの前菜を注文した。それから、スパゲッティ・アル・ラグ(日本ではミート・ソース)を食べていると、「あのモラーヴィアでさえ、いまは、もういないのだ」そういう感慨が、胸にこみあげてきた。彼の家は、この典型的なローマ料理の店から、そう遠くないところにあった。放射状街路の中心に造られたマッツィーニ広場を、斜めに横切っていけば、一五分ほどで着く。

「いちど話しに来ないか」そう誘われていた約束を果たすために、彼の家を訪ねたのは、一九六七年二月半ばのことだった。テーヴェレの河畔を見下ろす共同住宅《アパルタメント》の最上階に、モラーヴィアは住んでいた。書斎に続く広間のソファーに通された。

「イギリスの紅茶がよいか」彼は訊ねた。「中国茶がよいか、それとも日本の緑茶がよいだろうか?」

「中国茶を」と、私は答えた。当時、最盛期にあった、中国の文化大革命から、話は始まった。モラーヴィアは、英訳や仏訳を介して、日本の作家たちや文学状況のことを、かなり心得ていた。一九六〇年代のイタリア文学は、モラーヴィアとパゾリーニが中心の「前衛派《アヴァングアルディア》」と、ジュリアーニ、サングィネーティ、バレストリーニ、エーコなど若手が中心の「新前衛派《ネオアヴァングアルディア》」とが、激しく対立する、論争の季節であった。

その日の訪問については、別の機会にも書いたが、あのとき、いわば岩礁のように回避して、彼に訊ねなかったことが、いまでも私の胸のうちにわだかまっている。それは、彼の最初の妻エルサ・モランテのことだ。そのいわれを説明するために、古いメモを取り出して、写しておこう。

モラーヴィアは午前中に仕事をする習慣であったにもかかわらず、朝の一一時に来いというので、私は早起きをして、河畔の篠懸《すずかけ》の大樹を見あげながら、彼のアパルタメントの玄関をくぐった……。話が多岐にわたり、昼食どきの一時も、とうに過ぎてしまった。やがて、しびれを切らしたように、次の間のドアがひらいて、大小二匹の犬がどっと駆けこんできた。そしてそのあとに、若い女性作家ダーチャ・マライーニが、ブーツを履いて近寄ってきた。私は軽く握手を返すだけにした。

見かねたように、モラーヴィアが「彼女も作家なのだ」と言ったので、「承知している」と答えた。

国際文学賞をとったときの、マライーニの醜聞めいたものを、私は思い出していたのではない。洋の東西の作家たちについて語りあったあとで、私が現代イタリア最大の閨秀作家エルサ・モランテについて沈黙したことを、モラーヴィアはすでに意識していた。私としては二人目の妻マライーニについてのみ語る気持は毛頭なかった。

その場の雰囲気を変えるように、モラーヴィアは、卓上にあった一冊の古ぼけた本を、彼女に見せた。それは、貧しい留学生の私が、かねてから下町の古本屋の片隅に見出して、その日のために求めてきた『無関心な人びと』の初版本(一九二九年)であった。

「よく見つけたなあ」そう言って、半ば呆れた顔をしながら、モラーヴィアは懐かしげにその黄ばんだページへ指先を触れた。そのときの彼の、はるかな眼差が、私には忘れられない。彼の瞳は、ジョヴァンニ老人の目の鳶色に似ていた。ただ、老人とは違って、深い緑色が溶け込んでいた。

それにしてもモラーヴィアは、かたくなに、《ユダヤ人問題》を問題にするまいとした作家である。

《ユダヤ人問題》が話に出かかると、代りに、ファシズムを問題に持ち出した。あるいは、自分が反ファシズムの思想を展開してきたから、と逆襲するかのように主張するのだった。

その顕著な例が、一九四三年九月に、ローマを脱出したときの言い分だ。たとえば、後年になってからのことだが、あるインタビュー集のなかで、「命を落としかけたのは、どういう場合か？」という問いに対して、こう答えている。

「ドイツ軍がローマを占領したときのことだ。わたしはドイツへ強制連行される指名手配の名簿に入っていた。ユダヤ系であるためよりも、反ファシズム活動のために。いわゆる《四五日間》に、わたしは『ローマの人民』紙に寄稿していたので。」

しかし、これだけでは、判断できない。少なくとも私は、説得されない。なぜならば、同じインタビュー集の別の箇所で、モラーヴィアは父方（すなわちユダヤ系）の従兄たち、カルロとネッロのロッセッリ兄弟が、フランスの極右主義者に殺害された事件について言及し、「わたしは反抗者で、過激主義者でした。カルロ・ロッセッリの自由主義的社会主義では、わたしは物足りなかった。わたしのほうがもっと左翼だった」などと述べているからだ。

なお、スペイン内戦に加わり、明日のイタリアを思って、反ファシズムの武装闘争を唱えた青年革命家カルロ・ロッセッリや、その弟ネッロの悲劇を題材にしたつもりの、モラーヴィアの長篇『体制順応主義者』（一九五一年）は、モラーヴィア流に視点を変えた物語であるが、ベルトルッチ監督によって映画化されたので〈暗殺の森〉一九七〇年）、日本でも知っている方が多いであろう。

さらに後年になるが、モラーヴィアの時事評論集『嫌いやながらの政治参加』（一九八〇年）に、ようやく、『ローマの人民』紙に掲載された、彼の二つの文章すなわち「群衆とデマゴーグ」(一九四三年八月二五日)および「非合理主義と政治」(同年九月八日)とが収められたので、読むことができた。案の定、二つの文章の内容は――モラーヴィア自身も認めているが――さほど過激なものではなかった。

ところで、改めて記すが、《四五日間》というのは、一九四三年七月二五日にムッソリーニが失脚してバドッリオ軍事政権が成立した日から、この政府と連合軍との休戦協定が公表された九月八日までを指す。そして翌九日未明には、国王やバドッリオ将軍をはじめ、新政府の要人たちは、ローマを無防備都市にしたまま、南へ逃れてしまった。

それゆえ、少し意地悪な言い方をすれば、モラーヴィアの脱出は、バドッリオの場合と何が違うのか。そこが問題になるであろう。

同じころ、ローマには、自由を回復して隠れ家や流刑地から帰ってきた反ファシズム活動家たちが、集まってきた。同志たちと再会できた喜びのあまりに、そのうちのひとりが叫んだという。

「よし、せめて今日は、あの店へ行って食事をしよう!」

「あの店」というのは、先に述べた(一一頁)中世の革命家コーラ・ディ・リエンツォの名前にちなむ街路に近い、ローマ料理のリストランテであった。

この活動家の回想する『ローマの九月八日』によれば、国王やバドッリオ将軍が逃げ出しかけた朝に、武器を満載したトレーラー一台を手に入れて、聖ジョヴァンニ地区に配備したという。無防備都市ローマにおける、抵抗運動と武装闘争は、始まりつつあった。

モラーヴィアは、九歳のとき結核性関節炎にかかり、一〇代は闘病生活に明け暮れした。そのために、片脚が不自由になり、兵役も免れたのである。そういう彼を、ペンだけではなく、武器を執って闘わなかったことまで、私は責めるつもりはない。さらに、もしも彼がユダヤの血という内なる不条理に怯えていたとすれば、加えて、もしも妻エルサ・モランテまでユダヤの血を引いていたとすれば、彼の脱出は正当なものであった。

モラーヴィアのローマ脱出をめぐっては、彼自身がさまざまな機会に述べている。要約すれば、次のごとくになるであろう。

いわゆる《四五日間》に、ムッソリーニ失脚後の混乱のなかで永遠の都ローマがどのような結末をむかえるのか、モラーヴィアは見届けたかった。そのため自分はローマに踏み止《とど》まるのだ。そう繰り返していたわりには、しかしながら、九月八日に休戦協定が発表されたあとの、ある朝、スペイン広場で、顔見知りの外国人特派員から、自分がナチ゠ファシスト側の指名手配の名簿に入っていることを知らされるや、ただちに家へ戻り、妻エルサ・モランテとともに、連合軍側の庇護を求めて、ナーポリへ向かって脱出したという。だが、事態は、さほど簡単ではなかった。そのときの細かい事実が明らかになったのは、じつは、モラーヴィアが亡くなった後のことである。

一九九〇年九月二六日、水曜日。午前一〇時半。ボンピアーニ社の編集取締役マーリオ・アンドレオーゼは、ローマ市内テーヴェレ河畔にあるモラーヴィアのアパルタメントを訪れ、玄関のブザーを押した。フランス系の若い作家アラン・エルカンによるインタビューを集成した、待望の新刊

『モラーヴィアの生涯』の見本刷を、老作家へ届けにきたのである。

　モラーヴィアの家には、長年働いてきたポーランド人の家政婦がいる。扉を開けた彼女の顔は怯えきっていた。黙って、来客を浴室へ案内した。おそらく急の心臓発作で、浴槽の脇へ崩れ落ちたのであろう。モラーヴィアはすでに事切れていた。残された、分厚いインタビュー集を読むと、私には未知の、興味ぶかい事実が、いくつか語られていた。何よりも、時には食い下がって執拗に質問した、エルカンの手柄である。

　アラン・エルカンは、一九五〇年、ニューヨーク生まれ。もっぱらパリに住み、イタリアとのあいだを往来し、八〇年代から長短篇小説群をイタリア語で発表してきた。インタビュー集成『モラーヴィアの生涯』(一九九〇年)は、この若手作家の、いわば第七作にあたり、世評を集めた。そのなかで、モラーヴィアは語っている。一九四三年九月八日、国王やバドッリオ将軍が逃げてしまい、イタリアの軍隊が郊外へ去ったあと、二、三日のうちに、ドイツ軍とファシストたちがローマに戻ってきた。街路には黒シャツ隊がふたたびあふれた。知識人たちの姿は見えなくなった。そういう朝に、スペイン広場で、顔見知りのハンガリー人特派員に出会って、指名手配の件を知らされたのである。

　当時、モラーヴィアとモランテ夫妻は、ボルゲーゼ庭園の宮殿に近い、二部屋だけの小さなアパルタメントに住んでいた。モラーヴィアの咄嗟の思いつきで、まず、自分の作品のスウェーデン語版翻訳者である女性の家へ、ふたりで逃げこんだ。彼女の夫は、モーターボートのエンジンを輸入していたスウェーデン人実業家で、気前よく、ふたりを匿《かく》まってくれた。モラーヴィアは懐中に、銀行から引き出してきたばかりの五万リラと、缶詰をいくつか持っているだけであった。しかし、三日と経たないうちに危険を感じて、今度は、モランテの知りあいの映画監督の家に、匿まってもらった。が、ここも、三日ともたなかった。

巷間には、逮捕や捜査の噂が飛び交っていた。モラーヴィアはどこかの大使館に避難しようと考え、交渉したが、埒《らち》はあかなかった。そこで、モランテに頼んで、ピエートロ・タッキ゠ヴェントゥーリ神父に匿まってもらおうとした。このイエズス会の神父は、ファシズム政権と教皇庁のあいだを取り持ち、ラテラーノ協定を締結させ、ヴァティカーノ市国の誕生に力があった人物であり、ムッソリーニの相談役《コンシリエーレ》にもなったという。モランテの望みによって、一九四一年、復活祭の翌日、この神父の立会いのもとに、モラーヴィア夫妻は結婚したのである。

一六世紀バロック様式の典型であり、イエズス会の本拠である、ジェズ教会堂の地下に、大きな秘密の部屋がいくつもあることを、モラーヴィアは知っていた。せめてその片隅に、連合軍が北上してくるまで、ふたりを匿まってもらいたいという願いを、タッキ゠ヴェントゥーリ神父は断った。やむをえずに、ふたりはナーポリに向かう列車に乗ることにした。終着駅で切符は首尾よく手に入った。ドイツ高官の到着を待つ黒シャツ隊員でごった返すホームを、列車は後にして走りだした。

一九四三年九月半ばの、美しく晴れた、暑さが残る日のことであった。心は弾《はず》みかけた。だが、モラーヴィアは、いくつかの誤算をしてしまっていた。

ローマからナーポリに向かう沿線の光景を思い出しておこう。

作家モラーヴィアとモランテ夫妻を乗せた列車は、ファシストの黒シャツ隊員がひしめく終着駅を離れて、首尾よく走り始めた。南へ向かう汽車は、永遠の都を後にすると、古代水道の遺跡に沿って進んでゆく。長く続くそのアーチも、やがて、郊外の田園風景の彼方へと消えてゆき、波打つ丘の連なりが迫ってくる。列車は行く手に立ちはだかる、それらの山塊を避けて、進路を右へ傾け、ゆるやかに斜面をくだりながら、見えない海岸線へ近づいてゆく。いくつかの街道と交差し、いくつかの小さな駅を過ぎるが、線路の左右に人家はまばらである。そして古代から変らぬ、山野の光景が、繰り広げられてゆくであろう。

はるかな右手の、視界の果てに続く海は、神話の時代と同じ波を、白く浜辺へ打ち寄せている。そして鉄道よりも海側の、古い石畳の道筋をたどるならば、旅人はそれが古代アッピア街道の名残りであることを、ところどころで、思い出すにちがいない。そしてまた青い海原へ突き出してゆく、その青よりも青い空の下の断崖が、伝説の魔女キルケーの岬であったり、さらに南へくだれば、古代の英雄アイネイアースの乳母の名にちなむ港町、ガエータが見えてくる。

長いトンネルを抜けて、眼前にガエータ湾の広がる町の駅が、フォルミアだ。紀元前四三年、虚しく船の着くのを待ったキケローは、この浜辺で、追手に殺害された。ローマからフォルミアまでは一四〇キロ。この町を過ぎれば、すぐに古代ミントゥルノの遺跡があって、大きな川が流れている。ガリリアーノ川だ。古くから渡し場のあった町ミントゥルノまでがラツィオ地方。そして対岸はカンパーニア地方になる。現在でもガリリアーノ川は二つの州の境界を流れる。

ローマの終着駅で、モラーヴィアはナーポリまでの切符を二枚求めた。すると出札係は「ナーポリにはイギリス軍がいるから」と言って、フォルミアまでの切符をくれたという。いったいモラーヴィアは、ミントゥルノの渡しを、どうやって越えようとしていたのであろうか？　追手を気にしながら、フォルミアで船待ちをしなければならなかった、キケローの苦しみを、わが身に重ねあわせて、思い出さなかったのであろうか？

一九四三年九月といえば、モラーヴィアは二ヵ月後に三五歳――ダンテがいう「人生の半ば」――を迎えるときであり、モランテは満三一歳になったところであった。その年の七月一〇日、シチリア島に上陸した連合軍は、北上を続けて、いまや、ナーポリ南方のサレルノ市街を砲撃しつつあった。モラーヴィアは、たぶん、たやすくナーポリ市内に入れるものと思いこんでいた。そして連絡船に乗り、すぐに沖合いのカープリ島へ行こう、と考えていたにちがいない。

モラーヴィアがモランテと親しい仲になったのは、一九三七年のことであった。モランテはローマのコルソ街に住み、しきりに短篇小説を雑誌に発表し、カフカの作品世界に浸りきっていたという。その事実は、はるか後年になるが、没後に出版されたモランテの『日記――一九三八年』（一九八九年）によって明らかになった。

ともあれ、三八年に、ユダヤ人迫害の人種法が定められたとき、また四〇年に、ヒトラーの圧力によってイタリアが参戦したときにも、モラーヴィアとモランテは、難を避けるようにして、カープリ島へ居を移した。さらにまた四一年に、イエズス会士タッキ＝ヴェントゥーリ神父の立会いの下で正式に結婚した直後にも、半年ほど、ふたりはカープリ島に住んだ。要するに、モラーヴィアとモランテにとって、ナーポリ湾上に浮かぶこの島は、ふたりが隠棲するためには恰好の楽園であった。

ここで、二つのことを、断っておきたい。ひとつは、エルサ・モランテがユダヤ系であると明確に記した文献は、久しく見当たらなかった。が、彼女の暗い作品に、ユダヤの血の影は濃く読み取れた。たとえば、初期の短篇「灯明を盗む人」(一九三五年)の舞台になった「神殿」は、キリスト教のものでも、廃墟になったギリシア神殿のはずもない。そこには太古から承け継がれてきた、生き残った者たちの教えと血の、小さな炎が、ゆらめいていたから。あるいは、短篇「眼鏡の男」(一九三六年)を読んでみればよい。ローマの週刊誌の書評欄で、いち早くこれを取りあげた批評家デベネデッティは、この未知の女性作家の小品のうちに、抜きさしならぬ彼女の生き方の翳《かげ》りと、カフカの影響とを、看て取ったのである。

モラーヴィアによれば、モランテは果てしない嘘つきであったという。彼女が自分の生い立ちを素直に書くことなど、あろうはずがなかった。最初の例は『等身大の作家たちの肖像』(一九六〇年)のなかに認められる。これは当時イタリアで活躍中の、三〇〇名ちかい作家たちへ、出版社が自己紹介文を依頼し、写真(もしくは肖像画)と著作文献を付け加えた、一種の文学事典である。巻末には作家たちの住所まで記されていた。そのなかで、モランテは三人称形で、以下のように自分の生い立ちのことを答えている。「第一次世界大戦の終りごろ、ローマに生まれた。母親は北の出身、父親はシチリアの出であった……。」

これに基づいたためか、アカデミックな研究論文まで、彼女の生まれを一九一八年と記してきた(正しくは、すでに記したごとく、モラーヴィアより四歳下の一九一二年生まれ)。母親はエミーリア地方モーデナ市の出身で、この母方がユダヤ系であった。ただし、そう書かれるようになったのは、モランテ没後のことである。

断っておきたい二つめは、モラーヴィアとモランテの、いうなれば、関係性である。一九三七年から四七年へかけての一〇年間は、第二次世界大戦を含む、困難な時期であった。とりわけその半ばを、ユダヤ人迫害の影に怯えながら、ふたりはカープリ島に隠れ住んだのである。しかしながら、それは若い男女の恋の逃避行などからは程遠かった。愛しあう関係にあった以上に、ふたりは詰《なじ》りあう仲にあった。いや、詰りあうというだけでは足りないだろう。詰問しあう関係にあった。その根底には、《ユダヤ人問題》があった、と私は考えている。

先に指摘したように、モラーヴィアはかたくなに《ユダヤ人問題》を問題にするまいとした作家である。彼にとってそれは問題にしても仕方のない主題であった。それに引き換え、モランテにとってそれは自分から引き離せない問題であった。彼女にとって生きるとは《ユダヤ人問題》を生きることを意味していたから。ふたりは、それゆえ、根底の問題を掘り起こさずに、互いに絡みあう枝葉を毟《むし》りつつ、互いを傷つけあっていた。カープリ島を舞台にして、詰《なじ》りあう若い男女の生活を描いたモラーヴィアの中篇小説に「苦い蜜月旅行」というのがある。時間を戦争直後に移し、問題を《ユダヤ人》から《共産党員》に変えているが、男女の心の隔たりは巧みに描かれている。

ところで、話を元へ戻して、一九四三年九月半ば、ナーポリに向かう列車のなかのモラーヴィアとモランテに、立ち返ってみよう。ユダヤの血を引く男女の作家は、ナチ＝ファシストに制圧されたローマを脱出できたことに安堵して、近づきつつあるカープリ島での生活に期待をふくらませていた。いがみあいながらも、カープリでの毎日は、ピクニックの連続であったから。

こうして半ば心を弾ませながら、終着駅から一〇〇キロほど走ったとき、山間の平地で、汽車が止った。フォルミアまでは、その先の長いトンネルを抜け出なければならない。見まわすと、列車は、人影のない小さな駅に停まっている。駅員が近づいてきて言った。

「降りてください。」

「なぜ、降りなければいけないのか？」

「この先にレールがないからです。」

「なぜ、レールがないのか？」

「爆撃ですよ、きまっているじゃありませんか！」

駅前の広場に立つと、頭上から美しい太陽が照りつけてきた。周囲に人家はない。聞こえるのはただ蟬の鳴き声だけであった。山裾へ向かって二キロほど、埃《ほこり》の道を歩いてゆくと、アッピア街道沿いの小さな町に着く。フォンディだ。

町はがらんとして、家々の戸口は固く閉ざされていた。住民はみな逃げ出して、犬一匹いなかった。戦争は目の前に迫っていたのである。しかし、町民たちは逃げ去っても、農民は残っているにちがいなかった。そう考えて、モラーヴィアは山あいの農家の門を叩いた。都会から逃れてきた難民のふりをしたのである。農民たちは親切にふたりを迎え入れてくれた。

けれども、モラーヴィアの誤算はまだ続いていた。彼の予想では、連合軍がナーポリから北上してローマへ達するまでは、一〇日ぐらい、のはずであった。一九四三年九月の末、ナーポリ市民は、四日にわたる果敢な闘争によって、自力解放をなしとげた。ドイツ軍はガリリアーノ川の北岸まで退き、主な橋を落として、連合軍の北上を阻止するための態勢を整えた。いわゆるグスタフ戦線《ライン》である。

本章扉裏の地図を見ていただきたい。この防衛戦線は三つの流れの谷間に沿って敷かれた。第一はガリリアーノ川。名前の由来(ガーリ川とリーリ川)どおり、この川の上流は二つに分岐する。北上してカッシーノの町を洗う狭い流れが、ガーリ川。この流れがさらに北上して、山奥へ遡ってゆく急流を、ラーピド川と呼ぶ。これが第二の川。そして、半島の斜面の反対側、アドリア海に臨むペスカーラ市の、南方三〇キロほどに河口をもち、山脈の東面を遡って、第二の川ラーピドの源流近い山塊にまで入りこんでくる屈曲した流れが、第三のサングロ川。

すなわち、ドイツ軍はガリリアーノ、ラーピド、サングロという、三つの流れの谷間を結んで、天険を利用した強力なグスタフ戦線を敷いたのである。しかも、この防衛戦線の焦点をなす要害の山頂(標高五一六メートル)に、聖ベネディクトゥスの開いた(五二九年)大修道院モンテ・カッシーノがそびえていた。

結局、モラーヴィアとモランテ夫妻は、グスタフ戦線の北側、つまり、ドイツ陣営の最前線に入りこみ、ほぼ九ヵ月間、身動きならなくなってしまったのである。いや、激戦が始まるまえに、まず飢えや寒さと戦わねばならなかった。

飢えは、貧しい農民たちとともに、一日一回の粗食に耐えればよかった。しかし、衣服は頒《わ》けてもらえる余分がない。戦場の常《つね》ではあるが、ドイツ軍は掃討作戦と称して、強制労働のための人員を集めた。付近に男の姿はほとんど認められなかったが、残ったわずかな男たちとともに、モラーヴィアはドイツ兵たちが登って来られない岩山の上まで、しばしば逃れた。

標高は一〇〇〇メートルに近く、すでに一〇月も半ばを過ぎていた。思いきって、冬服を取りにローマへ行ってくる、と言ったのはモランテだ。これを、彼女の勇気ある行為とか、彼女の寛大な心の表明である、とモラーヴィアは最晩年のエルカンのインタビュー集のなかでまで、説明している。

たしかに、モランテは危険を冒してローマに戻り、モラーヴィアの冬服まで持ち帰ってきた。モラーヴィアの考えでは、反ファシズムの作家でないモランテは、必ずしもローマを逃げ出さなくてもよかったはずだという。それなのに彼女は、モラーヴィアの身を案じて、不便で危険な生活をともにしてくれていた。

しかしながら、こういうモラーヴィアの説明は、納得しがたい。逆に、彼が最後まで、作家モランテに対する無理解を示した言葉のように、私には思えてならない。

先にも少し触れた『等身大の作家たちの肖像』のなかで、モランテは自分の生い立ちを、三人称形で、つぎのように書いている。「彼女の文学活動は非常に幼いときから始まった。一五歳までは、詩と童話ばかり書いていた(中略)。一五歳から後は——童話を書くのは完全に止め、作詩もほとんど止めて——長短篇小説に専念してきた。彼女の作品に理解を示した最初の批評家は、ジャーコモ・デベネデッティであった。これは、女性作家としての彼女の生涯のなかで、最も大切な思い出のひとつである。」

モランテは一九四一年に短篇集『秘密の遊び』を出版した。そのなかに「祖母」という秀れた作品が収められている。たぶん、この短篇の主題を発展させようとしたのであろう。四三年、すなわちローマ脱出の当時、彼女は『祖母の生涯』(後に題名を変更)という長篇を書きかけていた。

モランテはその第一次原稿を――厖大な量のものであったはずである――ローマ脱出のさいに、それまで匿《かくま》ってもらっていた、知りあいの映画監督の家へ預けてきた。モラーヴィア自身も語っているが、モランテは預けてきた長篇の原稿が心配でならなかったという。じつは、彼女がローマへ行く、と言いだしたのは、その原稿を持ち帰ってくるためであり、冬服を取ってくるというのは口実にすぎなかった。少なくとも私は、そう考えている。

モラーヴィアのほうは、しかしながら、最晩年のエルカンとのインタビュー集のなかでも、次のように語っている。

ともあれ、彼女は谷間を降りて、駅へ行き、汽車に乗った。すでに田舎の生活にすっかり慣れていたので、彼女はローマに着いて街路を歩くときにも、電車に乗るときにも、山道で使う杖を手放さなかった。自然木の枝でわたしが作ってやった粗野なものであったが。人びとは彼女を見て、声をひそめて言ったという。「まあ、気の毒に。可愛い顔立ちをしながら、気がふれたのね。」彼女は家へ帰って、冬物をカバンに詰め、フォンディに戻ってきた。ドイツ兵が手伝って、カバンを運んでくれた。自分は原稿を抱えて、ほっとした様子で帰ってきた。しかしローマのことは、ローマの情勢については、何も言わなかった。彼女にとって大切だったのは、わたしの身と、書きかけの原稿のことだけだった。

モラーヴィアの考えは、私と異なる。モランテが言わなかったこと――それこそは重大であった。彼女が見たこと、もしくは聞いたこと――それは《ローマの惨劇》であったにちがいない。

そして戦線へ戻ってきたモランテと、モラーヴィアのまわりにも、ほどなく砲火が炸裂して、山上の大修道院には、史上まれにみる凄惨な光景が、展開するのであった。

2　一九四三年一〇月一六日

《永遠の都》ローマの中心に位置してきたのは、古来、カンピドッリオの丘である。巨大な円形闘技場《コロッセーオ》や古代公共広場《フォーロ》の廃墟がひろがる南東側からではなく、反対の近代の側から、この丘へ登ってみよう。

正面に時計塔をそびえたたせる元老院《セナトーリオ》宮殿（現ローマ市庁舎）。それを基軸に左右に向かいあって建つ宮殿（双方とも世界最古の美術館）。前面の優美な広場。そこまで、ゆるやかに登ってゆく傾斜路《コルドナータ》。こういう調和の総体を設計したのは、ミケランジェロ・ブオナッローティ（一四七五—一五六四）である。共和主義者ミケランジェロは、フィレンツェに共和政体が崩壊し、メーディチ家の君主政体が復権するや、祖国を亡命する覚悟を決めて、ローマへ移り住んだ。すでに老齢に達していたから、まさに晩年を、この大芸術家は《永遠の都》の再生のために尽くしたのである。

傾斜路を登りきって、元老院宮殿まえの広場に立ち、振り返ると、テーヴェレ河湾曲《アンサ》部の低地帯にひろがるローマの街並が見えるであろう。それらを眺めながら、北西の斜面にそって、カンピドッリオの丘をひとまわりしても、三〇分とかからない。

切り立つ断崖の上から見下ろせば、必要以上に幅の広い道路があり、自動車の洪水が流れている。ファシズムの独裁者は、それまで丘の麓に建てこんでいた、中世以来の古い家屋や、古代神殿の廃墟を取り去って、軍用道路を造ろうとした。その名残りが、現在では、車輛洪水の幅広い道になっている。

道の対岸には、古い家並とともに、アポッロ・ソシアーヌス神殿の三本隅柱（前四三三—三二年）が建っている。また、古代・中世・近代と建て替えられながら、現在も住居として使われているマルチェッロ劇場（古代マルケッルス劇場、前一三年ごろ完成）の跡が見える。半円形三層の遺構だが、円形闘技場《コロッセーオ》に似た側壁の曲線ゆえ、すぐに目につくであろう。その曲線にそって、右手の奥へ、視線を伸ばしてゆけば、三本隅柱の上のあたりに、方形の建物の尖頂部が見える。それがシナゴーグである。たとえば傾斜路《コルドナータ》の下から、そこまで歩いていっても、四〇〇メートルあるかないかだ。すぐにテーヴェレの河畔へ出て、目の前の流れのなかに古代からの島が見える。

《永遠の都》ローマにおけるユダヤ人の受難の歴史は長い。彼らがティベリーナ島周辺の、テーヴェレ河両岸に住みついたのは、当然の結果であった。古来、この河はローマと非ローマの境を流れてきたから。そしてユダヤの人びとはつねに脱出を考えながら生きてきたから。カトリック教会国家の下で、長年にわたり、居住の制限と差別を加えられてきた、ローマのゲットーにおいて、周壁や関門が最終的に取り払われたのは、結局、一八七〇年九月二〇日、統一イタリア王国の軍隊が、首都ローマへ入城したときのことである。

ゲットーの建物は、その後、多くが取り壊され、跡地の一角に、新しいシナゴーグが建造された（一八九九—一九〇四年）。そして現在のような街区になったのである。たしかに、旧ゲットーは姿を消した。けれども、ユダヤの人びとはその街区にひっそりと住みつづけて、より強固な信仰の拠り所となったシナゴーグを中心に、共同体をつくってきたのである。

二〇世紀を通して、イタリア人一般がユダヤの人びとに対して差別意識を持つことは少なかった。むしろ、彼らに同情的であった、と言ってよいであろう。それゆえ、「この本質的に親切な国民にとってナチの野獣性を真似ることは不可能だった」(ロス『ユダヤ人の歴史』みすず書房、一九六八年)。こういう見解は、いかにもイタリアの実情を言い当てている。

しかし、ヒトラーに迎合せざるをえなくなったムッソリーニは、一九三七年から三八年へかけて、一連の人種差別政策を打ちだした。実際の適用は、あくまでも緩慢なものではあったが。また、この人種法にはいくつかの例外規定が設けられてあり、たとえばモラーヴィアはそれらを当てにしていたからこそ、いつまでもローマに残ろうとしたのではないか。

ともあれ、すでに述べたごとく、一九四三年七月二五日、ムッソリーニが失脚して、バドッリオ軍事政権が成立した日から、この新政府と連合軍との休戦協定が公表された九月八日までの、いわゆる《四五日間》に、事態は急変していった。そして九月九日未明には、国王やバドッリオ将軍をはじめ、新政府の要人たちが、ローマを無防備都市にしたまま、安全な南へ逃げだしてしまったのである。入れ違いに、ドイツ軍がローマを制圧した。その時点から、ユダヤ人にとって、もはや身の安全は保証されなくなったはずである。

事実、もっぱら宗教関係者たちの組織によって、ユダヤ人に救援の手が差しのべられ、多数の人びとが身を隠した。やや遅れたとはいえ、モラーヴィアとモランテ夫妻が(ふたりとも片親がユダヤ系であった)、汽車でナーポリへ向けて脱出したのは、当然の成行きだったのである。夫妻にとって共通の知りあいであり、秀れた批評家であり、しかもみずから「一〇〇パーセントユダヤ系」と名乗るデベネデッティは、家族を連れて、九月一二日には、北へ向かってローマを脱出したらしい。

しかしながら、誰もが身を隠す手だてを持っていたり、ローマを脱出できたわけではない。とりわけ、旧ゲットーの街区に住む貧しい人びとは、シナゴーグに集まって、ひたすら祈るしかなかったであろう。とくに金曜日の宵は、翌日が安息日であるがゆえに、深い祈りをささげる習慣を守ってきた。ところが、一九四三年一〇月一五日、金曜日。その宵には、いつもと異なる事態が生じた。黒い服の女がひとり、髪をふり乱して、衣服も泥に汚したまま、小雨のなかを駆けこんできたのである。ゆがんだ口もとから発せられる、かわいた声は、言葉にならなかった。河向こうのトラステーヴェレ地区から、息も絶えだえに、走りつづけてきたのだった。

少しまえのこと彼女は、半端な仕事を分けてもらっていたある奥さまの家で、ひとりの婦人に出会った。その婦人の夫は憲兵隊員であった。彼は知りあいのドイツ兵から、一枚の《名簿《リスト》》を見せられたという。そこにはユダヤ人二〇〇家族の家長の名前が記してあった。それら二〇〇家族の全員が、強制収容の対象になっているという。

先に記したごとく、ローマの旧ゲットーは、一九世紀末に、ほとんど取り壊されてしまった。それゆえ、往時の周壁や、日没とともに閉ざされた鉄柵の関門などは、いまでは見当たらない。それればかりか、建築家デッラ・ポルタの美しい噴水に飾られたユダヤ広場さえ、いまでは見出せない。

かつて、一九六六年から六七年へかけて、ローマ大学の留学生であったころ、私は旧ゲットーの街並が残存しているにちがいない、と勝手な見当をつけて、亀の噴水があるマッテーイ広場付近の屈曲した街路に、ゲットーの気配をとどめる下宿部屋を探したが、虚しかった。その顚末は、別のところ(『ローマ散策』岩波新書、その他)に書いたことがあるので、いまは繰り返さない。やがて判明したのだが、そのときに歩きまわった狭い街路こそは、まさに《ローマの惨劇》の舞台であった。

旧ゲットーのユダヤ人たちは、二〇世紀になってからも、昔ながらの日没閉門の習慣を守っていたらしい。比較的早い時刻に眠りにつき、夜中に外を出歩く者は少なかったという。したがって、いま問題にしている、一九四三年一〇月一五日、金曜日。その宵も、安息日を翌日に控えて、人びとは落着いた夜を迎えようとしていた。そこへ、髪をふり乱して、黒い服の女が危険を告げにやってきたのだった。情報はすぐに共同体の全員に伝わった。彼女の名前はチェレステ。河向こうのトラステーヴェレ地区に住んではいたが、ユダヤ人街区にも血縁の者がいた。共同体の人びとは彼女のことをよく知っていた。おしゃべりで、大袈裟で、とんでもない噂をまきちらす女。彼女の話しぶりを見ただけでも、それはわかった。

「信じておくれ! 逃げるんだよ、みんな、本当の話なのだから!」そう哀願すればするほど、集まってきたユダヤ人たちは彼女の訴えに取りあわなかった。「わたしがまともな奥さまでないから、こんな襤褸《ぼろ》をまとっているから、一リラもお金を持っていないから、わたしの話を信じないのだね……」チェレステは悔し涙を浮かべながら、叫びつづけた。だが、半狂乱の彼女の言い分は、結局、相手にされなかった。街区の人びとの側にも無理からぬ言い分があったのである。後になってみれば、そこに、あまりにも不幸な、偶然めいた一致が、働いていた。

《ローマの惨劇》の核心に入るまえに、不幸な予兆ともいうべき、その偶然めいた一致について、どうしても述べておかねばならない。

およそ二〇日ほどまえのことであった。一九四三年九月二六日、ユダヤ人ローマ共同体《コムニタ》の長であるウーゴ・フォーアとユダヤ人イタリア共同体連合《ウニオーネ》の長であるダンテ・アルマンシは、突然、ローマのドイツ軍SS（親衛隊）隊長ヘルベルト・カプラーに呼びだされて、ユダヤ人二〇〇名を人質として差し出すよう脅迫された。

夕刻六時、ドイツ大使館においてのことである。SS隊長カプラーは口調だけが丁重であった。あいだに立ったのは、警察担当官のカッパ氏である。カプラーは、ときおり世間話をまじえながら、ローマのユダヤ人が二重の意味で有罪であることを、ふたりのユダヤ人指導者に通告したという。すなわち、ローマのユダヤ人はいまやドイツを裏切ったイタリア国民であるがゆえに有罪であり、さらにドイツの永遠の敵である人種に属するがゆえに有罪である、と。

それゆえ、ドイツ帝国はローマのユダヤ人に対して、金塊五〇キロを、来たる二八日、火曜日の、午前一一時までに、提出するよう宣告する。さもなければ、ユダヤ人二〇〇名をドイツへ送って皆殺しにするであろう、と。

残された時間は、事実上、一日半しかなかった。その間に、金塊五〇キロ分を集めなければならない。それは至難のわざである、とふたりの指導者が述べた。すると、ふたりの声を打ち消すように、カプラーは言い返した。仕事をやりやすくするために、自動車や人員は配備してやろう。

もはや断わるすべもなかった。ふたりの指導者は、少しでも時間の猶予を認めてくれるように乞いながら、イタリア通貨のリラによる支払いも可能か、とたずねた。

「イタリアのリラはいらない。必要があれば、ドイツ帝国はリラなどいくらでも刷れるから」カプラーはせせら笑って答えた。

すぐに、ふたりは事態をイタリアの警察に報告した。が、応答はなかった。重ねて報告書を提出したり、出向いたり、電話で催促をしたが、返答は来なかった。

刻々と時間が進んでゆくなかで、その晩も、翌朝も、共同体の大多数が集まって、協議を重ねた。事態の解決はほとんど不可能に近かったので、集まった人びとの心は暗くなるばかりであった。

しかし、なかには、積極的に事態の打開をはかろうとする人物たちがいて、みなが協議しているあいだにも、黄金を集めるための指示は出された。噂はすでにユダヤ人のあいだを駆けめぐっていた。初めのうちは、当惑のあまり、黄金の提供を申し出る者は少なかった。が、不足した場合には、ユダヤ人のために一五キロを提供する、という公式見解が、教皇庁から示された。事態は好転していった。というよりは、いまや、ナチ側のあまりの横暴さに、ユダヤ人へのローマ市民の同情が集まってきたのだった。「アーリア人」のなかからも、金細工品の提供を申し出る者たちが出てきた。ただし、後に災いが及ぶことを恐れて、名前を明らかにはしなかったが。

黄金の集積場所が共同体事務所の一角に設けられた。これを聞きつけて、警察当局も見張り番を立たせた。受付の机には、共同体の役員がすわり、その隣りに、提供された黄金の純度を調べる専門家と、それを計量する者とが控えた。現金の提供は対象外である、そう告示したにもかかわらず、寄付金があとを絶たなかった。

九月二八日、火曜日。約束の午前一一時がくるまえに、供出された黄金は必要な量に達した。その他に、現金二〇〇万リラほどが集まった。現金のほうは、非常時の蓄えにするため、共同体の金庫に保管された。

部屋には厳重に鍵がかけられ、公安当局が見張りに立った。関係者たちの見守るなかで、ドイツ大使館へ電話がかけられ、念のために、なお数時間の猶予を求めた。最終的な約束の時間が、夕刻六時と決まった。テーヴェレ河対岸にあるサンツィオ通りに、三台の自動車が用意された。共同体の指導者ふたり、貴金属の専門家ふたり、それに警備の要員たちが乗り込み、警察担当官カッパ氏の先導で、ヴィッラ・ウォルコンスキーに向かった。

カプラーは顔も出さなかった。控えの間にいた女性秘書官の指示で、ユダヤ人二〇〇名の身代金は、タッソ街へ届けるように、告げられた。ナチ秘密警察本部が置かれて、後に悪名を轟かせることになった、この弾圧機構の所在が公にされたのは、そのときが最初であったといわれる。

応対に出た人物は、シュルツ大尉と名乗った。ドイツの貴金属鑑定人と計量人とが、脇に控えていた。運び込まれた黄金は一〇箱。各五キロ。数値は間違いようがなかった。にもかかわらず、秘密警察大尉シュルツは、難癖につぐ難癖をつけた。計り直してから、初めは、純金の量が五キロ足りない、と言った。が、しまいには、数十グラム多い、と言い張った。「それゆえ、受領証は出せない。」

二時間以上の押し問答の挙句に、ユダヤ人指導者たちは、悄然と、うなだれて帰ってきた。待っていた共同体のユダヤ人たちも、疲労困憊して、その夜は重い眠りについた。

そのころ、すでに、ドイツ側の筋書はできあがっていたにちがいない。なぜならば、明けて、九月二九日、水曜日。その朝、ナチSS部隊が共同体へ押し入ってきて、あらゆる記録や文書類を運び去ったから。当然のことながら、貴金属類の残りや、現金二〇〇万リラも、持ち去った。いまは記さないが、その後にも、断続的に、いくつかの事件が起きた。そうするうちに二度の安息日が過ぎ、三度目を明日に控えて、一〇月一五日の金曜日がめぐってきた。

ドイツ軍が、バドッリオ政権と入れ違いに、無防備都市ローマを制圧して以来、すでに一ヵ月あまり、街路に銃声の聞こえぬ夜はなかった。それにしても、その夜の騒音は異常であった。小雨の降る闇のなかを軍用車が走りまわって、銃声が轟き、鋭い警告の叫び声が響きわたった。ユダヤ人街区の周辺に、夜更けまで、不穏な物音がつづいた。

人びとは眠れぬままに夜明けの白むのを待った。が、ともあれ、約束の身代金を調達できたことに安堵していたので、いまは災いの通り過ぎるのを、ひたすら祈っていた。そして宵闇のなかを、河向こうから、髪をふり乱して駆けつけてきた、あの狂った女の、狂った情報のことなど、思いだす者はひとりもいなかった。

一九四三年一〇月一六日、土曜日。運命の朝。まだ暗いうちから、異常な気配に気づいた者は、何人かいた。

時刻をめぐる彼らの証言は必ずしも一致しなかった。だが、気づいた時刻が早ければ早いほど、死の罠を逃れることができた。一瞬の判断と機転とが、人間の生死の境を分けるのは、いつの世であれ、どこの土地であれ、同じであろう。

夜明けまえの薄暗がりのなかに、ひしめく兵隊の影を認めて、「マモンニ！」と叫び声をあげたのは、レティツィアという名前の中年の女性であった。ローマのユダヤ人たちのあいだで「警官」や「兵隊」を意味するこの言葉「マモンニ！」が、旧ゲットーの街路から街路へ伝わるよりも早く、ドイツ兵の重い靴音は街角から街角へ響きわたって、非常線が張りめぐらされた。

同じころ、旧ゲットーの街区を取り囲みだした、ドイツ軍SSの存在に、気づいた者がいる。古代オッターヴィア柱廊の近くで、小さなコーヒー店を開いていたアーリア人である。彼の家はテーヴェレ河下流のテスタッチョにあった。そこから、夜明けまえに、店へ出勤してきたのである。道順からいって、ティベリーナ島東側のモンテ・サヴェッロ広場を通り、古代柱廊の近くの店へ着いたのだが、そのときには、まだ何の気配もなかった。そして五時半ころ、店を開けかけると、外で軍靴《ぐんか》の音がした。隙間から覗くと、ドイツ兵の隊列が見えた。ざっと一〇〇名はいた。通りかかる市民は稀であり、いずれも怪訝そうに見守っていた。

ここで、美しく、かつ奇抜な、亀の噴水があるマッテーイ広場に、立ってみよう。そこから折れ曲って南へ向かう聖《サント》アンブロージョ街の、戸口のひとつに立ってみる。階段を登った一軒に、ラウリーナ・S夫人は住んでいた。彼女は奇《く》しくも運命の朝を生き延びたひとりである。

まだ明けきらない五時ごろ、S夫人は街路から呼ぶ姪の声に気づいた。「叔母さん、叔母さん、降りてきて！　ドイツ兵がみなを連れていくのよ！」

姪はS夫人の家とは背中あわせのレジネッラ街に住んでいたが、少しまえに家を出た。そして子供六人を含む近所の一家が連れ去られるのを目撃したのだった。

狭い街路を見下ろすと、S夫人の階下の入口にも、二名のドイツ兵が銃を構えて立っていた。ここで断わっておかねばならない。そのように緊迫した状況下で、どうして姪が、街路から叔母の家へ、大声で危険を告げられたのであろうか？

じつは、ドイツ兵が通行人を襲ったことはほとんどない。戸外にいた人間で捕まったのは、よほどの場合だけである。さらにまた、断わっておかねばならない。悲劇が声もたてられないほど厳《いか》めしく粛然《しゅくぜん》とした状態のうちに展開したとはかぎらない。人びとが互いに声をかけあい、励ましあい、相手を庇《かば》いあったのは、日常と同じであった。

運命はその酷《むご》い手を休めることなく、大袈裟な身振りを加えることもなく、平然として破局へと進んでいった。悲劇が日常生活に押し入ってくるさまは、呆れるほどの自然な振舞いであり、驚きのあまりすぐには悲鳴をたてる余地さえなかった。

誰もが思ったように、初めのうち、S夫人も思いこんでしまったのである。ドイツ兵は「労働力」が必要なために、男たちを狩り出しに来たのであろう、と。たぶん、故意に流布されていた、こういう考え方が、結局は、多数の家族を破滅へ追いやって、老人や女や子供たちを救いだす策を見失ってしまったのであろう。

ともあれ、女性には安全な特権があると思いこんでいたS夫人は、その思いこみを楯に、勇気をふるい、すぐに身なりを整えるや、食糧配給カードとハンドバッグを握りしめて、階段を降りた。彼女は数日まえに転んで怪我をし、ギブスで固めた片足を引きずっていた。街路へ降り立ってから、S夫人は見張りのドイツ兵に近づき、ふたりにタバコをすすめた。男たちは受け取った。ひとりは二五歳ぐらい、もうひとりは四〇歳前後だった。

何事が起こったのか、そうたずねると、年配のほうが答えた。

「ユダヤ人をひとり残らず連行している。」

それで彼女はギブスの上を叩いて言った。

「でも、わたしは怪我をしているから……家の者たちと……病院へ行かねばならない……。」

「わかった、わかった」そう言って、ドイツ兵は片手でさっさと行くように合図をした。

S夫人は家族を待つふりをしながら、ふたりの兵隊とのあいだに成り立った束の間の友情を利用して、他にも誰かを助けだそうとした。そして街路から、知りあいの女性の名前を呼んだ。

「ステリーナ！　ステリーナ！」

「何なの？」相手が窓から顔を出した。

「逃げるのよ、みな捕まってしまうのだから！」

「ちょっと待って、赤ん坊に服を着せるから、すぐに。」

けれども、一瞬の遅れが、明暗を分けた。ステリーナ夫人は、幼児《おさなご》もろとも、家族全員といっしょに連行されてしまった。

S夫人が聖アンブロージョ街を、古代の柱廊の道へ出る角まで行くと、泣き叫ぶ声が聞こえてきた。道の真中に数珠《じゅず》つなぎにされた人びとがいて、その先頭と末尾を、SS隊員たちが監視していた。不意を衝かれて一網打尽にされた人びとの顔には、老若男女の別なく、「驚き」はすでに消え、早くも「諦め」の表情が浮かんでいた。それは過去の歴史のなかで繰り返されてきた、ユダヤ人をめぐる、あの悲劇と惨劇の情景と同じものであった。

病んだ八五歳の老婆がいたし、半身の麻痺した車椅子の男がいた。乳呑児をかかえた女もいた。人びとの列は、古代マルチェッロ劇場脇の、一段と低い、廃墟の草むらに、押しこまれた。まさに家畜の群れのように。やがて三台、四台と、トラックがやって来て、軍用車の荷台の片側が下げられ、小雨に濡れた家畜の群れをなかへ追いこんだ。半身の麻痺した男は、車椅子ごと、放りこまれた。黒い幌つきのトラックは積荷をおろす最初の場所へ走り去った。

S夫人は古代マルチェッロ劇場の方向が危険であると看て取るや、家族といっしょに、狭い街路を北へ戻って、アルジェンティーナ広場へ達した。そこまで来れば、まず安全であった。しかし、そのときになって、夫人は身寄りのひとりを残してきてしまったことに気づいた。それで、まわりの者たちの制止を振りきって、無謀にも引き返した。ひとつには、見張りの男たちの親切心を当てにしたからである(彼らはオーストリアの人間にちがいない、と思ったという)。

ふたりの「オーストリア人」は、相変らず、入口の前に立っていた。彼らとのあいだには暗黙の諒解が成り立っていたから、S夫人は建物の階段の隙間で身動きできなくなっていた、身寄りの男に、ユダヤの言葉で叫んだ。

「レシュッド(逃げろ)、エンリーコ!」

しかし、そのとき、新しいドイツ兵が七名、近づいてきて、叫び声を聞きつけた。班長の男が、襲いかかってきて、夫人を殴り倒した。兵士たちは班ごとに、戸口から戸口へ、ユダヤ人の捜索をつづけていたのである。戸口を叩いて応答がなければ、すぐに扉を破って踏みこんだ。怯えた人びとは部屋の隅にかたまっていた。
夜明けから相当の時間がたっていた。しかし怯えきった人びとは逃げだすこともできなかったのである。S夫人は新しい兵士たちに追いたてられて、自分の家の階段を登った。兵士たちは手にタイプ印刷された《名簿》を持っていた。そのなかに記された名前の家族を、連行してゆくのである。S夫人が《名簿》を覗きこむと、自分の家の名前はなかった。彼女はそのことに勇気づけられたという。しかし同じ踊り場の隣人たちの名前はあった。班長は葉書大の紙片を持っていた。そこには二ヵ国語で、指示が記されていた。夫人は自分を殴った班長の手から、奪い取るようにして、その紙片を握りしめるや、隣人たちのために読みあげた。

第一――記入された名前の家族全員と、この家に住むユダヤ人全員とが、移送の対象になる。

第二――以下の品物を持つこと。

ⓐ食糧八日分。

ⓑ食糧配給カード。

ⓒ身分証明書。

ⓓコップ。

第三――持出しを許可する他の品物。

ⓐ本人用の下着、敷布類。

ⓑ現金および宝石類。

第四――家は施錠し、鍵は持ち出すこと。

第五——病人の居残りは——重病の場合でも——許されない。収容所に看護施設があるから。
第六——この指示を受けてから、二〇分後に、家族全員は出発しなければならない。

人びとへの指示が終ると、ドイツ兵たちはS夫人にたずねた。「おまえはユダヤ人ではないのか？」「この隣人たちに身寄りはいないか？」

すべての問いを否定すると、S夫人は自分の家へ押し戻され、閉じこめられてしまった。そして二〇分も経ったであろうか、耐《こら》えきれずに、S夫人は踊り場へ出た。ドイツ兵たちは彼女を家のなかへ押し戻そうとした。が、ギブスの足を見せて、彼女が病院へ行くのだというと、さっさと行け、と誰かが命令した。

そのとき、隣人たちのドアから、子供が四人とびだしてきて、「助けて、ラウリーナさん！」とまつわりついた。後になって判ったことだが、少女のひとりは、たまたま用事があって、そこの家へ来ていたのだという。子供たちは四人とも自分の身うちだ、とS夫人が言い張った。それでドイツ兵たちは、夫人についてゆくままに、子供たちを見逃した。しばらく歩いたところで、子供たちは夫人を置いて逃げ去った。そのとき彼女は気を失ってしまったという。「アーリア人たち」が駆け寄ってきて、近くの、ガリバルディ橋のカッフェに、運び入れた。

ほかに運良く助かった者もいれば、逆に運悪く捕まってしまった者もいた。ともあれ、その日も午後一時ころに、旧ゲットーの住人たちの命運は定まってしまった。それまで垂れこめていた雨雲が切れて、洩れ落ちてきた秋の陽射しが、虚しく、古代アポッロ・ソシアーヌス神殿の三本隅柱や、新たな廃墟と化したシナゴーグの尖頂を、白じらと照らしだした。

その朝、ユダヤ人街区を襲撃したナチSSは、どうやら、特殊な作戦部隊であった。なぜならば、前夜、北部から南下してきたばかりで、彼らの隠密行動は、ローマに駐留していた他のドイツ軍部隊にさえ、知らされていなかったからである。

その証拠に、彼らはローマの地理に不案内であった。夜明けまえに、カンピドッリオの丘の裾をめぐるマーレ街(ファシズムが好んだ《われらの海《マーレ》》地中海へ向かう街路。現マルチェッロ劇場街)に軍用車を停めて、通行人に尋ねたという。

「ラガネッラ街はどこか?」

もちろん、これは、「レジネッラ街」の間違いであった。

また、家畜のごとくにユダヤ人の群れを積みこんだ軍用トラックの何台かが、まわり道をして、聖ピエートロ大聖堂まえの広場に、長いあいだ停まっていたという。せっかくローマに来たのだから、と観光のために、彼らはそうしたのであった。

その後、軍用トラックは、教皇庁に近い陸軍学校へ入って、積荷をおろした。そういう彼らの行動を追った者もいたのである。陸軍学校のなかで、ユダヤ人の群れは、男と女、老人と子供に、分けられて、それぞれ大教室に閉じこめられた。その晩、膿瘍のために手術を受けた少年がいたことも、ふたりの妊婦が赤児を産んだことも、知られている。

一夜明けて、一〇月一七日、日曜日。ユダヤ人の群れは、身動きならぬ状態で、閉じこめられていた。アーリア人の知りあいを介して、閉じこめられたユダヤ人との連絡をとろうとした者もいるが、試みはみな虚しかった。食べ物の差入れも行なわれたが、無駄であったであろう。

翌一八日、月曜日。夜明けに、拉致された人びとの群れは、ふたたび軍用トラックに積みこまれ、城壁外の東方にあるティブルティーナ駅へ運ばれた。そしてそこに待っていた家畜用の輸送列車に、ひとり残らず積みこまれた。

小さな駅の、引込み線に、午前中、列車は停まっていた。その間、ドイツ兵二〇名ほどが警備にあたった。それゆえ、接近することは、まず不可能であった。

一三時三〇分。貨物列車の運転が、機関士クィリーノ・ザッザに託された。彼はただちに事態を悟った。報告書に次のごとくに残しているから。「閉じこめられていたのは、老若男女の入り混ざった、大量の市民であった。彼らがユダヤ人であることは明らかであった。」

一四時ちょうどに、列車は動きだした。途中、ファーラ・サビーナ(ローマ北方三〇キロほど)の駅で、ミラーノから南下してきた列車に乗っていた若い女性のひとりが、その封印された貨物列車とすれちがったことを証言している。貨物列車から、地獄の叫び声が聞こえてきた。鉄格子の嵌った一輌のなかに、ローマに住む自分の知りあいの少女の顔らしきものを認めた。が、すぐに、視界から消えてしまった、と。

機関士の証言によれば、オルテ(ローマ北方八〇キロほど)のあたりで、信号が赤になったため、一〇分ほど停車した。その間に、逃げだそうとした者がいたのであろう。発砲音が轟いた。また、キウージ(ローマ北方一六〇キロほど)の駅で、わずかのあいだ、列車を停めたという。息を引きとった老婆の死体をおろすためであった。

フィレンツェまで列車を運転して、ザッザ氏は機関車をおりた。が、誰とも言葉を交わすことは叶わなかった。運転者がそこで交替し、列車はボローニャに向かって走り去った。そこから先の情報はつかめない。教皇庁にも、赤十字にも、スイスにも、他のどこの中立国にも、消息はもたらされなかった。

当時、北イタリアには、何ヵ所か収容所があった。が、思想犯や反ファシズム活動家たちのような、少数の動きとは異なって、一〇〇〇名以上もの虜囚の移動が、人目につかないわけはなかった。イタリア国内で、ガス室を備えた強制収容所があったのは(極秘ではあったが)、北辺、アドリア海側の港町トリエステだけである。

3 真実への意志

これまでに記した《ローマの惨劇》は、もとより、私の見てきた「嘘」ではない。

一九四三年九月二六日から一〇月一八日へかけて、ローマの旧ゲットーで生じた、ユダヤ人迫害の実態は――犠牲者の数は一〇〇〇名以上といわれるが――明るみに出しようもない。しかし、歴史の暗闇に沈みかけていた、最も黒い塊《かたまり》を、あえて黒いままに書きとどめたのが、『一九四三年一〇月一六日』である。この小品の傑作を、いつの日か、日本の読者に伝えたい、と私は考えてきた。それが前節の文章になったのである。

真の書き手は、二〇世紀イタリアの最も秀れた批評家、ジャーコモ・デベネデッティである。著者デベネデッティの意図を汲んで、私は忠実に原文を要約したつもりである。あえて私見を加えた部分は微量にしかない。私が拠ったテキストは、デベネデッティ自身が編んだシレルキエ叢書(サッジャトーレ社)の第二版(一九六一年)であり、巻末の六四頁に「一九四四年一一月」と記されている。したがって、迫害事件の起こった、ほぼ一年後に、この作品は書かれたことになる。

前にも述べたように、「一〇〇パーセントユダヤ系」のデベネデッティは、一九四三年九月一二日には、ドイツ軍の制圧下に入った無防備都市ローマから、北のトスカーナ地方へ脱出したという。それゆえ、ローマの旧ゲットーで起こった事件を、彼自身が目のあたりにしたのではないかもしれない。

しかし、この不幸な事件が起こりうることを、著者は予測していたふしがある。なぜならば、この小品のあちこちに、悲劇を招き入れかねないユダヤ人の心性について、批判的な考察が見出されるから。また、私が拠ったシレルキエ叢書版テキストの巻頭には、著者と作品をめぐって、無署名の短い注記が付してある。そのなかに、「一九四四年一月のある朝、デベネデッティがローマのコロンナ広場にいると、その姿を見とがめたある人物に、わざと大声で呼びとめられた」(傍点は引用者)と記されている。

奇怪な行動であり、かつ危険な行為である。ナチ＝ファシスト軍の制圧下に置かれ、ファシスト本拠のあったローマの中心街コロンナ広場に、トスカーナ地方に潜伏していたはずのデベネデッティがいるとは！　ユダヤ人の身でありながら！

一九四四年六月、北上してきた連合軍によって、ローマはようやく解放された。しかしトスカーナ・アペニン山地でパルチザン活動に従事していたデベネデッティは、二ヵ月後の市街戦によってフィレンツェが自力解放(八月)された後に、ローマへ帰ってきたと年譜には記されている。そして九月に、第一の小品『八名のユダヤ人』を書いた。さらに一一月に、第二の小品『一九四三年一〇月一六日』を書いたのである。

いま、私たちが問題にしている後者の小品は、まず初めに、一九四四年一二月、ローマの『メルクーリオ』誌に掲載された。ついで、翌四五年には、ルガーノ(スイス)の『リーベラ・スタンパ』誌に掲載され、同じ年のうちにローマのO・E・T社から単行本になった。さらに四七年には、サルトルの『レ・タン・モデルヌ』誌に仏訳が掲載され、ひろく関心を集めた。

ただし仏訳には相当量の省略がある(訳者はミシェル・アルノー)。省略部分は、概してユダヤ人迫害の残虐な描写から外れている。別の言い方をするならば、省略部分は一見、悲惨な現実とは直接に関係のない、余計な箇所のようにみえる。それゆえ、事件を劇的な展開にそって知ろうとする者の目には、省略はむしろ妥当であり、不要に近い部分の削除は有効な方法と思われるかもしれない。

しかし、ここで、デベネデッティの文学観の基本を思い返しておかねばならない。ローマのユダヤ人街区に住んでいながら、その日、奇蹟的に難を逃れた、S夫人の証言を介しつつ、悲劇が日常と変らぬ姿で人びとの上に襲いかかってきたさまを、著者は描いている。

前節に『一九四三年一〇月一六日』のあらすじを記すなかで、私は大半の文章を、私なりに要約してみた。しかし、どうしても要約するわけにいかない、デベネデッティ自身の声の部分があった。それを再掲してみよう。

運命はその酷《むご》い手を休めることなく、大袈裟な身振りを加えることもなく、平然として破局へと進んでいった。悲劇が日常生活に押し入ってくるさまは、呆れるほどの自然な振舞いであり、驚きのあまりすぐには悲鳴をたてる余地さえなかった。

残虐な事件の描写とは異なるがゆえに、この部分も余計な箇所のひとつと思う人がいるかもしれない。しかし、この部分こそは、紛《まが》うことのない、デベネデッティの肉声である。

一九六六年二月の初めから、数ヵ月間、私はローマ大学で、デベネデッティ教授の講義「近現代イタリア文学」を傾聴した。一般に、大学での授業は、午前中(朝九時から午後一時まで)に行なわれる。ローマに暮らす者の生活の基点が、一日のリズムのなかで最も大切な正餐《プランゾ》(午後一時過ぎから三時過ぎまで)にあるためであろう。食事が終ればくつろいだり、午睡をとったり、あとは服を着替えて夕べの楽しみに備える。

それゆえ、午後の授業(四時から七時まで)は滅多に行なわれなかった。そういうなかで、デベネデッティ教授の講義は稀な例のひとつであった。まばゆい朝の光のなかで、サペーニョ教授(ダンテ論)やビンニ教授(レオパルディ論)が繰りひろげる、力の籠った講義では、大教室からあふれ出て聴く学生も多かった。それに引き換え、夕闇の忍びよる小さな教室で、虚空を見つめながら、淡々と語りつづけるデベネデッティ教授の講義を傾聴する者は、十数名しかいなかった。両大戦間の文学が主題であったが、そういう未来に備えつつ、第一次大戦の塹壕のなかで、惜しくも命を落とした、文学者セッラのことが、しきりに語られた。

デベネデッティの文学観は直截《ちょくせつ》に対象を語らない。むしろ、たとえていうならば、周囲に多数の焦点を、網の目のように結んで、少しずつ大きな獲物をからめ取ろうとする。その意味で、彼の語りくちは、晦渋《かいじゅう》であった。

『一九四三年一〇月一六日』にも、似たことが読み取れるであろう。事件に先立って、ナチSS隊長カプラーが、ユダヤ人二〇〇名の命と交換に、金塊五〇キロを強請《ゆす》った。このエピソードを、いわば、事件の伏線のごとくに取り上げたのは、用意された網の目のひとつ、といってよいであろう。後年、歴史家たちが、カプラーの金塊強奪を、ローマのユダヤ人迫害事件の必然的な前提であったかのごとくにとらえるのは、一種の結果論である。

事件の輪郭がまだ判然としなかった、一九四四年一一月の時点にあって——そのとき北イタリアでは、ナチ＝ファシスト勢力を相手に、依然として困難なパルチザン戦争がつづけられていた——デベネデッティの文学観は早くもローマ惨劇の全貌をとらえようとしている。

そこで、前節に要約しきれなかった点を、一、二補っておこう。先に、「その〔現金二〇〇万リラを持ち去った〕後にも、断続的に、いくつかの事件が起きた」（三六頁）と私は記しておいた。

［その一］すなわち一〇月一一日のことである。ユダヤ人共同体事務所のあたりに、ひとりの奇妙な人物が現われた。警護にはＳＳの一隊が、付き添っていた。他の隊員と同様に軍服に身を固めたその人物が、奇妙な、と思われたのは、彼の行動や身振りのためである。

むしろ上品な身ごなし、冷徹な眼の光、繊細な指先。他の隊員たちが共同体やラビの文書庫を乱暴に掻きまわしていたとき、その人物だけは、貴重な古写本や絵図や初期刊本の類を、丁寧に選びだしていった。どれだけの貴重な文献が、その日、持ち去られてしまったことか。目録さえ作られていなかったがゆえに、その損失は測り知れない。デベネデッティの慨嘆は、有能で、卑劣な、強奪者への弾劾を導きだすと同時に、無能で、愚昧な、ユダヤ人同胞への批判をも導きだす。

［その二］すなわち別の網の目について、補っておこう。前節後半では、ラウリーナ・Ｓ夫人が活躍する。彼女の行動はたしかに賞賛すべきことばかりであった。

巧みな知恵によって生き延びたＳ夫人は、その後、繰り返し自分の行動を人びとに語ってきかせたであろう。そうするうちに、彼女が創りあげてしまった空想の部分も、少なくないはずである。デベネデッティは慎重にＳ夫人の言動に留保をつけながらも、彼女がＳＳ班長の手のうちに見たというユダヤ人《名簿》《リスト》の存在に注目する。

ここで、その《名簿》の情報を最初にもたらした人物のことを、思い出しておきたい。一〇月一五日、金曜日の宵に、河向こうから駆けつけてきた「黒い服の女」チェレステ、もしも彼女の言葉に耳を傾けていたならば……。あのチェレステを半狂乱の、愚かな、おしゃべり女、と決めつけないユダヤ人が、ひとりでもいたならば……。《ローマの惨劇》は別の形をとったかもしれない。

それにしても、どこで作られたのか？　誰によって作られたのか、その《名簿》は？

デベネデッティの関心は、目立たないようだが、この一点に強く注がれている。先にも述べたごとく、イタリアの人種法は一九三八年秋までには整えられた。それが、ムッソリーニの失脚した、一九四三年七月二五日には、どうなったのであろうか？　それから九月八日、休戦協定の公表まで、いわゆる《四五日間》にバドッリオ軍事政権下で、ユダヤ人問題はどのように処理されたのか？　ドイツ軍制圧下にあって、ローマ市の戸籍係は、人口調査局は、食糧配給事務所は、どのような働きをしたのか？

早くからこの《名簿》の存在に注目したデベネデッティは、これを作成した人物のひとりに狙いをつけて、追っていたようである。この人物は、運命の一〇月一六日の午前を、近くに住む女性の家で過ごした。その女性は、ユダヤ人狩りがあることを、周囲に洩らしていたという。彼女の知りあいに戸籍係に勤める人物がいて、ドイツ軍に提出するためのユダヤ人名簿の作成に忙殺されていた、とも周囲に打ち明けていた。

繰り返していうが、連合軍の北上によってローマが解放されたのは、一九四四年六月であった。

デベネデッティは書いている。「翌七月にローマへ戻ってきて、私はその女性から話の続きを聞きだそうとした……」(前掲シレルキエ叢書、五六頁、傍点は引用者)が、すでに危険を察知され、虚しかったという。

時がたつにつれ、真相の究明が困難になってしまう事柄は、たしかにある。しかしながら、明らかになった限界までを、白日の下へ引きだして、闇は闇のままに、指し示す必要があるであろう。さもなければ、闇はその勢力を伸ばして、すべてを覆いつくしてしまいかねないから。それゆえ、文学者としての推測と想像を混じえつつも、批評家には闇の限界を指し示す責務がある。真実の再構成は後世に託して。

ジャーコモ・デベネデッティは一九〇一年六月二五日、北イタリアのピエモンテ州ビエッラに生まれた。アルプス前山に囲まれた小都市ビエッラといえば、すぐに、カルヴィーノの編んだ『イタリア民話集』のなかの一話「強情者だよ、ビエッラの人は」(岩波文庫版、上巻所収)を思い出してしまう。古来、この土地には、反キリストや反教皇庁の気風が受け継がれていて、デベネデッティの気質にも、いくぶん、それが染みこんでいるようだ。みずからを「一〇〇パーセントユダヤ系」と広言していたのも、その一例であろう。

デベネデッティは幼くして、北の都トリーノに移り住み、何不自由なく成長したが、一六歳のときに、父と母を相次いで亡くした。ただちに叔父の家に引き取られ、大学はトリーノの法学部を卒業した。そのころ、学友のソルミらと文芸誌『プリーモ・テンポ』を創刊した。

二〇歳代の後半には、さらに文学へと傾倒し、改めて大学の文学部をも卒業して、前衛と革命を志向するトリーノの友人文学者たち(ソルミ、フビーニ、サペーニョ、ゴベッティ、モンターレ、ノヴェンタなど)と『バレッティ』や『ソラーリア』といった、反体制の文学雑誌に斬新な批評文を発表していった。とりわけ、当時は、ほとんど注目されなかった、ユダヤ系の小説家ズヴェーヴォやユダヤ系の詩人サーバを、本格的に論じたり、プルーストやジョイスをイタリアに知らしめた功績も大きい。

三〇歳代の批評家デベネデッティは、トリーノ市内では身の隠しようもなく知れわたっていたため、ファシズムが人種法を公にするや、一九三八年秋に、ローマへ移り住んだ。そして名前を変えて、新聞や雑誌に評論や書評などを発表していた。まだ無名であった女性作家エルサ・モランテに注目したのも、そういう場においてである。

ファシズムが倒され、戦後、共和政体が成ったイタリアで、デベネデッティはメッシーナ大学に迎え入れられ、一九五八年からローマ大学教授に転じた。その「近現代イタリア文学」の講義に、私がたまたま出席していたことは、前述したとおりである。教室で初めて聴講したあと、私は身分を名乗って、簡単に挨拶をした。

「もう少し、話しましょう」小柄なデベネデッティ教授が、私の先に立って、研究室へ向かった。途中の廊下にも、研究室のまえにも、用事ありげな学生や先客が何人かいた。

「あらためて、また伺いましょうか?」それゆえ、私がそう言った。

「よいではありませんか。少しお待ちなさい」そのときのデベネデッティの口調は、意外に強かった。

誰もいなくなると、私たちは大きな机をはさんで向かいあった。彼がたずねた。「どのような作家に興味をもっていますか？」

「シチリアの文学に惹かれて、ヴェルガのことを調べたり、彼の長短篇や、クァジーモドの詩の翻訳をしました」そうは答えたが、「ユダヤ系の詩人や作家たちに興味がある」とまでは、言わなかった。自分がサーバの詩について書いたことも、ズヴェーヴォの短篇やモラーヴィアの長篇を翻訳し出版してきたことも、口には出さなかった。イタリアにおけるユダヤ人の文学については、軽々に口に出してはならないであろう。拙い表現で、誤解をまねいてはなるまい。それゆえ、「当面は、『ソラーリア』誌について調べたい」とだけ、つけ加えた。

デベネデッティ教授は、手近のメモ用紙に、私が参照すべき文献の名前を、ゆっくりと書いてくれた。一字一字、綴ってゆくペン先の、少し震えているのが、気にかかった。

その日から、ほぼ一年後に、ジャーコモ・デベネデッティは急逝した。

さらに歳月がめぐって、一九七四年、イタリアから飛来したエルサ・モランテの長篇新作『歴史』(エイナウディ社、一九七四年)を読みながら、私はたびたび息を呑んだ。六五七頁のこの大作に、「S夫人」はみごとに甦って、《ローマの惨劇》が再現されていたからである。

4 ローマの南、ナーポリの北

一九四三年九月半ば、ドイツ軍制圧下に入ったローマを脱出して、南へ向かったユダヤ系作家モランテとモラーヴィア夫妻が、ナーポリの連合軍陣営まで到達できずに、その中間点フォンディ付近に閉じこめられてしまったことは、先に述べた。

その後のふたりの生活に、いまは、少し立ち入ってみよう。翌四四年五月末まで、ほぼ九ヵ月にわたり、極貧の山岳農民たちとともに暮らした日々は、また戦場と化した周辺地域からの避難民とともに耐えた過酷な戦争体験は、ふたりの作家の文学形成に大きな影響を及ぼした。

しかしながら、両者ともに、その折の稀有な苦しい経験を、簡単には作品化しなかった。モラーヴィアの場合は、フォンディの九ヵ月から一三年後の一九五七年に長篇『ラ・チョチャーラ』を発表し、モランテのほうは、じつに三〇年後の一九七四年になって大長篇『歴史』を世に問うたのである。

ただし、両者ともに、自分たちが遭遇した事件や事実を、そのまま作品のなかに持ちこんだためしは、まずない。なぜならば作家は、身辺の事件や事実に、何らかの普遍的な価値を見出して、初めて作品化するのであるから。したがって、批評する側としては、作家が作品のなかに持ちこんだ事件や事実を吟味すると同時に、そこに書きこまれた事件や事実でないものの価値に注目する必要があるであろう。

一般に作家は、自分の作品が生みだされた過程を、明るみにださない。が、モラーヴィアは、最晩年のインタビュー集成『モラーヴィアの生涯』(一七頁)のなかで、質問者アラン・エルカンの問いに対し、長篇『ラ・チョチャーラ』のなかに描かれた部分と合致する現実の事件や事実について、多弁に答えている。もちろん、つねにすべてを語っているとは限らないが。

一九四三年九月半ばの、ある晴れた朝、モランテを伴ってローマの終着駅を発ち、ナーポリへ向かったモラーヴィアは、いくつかの誤算をしてしまっていた。この点に関しては、自分でも後年に書いている。「もしも自分が、他の者たちがしたのと同じように、アブルッツォ地方を回っていたならば、比較的容易に戦線を越えられたであろうに」この場合の「他の者たち」とは、国王やバドッリオ将軍たち、を指しているにほかならない。また、彼は書いている。「あとになって自分は非常に後悔をした。せめてヴォルトゥルノまで、何としてでも、先へ行っておけばよかったのに。そのころならばまだ充分にたやすかったのだから。」

ここでヴォルトゥルノと言っているからには、モラーヴィアも、ミントゥルノの渡しを越えられずに、追手を気にしながら、虚しく船待ちをしたキケローの苦しみに、あとになって気づいたにちがいない。ヴォルトゥルノ川というのは、ガリリアーノ川よりもさらに南の、ナーポリに近づいた、カンパーニア地方の流れである。その辺《ほとり》にあるカープアは、古代から名の知られた場所だ。かつて、この土地の魅力の虜になったカルタゴの名将ハンニバルは、ここで無為に時を過ごしてしまい、それがもとで不運を招いた、と伝えられているから。

夫妻が着いてみると、戦火の迫っていたフォンディの町は、すでに蛻《もぬけ》の殻であった。それゆえ、モラーヴィアは町はずれの畑のなかの農家を訪ねて、連合軍が北上してくるまで、数日のあいだ泊めてもらいたい、と頼みこんだのであった。エルカンの問いに対して、このときの状況を、モラーヴィアは次のように答えている。

しかしながら、住民はたくましく生きていた。一日が経ち、また一日が経ったが、イギリス軍は到着せず、逆にドイツ軍が網打ち作戦を始めた。それでわたしはエルサに言った。「もうこれ以上、ここに留まってはいられない。」こうして、ある晴れた朝、わたしはダブルの霜降りの背広、エルサはクレトンのスーツという姿で、驢《ろ》馬《ば》の背にカバンをくくりつけ、山道を登りだした。谷間の奥には二つの山塊がそびえていた。その鞍部《あんぶ》をめざして、一筋の小径がジグザグに登っていく。そこを登りつめると、しまいに一軒の小屋に辿り着いた。近くに農夫の姿が見えた。畑を耕している。ダーヴィデ・マッロッコという若者だった。ひどい斜視で、そのために兵役を免れたのである。このあたりの他の男たちは、ロシア戦線に送られて、みな死んでしまった。それゆえ、わたしはたまたま女ばかりが住む地域に入りこんでしまったのである。相変らず連合軍がすぐにも到着するものと思っていたので、わたしはこう言った。「イギリス軍がやって来るまで、部屋をひとつ貸してもらいたい。」

また、モラーヴィアはこうも語っている。

わたしたちが住んでいた小屋はまだ見ることができる。いまでも以前のとおりに残っているから。積み石《マチエーラ》の壁に、つまり自然石を積みあげた壁に、もたせかけて造った、小さな一部屋だけ。

狭いトタン板がかぶせてあった。なかでは、身体の向きを変えるのがやっとだった。そこに細長いベッドが入れてある。といっても、二ヵ所に鉄を渡し、三枚の板を並べただけ。その上に、玉蜀黍《とうもろこし》の葉をつめた袋が置いてあるのだから、寝返りを打つたびにがさがさ音をたて、中身が動いてしまう。この玉蜀黍の葉のマットレスの上に、上掛けと下掛けの、分厚い手織り亜麻のシーツを、二枚敷いた。毛布はない。ダーヴィデが袖なしのマントを貸してくれた。(中略)床には何も張られていない。踏みかためた土があるだけ。雨が降れば水が流れこんできて、足を濡らした。椅子がなかったので、九ヵ月間、わたしはベッドの上にすわって過ごした。この住居は、狭くて、細長かった。ベッドのほかには、布を織るための機《はた》が一台入っていた。この織機に向かって、若い農婦がすわり、引っ切りなしに、すさまじい音をたてた……。

「それで、あなた方は、何をしていたのですか?」この問いに対して、モラーヴィアは答えている。

何もしていなかった。わたしたちはインクもペンも持っていなかった。持っていたのは二冊の本だけ。つまり、『カラマーゾフの兄弟』と『聖書』だけ。トイレの紙がなかったので、わたしたちはドストエフスキーの長篇のほうを使った。

サンターガタと呼ばれるこの土地は、モラーヴィアの小説のなかではサンテウフェーミアと名前を変えられているが、フォンディを見下ろす山塊モンティ・アウソーニのはずれにあって、いわゆるチョチャリーア地域の南端に位置していた。標高は七〇〇メートル以上あったであろう。

チョチャリーア地域の中心はローマ南東八〇キロほどの小都市フロジノーネである。その周辺にある標高一〇〇〇メートル前後の、いわば、山岳地帯に住む羊飼や農民たちが、チョーチャと呼ばれる、サンダルに似て、脚絆《きゃはん》のように、長い革帯《かわおび》を脛《すね》に巻きつけた靴をはくことから、一般的な地域名にまでなった。

チョーチャをはく人びとは、山奥の生活者を意味する。と同時に、やや古代の風習を偲ばせる、民俗衣裳の人びとのこと、と言ってよいであろう。モラーヴィアの長篇『ラ・チョチャーラ』は、それゆえ、強いて訳せば「革帯の靴をはく女」であるが、翻訳不能に近いので、モラーヴィア自身も、英訳の場合は"The rape"(強姦)にしてもらいたい、と考えていた。

しかし現実の英訳タイトルが"Two women"となり、映画の邦題も、書籍の日本語版も『二人の女』となった。なお、ローマの街角でチョーチャをはく人びとの姿が注目されるようになったのは、むしろ新しく、一九世紀の後半から二〇世紀に入ってのことである。

明治時代の留学生、有島生馬は、ローマのスペイン階段付近に出没するチョチャーラのことを、一種の風物詩のごとくに書いていた。現在でも画家たちが多く住む、近くのマルグッタ街のことを思いあわせてみれば、モデルになった女性も多かったことであろう。私自身の経験では、ナターレ(キリスト降誕祭)のころ、山から降りてきて、ローマの街角でザンポーニャ(風笛)を吹き鳴らす、牧人ふうの男たちが、チョーチャをはいて歩きまわっていた。一九六〇年代のことである。

さて、チョチャリーア地方の南の縁にあたる山村サンターガタ。その積み石小屋に閉じこめられたほぼ九ヵ月間を、モランテとモラーヴィアが、戦禍をやり過ごすためだけに、無為に費やしていたとは、私には考えにくい。

たしかに、食糧を調達するため平野のフォンディに降りて、夫妻は米軍機の執拗な機銃掃射を浴びたであろう。あるいは闇商人トンマジーノ（この人物は小説のなかでも回想のなかでも同じ名前になっている）と谷間を歩いていて、米軍機編隊の空爆を受け、九死に一生を得たであろう。あるいは、ドイツ軍が強制労働の人員を集めるために行なった、網打《レ タ ー タ》ち作戦や掃討作戦《ラストレッラメント》を逃れる方法として、モラーヴィアは他の男たちといっしょに、夜明けから日没まで、急峻な斜面を登って、標高一〇〇〇メートルの山頂へ避難を繰り返したにちがいない。

網打ち作戦というのは投網《とあみ》から出た軍事用語であり、掃討作戦は熊手《くまで》から出た言葉である。フォンディのあたりでは、ドイツ軍の一隊が高い尾根の一点から谷間へ向かって、銃を構えながら扇状に降りていった。そして谷間一帯に潜む男たちを攫《さら》ってゆくのであった。グスタフ戦線を補強するために、ドイツ軍は労働力を必要としていたから。

しかし一一月に入ると、海の上を渡ってきた東南の風シロッコが、チョチャリーア地方に雨をもたらした。いつまでも降り止まない冷たい雨のナターレの日には、連合軍側兵士二名が尾根道を逃げてきたという。ローマに近い港オスティア付近に上陸して作戦任務を果したのちに、仲間とはぐれてしまったスコットランド兵とオーストラリア兵であった。

ドイツ軍の背後を衝《つ》くのが目的のアンツィオ上陸作戦は四四年一月二二日のことであったが、むしろ不成功であった。二月一五日、連合軍は大量の空爆によって聖ベネディクトゥスの大修道院を破壊した。が、要害の地モンテ・カッシーノの山上に陣取ったドイツ軍は、なおも頑強に抗戦をつづけ、連合軍はグスタフ戦線を突破できなかったのである。両陣営からの激しい砲火が飛び交ったあと、五つの襤褸《ぼろ》の塊と化したような、ドイツの砲兵たちが、モラーヴィアたちの前に武器を投げ出して、実質上の戦争は終ったという。

グスタフ戦線の崩壊は、ローマ解放(一九四四年六月四日)に先立つ、二週間ほどまえのことであった。エルカンとのインタビュー集成『モラーヴィアの生涯』によって、長篇『ラ・チョチャーラ』のなかの記述が、おおむね、実際の行動に合致することが判明し、モラーヴィアに関するかぎり、私の疑問はほぼ解消した。しかし、モランテのほうは、この間、何をしていたのであろうか? いや、何を考えていたのであろうか?

先に記したことであるが、一九四三年一〇月の後半に、長びく避難生活と、チョチャリーアの山小屋に迫ってくる寒さのなかで、モランテは冬服を取りにローマへ行った。しかし、それはあくまでも名目であり、彼女は書きかけの自分の小説の原稿が心配でならなかったからである。そして彼女はローマから、「原稿を抱えて、ほっとした様子で帰ってきた。」それればかりでない。そのさいにモランテは、《ローマの惨劇》の生なましい情報に接してきたにちがいない。この点は、しかしながら、私の独断である。

モラーヴィアの表現はやや曖昧で、たとえば、原文の直訳は次のようになる。

[エルサは]書きかけの原稿の運命にほっとして帰ってきたが、ローマのことは、ローマの情勢については、何も言わなかった。彼女にとって大切だったのは、わたしの身と、原稿のことだ

けだった。

それにしてもあのエルサ・モランテが、自分の命のごとく大切にしていた書きかけの原稿といっしょに、推敲するためのペンや紙を、持ち帰らなかったことなど、あろうはずがない。

今回、久びさにモラーヴィアの長篇『ラ・チョチャーラ』を私は原文で読み返してみた。そしていくつかの事実を発見したが、その一は、この長篇小説にユダヤ人が登場せず、ただひとり、臆病な守銭奴で闇商人のトンマジーノだけが、ユダヤ人にかこつけて登場することであった。また、その二は、何の脈絡もなく、わずかに数行だけ、風聞として、ローマの《ラゼッラ街の襲撃》と《フォッセ・アルデアティーネの虐殺》とが、言及されていることであった。

たまたま、今回、私が入手した『ラ・チョチャーラ』の新装廉価版(一九九七年)には、モラーヴィア自身の当時の回想二篇と、「ダーヴィデ・マッロッコの証言」(一九九〇年一〇月七日、農業)と題した聞き書きと思われる一ページの文章が、巻頭に収められていた。

その証言には、次のように記されている。

……しかし一日の大部分を、彼〔モラーヴィア〕はノートの上に何かを書いて過ごしていた。エルサ夫人もいっしょにバラックのなかに籠って過ごしていた。そこに冬じゅう籠って、五月まで過ごしたのです。けれども、エルサ夫人は、可能になればすぐに、ローマへ逃げていった。そして二度ほど出かけていき、帰ってきたときには、もっと重い別の服や食べ物を抱えてきた。

この農民の記憶には間違っているところがあるかもしれない。しかし、証言の含む意味は重要である、と私は考える。たぶん、モラーヴィアが亡くなった直後に、インタビューされた農民の言葉をここに活字化したのであろう。「ひどい斜視のために兵役を免れた」ダーヴィデ・マッロッコは、小説のなかでは、パーリデ・モッローネという名前になっている。

モランテが持ち帰ってきた紙とインクで、モラーヴィアが何かを書きつけていた様子は、容易に想像できよう。しかし、もしもモランテが、一再ならずローマへ行ってきたとしたら、いったいそれは何のためか？

ふたりの作家の、その後の経緯を顧みて、私にとって思い当たるのは、グスタフ戦線が崩壊したところに、モランテとモラーヴィアの文学上の戦争が始まったことである。

第2章

ローマ，2001年10月16日

ローマの旧ゲットー周辺

1　ゲットーの内側へ

九月半ば過ぎの、ある晴れた朝、初霜が降りた信州軽井沢を発ち、成田へ向かった。空港の検問がつねになくきびしかった。手荷物を細かく調べられた。爪切りまで咎められた旅客もいたという。一一日に、ニューヨークで、ハイジャックのあと、巨大なビルが二つ、爆破されたばかりであったから。

そして半日、太陽を追って飛びつづけ、その太陽が沈まないうちに、ローマ郊外フィウーミチーノ空港へ入った。眼前に展開してゆく《永遠の都》の景観は、この数年間、心に描きつづけたままであった。それゆえ、風景のなかの微細な変化や、付加されたわずかな差異が、妙に気にかかった。

若干の用事を別にすれば、今回の旅には目的が二つあった。第一は、《ローマの惨劇》の舞台に立ち、改めて旧ゲットーの屈曲した狭い街路を、隈なく歩きまわること。そして半世紀ほどまえの一九四三年一〇月一六日、この街区に住んでいたユダヤ人老若男女一〇〇〇余名が、一網打尽にされ、強制収容所へ送られていった、あの歴史の奥の傷痕が、現在の人びとの心のうちに、どのように刻みこまれているのかを、あるいはまた、その影さえ失われてしまっているのかを、見きわめたかった。

目的の第二は、かねてから私の心に親しい、いくつかの都市の旧ゲットーを、北イタリアに訪ねること。いままでは、いつも、自分が馴れ親しんできたユダヤ系の詩人や作家たちの作品を介して、彼らの描く特異な文学の価値を探ってきた。が、今回は違う旅にしたい。むしろ文学を離れて、ユダヤ人一般の生活と苦しい歴史を内面と外面から追ってみよう。各地のゲットーの現在を描き出すために。

とはいえ、限られた条件のなかでの、短い旅ゆえ、ローマのほかは、ヴェネツィア、トリエステ、フェッラーラ、そしてせいぜいフィレンツェのごく一部しか、訪ねられないであろう。だが、どこの都市にあっても、問題の核心を過たずにつかみだすよう、心がけたい。

そのために、私がとった方法は、食と住にかかわるものであった。変りばえはしないが、素朴で、かつ基本的な、方法である。すなわち、なるべく旧ゲットーのなかに宿をとり、彼らと同じように食べてみる。とすれば、あちこちで、ユダヤ料理の店に入ることになるかもしれない。

このように考えながら、ローマではまず何よりも、カンピドッリオの丘に登った。古代から近代へ、そして現代まで、《永遠の都》の中心はつねにここにあったし、たったいまもそうだ。北西側から登る傾斜路《コルドナータ》は、微塵も変っていなかった。共和主義者ミケランジェロが設計した、十二尖頭のデザインの、花弁に似た広場も、変らぬ美しさのなかにあった。

ただひとつ、この二〇年近くのあいだ、広場の中央に欠けていた皇帝騎馬像が、複製《レプリカ》に変って収まっていた。ミケランジェロの作った台座は、元のままである。その端正な石造りに比べて、新しく乗せられた複製の、何と見劣りすることか。真像は正面の元老院宮殿《セナトーリオ》に向かって左側、カピトリーノ美術館に収蔵された。無理からぬ措置かもしれない。大気汚染によって青銅の傷《いた》みがはげしかったから。

昔、この近くに住んでいたとき、私たちが落ちあう場所は、もっぱら、この青銅騎馬像の下であった。ゲットーの側から登ってくる友人のひとり、カルロが、あるとき、私に言った。

「知らなかったのかい？　この皇帝騎馬像は、元来、黄金で鍍金《めっき》されていたのだ。」

たしかに、よく見れば、馬の足にも、胴体にも、宙に差しだした皇帝の腕や指にも、青銅の表面に黄金の筋が切れぎれに引かれている。カルロがつけ加えて言った。

「あれはみなローマの民衆が長年かかって表面の黄金を削り落とした残り滓なのだ。ほら、馬の鼻面のあたりには、まだ鍍金がたくさん残っているだろう？」

しかし、別の友人ステーファノは、そういうカルロの冗談を、相手にしなかった。そして、私に語ってくれた。なぜ皇帝が武装していないのか、左手に握っているものは何か、履き物をよく見るがよい、と。昔の、文学仲間たちとのおしゃべりは、楽しく、優雅でさえあった。手を伸ばして、青銅の像に触れたりしながら、古代の気配を身近に感じていたのだから。

過ぎ去った時を思い返しながら、元老院宮殿の後ろへまわった。東南の地平へ向かって、眼下に広がる古代世界の景観。神殿の跡、祭壇の跡、記念柱、そして視界を限る巨大な円形闘技場《コロッセーオ》。その右手にある白亜の凱旋門めざして、聖なる道《ヴィーア・サークラ》を進んだ。

通常ならば、修復中の足場が、あちこちに、築かれているはずだ。それが、まったく見あたらない。ローマの景色に見馴れた者にとっては、むしろ異常なくらいだ。西暦二〇〇〇年、すなわち大聖年のために、《永遠の都》全体が、化粧を終えたのであろう。加えて、例年ならば入場料をとるはずなのに、フォーロ・ロマーノ(古代ローマの公共広場)が無料開放されていた。ただし、パラティーノの丘へ登るのには、料金を払わねばならない。

まっすぐにティトゥスの凱旋門(紀元八一年建造)へ近づいた。そして白亜のアーチの内側を見あげる。ローマ戦勝の場景を描いた浮彫りが美しく洗われていた。七枝の燭台、メノラー。ローマ軍がエルサレムの神殿から略奪してきた、ユダヤの聖具。受難の民の歴史が、壁面に刻まれている。

残暑の陽射しが、無情に降り注いでいた。フォーロ・ロマーノに樹蔭は乏しい。流れる汗を拭きながら、聖なる道を引き返して、ふたたびカンピドッリオの丘へ登った。タルペイアの岩を越え、古代の神域をひとめぐりして、西側の斜面へ出た。前方に、半円形三層のマルチェッロ劇場跡の側壁が見える。カエサルが建造を始めて、アウグストゥスが完成(前一三年ごろ)させたものだ。シナゴーグの尖頂部も見える。

しかし、その手前にあるべき、アポッロ・ソシアーヌス神殿の、三本隅柱《ぐうちゅう》がない。いや、見えない。というよりも、すっぽりと修復作業のための覆いがかけられてしまっているのだ。数あるローマの、教会という教会が、大聖年のための修復や化粧を終えていた。それなのに、神殿跡から聖アンジェロ・イン・ペスケリーア教会堂へかけての一帯だけが、工事場のように作業中で、いまは立入禁止になっている。

防護柵に近寄って、なかをのぞいて見る。強い陽射しの下で、白昼夢に襲われた。そこの遺跡のあいだの草むらに、一〇〇〇余名のユダヤ人老若男女が集められ、強制収容所へ送られたのである。

後に判明したことだが、生きて還ってきたのは男一四名に、女一名。子供は二四四名いたが、みなガス室へ送られたのであろう、ひとりも戻ってこなかった。

一九四三(昭和一八)年の秋、東京には、まだアメリカ軍の空爆は始まっていなかった。しかし北にアッツ島守備隊が玉砕し、帝都上空にも暗雲が垂れこめつつあった。あの秋に、ちょうど一〇歳であったイタリアの子供たちも、何人か、ガス室へ送られていったであろう。それは私にとっては小さな、だが切実な、関心事である。

〈ライフ・イズ・ビューティフル〉(一九九八年、カンヌ国際映画祭グランプリ受賞)というユダヤ人一家受難の作品があった。主演をした監督のロベルト・ベニーニ(一九五二―)が断わっているように、現実の物語ではない。虚実が取りまぜてある。

しかし、列車で強制収容所へ送られた大規模なユダヤ人迫害は、ローマの場合(映画ではトスカーナ地方アレッツォが舞台)が、イタリアでは際立っている。デベネデッティの『一九四三年一〇月一六日』によれば、悲劇のユダヤ人の群れを乗せた貨物列車は、フィレンツェで運転手を交替させ、ボローニャに向けて走り去ったまま、杳《よう》として行方がわからなかった。

その先を推測するならば、ボローニャの北方五五キロの地点にある、フォッソリの収容所に、まず入ったかもしれない。が、そこにはガス室はないし、全員の収容もむずかしいであろう。残る方向は二つしかない。ひとつはほぼまっすぐに北上して、ブレンネロで国境を越え、アウシュヴィッツなどへ向かうか、いまひとつはパードヴァから東へ転じ、ユーゴスラヴィア(当時)との国境に近いトリエステに入るかである。先にも述べたようにイタリア国内で唯一のガス室を備えた強制収容所が、その港町にはあったから。
ベニーニの映画も、虚実を取りまぜながら、トリエステの方向を選んでいる。この映画は八〇あまりの場景で構成されるが、約三分の一は「ガス室付きの強制収容所」に充てられている。『ライフ・イズ・ビューティフル』(エイナウディ社、一九九八年)のなかには首肯しがたい部分も含まれているが、肯定できる根幹には、エルサ・モランテ『子供たちに救われる世界』(一九六八年)の考え方が流れているように私は感じた。

漠然と、そこまで自分の考えを追ったところで、私はわれにかえって、惨劇の人びとが追い込まれていたはずの、防護柵のそばを離れた。そしてオッターヴィア柱廊街からレジネッラ街へ、亀の噴水があるマッテーイ広場から聖アンブロージョ街へ、S夫人の住んでいたはずの戸口の前を、何度も往きつ戻りつした。

シナゴーグのまわりも一度二度と歩いたが、入口は固く閉ざされ、表にも裏にも、自動小銃を構える特務警官《カラビニエーリ》の姿があった。また、広場の片隅には、目立たないようにパトロールカーが停まっていた。やむをえず、ファブリーチョ橋(前六二年建造)を渡って、ティベリーナ島側から、しばらくシナゴーグを眺めた。あの神殿のなかに、どのようなメノラーがあるのか。

歩きまわるうちに見つけた数軒のユダヤ料理店のなかから、これぞと思う一軒に入った。そして前菜に、ユダヤ風カルチョーフィの素揚《すあ》げを、注文した。続く料理にどのような種類があるのか、とたずねると、年配の給仕人が答えた。

「ユダヤ料理もありますが、わたしどもの店はローマ料理が専門です。」

たしかに、メニューを見れば、そのことはうなずけた。食べ終って思いだしたのは河向こうにあったジョヴァンニさんの店の味である（プロローグ参照）。

「一〇月になったら、また来るから」そう給仕人に言い残して、私は店を出た。

それまでは、ホテルをユダヤ人街区とは異なる別のところに選んであった。今回の用事のひとつに、明治の留学生有島生馬の足跡を辿ることがあり、そのために世俗的な高級繁華街の一角に泊っていたのである。そのホテルの近くにはアメリカ大使館があり、私の部屋の軒先をかすめるようにして警備のヘリコプターが飛びまわっていた。大使館周辺の街路は物々しい警戒ぶりであった。半年ほどまえに、新興右翼の北部同盟ボッシに援けられ、メディアの帝王ベルルスコーニが政界へ返り咲いたところである。これほど多数の官憲がいままでどこにいたのか、そう思わせるぐらい、広場や街路に警備する影があった。

イタリアの都市で、テロに狙われる対象があるとすれば、大聖堂か、シナゴーグか、さもなければマクドナルドだ。それがもっぱら巷の噂であった。明日にもアメリカ軍によるアフガニスタン空爆が始まるだろう、そういう風評の飛び交うなかで、私は北イタリアへ旅立った。各地のシナゴーグと旧ゲットーを訪ねるために。


旅の中の旅の初めに、まずヴェネツィアを訪れた。ゲットーを最初に生み出したのが《水の都》だったからである。ゲットーは元来、鋳造《ジェット》の行なわれていた場所であるという。ジェット getto が訛ってゲットーghettoと発音されたらしい。鋳物《いもの》といっても、武具や大砲を造っていたからには、相当の火力を必要としたであろう。当然のことながら、水路に囲まれた場所が必要であった。そこへ、火種のように危険なユダヤ人を、まとめて押し込めたのである(一五一六年)。

水路に囲まれた、徹底した隔離場所を意味するゲットー(本来は、ユダヤ人強制居住区域)の呼び名は、他の都市へ波及し、ローマの場合がそうであったように、隔離するべき手段の水路の代りに周壁と鉄柵が設けられた。もとより近代化のなかで、各地の旧ゲットーは破壊され、誰もが平等に住めるはずの区域になった。

しかしヴェネツィアの場合は水路が元のままに残った。それゆえ、ヴェネツィアのゲットーは旧ゲットーの面影をほとんどそのまま残している、と言ってよいであろう。ゲットーによってユダヤ人は差別され隔離されると同時に、他者を排除しみずからを守ることができた。その証拠に、ヴェネツィアのゲットー(三区郭から成る)の内部には、他者のためのホテルは存在せず、レストランはゲットーの入口に一軒あるだけだった。しかも、最も純粋なユダヤ料理を出すその店は、外部の者のためというよりは、自分たちゲットー居住者のためであった。

ヴェネツィアの狭いユダヤ人居住区のなかに、シナゴーグは五つある。それらは、「シナゴーグ」と呼ぶよりも、その別称の、「スクオーラ」と呼んだほうがよいのではないか。この点についても改めて述べるが、容易に他者を近づけないヴェネツィアのゲットーは、いまや、ユダヤ人がいちばん安全に住める場所であろうとさえ私には思われた。

その証拠に、敢えて言うが、ここには自動小銃の影はまったくなかった。それに引き替え、トリエステのシナゴーグの警備は、徹底していた。フェッラーラのそれは、奇妙であった。そしてフィレンツェの場合はさらに、あからさまであった。

一〇月七日から八日にかけて、アメリカ軍によるアフガニスタンの空爆が始まったとき、私はフェッラーラにいた。フェッラーラは安住の地を求めて追われてきたユダヤ人を、古来、数多く迎え入れてきた都市である。そしてナチ＝ファシストの困難な時代には、レジスタンスに参加し、ユダヤ人が武器をとって二重に闘った土地でもある。

フェッラーラのユダヤ人街区に近いホテルに泊っていると、テレビの画面に、ニューヨークの巨塔が破壊されたときの瞬間と、アメリカ軍のアフガニスタン空爆の状景とが、繰り返し映しだされた。それらの画像を見ても、私の心は虚ろだった。

数日まえに、トリエステの町はずれで見た、強制収容所跡「リジエーラ・ディ・聖《サン》サッバ」(国立記念館)の黒ぐろとした記憶が、脳裏を去らなかったからである。あらゆる光を塗りつぶした闇の部屋。いっさいの声を奪われた怒りと悲しみが渦巻く部屋。天井に、壁に、床に、染みついた影また影。あの死と無の息苦しさを、どうすれば人びとに伝えられるのか。

こうして北イタリア三都市をめぐる旅の中の旅を終えて、一〇月一六日の惨劇の日に合わせてローマに戻ってきた。そしてそれまで荷物を預ってもらっていたヴェーネト街のアメリカ大使館に近いホテルを引き払い、タクシーを呼んだ。大荷物を積みこむと、年配の運転手は私が空港へ行くものとばかり思っていた。

「そうではない、別の場所へ」と言って、同じローマのなかのユダヤ人街区のホテルの名前を告げた。すると運転手は怪訝そうにたずね返した。

「そこはホテルでなく、ペンシオーネではありませんか？」

「いや、日本から電話で予約したときには、先方はホテルと名乗っていましたよ。初めて泊りに行くのですが。」

「わたしは四五年間タクシーをしているので、たいていの場所は知っていますけれども……」そこまで言って、彼は語尾を濁らせた。

年配の運転手は、私の告げた場所がいまでもユダヤ人の居住する街区であると知っていたにちがいなかった。けれども、ローマではゲットーとか旧ゲットーという言葉は、一般には、使わない。それがなぜか、と改めて私は考えさせられた。せいぜい「シナゴーグのあたり」と人は呼ぶぐらいである。タクシーは最短距離を走って、テーヴェレの河畔から横道のひとつに入った。運転手が念を押すように言った。「ここでしょうね？」

大荷物といっしょに、私は古い街路に取り残された。目の前の建物の壁に、古代の神殿の柱が埋めこまれている。ホテルの受付は二階にあった。三〇〇年ぐらいは経った建物であろう。高い天井へ向かって、螺旋階段が昇ってゆく。大きなトランクを、一段一段、客が持ちあげているのに、手伝ってくれる男の従業員もない。女性のフロント係が助けにきてくれた。

「昔、この近くに住んでいたときには、気がつきませんでした」私はたずねた。「いつごろ出来たのですか、このホテルは？」

「三〇年ほどまえに、少ない貸部屋で、始めたのです」彼女が答えた。「でも、建物の持主である女主人が、次つぎに部屋を空けてホテル用の部屋にしたので、いまでは、かなりの数になりました。今日、ご案内できるのは、三階か六階の部屋ですが。」

「どうりで。このあたりを、毎日、わたしが散歩していたのは、三五年もまえのことですから。部屋は、三階にしてください。エレベーターは、無いのでしょう?」

私たちはちぐはぐな応答をした。しかし、ホテルの実情は、おおむね、私に理解できた。大聖年にあわせて大幅に改造した、新しいホテルのひとつであろう。しかし古い時代の建造物の賢明さゆえに、天井は高く、窓は小さく、外壁が厚くて、部屋のなかはむしろ涼しかった。私は満足して、街路の探索へと出た。

どの街路も、どの建物も、外観には見覚えがあった。しかし、どれひとつとして、自分が本当には何も知らないことを、思い知らされた。

「見覚えがある」ことと「本当に知る」こととのあいだには、かなりの差がある。少し説明しておきたい。たとえば、「現在のユダヤ人街区は主にテーヴェレ河の左岸にひろがる。」これは、長年にわたって、このあたりを歩きまわりながら、私の感覚で身につけた、一種の考えである。それは予感である、と言ってもよい。

しかし予感や印象が紛れもない事実として確認され、「本当に知る」に至るまでには、地道で、忍耐強い、ほとんど絶望的な、努力の行程が必要になる。したがって、尊重されるべきは、努力である。いや、それ以上に、自分が生みだした予感である。その意味において、慎重な予感は、思いつきとは似て非なるものだ。

《永遠の都》ローマを、湾曲しつつ流れ下るテーヴェレ河が、船の形をしたティベリーナ島の舳先《へさき》で、左右の流れに分かれるとき、その直前の、ガリバルディ橋(一八八八年完成)の中央で、まず二分される。橋の全長は約一二〇メートル、幅は二三メートル。中央の一ヵ所に橋脚を備え、そこから両岸へ向かって、ゆるやかに、優美な、石のアーチを伸ばしてゆく。

中央の橋脚の上には、半円形に張り出した、石の欄干がある。上流側の手摺りにもたれて眺めれば、日暮れ時には、左手に黒ぐろと連なるジャニーコロの丘の尾根と、その彼方に聖ピエートロ大聖堂のシルエットが茜《あかね》色の空へ消えてゆくのを、飽かずに楽しめよう。

また、下流へ向かう手摺りに、朝早くにもたれて眺めれば、カンピドッリオの丘に昇る太陽が、篠懸《すずかけ》の並木の上に、ユダヤ神殿シナゴーグの方形の大屋根を照らしだすのを、見ることができる。加えて、眼下の流れのなかに、古代と変らぬ薄明から浮かびあがってくる、ティベリーナ島の目覚めの光景さえ、眺めることができよう。

この島こそは、古来、ローマのユダヤ人の生活にとって、最大の足場であった。彼らがこの島をはさむ河の両岸に住みついたのは、当然の結果である。とりわけ、島とテーヴェレ河左岸とを結ぶファブリーチョ橋(前六二年建造)は、中世には、ユダヤ人橋と呼ばれるようになった。というのも、左岸一帯に彼らの住宅が密集して建てられたからである。

一五一六年、ヴェネツィアに、ユダヤ人強制居住区域ゲットーが設けられた。これに倣って、

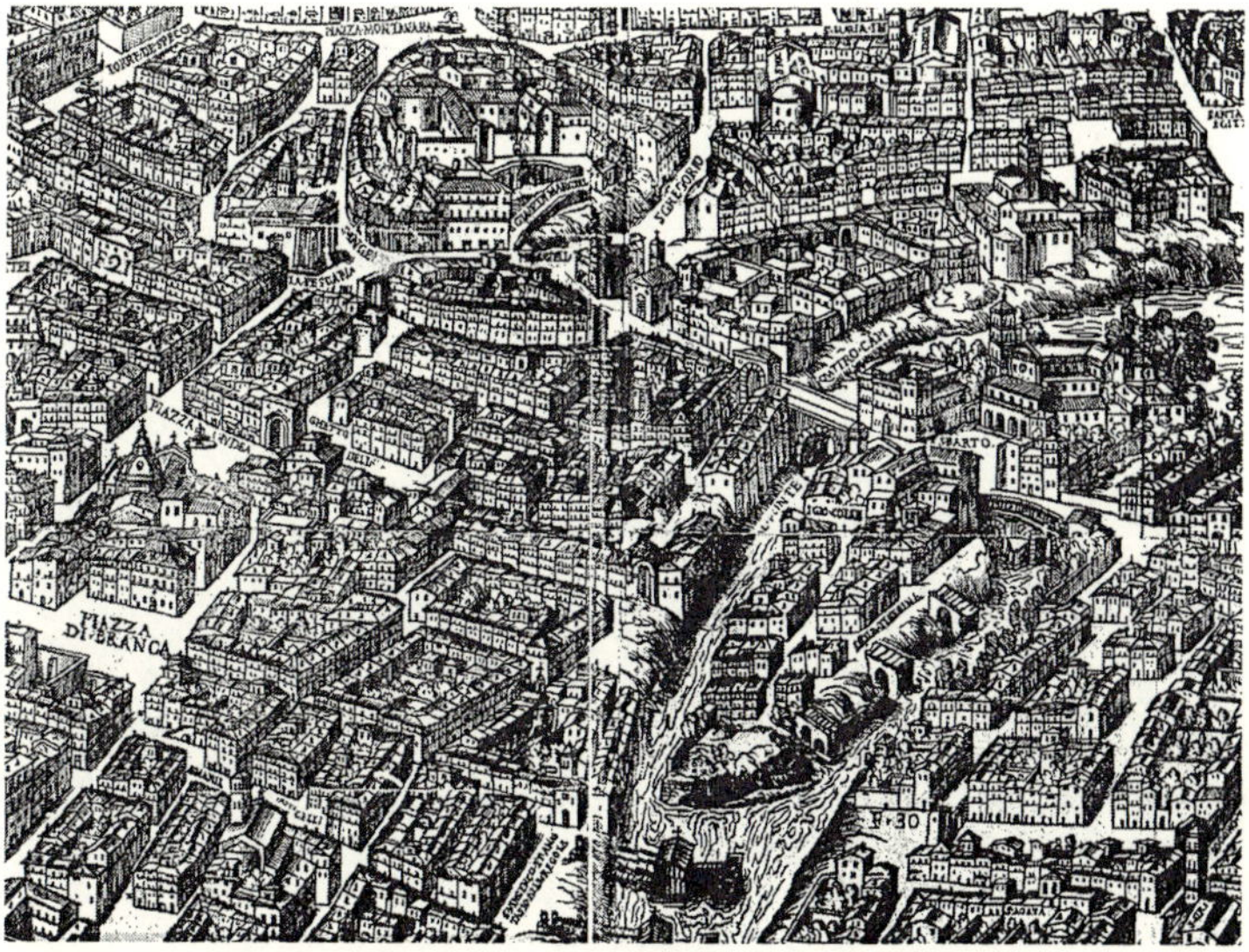

17世紀初頭のローマ市街図(木版，1774年版)

一五五五年、教皇パウルス四世は、大勅書を発して、各地にゲットーを造らせ、教皇庁の管理下に置いた。お膝元のローマでも、周壁をめぐらせ、出入りを制限するための門を街路の要所に設けた。それがどのような規模と実態であったかは、古い図版からいまは推測するしかない。

教皇パウルス五世(在位一六〇五—二一)治下のローマ市街を描いたという木版図(一七七四年版)のゲットーを中心にした部分を掲げてみよう。テーヴェレ河左岸に連なる家並と出入口の門が四ヵ所まで見取れるであろうか(七九頁図参照)。

この図版を本章扉裏に載せた現代の街路図と重ね合わせていただきたい。

と言っても、ゲットーの周壁と出入口は、一八七〇年、教会国家がイタリア統一王国に併合され、ローマが首都となり、教皇権力がヴァティカーノ市国に押し込められたさいに、破壊され、ユダヤ人は強制居住区域から解放された。

加えて近代都市ローマを整備するための護岸工事とともに、河岸から広がる零細な家並は跡形もなく壊され(一八八六―一九〇四年)、旧ゲットーはほぼ四等分されて、近代的な大建造物の区郭に変ってしまった。その最大の建物がシナゴーグ(地図ではダーヴィデの星のマーク)である。いったい、貧しいユダヤ人たちは、どこへ移り住んだのであろうか。

ここで、私の予感に戻ってみる。「現在のユダヤ人街区は主にテーヴェレ河の左岸にひろがる。」ユダヤ人はギリシア人とともに、紀元前から、海路を河口都市オスティアにやってきた。そしてテーヴェレ河を遡り、古代ローマに出入りした。紀元前一六一―一六〇年には、ユダヤ人と共和政ローマとのあいだに盟約が成り立っていた。また紀元前後のローマには、少なくとも数千名の単位で、ユダヤ人が住みついていたであろう。

両者の関係は、しかしながら、ユダヤ戦争によって破局をむかえた。紀元七〇年、ローマの若き将軍ティトゥスによって、エルサレムの第二神殿が破壊され、大量の俘囚《ふしゅう》や流民となってユダヤ人が連れてこられた。そのさいの戦勝の光景が、ティトゥス凱旋門の内壁に、象徴的な浮彫りとなって刻まれていることは、すでに触れたとおりである(七〇頁)。

本章扉裏の街路図を見ていただきたい。カンピドッリオ広場から降りる傾斜路の下から、テーヴェレの河畔までは、約四〇〇メートル(マルチェッロ劇場街)。河畔のモンテ・サヴェッロ広場から、左岸を上流へ向かって歩けば、ガリバルディ橋のたもとまでが、約四〇〇メートル(チェンチ河岸通り)。ガリバルディ橋にあわせて北へ斜めに造られた幅広い道(アレーヌラ街)を、同じく四〇〇メートルほど歩けば、アルジェンティーナ広場手前の古代遺跡へ出る。

図には記してないが、そこには一段と低い地盤の、古代アルジェンティーナ聖域が、認められるであろう。四基の神殿跡が、発掘途中になっている。また西側街路の地下には、半円形の古代ポンペイウス劇場と、巨大な列柱回廊(東西一八〇メートル、南北一三五メートル)の遺構が、埋まっている。ほかでもない、そこが、カエサルの殺された場所である。

ところで、右に示してきた、それぞれ約四〇〇メートルの、三つの街路に囲まれたなかへ、地図のティベリーナ島を移してみよう。

左岸に乗せたひとつ目の島は、オッターヴィア柱廊街まで、すなわち旧ゲットーに、ほぼ重なる。その上方へ、二つ目の島を乗せてみる。マッテーイ広場(亀の噴水)から左右へ水平に延びる街路までに、ほぼ重なるであろう。そして地図の上に移した三つ目の島は、アレーヌラ街の終りで右折し、アルジェンティーナ聖域の縁を二五〇メートルほど進み、傾斜路の延長線上二〇〇メートルほど(アラチェーリ街)の地点で、五角形に閉ざされる。私が予感する現在のユダヤ人街区はこの五角形の内側になるであろう。

地図の上にティベリーナ島を三つ重ねたような、この街区の内側の小路を、私は久びさに、隈なく歩きまわった。どの街路にも、どの建物にも、見覚えがあった。マルチェッロ劇場跡の周辺に広がる、アポッロ・ソシアーヌス神殿跡から聖アンジェロ・イン・ペスケリーア教会堂へかけての一帯だけが、まえにも書いたように、発掘作業のために立入禁止になっていた。それ以外は、昔の文学仲間たちと散歩していたときと、何ひとつ変っていない。

それにしても、あの貧しい留学生であったころに、なぜ、この「マルチェッロ劇場街＝チェンチ河岸通り＝アレーヌラ街＝フロリーダ街とボッテーゲ・オスクーレ街＝アラチェーリ街」に囲まれた一帯を「現在のユダヤ人街区」と、私は感じ取ったのであろうか？

この一帯の特徴のひとつは、オルシーニ家、チェンチ家、マッテーイ家、カエターニ家といった、古代から中世、そして近代から現代まで、それぞれに一世を風靡《ふうび》した名門、貴族、豪族たちの、邸館や宮殿が、厳《いか》めしい大扉を構えるあいだに、じつに零細な家々が壁と壁をつなぎ合わせ、階と階を積み上げて共存してきたことだ。

そういう街区にあって、ひときわ威容を誇り、名門貴族の館と対抗する堂々とした建物が、いまでは、ユダヤ神殿であるシナゴーグだ(一八九九―一九〇四年建造)。アッシリア・バビロニア様式と呼ばれ、どことなく東方の王者の気配を感じさせる。周辺に緑地を配し、それを頑丈な高い鉄柵で囲んでいる。さらに、よく見れば、神殿と同じ石材で造った重厚な建物群が、シナゴーグの三方を取り巻いている。

いったいなぜ、零細な家々が連なっていた旧ゲットーを壊して、このように堅固な神殿とそれを囲む建築物を造ったのか。かつては、強制居住区域のなかに、四〇〇〇名の貧しい人びとが住んでいたという。それをわずか四区郭の、重厚で堅固な、近代建物に変えてしまったのは、なぜか。これが貧しい人びとの願いでもあったのか。

旧ゲットーの生まれ変りであるこの区域が、ユダヤ人共同体に属することは、確かであろう。この区郭のなかには、学校なども入っているにちがいない。しかし、それならば、あの運命の日、すなわち一九四三年一〇月一六日に、この堅固な建造物群は、なぜ、ユダヤ人共同体を守るための役割を果たせなかったのか。

もしも秀れた指導者がいれば、一〇〇〇人やそこらの民衆を、ひとまず守る手立ては、見出せたであろうに。本章扉裏の地図を見返していただきたい。ユダヤ神殿を含む四区郭(旧ゲットー)の右に位置する、半円形の古代マルチェッロ劇場跡(現オルシーニ家邸館)は、帝政期に収容観客数が一万五〇〇〇あった。

考えこみながら歩いてゆく私の行手に、シナゴーグが見えてきた。鉄柵のまえに、今日も、パトカーがドアを開けて停まっている。一歩一歩、私が近づいてゆく。すると樹蔭から、特務警官《カラビニエーリ》が出てきた。自動小銃を構えている。その瞬間に、ふと、この堅固な神殿にユダヤ人が立て籠るのを恐れて、策を弄する男がいたことを、私は思いだした。ほかでもない、タッソ街に秘密警察本部を置いていた、ドイツ軍SS隊長ヘルベルト・カプラーである。

一九四三年九月二六日、彼はユダヤ人ローマ共同体の長ウーゴ・フォーアとユダヤ人イタリア共同体連合の長ダンテ・アルマンシを呼びだして、二〇〇名の人質か、さもなければ、金塊五〇キロを差しだせ、と難題を吹きかけた。それから半世紀ほど経った二〇〇一年九月二六日、聖ジョヴァンニ・イン・ラテラーノ大聖堂に近い、タッソ街一四五番地を、私は念のために訪ねた。旧ゲシュタポの秘密監獄は、現在、ローマ解放歴史記念館になっている。

2 ローマの惨劇

ローマ解放歴史記念館は改装中であった。ひっそりとタッソ街に沿う建物の壁面に穿《うが》たれた、一間四方ほどの窓が、等間隔に、横に一〇個ほど並ぶ。長く延びてゆく壁面のなかで、窓はみな小さく見えた。

見あげれば、同じように小さめの窓が、縦に、つまり上方へも、穿たれている。数えてゆくと、六階まであった。むしろ素気ない長方形の建物だ。道路側には、工事中の足場が築かれ、網がかけられている。全体の造りは定かに見えなかった。が、比較的に新しい様式の建造物である。

内部に入って、工事中の階段を昇ってゆく。上の階から降りてきた男が、ドアのひとつを開けてくれた。そこが事務所の受付になっていた。パンフレットやコピーの資料を頒けてくれながら、「一九四三年九月八日―一九四四年六月四日」と副題のついた劇画の小冊子を開いてみせた。そして「あの九ヵ月を、新しい世代に知らせるために作ったのです」と言った。

建物は一九三〇年代終りに造られたという。人種法が出されたころだ。近くのヴィッラ・ウォルコンスキーに大使館を置いていたドイツが、初めのうちは文化担当官の事務所として、ついで軍事警察用として借りて使ったという。が、問題の九ヵ月には、SS隊長カプラーの率いる秘密警察本部に当てられた。

一階はもっぱら隊員詰所、二階は事務局、三階から上は獄舎になっていた。政治犯、ユダヤ人、抵抗運動に加わった者、パルチザンたちを弾圧するための機関として、河向こうのレジーナ・チェーリ刑務所とともに、悪名を轟かせた。解放後、数年を経て、持主のルスポリ家が建物の一部を寄付して、いまは国立記念館となった。

三階から上は、部屋が囚人用に細かく仕切られていた。何よりも驚くのは、窓という窓が分厚い煉瓦で閉ざされてしまったことだ。苛酷な取調べや拷問で、叫び声や呻き声を外へ洩らさないためであった。

記念館には図書資料室がある。『一九四三年一〇月一六日』関係では、デベネデッティのシレルキエ叢書版があった。《ラゼッラ街の襲撃》や、報復措置《フォッセ・アルデアティーネの虐殺》。そういった事件のパネルが、あちこちに掛けられ、犠牲者たちの遺品が並べてあった。地下抵抗組織の新聞『自由イタリア』も貼られていた。

ユダヤ人関係の一室に案内されると、強制収容所から奇しくも生還した証人の談話が、ビデオテープによって、映しだされていた。恐ろしい体験を語りつづける老いた女性の姿があった。

タッソ街の歴史記念館を訪ねてから、半月ちかくが経った。それなのに、あのとき映しだされていた女性の姿が、私の脳裏で、まだ語りつづけている。それが、トリエステの強制収容所跡「リジエーラ・ディ・聖《サン》サッバ」の闇の記憶と二重写しになり、いまや、あの死の部屋のなかで、顔色の悪い女性だけが生き生きと語りつづける。

《ローマの惨劇》から生還した女性は、ひとりしかいない。あの画面のなかで、ガス室の体験を語っていたのは、セッティーミア・スピッツィキーノ(一九二一年生まれ)にちがいなかった。彼女から聞きだした話を、エルサ・モランテは長篇『歴史』のうちに組みこんだという。

モランテも、時どきは、このシナゴーグへ来たのであろうか。彼女の書いたものを読むかぎり、モランテは無神論者に近かったようだ。しかし、祖母や母親から承けついだ自分の血のなかに、彼女が何かを感じ取っていたことは、まちがいない。ごく初期の短篇に、その気配を描きだそうとしているから。ただし、そこでは、この建物をシナゴーグと呼ばずに、神殿と書いている。

河岸通りの鉄柵に近づいて、私は神殿の壁面を見上げていた。警備の特務警官《カラビニエーリ》が、自動小銃を構えたまま、近寄ってくる。まだ二〇代前半の若い隊員だ。

「こんにちは」私のほうから声をかける。

「こんにちは」はっきりした声で、彼も応えた。

しばしば私が通りかかるので、すでに私たちは顔見知りではあった。が、声をかけたのは、そのときが初めてである。壁面を指差しながら、私は言った。「あそこに書いてあるでしょう、一〇月一六日と。」

彼が首を伸ばして見つめた。黒い帽子に黒い服。ズボンの横に、赤い筋が縦に引いてある。

「一〇月一六日。つまり明日《あした》。半世紀ほどまえの明日、たくさんの人間が連れ去られた。ここから、ユダヤ人であるというだけの理由で。」

彼は答えなかった。何も知らなかった、という表情をあらわにしただけで。ましてや、知らないであろう。なぜ、自動小銃を構えて、警戒しているのかを。そのとき、右手の扉が開いて、人が出てきた。

「今日は、開いているのですか？」私がそう言うと、彼は黙ってうなずいた。

そのときまで、九月から一〇月へかけてユダヤ暦が新年を迎えることを、私は知らなかった。どうやら、新年の一連の行事が終って、ユダヤの人びとの生活も平常に復したのであろう。シナゴーグの内部や博物館が見学できるようになった。

早速に、神殿のなかを案内してもらった。すばらしいメノラーがいくつもあった。細かいことは省くが、キリスト教の場合とは逆に、シナゴーグのなかでは、一般の男性も帽子をかぶらなければならない。もしも持っていなければ、入口にたくさん用意してあるひとつを、自分の頭に載せる。

そのことを知ったときから、私はポケットにキッパー(ユダヤ教徒用つば無しの小さな帽子)を入れて持ち歩いている。それを取りだして頭に載せると、案内係の女性は、心を落着かせたかのように、よどみなく説明を始めた。

博物館のなかにも珍しい品物がたくさんあった。ガラスケースの片隅に収まっている、小さな紙包みの群れに、私の心は惹かれた。住所や名前が書いてある。古ぼけた単なる紙包みだが、SS隊長カプラーに金塊を強請《ゆす》られたとき、人びとが供出した貴金属の一部にちがいなかった。

いまや、それらの古ぼけた品々の謂《いわ》れを知る人は少ないであろう。そして忌わしい事件そのものさえ、人びとの記憶から失われかけているのであろうか。

ユダヤ博物館から外へ出ると、茂みのかげの壁面にも、文字が刻まれていた。そのなかから、くっきりと、ひとつの姓名が、私の目に飛びこんできた。

GINZBURG LEONE(ギンツブルグ　レオーネ)

自分の目を疑った。まさか、こんなところに……。でも、どういう意味においてか。

さまざまの疑いが、私の胸のうちを通り過ぎた。十四、五行並んだなかに、たしかに、彼の姓名も刻まれている。その上に、碑銘が冠されていた。

ユダヤ・パルチザンたち／イタリアの自由のために／イスラエルの民の名誉のために／ナチ＝ファシズムの野蛮に対して／戦って斃れた者たち

年月日は記されていない。それが私の胸のうちを少し鎮めてくれた。理由はいま、とうてい説明しきれない。ただ、断っておきたい。少なくとも「イスラエルの民の名誉のために」彼が戦ったのではないことを。

レオーネ・ギンツブルグ(一九〇九―四四)は青年時代の思想形成を北イタリアの都トリーノで果たし、反ファシズム運動のグループ〈正義と自由〉に深く関わった。そして逮捕、投獄、流刑を経ながらも、行動党の創設に加わった。一九四三年秋、同党ローマの地下組織を指導して、機関紙『自由イタリア』を発刊したが、その一〇月一七日号に書いている。

たとえ国王やバドッリオがいまになって形式上ドイツに宣戦を布告しても(中略)それは身振りに過ぎず、何びとをも欺けない。現状に何ものをも付け加えない。ナチス・ドイツに対する真の戦いは、九月九日以来、イタリアの民衆によって宣言されてきた。(中略)それはドイツに対する戦いではなく、ナチズムに対して宣言された戦いだ。ナチズムに対して国王やバドッリオが敵対できるはずがない、ファシズムに対して真剣に敵対しなかったからには。

南部に逃避したイタリア国王とバドッリオ政府が、連合軍の傘の下で、一九四三年一〇月一三日、ドイツに対して宣戦を布告したことを踏まえて、レオーネが発表した文章である。それにしても、このような地下組織の運動や思想が、どの程度まで、ローマの旧ゲットーの人びとのあいだに滲透していたのであろうか。

一方において、九月二六日以来、「人質か金塊か」という難題を、SS隊長カプラーに突きつけられ、ローマのユダヤ共同体は金策に走りまわっていた。平たく言って、「命か金か」と脅《おど》されて、久しく慣《なら》い性となった方策を選んだのである。

ここに、問題点があったのではないか。ここに、もしや醜悪で卑劣な策謀が潜んでいたのではないか。初めて、デベネデッティの『一九四三年一〇月一六日』を読んだときから、私の疑問は深まるばかりで、解決の筋道が見えない。

他方において、デベネデッティ、モランテ、レオーネ・ギンツブルグなど、秀れたユダヤ系文学者たちの数はあまりにも多い。そのうえ、長年にわたり執念をこめてイタリアにおけるユダヤ人問題を調査してきた人びとの著作が、この世紀末にかなり出版された。今回、二〇〇一年秋に、イタリア各地のゲットーや旧ゲットーを訪ねて、私は貴重な文献や珍しい本を入手することができた。メノラーという書店さえあった。

残念ながら、資料として信憑性《しんぴょう》の問われる出版物もあった。しかし、データは不正確でも、思わぬ真実の破片が光っている。私は読みかけたダーヴィデの星のついた本のなかで、ブルーノ・デッラリッチャという人物がいたことを知った。

九月二六日、金塊を強請《ゆす》られたときに、彼は反対意見を唱えた少数のひとりであったという。「金塊ではなく、鉛の弾丸こそくれてやれ！　立ちあがろう、ローマはわれわれとともにある……。」しかし共同体の幹部たちからは、正気の沙汰でない、という扱いを受けた。無理からぬことと言うべきか。幹部たちの分別か、それとも、若者の狂気か。

いずれが良いとも決めかねて、私は読みかけの本を持ったまま、チェンチ河岸通りの並木の下に立った。目の前には、暮れなずむティベリーナ島の岸辺を、河の流れが洗っていた。左手の、島から来るファブリーチョ橋か。それとも、右手、上流のガリバルディ橋か。

今日と同じ一〇月一五日、あの金曜日の宵に、小雨のなかを、髪をふり乱して、河向こうから走ってきた女は、どちらの橋を渡ってきたのであろうか。あの黒い服の女が急を告げて駆けつけてきたとき、ブルーノ・デッラリッチャはいなかったのであろうか。自分と同じように狂人扱いされた、あの女の悔し涙を、彼は何と見たのであろうか。

それも予兆のひとつであったはずだ。しかし、結論を急ぐまえに、ブルーノ・デッラリッチャの存在自体を、いまは、少し調べておきたい。

読みかけた本によれば、《ローマの惨劇》の当日、彼は「自分と同じ宗教の信者で、助かることのできた、多数の他の者たちと同様に、電話で、未知の庇護者たちから、「ユダヤ人狩りが始まっている」という通報を受けた」という。

両親や兄のひとりと同じ家に住んでいたので、彼は電話の報せを受けるや、急を告げに、別の兄のところへ走った。しかし駆けつけると、すでに、武装したドイツ兵に囲まれて、兄は妻やふたりの幼い子供たちと階段を降りてくるところであった。

虚しく兄一家を見殺しにしなければならなかったブルーノは、その後すぐに、別の兄エルネストと、モンテゼーモロ将軍の地下組織に加わった。しかし、一ヵ月も経たない一一月一三日の夜、何者かの密告によって、活動拠点にいたところを、ナチ＝ファシストに襲われ、兄は捕まってしまった。彼自身は、たまたま外出していて、助かった。その後も、ブルーノは数奇な運命を潜《くぐ》りぬけたが、結婚してふたりの子供に恵まれたという。

ところで、別の資料によれば、捕まった兄と思われるエルネスト・デッラリッチャ(一九一三年生まれ)は、一九四四年四月五日、他のユダヤ人たちといっしょに、ローマからモーデナ市北方の強制収容所フォッソリに移され、そこを出た列車は、さらにマントヴァとヴェローナ両市で、別の車輌と連結され、総勢一五〇〇名となって、四月一〇日、アウシュヴィッツ＝ビルケナウに着いた。大多数がすぐにガス室へ送りこまれた。後年に生還が確認された人数は四七名だが、エルネストはそのなかに入っていない。

また、《ローマの惨劇》の日に強制連行された一〇〇〇余名のユダヤ人のなかに、デッラリッチャ姓の者は、一〇名いた。そのうち、私が推測する、ブルーノの兄一家は、次のようになるであろう。兄マンリオ(一九一一年生まれ)、その妻イターリア(一九一三年生まれ)、長男レッロ(二歳半)、長女アルバ・ベッラ(一〇ヵ月)。いずれも生還しなかった。

秋の日もとっぷり暮れてから、私はゲットーが壊されるまではユダヤ広場と名づけられていた街角で、ユダヤ風のピッツァを幾片か包んでもらい、果物屋の小母さんが選んでくれた、形のよい梨や葡萄の房を抱えて、ホテルに戻った。代金は、ぜんぶで千円もしない。

こうして、二〇〇一年一〇月一五日は、小雨も降らず、冷えこみもせず、おだやかに夜が更けていった。ベッドの上で読みつづけた本のひとつに、こう書いてある。

ベルリンのアイヒマンから特別命令を受けて、ユダヤ人狩りSS専門官ダンネッカーがローマに着いたのは、一九四三年一〇月上旬のことであった。タッソ街ではなく、北の城門を出たところのホテルに数日こもって、彼はユダヤ人街区の地図を丹念に調査し、包囲網の作戦をたてたという。

それは、前回、私がやや細かく述べた、五角形の街区図と、異ならないはずだ。惨劇の前夜、ドイツ軍用車が威嚇の発砲を繰り返しながら走りまわった街路は「マルチェッロ劇場街=チェンチ河岸通り=アレーヌラ街=フロリーダ街とボッテーゲ・オスクーレ街=アラチェーリ街」以外にはない。

批評家ジャーコモ・デベネデッティが《ローマの惨劇》を書きあげたのは、事件があったときから、ほぼ一年後の、一九四四年一一月である。当時、北イタリアはまだナチ=ファシストの勢力下にあった。各地で、反ファシズムや反ナチズムの抵抗運動やパルチザン闘争が、苛烈に展開されていた。

デベネデッティの重大な小冊子のなかでは、それゆえ、ローマのユダヤ人居住街で一網打尽にされた人びとを乗せた列車が、フィレンツェ駅から北のボローニャへ向けて走り去ったまま、杳《よう》としてまだ行方しれずになっていた。その後の経緯が明るみに出たのは、ひとつには戦後、奇蹟的に生還したごく少数の人びとの証言があったからであり、いまひとつには長年、執念をこめて調査を続けた心ある人びとの努力の結果である。その大略を示しておこう。ただし、調査はいまだ完全ではない。

一九四三年一〇月一六日、土曜日。午後二時までには、イタリアにおける最初のユダヤ人大量逮捕が終った。テーヴェレ河対岸、ルンガーラ街のはずれにある陸軍学校(サルヴィアーティ宮殿)の中庭に、全員が仮収容された。総数は一二五九。内訳は、男三六三、女六八九、幼児二〇七。

一〇月一七日、日曜日。夜明けまでに、身分証明書などの精査のあとで、ユダヤ人でないと判明した者たちが、釈放された。その数は二三七(ただし、七名のユダヤ人が紛れこんで自由の身となった)。結局、一〇二二名が強制収容されたことになる。なお、非ユダヤ人が一名入っていた。

そのひとはカトリック信者の女性であったが、自分の保護していた、身体が不自由なユダヤ人孤児を、見棄てるわけにいかずに、非ユダヤ人と名乗らないまま、その子と運命をともにしたのである。

陸軍学校のなかで、夜中に産気づいた妊婦がふたりいたように、デベネデッティの文章には書かれていた。だが、これは同一の女性、マルチェッラ・ペルージャ(一九二〇年生まれ)のことであった。この身重の母親は、五歳(長男パチーフィコ)と六歳(長女ジュディッタ)の子供たちといっしょに捕まり、三番めの赤児を産み落としたのである。夫チェーザレ・ディ・ヴェローリのほうは、一斉逮捕のとき、逃げ出すことに成功した。妻マルチェッラと子供たちは生きて還らなかった。

一〇月一八日、月曜日。夜明けに、ふたたび軍用トラックに積みこまれて、一〇二二名の俘囚は、ティブルティーナ駅(終着駅ではない)へ運ばれた。家畜用の貨車に乗せられ、一車輌に五〇ないし六〇人が詰めこまれた。ぜんぶで一八輌あった。

小さな駅の引込み線に、約六時間、列車は停まったままであった。その噂は、すぐに、ユダヤ人たちのあいだに伝わったという。ドイツ兵二〇名ほどが警備にあたっていて、接近はむずかしかった。にもかかわらず、車輌から車輌へ、肉親を探して、声をかける者たちがいた。

したがって、貨車のなかから洩れてくる悲鳴や呻き声を聞きとったと書くモランテの長篇『歴史』のなかの描写は、現実のものであった。そういう場面に立ち会ったコスタンツァ・デッラ・セータという女性は、貨車のひとつに夫が閉じこめられていることをついに突き止めて、自分も乗せるよう、ドイツ兵に詰め寄ったという。

やがて非情な列車は動きだした。オルテ、キウージなど、不意に停止した駅で、次つぎに、犠牲者の亡骸《なきがら》を落としながら、フィレンツェへ着いた。そこまで運転をしたクィリーノ・ザッザに交替して、ボローニャへ走りだした機関士の名前は、明らかになっていない。

翌一〇月一九日、火曜日。正午ごろ、悲劇の貨物列車は、パードヴァ駅構内に停まっていた。列車のまわりに小さな人込みができた。初めは、地獄の悲鳴に、好奇心から惹かれたのであった。「アックァ、アックァ」という声が、見えない喉から、手を差し伸べるように聞こえてきた。それが「水《アックァ》」を求める人間の声だとわかったときの、驚きと、恐れと、怒り。にもかかわらず、まったくの無感覚と無表情で、列車の護衛にあたるドイツの歩哨たち。

鉄道警備兵の輪が、たまりかねて、異議を唱えた。「ユダヤ人だから」と、ドイツ軍ＳＳ隊員が答えた。

「たとえそうでも、喉がかわいているのだから」と、ファシストの警備兵が言った。激しい抗議のあとに、ようやく、囚われた人びとは喉を潤《うるお》すことができたという。そのときの情景については、貴重な記録が残っている。

一二時に、前触れなく、ローマから来たユダヤ人収容列車が当市の中央駅に停まった。長い議論の末に、私たちに救援の許可が下りた。一三時に、二八時間も閉ざされてきた車輌の戸口が開けられた。どの車輌にも五〇名ぐらいの人びとが詰めこまれていた。老若男女、幼児たちもいる。かつて、これほどまでに凄惨な光景を目にしたことはない！　家のなかから引きずりだされてきたままの市民たち。手荷物ひとつなく、看護の手立てもなく、雑多に抛《ほう》りこまれた、惨《みじ》めな飢えて渇いた人びと。彼らの求めに応えられない、非力で無力な私たちは、ただ憐れみと怒りに震えながら、手も足も出せず恐怖に打ち拉《ひし》がれていた。誰もが、生《い》け贄《にえ》たちが、鉄道員が、見守る者たちが、民衆が……。（イタリア赤十字係官ルチーア・デ・マルキ夫人の日誌から）

二時間後に、パードヴァの駅を発った列車は、東のトリエステではなく、ほぼ北上して、その夜も更けたころ、国境の峠の駅ブレンネロに着いた。そこで、イタリアの鉄道からドイツ側へ引き渡されたが、そのさいに囚人たちの点呼があった。ドイツ兵は、もはや人数ではなく、個数で、彼らを勘定したという。

こうして、悲劇の列車は、第三帝国圏内へ入った。一〇月二一日、木曜日に、ホーフの駅に少し停車した。それからボヘミア、モラーヴィア地方を抜け、オストラヴァを経て、チェコからポーランドに入った。そして悪夢のなかのような六日六夜の旅の果てに、一〇月二二日、金曜日の夜、二三時に、アウシュヴィッツ＝ビルケナウに着いた。

翌二三日早朝からの、戦慄すべき光景も、生き延びたわずかな者たちの証言によって、いまでは明らかになった。先に記したごとく、ローマ発《死の列車》の生還者は、ひとまず、一五名と考えておきたい。そのうち女性は、当時二二歳であった、セッティーミア・スピッツィキーノだけ。囚われたなかで、ただひとりドイツ語が話せたアルミーニオ・ヴァクスベルゲル(一九一三年生まれ)は、最後まで通訳として使われたため、生き延びることができた。同時に、貴重な証言者となった。しかし妻(一九一二年生まれ)と娘(五歳)は、到着早々、大多数の人びとといっしょに、ガス室の奥へ消えた。

このような《ローマの惨劇》の終末を、いくつかの資料で読み取りながら、落着かぬ眠りを少し眠って、二〇〇一年一〇月一六日の朝を、私はユダヤ人街区の小さなホテルで迎えた。朝食をとるため、下の階へ降りてゆくと、二部屋ある食堂が女子学生たちでいっぱいになっている。空席がない。

こんなにたくさんの宿泊客がいたとは。やむをえず、新聞を買いに、外へ出た。スタンダールの作品でも知られたチェンチの居館をひとめぐりして、ガリバルディ橋のたもとに立った。あの日の朝、ドイツ兵たちを振りきって逃げだしてきたS夫人が、気を失い、運びこまれたカッフェは、どれであろうか。私は新聞を抱えながら、それらしきカッフェの一軒に入った。

店で働く者たちは、昔の事件など気にしていない。新聞のどこにも、昔を思い出させる記事はない。それならば、世は平和になったのか。そうではない。どの紙面もビンラディン氏の「テロ組織」とブッシュ氏の「報復攻撃」の記事で満ちみちている。この争いの背景にイスラエル国家の専横があることは、いまや、歴史上の事実であろう。

いつものように、河岸通りを進み、神殿の側壁へ出た。「おはよう」自動小銃を構えた若い特務警官に、声をかけた。

「おはよう」相手も応えて、身体を少しひらいた。すると、昨日までとはまったく違う光景が現われた。神殿の側壁へもたせかけて、すばらしい、大きな花輪が、並んでいる。濃い緑の葉の輪のなかに、黄色い蕾の花が、ぎっしりと詰まっていた。イタリアの三色旗の帯や、ローマ市のリボンが、花輪に結びつけてある。美しくかつ厳粛な気配が漲《みなぎ》っていた。私は何物も見落とすまいと目を凝らした。

花輪はぜんぶで六つあった。両端には水色と白に染め分けた、イスラエルのリボンがつけてある。それにしても、右端の花輪のすばらしいこと。真紅《しんく》の薔薇の蕾が一面に差してある。数百本はあるであろう。いや、もしかしたら、惨劇の日の犠牲者の数、一〇〇〇余名分か。花輪の上の壁には、こう刻まれている。

イスラエルの民の／六〇〇万が／ヨーロッパで無実の犠牲となった／憎むべき人種差別によって

イタリア全土では／運命の一九四三年一〇月一六日から／八〇〇〇を越える／人びとが連行され迫害され虐殺された

ローマからは／二〇九一名が／連れ去られた

犠牲者の数は必ずしも定まらない。新しい事実が次つぎに明るみに出されるからだ。ローマでは、一九四三年一〇月一六日の《惨劇》における一〇〇〇余名をはじめとして、翌四四年六月四日の解放まで、何度か、小規模ながら同種の事件が起こった。そして捕えられたユダヤ人たちは、列車やトラックで、北方のフォッソリ強制収容所へ送られ、そこからまとめてさらに北方のアウシュヴィッツ絶滅収容所へと送られた。碑文の主旨は、ローマから連れ去られた犠牲者の総数が二〇九一名になった、ということである。

ところで、《ローマの惨劇》の犠牲者数を「一〇〇〇余名」と、私はしばしば概数で示してきた。それにはわけがある。たとえひとりでも、不明な部分を切り捨ててはならない、と考えるからだ。また、数字では整理しきれない、人間の命にかかわる、絶望的な苦しみがあるからだ。そこに、文学の関心は集中する。

近年の調査研究のおかげで、それでも、「一九四三年一〇月一六日」に強制連行された者の数は「一〇二〇余名」とまでは言ってよい。『レジスタンス事典』第一巻（エイナウディ社、二〇〇〇年）に収められたマンテッリの論考では「逮捕された者一二五九、そのうちアウシュヴィッツまで強制連行された者一〇二三」とある。また同書のピッチョットの論考では「逮捕された者一〇三五、（中略）最後までドイツ兵の手に残されたユダヤ人一〇二二」となっている。最終的な人数の違いは、後者の論考が別の資料に倣い、一名を減じたからであろう。

女性研究家リリアーナ・ピッチョット・ファルジョーンは、ミラーノ現代ヘブライ資料センターに所属し、忍耐強い調査結果の労作『ドイツ占領とローマのユダヤ人』(カルッチ社、一九七五年)を著わした。中間報告の形をとりながらも、強制連行された者(全員の姓名と生年月日が記してある)の数は、一〇二三名。そのうち生還者は一七名になっていた。

これを基に、ピッチョット・ファルジョーンは、大著『記憶の書』(ムルシア社、一九九一年)を著わしたが、さらにこのなかのデータを整理したのが、ファウスト・コーエンの『一九四三年一〇月一六日』(ジュンティーナ社、一九九三年)である。

手短かに言って、コーエンは、あの陸軍学校で若い妊婦が産み落とした幼児を、堕ちた天使のごとく無垢な存在として、人間の数に入れないことにした。その他、いくつかの妥当なデータ整理を、彼は行なっている。しかし、それでもなお、私の心象風景のなかで、明確な像を結ばない、危うい存在の者たちがいる。そのうちの二、三を記しておこう。

その一、自分を非ユダヤ人と名乗らずに、不自由な身体の孤児に付き添い、ガス室へ消えていったのは、誰なのか。姓名が明らかでない。

その二、コーエンの著書にも引用してあるが、閉じこめられた貨車の戸口を破って、ついに、走行中の列車から脱出した例が、ひとつある(周辺の人びとは、誰も後に続かなかった)。ラッザロ・ソンニーノ。しかし、ピッチョット・ファルジョーンの著書(一九七五年版)の名簿に、その名前はない。

その三、「アコーディオンを弾く少女」の写真がある。長袖のブラウスに膝までのスカート、サンダル風の靴を履いて、戸外に立つ姿は、《惨劇》以前の仕合わせな日のスナップであろう。一二歳。大人びた顔に、恥ずかしそうな微笑みを浮かべている。

《惨劇》の日、ローマの古代遺跡の草むらに、一〇二〇余名のユダヤ人老若男女は集められた。私が訪れたとき、そこは工事中になっていた。

「防護柵に近寄って、なかをのぞいて見る。強い陽射しの下で、白昼夢に襲われた」と、私は書いた（七〇頁）。幻の人びとの群れのなかにひとつの影となって、「アコーディオンを弾く少女」フィオレッラも蹲《うずくま》っていた。

犠牲者の名簿を調べると、私と同い年の子供が一〇名いた。先にも記した。「子供は二四四名いたが、みなガス室へ送られたのであろう、ひとりも戻ってこなかった」と。

しかし、フィオレッラ・アンティーコリ（一九三一年生まれ）の運命は異なった。母親、祖父母、叔父叔母、弟妹たちといっしょに、アウシュヴィッツまで運ばれ、一九四三年一〇月二三日早朝、フィオレッラ以外、全員がガス室へ消えた。翌四四年一一月、なぜか少女はナチスの手によって、ベルゲン・ベルゼンの絶滅収容所へ移された。

そして四五年四月二六日、アメリカ軍がベルゼン収容所を解放したとき、撮影した生存者の群れの写真のなかに、少女が入っていたのである。ローマで難を逃れた父親マルコ・アンティーコリは、娘の姿を認めて、再会できる日を待った。

だが、フィオレッラは、翌五月の三一日、ベルゼンの病院で息を引き取った。ただひとり、他の子供たちよりも、一九ヵ月多く生き延びた、ローマの少女。

神殿の側壁に並んでいた、大きな花輪の足許に、そっと置かれていた一茎の白い蘭の花。それは、フィオレッラのためではなかったか。

3　反ファシズムの闘士たち

ローマのユダヤ人街区には、レストランが数軒ある。そのなかから、「これぞと思う一軒」を見つけて、「一〇月になったら、また来るから」と言い残しておいた(七三頁)。

たいていのレストランが、外側の街路沿いと内側の部屋のなかと、両方に席を設けている。その店も入口の左右、街路沿いに、十数卓の席を用意していた。白いテーブルクロスの上に赤い葡萄酒のグラスを並べて、すでに二組の客が談笑していた。とりわけ、アルプスを越えて南下してきた旅人たちは、美しい陽射しの下の食卓を好む。もちろん、光だけでない。ローマの街路は到る所、歴史の影を積もらせた舞台だから、居ながらにして、私たちは長い歴史の味を楽しむことができよう。

しかし、いまは、店のなかへ入っていく。明るい街路に面した部屋に案内された。六つある食卓のうち、隅の席を選んだ。客はまだひとりもいない。床は暗褐色の木で張られ、白い壁の四隅に、明るい色の煉瓦が柱状に埋めこまれている。天井には黒ずんだ梁《はり》が走っていて、そこから赤唐辛子や大蒜《にんにく》や玉蜀黍《とうもろこし》の乾した束が吊るされている。腰羽目《こしばめ》の上の壁に沿って葡萄酒の壜が並んでいた。地味で堅実な気配のレストランだ。

ユダヤ風料理を混ぜて、一通りの注文を終ってから、奥の部屋を覗いてみた。窓はない。暗い壁に打ちつけられた燭台がいくつか灯《とも》っている。大勢の客が入ってくれば、一斉に照明をつけるのであろう。白いテーブルクロスの上にたくさんのグラスが伏せられていた。夜には、さぞかし賑やかな部屋になるであろう。古いゲットーの絵が壁にいくつも懸っている。

畳一枚ほどの立派な額縁があったので、近寄って覗きこみ、思わず微笑《ほほえ》んでしまった。城壁内ローマの鳥瞰図《ちょうかんず》の一種だ。首都百年を記念して、一九七〇年に、街路と建物のすべてを描き入れたものである。これと同じ図を信州の山居の床にひろげて、二〇ヵ月を費し、街路の一筋一筋をたどりながら、追憶の風景のなかで、私は『ローマ散策』を書きあげたばかりであったから。

それなのに、いまは、自分がローマに来ていて、街路をたどりながら、夢にみた光景の現実のなかにいるとは……。奥にまだ部屋が続いていた。床に段差があり、天井の高さが異なるのは、数百年を経て継ぎ足された建物のなかにいるためであろう。整然と食卓の列が並んでいる。突き当りまで行っても、窓はなく、壁ばかりで、出口がなかった。しかし、途中に、小さなガラス窓の脇扉があって、明るい厨房が見えた。

一九四三年一〇月一六日、《ローマの惨劇》の朝、追いつめられたユダヤ人三〇名ほどが、このレストランのなかへ逃げこみ、裏口から脱出することができたという。集団で逃げ延びられた稀な例である。

壁に飾られた古い絵の、一つひとつを見終って、テーブルへ戻ると、食事の用意ができていた。ユダヤ風の特別料理を除けば、伝統的なローマの味付けで、私の好みには合う。値段も観光客用ではなく、妥当なものであった。

食べ終って、店を出るまえに、レジの席に腰かけていた女主人と言葉を交わした。料理が美味であったことなどを述べたあとに、私は訊ねた。

「このレストランに、もしや、時どき来ませんでしたか、エルサ・モランテが？」

相手は青い瞳を見開いて答えてくれた。

「ええ、来ましたよ。何度も。わたしのためにサインをした本を持ってきてくださいました。いま、ここにはありませんが。」

そうであろう、と思い返しながら、私は店を後にした。一九八〇年春の、ある宵のこと、モランテは(すでに久しいまえからモラーヴィアとは別れて暮らしていて)親しい友人たちと食事をする約束をした。そしてこのレストランの部屋から部屋を歩いていたとき、段差を踏みはずして(彼女は強い近視なのに眼鏡をあまりかけなかった)大腿骨を折ってしまった。

その怪我が元で、モランテは歩けなくなり、苦しみの生活のなかで、最後の長篇を書きあげたあとに、自殺をはかった。幸い、未遂に終ったが、さらに悲劇的な晩年を送ることになる。


しかし、いまは、ドイツ軍占領下のローマに話を戻そう。一九四三年一〇月も半ばを過ぎたころ、モランテはフォンディの山を降りて、独りで冬服を取りに、ローマへ戻った。が、それは名目であり、実際には、友人の家に預けてきた、書きかけの長篇の原稿を取りに行ったのである。そのさい、《ローマの惨劇》の生なましい情報に接してきたにちがいない、と私は独断を記した(六一頁)。

エルサ・モランテが亡くなってから、早くも一七年が経つ。現代作家の場合には稀な例だが、年々、分厚いモランテ研究書が刊行される。そういうひとつの脚注に、次のような記述を見出した。

ローマに向かう〔やがて戦火で交通は寸断されてしまうのだが、そのまえの〕最後の列車の一便を使って、ある日、エルサは思いきって自分のノートを取りに行くことにした。あの草稿を記したノートは、当時、彼女にとって希望そのものを意味していたので。危険な旅をしながら、首尾よくブラガッリア兄弟〔モランテが親しかったのは、映画監督カルロ・ロドヴィーコのほう〕の家に着いたが、すでに無人になっていた。監督もローマを立ち去ることにしたのだった。エルサは、絶望しながら、その見棄てられたアパルタメントの書類や蔵書のあいだを大急ぎで探しまわり、書棚の上に、無造作に置かれていた、自分の草稿ノートの束を見つけた。それを抱えて、フォンディの山の小屋へ持ち帰った。

もちろん、モランテはモラーヴィアと住んでいた二部屋だけの住居へも回った、冬服を取るために。その建物はズガンバーティ街の入口にある(エピローグ扉裏地図)。モラーヴィアの父親は建築家で、このあたりにたくさんの家を建て、自分の家作もいくつか持っていた。ズガンバーティ街の入口にある二つの建物も父親が建てたものであり、モラーヴィアはそこで生まれた。片方の建物が現在ではホテルになっている。しかし部屋数が少ないので、近年は泊れないことが多い。今回、訪ねてみると、執事ふうの年配の人が、いま改装中で部屋数をふやしているから、次の機会にはぜひ寄ってくれ、と言った。

一九四一年、復活祭の翌日に、モラーヴィアとモランテは結婚し、以来、その建物の最上階にある二部屋だけの住居に暮らしたのであった。狭くはあったが、眼下にボルゲーゼ庭園の緑が広がり、美術館のすばらしい建物が間近に見えた。モランテは冬物を持って出た。が、少なくとも、一晩はそこに泊ったであろう。

近くのドニゼッティ街には、父親の建てた一戸建ての館《やかた》に、モラーヴィアの母親が住んでいた。弟は戦地で(四一年)、父親は病院で(四二年)、それぞれに亡くなったが、姉妹は近くに住んでいたはずである。しかし、モラーヴィアの縁者を訪ねる理由は、モランテにはなかったであろう。もしも他に訪ねたとすれば、ドニゼッティ街の脇にあった、トリーノの出版社エイナウディの、ローマ支社である。

エイナウディ社は出版事業を拡げるため、一九四一年、ローマに支社を開いた。編集にあたったのはマーリオ・アリカータ、カルロ・ムシェッタ、そしてジャイメ・ピントールである。いずれも、トリーノ本社の編集部員たちより若い、一九一〇年代生まればかりで、ローマの文学事情に詳しい、気鋭の文学者たちであった。あるいは、ファシズム内のきわどい縁に立って、反ファシズムの批判精神を募らせつつあった若者たち、と言ってもよい。あるいはまた、トリーノ大学に学び、ゴベッティやグラムシの思想風土に親しんで、ローマ大学教授となっていたナタリーノ・サペーニョ(一九〇一―九〇)の学風を承け継ぐ者たち、と呼んでもよいであろう。

彼らローマ支社の編集部員たちは、既成の雑誌『プリマート』や『ルオータ』などに積極的に寄稿して、エイナウディ社の存在を読書界にアピールした。それがトリーノ本社からの指示でもあった。そして世に隠れた新人文学者を発掘しようと努めていた。

ローマ支社の存在を出版界に知らしめようと新たに企画した「現代作家叢書」の第一巻には、トリーノ本社で編集を指揮していたチェーザレ・パヴェーゼが、みずからの長篇『故郷』(岩波文庫)の原稿を送った。パヴェーゼに応えて、ローマ編集部のアリカータは続巻の作者にA・デルフィーニ、P・A・クァラントッティ・ガンビーニ、M・ソルダーティ、A・ローリア、G・マルキ(G・バッサーニの仮名)らの名前を挙げた。実現しなかった例も混ざっているが、ユダヤ系作家の名前が多いのは、なぜであろうか。

ひとつには、アリカータがローマの名門タッソ高校の時代からブルーノ・ゼーヴィ(ユダヤ系、建築専攻、反ファシズム活動家)と親しかったためかもしれない。ともあれ『プリマート』誌(一九四二年六月一日号)に、モランテの短篇集『秘密の遊び』(ガルツァンティ社、一九四一年一一月刊)をめぐるアリカータの書評が発表された。そしてモランテが少女時代に書いた、たくさんの童話のなかから、長篇『三つ編みの少女カテリーのすてきな冒険』を、彼女自身の挿絵をつけて、エイナウディ社「少年少女文庫」の第一巻として刊行した。一九四二年九月のことである(邦訳『カテリーナのふしぎなお話』岩波書店、二〇〇二年七月)。

それゆえ、そのころから、翌四三年にかけて、モランテがズガンバーティ街の自分の住居から歩いて数分のところにあるエイナウディ・ローマ支社を、何度か訪ねたとしても不思議ではない。ムシェッタやピントールその他、数名の社員たちとも、顔馴染みであったであろう。

しかしながら、一九四三年からは、事態が変った。前年末の一二月二九日未明、編集主幹のアリカータが、ファシズム官憲に逮捕されてしまったからである。捜査班が家のなかに踏みこんできたとき、アリカータの妻ジュリアーナ・スパイーニは、咄嗟の気転をきかせて、夫の上衣のポケットから秘密の会合の書類を取り出し、破って、トイレに棄ててしまったという。

それでも、充分な証拠がないまま、「共産主義知識人および労働者グループ」に加わった嫌疑で、アリカータは河向うのレジーナ・チェーリ刑務所に、八月六日まで閉じ込められてしまった。この間、エイナウディ・ローマ支社は出版編集活動に大きな支障をきたした。

応急措置として、一九四三年正月早々に、パヴェーゼがローマに乗り込んできた。同時にトリーノからフェリーチェ・バルボを含めた男女四名の社員が移ってきた。そして彼らは支社に近い住宅で共同生活を送った。細かい経緯は省くが、やがて、七月一九日から二〇日へかけての空襲があり、ローマの情勢も不安になった。

そのため、ムシェッタなど、ローマ在住の若干名を残して、パヴェーゼをはじめとする編集部員たちはトリーノに引き上げた。まさにそのとき、七月二五日の宮廷クーデターが起こって、ムッソリーニが失脚し、バドッリオ政権の《四五日間》が始まったのである。

そのころ、パヴェーゼと並び、いやパヴェーゼ以上に、エイナウディ社の創設に深くかかわり、編集の指針を細かく与えていたレオーネ・ギンツブルグは、ローマ東北方一五〇キロほどの寒村ピッツォリに流刑されていた。一九四〇年六月、第二次世界大戦へのイタリア参戦と同時に、「戦時強制収容者」としてレオーネはトリーノを追われ、アブルッツォ地方の山間に拘禁されたのである。

妻ナタリーア・ギンツブルグも幼い子供カルロとアンドレーアを連れて夫のもとへ赴いた。その流刑地で書きあげた彼女の最初の長篇『町へ行く道』(一九四二年)は、パヴェーゼによって、「現代作家叢書」の第三巻に収められた。ただし、人種法(一九三八年)の制約によって、夫同様にユダヤ系である彼女もアレッサンドラ・トルニンパルテという仮名を用いた。

ところで、ファシズム政権が倒れた七月二五日に、レオーネは流刑地での拘禁を解かれたはずである。が、それ以前に、人種法によって、イタリア国籍を剝奪されてしまっていた。そのため、彼は自由に移動できず、八月五日になって、ようやく流刑地ピッツォリを離れ、独りでローマに向かうことができた。彼はただちに反ファシズム抵抗戦線の行動党指導部と連絡を取り、数日後には同志のフランコ・ヴェントゥーリを伴ってトリーノに向かい、ミラーノやフィレンツェで地下会議に加わったりして、ローマ行動党の指導部へ戻った。そしてムシェッタたちと党の地下機関紙『自由イタリア』の刊行に当たったのである。

他方で、レオーネはパヴェーゼの後を承け、八月からエイナウディ・ローマ支社の代表になっていたが、ドイツ軍占領下での地下活動にたずさわるため、レオニーダ・ジャントゥルコという仮名を使った。こうして忙しい日夜を送っていたときに、一〇月一六日の《ローマの惨劇》の報に接したのである。

レオーネは妻子の身を案じて、ユダヤ人であることが知れわたっている地方での生活は危険きわまりない、と判断した。そして妻にピッツォリをただちに離れて、より安全なローマに来るよう連絡を送った。ナタリーアは三人の子供(流刑地で女児アレッサンドラが生まれた)を連れて、難民を装い、一〇月末に、ドイツ軍用車に便乗してローマに着いた。そして一一月一日から、ボローニャ広場近くのアパルタメントで、レオーネの妹ということにして、束の間の仕合わせな生活を始めたのである。

ここで、私の気に掛かっている、フォンディの山奥の農民ダーヴィデ・マッロッコの証言を、思い出しておきたい。私たちの女性作家モランテは冬服を取ってくるという名目のもとに、危険を冒して、単身、ローマへ行ってきた。そして首尾よく、書きかけの小説の原稿は持ち帰ってきた。それなのに農民マッロッコは証言していた。「けれども、エルサ夫人は、可能になればすぐに、ローマへ逃げていった。」

いったい何のために？　彼女が抱えて帰ってきた別の冬服や食べ物は、貴重であったにちがいない。しかし、それは新たな口実であっただろう。モランテの心を離れなかったのは、《ローマの惨劇》の顚末であり、ユダヤ人たちの命運であり、困難な状況下で闘いつづける人びとの姿であり、それらが、彼女の内なる文学観に、強い衝撃を与えつつあった。

冬服を取りに帰ったズガンバーティ街の近くで、エイナウディ・ローマ支社で、エルサ・モランテはレオーネ・ギンツブルグらと出会ったかもしれない。

ナタリーア・レーヴィとレオーネ・ギンツブルグが結婚したのは、一九三八年二月一二日、それぞれが二二歳と二九歳になろうとするときのことであった。そしてその夏には、あの忌まわしい人種法を、ファシズム政権が定めた。ふたりともユダヤ系である。

まず、レーヴィ家について、簡単に記しておこう。レーヴィは典型的なユダヤ系の姓である。現代イタリア文学のなかだけでも、『キリストはエーボリに止《とど》まりぬ』のカルロ・レーヴィや『これが人間か』(邦訳『アウシュヴィッツは終わらない』)のプリーモ・レーヴィがいる。いずれもトリーノ生まれで、ナタリーアの生家とは親しいが、とくに近い血縁ではない。

総じて言えるのは、どのレーヴィも上層階級に属していた点であろう。ナタリーアの父ジュゼッペ・レーヴィは、トリエステで銀行を経営する家に生まれ、名高い解剖学者になった。パレルモ大学教授であったとき、一九一六年七月、ナタリーアが生まれた。五人兄弟の末娘である。一九一九年から父親はトリーノ大学に移った。母リーディアはユダヤ系ではないが、ロンバルディーア地方の弁護士で社会主義者の家に生まれた。

ナタリーアの長兄ジーノは実業界に入ろうとしていて、親しい友人にアドリアーノ・オリヴェッティがいた。やがて大企業オリヴェッティ社を嗣《つ》ぐ人物である。姉パーオラはこのアドリアーノと結婚した(オリヴェッティ家もユダヤ系)。次兄マーリオは経済学を志したが、友人にレオーネ・ギンツブルグがいた。三番目の兄アルベルトは医者になった。

ギンツブルグ家についても、簡単に記しておこう。父親はヴィリノ(現リトアニア領)の総督の家に生まれ、母親はペテルブルグの出身。姉マルッシア、兄ニコーラに続いて、レオーネは一九〇九年四月、黒海北岸の都市オデッサ(現ウクライナ領)に生まれた。一家は富裕なユダヤ系。父親は大貿易商会の代表を務め、製紙工場も所有していた。レオーネは幼少のころからイタリアに生活することが多く、小学校はヴィアレッジョで、中学校はトリーノで学んだ。ごく一時期、父親が商業活動を行なっていたベルリンに、住んだことがある。ただし、家庭内ではもっぱらロシア語を話し、読み書きにはイタリア語を使った。

レオーネはトリーノの名門ダゼッリオ高校に進み、グラムシやゴベッティと親しかった教師たちの薫陶を受け、同窓のボッビオ、パヴェーゼ、ミーラ、エイナウディらとともに、反ファシズムの風土のうちに成長した。しかし、一九三一年にイタリア国籍を取るまでは、慎重に振舞って、レオーネは政治活動を控えた。

トリーノ大学では法学部から文学部へ転じ、一九三一年の卒業論文にはモーパッサンを選んだ。翌三二年、奨学金を得て、パリに赴いた。そこで、カルロ・ロッセッリやサルヴェーミニら、亡命中の革命思想家たちと交わった。イタリアに戻ってからは、カルロ・レーヴィらと緊密な連絡を取りつつ、地下政治活動を展開してゆく。

他方、雑誌『クルトゥーラ』などに、ロシア文学作家論を盛んに発表して、一九三二年一二月には、弱冠二三歳で、ロシア文学教授資格を獲得した。そして翌三三年二月、トリーノ大学で、プーシキン講義を開始した。これと並行して、アカデミックで新しい思想と文学の出版活動を始めるべく、同窓の友人エイナウディやパヴェーゼと語らい、同年一一月にジューリオ・エイナウディ社を興した。

しかしながら一九三四年一月、レオーネ・ギンツブルグは、大学の非常勤講師にまで課せられたファシズム体制への宣誓を拒否して、大学の職を追われた。他方で、パリから帰って以来、ひそかに進めてきた〈正義と自由〉の反ファシズム運動が、屈折点をむかえた。すなわち、同三四年三月一一日、レオーネ・ギンツブルグの指示で、スイスのルガーノから地下文書を運んできた自動車が、イタリアの国境警備隊に摘発されたのである。乗っていたのは、シオーン・セーグレとマーリオ・レーヴィ(ナタリーアの次兄)。ポンテ・トレーザの国境付近で捕まったという。

ふたりは警察の詰所へ連行された。その途中、マーリオは警備の隙をついて逃げ出し、ルガーノ湖に跳び込んで(トレーザ川への入り江のあたりか)、対岸のスイス側へ泳ぎついた。

たちまちに、トリーノで六〇名ほどが関連容疑で逮捕された。レオーネ・Gはもとより、カルロ・レーヴィ、ダゼッリオ高校の教師A・モンティをはじめ、ジュゼッペ・レーヴィ(ナタリーアの父親)とジーノ・レーヴィ(長兄)も含まれていた。

この事件で、マーリオ・レーヴィはスイスからフランスに亡命した。しかしこの次兄マーリオを介して、ナタリーアが短篇処女作などを渡していたレオーネ・ギンツブルグには主犯として禁固四年が、実行犯のシオーン・セーグレ(この姓もユダヤ系)には同三年が、それぞれ宣告された。ふたりは初め別々に収監されていたが、トリーノの国防特設法廷で裁かれているあいだは、シオーンの希望が容れられ、レオーネと同じ監房で過ごすことができた。シオーンは回想して語っている。「その三ヵ月は自分の人生で最も充実した日々であり、自分の精神を最も豊かにしてくれた日々であった。」

判決の後、レオーネはローマのレジーナ・チェーリ刑務所に移され、約一ヵ月後に、港町チヴィタヴェッキアの拘置所へと向かった。そして、禁固四年の刑を二年に減ぜられ、一九三六年三月に、トリーノへ戻ってきたのである。

じつは、レオーネがチヴィタヴェッキアに拘置されていたあいだに、トリーノでは別の事件が起こった。これについては、稿を改めて述べよう。

ともあれ、レオーネ・ギンツブルグがトリーノに戻ってきたころ、ほぼ時を同じくして、パヴェーゼがイタリア半島南端の流刑地から戻ってきた。そして高校時代からのふたりの親友は、さらに親しく交わり、ジューリオ・エイナウディとともに、出版活動を立て直し、ファシズム後の世界をめざして、強固な文化の基盤を築いてゆくのである。

しかしながら、ファシズムの圧政下で、なお数年の苦しい歳月を、彼らは過ごさねばならなかった。一九三八年二月に、ナタリーア・レーヴィとレオーネ・ギンツブルグは結婚した。そして秋には人種法が整えられ、ユダヤ人政治犯レオーネはイタリア市民権を剝奪され、さまざまに不自由を強いられた。兄のニコーラ・ギンツブルグは技師の職を奪われ、翌三九年にアメリカへ渡った。

レーヴィ家の人びとに災難は次つぎに降りかかってきた。ナタリーアの父ジュゼッペ・レーヴィはトリーノ大学教授の地位を追われ、ベルギーの研究所へ招かれて赴任した。しかし、そこもドイツ軍に占領され、イタリアに舞い戻ってきたが、レーヴィという歴然としたユダヤ系の姓も使えずに、転々と所在を移さねばならなかった。

このような、イタリアにおけるユダヤ人の置かれた状況が、当時の日本人一般にどの程度まで知られていたのかは不明である。が、私の知るかぎりでは、柏熊達生『伊太利案内』(改造社、一九四〇年)のなかに「ユダヤ人の問題」という一章が設けられムッソリーニや人種法の条文などが比較的くわしく記されている。そこに次のような部分があるので書き写しておこう。

一九三八年の暮から一九三九年の初めにかけて、〔ローマの〕日本大使館へ旅券査証を貰いに来るユダヤ人が毎日のように殺到した。多くの者は、ドイツの旅券で、第一頁にJというゴム印が捺してあった。これ等の旅券には原則として日本当局の査証は要らない。ドイツ、フランス、イタリーその他十数ヵ国との間には、査証相互廃止の協定が、十四、五年前からあるからだ。大抵は上海へ行くのだという。上海へ行くのなら、尚更のこと査証の問題は起こらない。金もなし、職もなし、そして住む所もないユダヤ人は、上海や日本へ行っても駄目だと話しても、やはりここに止まっていられないから、そしてアメリカへはなかなか面倒らしいので、仕様もなしに極東へ落ちて行くらしい。日本郵船の極東航路は、随分忙しい思いをしたらしい。

一九四〇年六月、第二次世界大戦へのイタリア参戦と同時に、レオーネ・ギンツブルグがアブルッツォ地方の山間に流刑されたこと、その後を追って妻ナタリーアが子供たちを連れて流刑地へ赴いたこと、そこで三年半を過ごしたが、ドイツ軍占領下のローマへ別々に潜入して、一九四三年一一月に一家が合流し、束の間の仕合わせな日々を送ったことは、前に記したとおりである。そして一一月二〇日の朝、レオーネは地下新聞『自由イタリア』の印刷所で、ファシスト警察に逮捕されてしまった。バゼント街五五番地。そこもエルサ・モランテが冬服を取りに帰ったズガンバーティ街から遠くない。歩いて数分の距離である。

前に記したが、モランテたちの住んでいた建物は、いまではホテルになっている。そこを訪ねた日に、私は半ばモランテの気持になって、バゼント街まで散策の足を伸ばしてみた。街路の一区画全体を占める大きな建造物のなかほどに、五五番地があった。窓と窓とのあいだの壁面に、碑文が嵌め込まれていた。

『自由イタリア』の／印刷所に仕掛けられた／官憲の罠によって／地下闘争から奪い去られ

た／レオーネ・ギンツブルグ／ヨーロッパ／統一運動の理想と／構想に情熱をささげた／イタリア人／一九〇九年四月四日、オデッサに生まれ／ナチス・テロの犠牲となって／一九四四年二月五日／レジーナ・チェーリに斃れた／彼の思い出は生きつづける／真の自由を求めて／闘う者の胸のうちに

碑文は一周忌に造られた。見上げながら、その文面を読み取っていると、傍らの大扉が開いて、初老の紳士が出てきた。彼は停めてあった乗用車に近づきかけたが、私の存在に気づいた。そして歩み寄ってきて、私に説明してくれた。

「そこが」と、碑文の斜め下の閉ざされた戸口を指差しながら言った。「印刷所の入口でした。」

たしかに、そこが荷物の出し入れ口にちがいなかった。折角なので、大扉のなかも見せてもらった。昇り階段が数歩あって、共同住宅の各戸につながるフロアになっていた。とすれば、半地下の広い部分が、印刷所になっていたにちがいない。左右の番地の標札から察するに、いまでも印刷関係の業者が使っているようだ。

バゼント街からズガンバーティ街へ、そして城門《ポルタ》ピンチャーナ街からヴェーネト街へと引き返しながら、私は考えこんでしまった。城門を入ったところのホテル・フローラは占領下ドイツ軍司令部になっていた。そのすぐ裏手のルクッロ街にはドイツ軍戦時法廷があり、さらにその裏手のロマーニャ街には、悪名高いファシスト警察コッホ班の拠点、拷問と流血のペンシオーネ・ヤッカリーノがあった(エピローグ扉裏地図参照)。

『自由イタリア』の印刷所も、エイナウディ・ローマ支社も、パヴェーゼやバルボら編集スタッ

フが共同生活をしていた住居も、みな、モランテとモラーヴィアの住んでいたズガンバーティ街からは徒歩数分の範囲内にあった。そして逆方向へ数分歩けば、ドイツ軍司令部のホテルがあり、ファシスト警察のペンシオーネがあるのだった。危険きわまりない。とすれば、自分が指名手配のリストに入っていることを教えられたとたんに、逃げ出したモラーヴィアの判断は、正しかったというべきであろう。逆に、単身そこへ戻ってきたモランテの行動は、大胆不敵というべきか。

ともあれ、結果として、レオーネ・ギンツブルグはファシスト警察の罠に落ちた。そして河向こうの刑務所レジーナ・チェーリのドイツ軍棟で拷問を受けて死んだ。没後に刊行された『著作集』(エイナウディ社、一九六四年)冒頭に次のような「経歴」が記してある。引用はその最終部分。編者ズカーロと成長した息子カルロ・ギンツブルグが作成したもの。

ドイツ軍占領下のローマに入って、ギンツブルグはレオニーダ・ジャントゥルコと仮名を使いながら、地下活動を続けた。〔一九四三年〕一一月一日に妻と子供たちが合流した。しかし一一月一八日にシリエンティ〔行動党同志〕が逮捕され、一九日にはエイナウディ・ローマ支社員が数名、投獄された。二〇日朝にギンツブルグ、ムシェッタ、その他の者たちが、バゼント街五五番地の『自由イタリア』印刷所で逮捕され、レジーナ・チェーリ刑務所へ連行された。一二月初めにギンツブルグの身元が、以前一九三四年に同じ刑務所レジーナ・チェーリに拘留されていたときの資料と照合され、発覚した。一二月九日、ファシスト警察からドイツ軍の管理棟へ移される。激しい尋問を受け、顎の骨を砕かれた。最後の尋問のあとで、血まみれになった姿を、サンドロ・ペルティーニ〔後年、イタリア共和国大統領〕は見た。そのとき、ギンツブルグに「将来、ドイツ人に憎しみを抱くようなことがあってはならない」と言われたという。

一九四四年一月末、刑務所の医務室へ移された。同志たちがそこから彼を脱出させようとしていた。二月四日、一日じゅう容態が悪化。夕方、妻へ宛てた最後の手紙を書く。夜に入って、看護士を呼んだ。医者の往診を求めたが拒まれる。カンフル注射を打たれて、効き目があった模様。二月五日朝、息を引きとった姿で発見。そのときだけ妻に面会が許された。

この経歴最終部分を読んだとき、強い疑念が湧いてくるのを、私は抑えきれなかった。レオーネ・ギンツブルグの著作集は、戦後になって、少しずつ刊行された。第一は、パヴェーゼの企画による「評論叢書」九五巻に収められた『ロシア作家論』(一九四八年)。第二は同叢書三三八巻に約三倍の量となってまとめられた『著作集』(一九六四年)。第三は新版『著作集』(二〇〇〇年)、「ビブリオテーカ・エイナウディ叢書」九五巻に収められた。内容は第二と同じながら、巻頭にL・マンゴーニの精緻な前文が付いている。

ただし、私の疑念を氷解させてくれたのは、思わぬ角度からであった。それはナタリーア・ギンツブルグの文学手法を吟味したときのことである。

4 脱獄

一九四三年一一月一日、ドイツ軍占領下のローマで、ギンツブルグ一家は合流した。だが、それは束の間の仕合わせな生活にすぎなかった。二〇日朝には、バゼント街五五番地、地下新聞『自由イタリア』の印刷所で、レオーネが逮捕され、河向こうのレジーナ・チェーリ刑務所へ連行されてしまった。そして翌四四年二月五日、そこでレオーネが獄死するまで、ナタリーアは二度と夫に会うことがなかったから。

この間の事情に、簡略ながら、初めて言及されている「経歴」を読んだとき、強い疑念が湧いてくるのを抑えられなかった、と私は前節末尾に書いた。

その疑念は、大別して、二つの原因に発している。ひとつは、《ローマの惨劇》の記憶も生なましい都会に取り残された、ナタリーアと三人の幼児《おさなご》たちが、どのようにしてユダヤ人狩りの危機を逃れることができたのであろうか。いまひとつは、レオーネの死をめぐって記述された、不可解な、情況説明があるためだ。

まず、第一について述べよう。夫レオーネの指示に従って、ナタリーアは居残っていた流刑地から、難民をよそおい、ドイツ軍用車に便乗して、ローマに入った。乳呑み児を抱き、幼児ふたりを連れて、彼女は初めて住む都市に降り立ったのである。

ギンツブルグ一家が身を落ちつけたプロヴィンチェ街のアパルタメントは、城壁の外、東側のボローニャ広場近くにあった。その東へ、さらに数百メートル歩けば、あの一〇二〇余名のユダヤ人たちが、家畜用貨車に押し込められた、ティブルティーナ駅がある。

その事実も、たぶん、ナタリーアは知らなかったであろう。しかし、非アーリア系の顔立ちの、彼女ら一家が、無頓着に街路を歩きまわれる情況にはなかったはずである。ナタリーアはなるべく家のなかに籠り、子供たちの養育にはげんで、ひたすら夫の帰りを待ちわびていたであろう。もしも彼女が原稿を作りつづけていたとすれば、それはプルーストの翻訳であった。ただし、その任務を彼女に託したパヴェーゼは、もうローマにいなかった。顔見知りのトリーノの編集者たちは、みな、北へ引きあげてしまった。

北はすでにレジスタンスの渦中にあった。トリーノ市のエイナウディ本社はドイツの傀儡《かいらい》政権サロ社会共和国の支配下にあり、出版社は本来の機能を失ってしまった。社主のジューリオ・エイナウディは密かにスイスへ脱出し、パヴェーゼはトリーノ郊外セッラルンガの丘へ籠った。ローマ支社との連絡は絶たれてしまった。

エイナウディ社の移動編集室と呼ばれていたピントールは、しばらくフランスに赴き、プルーストの版権交渉にあたっていたが、いまや、別の使命を帯びて、ナーポリに向かっていた。わずかにエルサ・モランテが、また冬服を取りに来るという口実で、ローマにやって来た可能性はある。

ただし、それも一一月半ばまでのことであった。なぜならば、月の後半からは長雨の季節に入って、チョチャリーア地方の山小屋から、モランテもモラーヴィアも一歩も出られなくなってしまったから。

要するに、友人や知人がほとんど姿を消してしまった都会の片隅で、ナタリーアはひたすら夫レオーネの帰りを待ちわびていたのである。レオーネのほうは地下新聞の編集や発刊に追われ、留守がちであった。それにしても一九日に家に帰らず、二〇日にも帰らなかった。いよいよ彼が逮捕されたにちがいない、とナタリーアは覚悟を決めつつあった。そのときである。思わぬ救い主が姿を現わしたのは。

この事実を、ナタリーア・ギンツブルグがさりげなく明かしたのは、彼女の初めての自伝小説『レッシコ・ファミリアーレ』〔一九六二年一〇、一一月に執筆。六三年刊〕のなかにおいてである。なお〔 〕内は読者の理解を容易にするための補筆。

そして翌〔二一日〕朝、わたしのところにアドリアーノ〔・オリヴェッティ〕がやって来て、ただちにその住居を引き払うようにと言った。なぜならば、レオーネが本当に逮捕されてしまったからであり、すぐにも、警察が踏み込んでくるかもしれないから。彼はわたしが荷物をまとめたり、子供たちに着替えさせるのを手伝ってくれた。そしていっしょに密かに脱け出すと、彼はわたしたちを匿《かくま》ってくれる友人たちのところへ案内した。

わたしは生涯、いつまでも忘れないであろう。あの朝、長い時間の孤独と恐怖の果てに、もしかしたら二度と会えないかもしれぬ、北にいる、遠く離れた父母たちを思いつづけたあとで、幼いころから親しかった、家族の一員のような、彼の姿が、目の前に現われたときの、あの深い安堵の気持を。そして、いつまでも忘れないであろう。部屋から部屋へ、わたしたちの散らかった衣類や、子供たちの靴を、善良なしぐさで、やさしく、しんぼう強く、飾らずに、拾い集めていった、彼の後ろ姿を。そしてまた、あの家からいっしょに脱け出したとき、彼はわたしたちの屋敷へ、昔、トゥラーティを迎えに来た折と同じ表情を、誰かを救い出したときの、息づまるような、怯えた、それでいて仕合わせそうなあの表情をしていた。［パート四二］

ナタリーアの生まれたレーヴィ家、また彼女の嫁したギンツブルグ家は、いずれもトリーノに根を下ろした、富裕なユダヤ系の名家である。そしてオリヴェッティ家は、トリーノ市の北方約五〇キロ、アルプス前山が迫る小都市イヴレーアを丸ごと傘下に収めた、といってよい大企業（日本でもタイプライターや電算機によって知られていよう）の持主であり、ユダヤ系である。と同時に、これらの名家からは、社会主義を奉じて反ファシズムの思想を持つ者たちが数多く出た。

「昔、トゥラーティを迎えに来た折」と、ナタリーアが書いているのは、一九二六年末に起こった、フィリッポ・トゥラーティ（一八五七―一九三二）のパリ亡命事件を、示唆している。

一九二四年六月、統一社会党書記長マッテオッティが暗殺され、二五年から二六年にかけて、ファシズムの独裁暴力体制は整った。二六年二月、亡命地パリでのゴベッティの死。同年一一月、グラムシの逮捕。これらの弾圧によって明らかなように、国内での反ファシズム活動家たちはほとんど身動きならなくなっていた。

社会党の長老トゥラーティも、ミラーノの自宅で厳しい監視下に置かれていた。同じ思想をわかちあった女性革命家アンナ・クリッショフを前年に失って、トゥラーティはようやく亡命を決意した。それを勧めて、大胆に、かつ巧みに成功させた若い闘士たちがいる。カルロ・ロッセッリ（当時二六歳)、フェッルッチョ・パッリ(三六歳)、アレッサンドロ・ペルティーニ(三〇歳)その他である。

詳細は省くが、ロッセッリたちは、監視の目を欺いて、トゥラーティをミラーノ市外の友人宅に連れ出し、迫るムッソリーニの追手を振りきって、イヴレーアのオリヴェッティ家に匿った。初めは、アルプスの間道を越えて、亡命させようとしたが、トゥラーティの健康状態が思わしくないため、いったん、老革命家をトリーノ市内のレーヴィ家に預けたのである。パーオロ・フェッラーリという仮名にして。なお、引用文中の……は省略部分。

ある晩、控えの間で誰かと話している母〔リーディア〕の声がした。それからシーツの戸棚を開ける音がした。ドアのガラスを人影がよぎった。

夜中に、隣の部屋で誰かが咳こんだ。そこは土曜日ごとに帰ってくる、マーリオ〔次兄〕の部屋だった。しかし、マーリオのはずはなかった、土曜日ではなかったから。……

母が、翌朝早く、わたしのところへ来て、隣の部屋に泊った客は、パーオロ・フェッラーリさんという方だ、と言った。

パーオロ・フェッラーリさんが食堂で紅茶を飲んでいた。それを見たとたん、わたしにはトゥラーティだとわかった。以前に、パストレンゴ街の家へ来たことがあったから。……

やがて、老人はふしぎなことをした。〔アンナ・〕クリッショフの追悼文集を手に取り、わたしの母のために長い献辞を書きこんだ。そして「アンナとフィリッポ」と署名した。……

パーオロ・フェッラーリはわたしたちの家に、八日ないし一〇日、いたように思う。それは奇妙に静かな日々であった。話題になっていたのは船のことばかり。……

やがて、レインコートを着た男のひとが二、三人やって来た。そのなかで、わたしの知っている顔は、アドリアーノだけであった。……　　〔パート一七〕

ナタリーア・ギンツブルグの長篇『レッシコ・ファミリアーレ』には、さまざまな文学手法が使われている。まず、訳しにくい題名であるが、直訳は「家族の語彙《ごい》」もしくは「内輪の言葉遣い」。英語版の題名は"Family Sayings"、日本語版は『ある家族の会話』(須賀敦子訳、白水社、一九五八年)。イタリア語版には三種類がある。エイナウディ社のスーペルコラッリ版(一九六三年)、モンダドーリ社のオスカー版(一九七二年)とメリディアーニ版(『作品集・一』所収、一九八六年)。

三種類とも著者ナタリーア・ギンツブルグの生前出版。相互に若干の差異がある。そこで、問題になる第一点は、この作品に著者の「まえがき」がつけてあり、(1)作中の場所、事件、人物が、みな実名であり、事実に即していること、(2)一切の仮空が排除されているにもかかわらず、小説のように読んでもらいたい、と断っていることだ。問題点の第二は、本文には適宜に空白が入れられ、三版相互に不注意から生じた差異はあるが、結局、四七のパートに分かれることだ(英語版は数字を付けて二二章に分けられ、日本語版は五〇に分けられている)。

ここで、先に訳出したパート一七を、読み返してみよう。「ある晩」トリーノのレーヴィ家に、仮名をつかって、社会党の長老フィリッポ・トゥラーティがやって来た。一九二六年一一月末、すなわちナタリーアが一〇歳のときの記憶である。

私がレーヴィ家の人びとについて略記したさい、「母リーディアはユダヤ系ではないが、ロンバルディーア地方の弁護士で社会主義者の家に生まれた」と紹介しておいた(一一一頁)。トゥラーティはミラーノの弁護士で、ロシアから亡命してきた女性革命家アンナ・クリッショフと親しくなり、社会主義のグループを形成した。ナタリーアの母方の祖父はその一員であった。そして母リーディアが、アンナ・クリッショフを尊敬していたり、その娘アンドレイーナと幼馴染みであった事実は、いくつかのパートに記されている。

「やがて、レインコートを着た男のひとが二、三人やって来た。」そのひとりが、アドリアーノ・オリヴェッティ(当時三五歳)であった事実は、ここで、少女ナタリーアの目を通して明らかにされた。残るふたりは、前掲した革命家ロッセッリとパッリである。なお、この時期のイタリアの小説を読み馴れている者には、すぐに分ることだが、男たちが「レインコート」を着ているのは、荒天のためだけではない。武器を身につけているからだ。

アドリアーノは自動車を運転して、張りめぐらされたファシズム官憲の警戒網を突破し、悪路を抜けて、リヴィエーラ西海岸の港町サヴォーナに入った。そこからはサンドロ(アレッサンドロの略称)・ペルティィーニが護衛に加わり、友人のモーターボートで、荒海を乗りきって、フランス領コルシカ島へ老革命家を無事に届けた。

反ファシズム闘争を象徴するこの事件も、その後の驚嘆すべきロッセッリの行動も、ペルティィーニの活動も、すでに歴史化されているためか、ナタリーアの作品のなかでは、多くは語られない。

ここで、前節に記した、レオーネ・ギンツブルグの「経歴」の内容に、話を戻しておこう。一九四三年一二月、レジーナ・チェーリ刑務所のドイツ軍管理棟で、ペルティィーニは血まみれのレオーネに会った。

そのとき「将来、ドイツ人に憎しみを抱くようなことがあってはならない」と言われたという。この言葉に、私は何の疑念も抱かない。これは、いわば、レオーネの持論であった。たとえば、地下新聞『自由イタリア』の一九四三年一〇月一七日号のなかに、次のように書いているから。

ナチス・ドイツに対するイタリア人民の闘いは、政治的かつ社会的自由の完全な達成を願うがゆえに、自分たちの自由のためばかりでなく、残忍な圧制の奴隷とされた、ドイツ人民の自由のためにも、闘いの場へ降りてゆくのだ。

むしろ私の疑念は素朴に、後にイタリア共和国大統領(一九七八年七月から八五年六月まで)となって、民衆から熱烈な支持を受けた、反ファシズムの闘士ペルティーニが、レオーネ・ギンツブルグと同じ獄中にあったときの行動に、向けられたのである。

一九八二年三月、ペルティーニ大統領は、国賓として来日し、参院本会議場で異例の演説を行なったり、広島を訪れたり、朝日新聞本社を訪問したので、かなり話題を呼んだ。記憶に残っている読者も多いのではないか。

手近の事典類をひらけば書いてあることだが、反ファシズムの闘士ペルティーニは、一五年間にわたる禁固と流刑のあと、一九四三年八月に、自由の身となった。ただちに、ネンニやサーラガトらと社会党を再建。武装勢力を組織して、九月に、ローマの聖パーオロ城門付近で、ドイツ軍と対戦。一〇月一五日に逮捕され、レジーナ・チェーリ刑務所でドイツ軍SSに死刑を宣告された。その前後に、刑務所内のドイツ軍棟で、ペルティーニとレオーネがすれちがったことは、間違いない。問題はその後である。

明けて、四四年一月二四日、ペルティーニは、同志ジュゼッペ・サーラガト〔後年、イタリア共和国大統領〕とともに、刑務所から、まんまと脱け出した。同じころ「同志たちがそこから彼〔レオーネ〕を脱出させようとしていた」と「経歴」には記してある。

それならば、いったいどのようにして、ペルティーニらは脱獄し、レオーネは獄死したのか。

引き続き、ローマの抵抗運動には痛ましい死者が出た。……〔四三年〕一〇月半ばには社会党の最高幹部サンドロ・ペルティーニとジュゼッペ・サーラガトが逮捕されてしまう。後で、大胆な策略によって、レジーナ・チェーリ刑務所から脱出させることはできたが。

しかし敵の手に落ちた者で救出できた例はごく稀である。通常は拷問と死が待ち受けていた。……レオーネ・ギンツブルグの場合がそうであった。大学の講師であり、トリーノの出版社エイナウディの創立者のひとりであった彼は、九月八日以降に『自由イタリア』の編集長となり、地下新聞の印刷所で逮捕された。〔翌四四年〕二月五日、ドイツ軍から度重なる拷問を受けたあと、死ぬまえに、妻に宛てた手紙のなかで、恐ろしい拷問の経験をめぐって崇高な精神と深い思索の言葉を書き残した。……

以上は、ロベルト・バッタリアの大作『イタリア抵抗運動の歴史』(一九六四年)からの引用である。このあとに、ナタリーア・ギンツブルグに宛てたレオーネの手紙の一部が掲げられている。

ところで、バッタリアの政治上の立場もあってか、ペルティーニらの脱獄とレオーネの獄死に関して、これ以上の言及はない。それゆえ、補足の情報を少し記しておこう。この種の資料にはデータの差異が若干ある。が、いまは、そのままにしておく。

「一九四三年一〇月に逮捕されて、〔ペルティーニは〕レジーナ・チェーリ刑務所のドイツ軍管理棟に閉じ込められた。そこから出るときは、ふつう、銃殺されるためであったが、アルフレード・モーナコというペルティーニの同志が刑務所の医師になっていた。彼は妻マルチェッラとともに……別の同志たちから手に入れた偽の書類を使って、一九四四年一月二五日、看守のウーゴ・ガーラと共謀し、脱獄させるのに成功した。

「社会党の指導者ジュゼッペ・サーラガトは、ローマで、イタリア解放委員会の武装闘争を組織していたが、逮捕されてしまう。ペルティーニといっしょにレジーナ・チェーリ刑務所から解放されたのは、刑務所の医師アルフレード・モーナコと妻マルチェッラが仕組んだ脱獄作戦によってである。


先に、歴史家バッタリアの文章を引用したさい、ナタリーア宛の「レオーネの手紙」について末尾に触れてあった。それはレオーネの最後の情況を知るためにも重要ではあるが、長文のため、ここには掲げる余裕がない。

じつは、レオーネの文章で、私自身が最初に精読したのは、この「手紙」であった。P・マルヴェッツィとG・ピレッリ編『イタリア・レジスタンス刑死者たちの手紙』(初版、一九五二年)――邦訳は『イタリア抵抗運動の遺書』(冨山房百科文庫、一九八三年)――のなかに収められている。訳書巻頭の「解題」を、私は次のように書きだした。いまでも、まったく同じ気持なので再掲しておく。

イタリアの民衆はファシズムの試練に耐えた。その苦しみと、戦い抜いた喜びの上に、今日のイタリアの文化は築かれている。あまりにも重いこの歴史的事実への反省なしに、私たちはイタリアの文化を語ることができない。文学もまた文化の一環である以上、反ファシズム闘争への考察を抜きにしては、それを直接の基盤とする戦後イタリアの文学を、語ることができない。……この視点をはずして、私たちの文学的営為は一歩も前へ進めないだろう。なぜならば、ファシズムの試練に耐えた今日のイタリア文化が、絶えまなく、私たち自身の文化への反省を促すからであり、また他国の文化への考察を進めれば進めるほど自国の文化への反省は深まってゆき、ある意味では外国の文化の研究ほど自国の文化の脆弱な基盤を明るみに引きだすものはないからである。その危うい緊張関係において、文学者もまたおのれの研究の基礎を築かねばならない。……

ところで、原書は初版以来、版を重ねに重ねて、イタリアの読書界に読みつがれてきた。手許の数版を比較検討するとき、レオーネの「手紙」本文に異同はない。が、編者のつけたレオーネの「略歴」部分には、微妙な差異が認められる。それはレオーネの悲惨な死の原因にかかわる箇所であり、拷問によって瀕死の状態にあった彼を救出しようとした者にのみ、言及できる問題だ。そして「経歴」に記されているように、危険の只中で面会したとすれば、ナタリーアにこそ。

イタリア抵抗運動に斃れた老若男女の多数の遺書のなかで、レオーネ・ギンツブルグの「手紙」は、一読以来、特異なものと私の目には映った。彼の手紙だけが、純粋な意味での遺書ではなかったから。

別の言い方をしておこう。いわば荒天の、暗い運命の下に、閉じ込められてしまったかのような、レオーネ・ギンツブルグの文章には、他の人びとの手紙とは異なり、時折、暗雲を引き裂いて、光の射し込んでくる部分がある。明りの乏しい獄舎のなかで書き綴っているから、という理由だけでは説明しきれない、暗黒の気配のうちに、何か別の明るい事情が含まれている。たとえば「近いうちに、懐しい人たちに会えるというので、初めはすっかり興奮してしまった」とか、「数日でぼくらの結婚の六回目の記念日が来るだろう。その日、ぼくはどこで、どのようにしているだろうか？」といった文章は、何を意味するのか。

あるいは、手紙の末尾に次のような部分がある。「ぼくのことをあまり心配しすぎないように。考えてみてごらん、ぼくは戦争の捕虜なのだ。とりわけこういう戦争では、捕虜の数は多い。非常に多数の者が帰還することになるだろう。その大多数のなかに入れることを願おうではないか。」この手紙に日付は記されていない。が、多くの文献がレオーネの亡くなる直前に書かれたとみなすように、二月五日未明のもの、と考えておこう。先にも記しておいたが、ナタリーア・レーヴィとレオーネ・ギンツブルグが結婚したのは、二月一二日であった。

つまり、その日付のころをめざして、レオーネ救出のために、何らかの計画が立てられていた可能性がある。それにしても、ペルティーニやサーラガトたちの脱獄作戦と、どの程度まで、関連していたのであろうか。

ローマ社会主義愛国集団によるペルティーニたちの救出は、一月二四日、もしくは二五日に決行された。たぶん、二四日夜半から二五日未明へかけての脱獄であろう。しかも、そのころ、日時は明確でないが、レオーネは医務室へ身柄を移されている。二つの救出作戦に共通して医務官や医師が関わっていたことは間違いない。一方は成功し、他方は不成功に終ったが。

ともあれ、いま問題にしている、レオーネの「経歴」最終部分を、再掲しておこう。

一九四四年一月末、刑務所の医務室へ移された。同志たちがそこから彼を脱出させようとしていた。二月四日、一日じゅう容態が悪化。夕方、妻へ宛てた最後の手紙を書く。夜に入って、看護士を呼んだ。医者の往診を求めたが拒まれる。カンフル注射を打たれて、効き目があった模様。二月五日朝、息を引きとった姿で発見。そのときだけ妻に面会が許された。

この「経歴」の付けられた『著作集』(一九六四年)と相前後して、ナタリーアの長篇『レッシコ・ファミリアーレ』(一九六三年)が出版され、そのなかで、レオーネ救出作戦とその同志の存在が明らかにされた。

彼女の自伝小説に登場する人物や事件が、すべて、事実に即していること、本文が空白によって四七のパートに区切られていることは、すでに説明したとおりだ。そのうち、アドリアーノ・オリヴェッティが登場するパートは、いくつもない。とりわけ、困難な救出に関わる描写は、二ヵ所だけ。ひとつは、一九二六年に、社会党の長老トゥラーティを亡命させたとき、パート一七である。すなわち、レインコートを着た他の男たちと組んで、アドリアーノがレーヴィ家に現われたとき、ナタリーアが少女の目から見た印象を記した件《くだり》である。前回の引用文の続きを掲げてみよう。

わたしの知っている顔は、アドリアーノだけであった。アドリアーノは髪が薄くなりはじめていた。そしていまやほとんど禿げあがった四角い頭を、ブロンドの縮れた毛が取り巻いていた。

あの晩、彼の顔も、少ない髪の毛も、まるで強い風に打ちつけられているようだった。怯えているようでありながら、彼の目は決然として、陽気さを漂わせていた。そういう目つきの彼を、生涯に二、三度、見たことがあった。そういう目つきをしていたときに、彼は誰かの亡命に手をかしたり、危険のなかで誰かを救出しようとしていた。［パート一七］

賢明な読者にはおわかりいただけるであろう。私が傍点を付した文言《もんごん》のあたりで、小説内の時間は切り替って、ナタリーアの目は少女から大人のものになっている。ついで、アドリアーノが登場し、困難な救出に関わる描写の二つめは、パート四一に出てくる。その場面は、すでに前回訳出しておいた。すなわち、一九四三年一一月二一日の朝、ナタリーアと三人の幼児たちが住むアパルタメントに、救い主となって、彼が現われたときのことである。

アドリアーノ・オリヴェッティはナタリーアにレオーネが逮捕されたことを告げ、迫ってくる危険を避けながら、彼女と子供たちを匿ってもらうため、友人たちのところへ、案内してくれた。その場所は、さらに後年になってから、ナタリーア自身が片々たる作品や、談話のなかで、明かしていった。母子がまず落着いた先は、ローマの城壁外を東北へ伸びてゆく、ノメンターナ街の一角、ウルスラ女子修道会の宿舎であった。また、別の機会に明かした話によれば、その宿舎の一室で、ウィーンから亡命してきたユダヤ系の老女と、ナタリーアたちは共同生活をしたという。近年には調査が進んで、ドイツ軍占領下のローマで、どれぐらいのユダヤ系の市民や難民が匿われていたか、実態はほぼ明らかになった。

宗教団体の庇護を受けていた人びとが、とりわけ多かった。ただし、富裕な階層の緊急避難は比較的にやさしかったが、貧しいユダヤ人の場合は困難をきわめた。そして貧しく弱い人びとに、いっそうの悲運が襲いかかったことは、言うまでもない。

ともあれ、姉パーオラが嫁いだので、義兄にもあたるアドリアーノ・オリヴェッティと、女子修道会の庇護とによって、ナタリーアたち母子は安全に暮らすことができた。そして獄中につながれたレオーネの無事を願いつづけたのである。

この間、アドリアーノがどのような方策を用いてレオーネを救出しようとしていたのかは、不明である。ただ、同じパート四一のなかに、リゼッタというナタリーアの女友だちが、後に抵抗運動に加わって、ミラーノで逮捕されたさい、獄中の看護士に変装した仲間たちの力で助けられ、脱獄した例が出てくる。まったくの無関係に語られた挿話ではないであろう。レオーネの場合も、まず「刑務所の医務室へ移され……そこから彼を脱出させようとしていた」と例の「経歴」に記されているゆえ。

ところで、アドリアーノ・オリヴェッティはレジーナ・チェーリ刑務所の内部を知らなかったわけではない。それどころか、一九四三年七月から九月へかけて、彼もレジーナ・チェーリ刑務所のなかに捕えられていた。ただし、情報は混乱している。

ナタリーア・ギンツブルグの没後に刊行された『自分を語るのは難しい』〔一九九九年〕は、談話集の一種である。それによれば「アドリアーノが逮捕されたのは七月二五日〔ムッソリーニ失脚〕の少しまえ、なぜならば彼はマリーア・ヨゼ〔皇太后〕と組んで〔いわば上からの政変を企てて〕いたから」という。しかし、ヴァレーリオ・オケット著『アドリアーノ・オリヴェッティ物語』では、「アドリアーノの逮捕は七月三〇日、釈放は九月二二日である」という。

また、社会党の長老トゥラーティを救出したとき、アドリアーノやロッセッリとともに、レインコートを着ていたもうひとりの人物パッリは、回想のなかで「スイスからローマへ入ったアドリアーノは、スパイの罠に落ちて逮捕された。そしてレジーナ・チェーリ刑務所から釈放されたときに、偽りの病気をつかった」と述べている。

さて、最後に残った私の疑念は、獄死したレオーネと、そのときだけナタリーアに許された、面会をめぐってである。

思い出

都会では街路を人びとが往き交っている。
食べ物や新聞を買い、仕事で動きまわる。
人びとの顔は薔薇色、生き生きと光る唇。
白い布を持ちあげてあの人の顔を眺めた、
いつものように屈《かが》んで口づけをした。
それが最後だった。いつもの顔が、
ほんの少し疲れていた。いつもの服、
いつもの靴だ。そしてあの手が

パンを砕いたり葡萄酒を注いでいたのに。
今日はまだ移りゆく時のなかで、あなたは白い布を持ちあげて
これが最後と、あの人の顔を眺める。
街路を歩いていても隣りには誰もいない。
恐怖に襲われても握ってくれる手はない。
そして街路はあなたのものではない、都会はあなたのものではない。
明るい都会はあなたのものではない。明るい都会は他の人びとのもの、
食べ物や新聞を買い、往き交う人びとのもの。
静かな窓から少しだけあなたは顔を出して
黙って暗い庭を見つめることはできる。
かつてはあなたが泣いていると、彼のやさしい声がした。
かつてはあなたが笑っていると、彼の笑い声がひそかに聞こえてきた。
けれども日暮れのあとまで開いていたあの門は永遠に閉ざされてしまうだろう。
そしてあなたの青春は荒れ果て、炎は消えて、虚ろになった家。

（一九四四年一一月八日）

女性作家ナタリーア・ギンツブルグは長短篇小説、劇作、批評、回顧など、厖大な散文を書き残した。しかし公《おおやけ》にした詩篇はわずかしかない。獄死した夫レオーネとの面会を描く「思い出」は、その数少ない詩作のひとつである。

この詩は二二行から成っている。途中に空白が入っていないし、何連かに分かれてもいない。逆に、一読して、全体がひとかたまりのものであり、不可分の意志に貫かれた詩であることが感じ取れるであろう。原文では、頭韻や脚韻が不徹底ながら踏まれている(訳文でもなるべく忠実に原詩の韻律を反映させようと努めてはいる)が、「思い出」をめざましく詩的にしているのは、韻律ではない。むしろ、人称の選び方である。

獄死した夫レオーネとの面会が許されたとき、その光景を描く女性詩人ナタリーアが「あなた」と呼びかけるのは、死んでしまった夫レオーネではない。もしも彼女が白い布をかぶせられたレオーネを「あなた」と呼べば、凡庸な表現になってしまうであろう。

そうではなくて、最後の面会を果たしている自分のことを、詩人は「あなた」と呼ぶ。あたかも獄死したレオーネとともに、自分自身をも失ってしまったかのように。

イタリア語には日本語に似たところがあって、文章にいちいち人称主語をつけない。「思い出」を読み返してみれば、その四行目と五行目で〔　〕内のように主語が省略されていることは明らかだ。

　白い布を持ちあげて〔あなたは〕あの人の顔を眺めた、
　いつものように屈《かが》んで〔あなたは〕口づけをした。

さらに読み返してみると——詩は必ず読み返さなければならない——二二行のどこにも「わたし」という言葉がないのに気づくであろう。あたかも「わたし」が存在しなくなったかのように。

そこで、書き出しへ戻ってみる。

　都会では街路を人びとが往き交って……

食べ物や新聞を買い、〔人びとが〕仕事で動きまわる……

しかし、世界は依然として存在しつづけている。ただし、それは、「他の人びとのもの」であって、「あなたのもの」ではない。獄死した夫レオーネとの面会を果たした「あなた」。そのときから失われてしまった「わたし」。本来はひとつのものであった人間存在。それが、無惨にも、引き裂かれてしまった。茫然とした、その不条理の、悲しみ。これが詩篇「思い出」の主題である。

5 スパイ

ナタリーア・ギンツブルグは少女時代を回顧して、一六歳まで自分は詩ばかり書いていたという。だが、その後は、短篇小説へ転じた。そして習作に習作を重ねて、一七歳のときにようやく第一作を書きあげた。

彼女はまた、一三歳のときに、大評論家クローチェ宛に手紙を出し、自作の詩を何篇か書き送って、講評を求めた。「すると彼〔クローチェ〕は丁寧な返事をよこして、わたしの詩がどれもあまり美しくないことを、親切に説明してくれた」(『レッシコ・ファミリアーレ』パート二八)と回顧している。話はそれ以上に進まない。しかし、たぶん、ナタリーアは自分の詩が美をめざしたものではなかった、と言いたいのであろう。クローチェの感想は的はずれであり、少女にとって期待した評言ではなかった。

現に、クローチェの返事によって、ナタリーアは詩を書くのをやめたわけではなかった。では、彼女が一六歳から一七歳へかけて、すなわち一九三二年から三三年ごろ、何が彼女に詩作を断念させたのであろうか。

当時の文学的状況の説明に深入りするのを避けて、端的に私見を述べておこう。一六歳の文学少女ナタリーア・レーヴィが、詩作から短篇小説へ転じたのは、パヴェーゼの詩法が行く手に立ちはだかったからであった。と同時に、レオーネ・ギンツブルグの忠告に従ったからにちがいない。

そのころ、トリーノ大学を卒業したばかりのパヴェーゼは、雑誌『クルトゥーラ』に拠って、英米文学論をしきりに発表し、メルヴィル『白鯨』(一九三二年)、アンダーソン『暗い笑い』(一九三二年)、ジョイス『若き芸術家の肖像』(一九三四年)、ドス・パソス『北緯四十二度線』(一九三五年)などの翻訳を出版しつつあった。また、並行して、トリーノと周辺の丘を舞台に、新しい「物語詩」の群れをまとめて、世に問おうとしていた。

同じく雑誌『クルトゥーラ』に拠って、ロシア文学論を発表していたレオーネ・ギンツブルグは、パヴェーゼの詩法を高く評価し、その詩集『働き疲れて』(一九三六年)をフィレンツェの出版社ソラーリアから刊行させようと尽力していた。他方で、レオーネは一七歳のナタリーア・レーヴィが書きあげた短篇を、反ファシズムの文学者たちが集まっていた雑誌『ソラーリア』に持ち込んだのである。最初の短篇「不在」は、理由があって、後まわしになり、別の雑誌に掲載された。その代りに、『ソラーリア』誌には、気鋭の文学者たち(たとえば、デベネデッティ、ヴィットリーニ、コンティーニら)に伍して、少女ナタリーア・レーヴィの短篇「子供たち」(一九三四年一一二月号)や「ジュリエッタ」(同年九一一二月号)が掲載された。

こうして、トリーノに新しい文学の気運が生まれつつあったとき、ファシズム体制による弾圧が始まったのである。その間の情勢が、『レッシコ・ファミリアーレ』のパート一九・二〇・二一に、内側から描かれている。

この自伝的実名小説の、三つのパートの舞台は、一九三三年から三五年へかけての、北の都トリーノである。ファシズム下の重苦しい雰囲気のなかで、知識人たちのあいだに、反ファシズム運動が広まってゆく。その中核をなしたのがユダヤ系市民である。

パート一九では、反体制運動はまだ社会の表層には現われず、地下で広がっていた。ナタリーアの父親ジュゼッペ・レーヴィ(トリーノ大学教授、解剖学者)が、息子たちの友人レオーネ・ギンツブルグについて語る言葉は印象的だ。

「レオーネの容貌は醜い……とても醜い……それは彼がセファルディー〔スペイン系ユダヤ人〕だからだ……大体、ユダヤ人の男はみな醜い」それに対して、一家でただひとり非ユダヤ系であった母親リーディアが言う。「では、あなたは？……あなただって、ユダヤ人でしょう？」

「だから、わたしも醜い」と、父親が答える。「でも、自分はアシュケナージー〔東欧系ユダヤ人〕だから……それほど醜くはない。」

同じパートのなかで、母親が「退屈しのぎに」しばらくまえからロシア語を習っているのも、偶然ではない。その先生がレオーネの姉(マルッシア)であるから。なお、ギンツブルグの家系については、すでに概略を述べた(一一一頁)。

ここで、初歩的なことであるが、固有名詞の発音表記についても、一言しておこう。イタリア語音の表記を、ＲＡＩ(イタリア放送協会)編の『発音表記辞典』に、私は準じている。ひところ、その第二版(一九六九年)を、東京のイタリア文化会館が専門研究者たちに配った。その後、内容はさらに充実して、新版が刊行されているのは、周知の事実である。この『辞典』によれば、Ginzburgのなかの文字zの発音は、濁音ではなく、清音になっている。それゆえ、ギンズブルグではなく、ギンツブルグと表記するしかない。

さて、パート二〇では、それまで地下に広がっていた反ファシズム運動が、社会の表層に出てきた状況を描いている。具体的には、レオーネ・ギンツブルグの指示を受けて、スイスのルガーノからイタリア領内へ自動車で運んでいた地下文書が、国境警備員によって、偶然、摘発された。これが発端である。自動車を運転していたのはシオーン・セーグレ。同乗していたのはナタリーアの次兄マーリオ・レーヴィ。マーリオが隙をみて湖に跳び込んで逃れたことは、すでに述べた。

そのさい、父親ジュゼッペ・レーヴィは二〇日間近く、また長兄ジーノは二ヵ月ほど、刑務所に入れられた。母親リーディアは毎朝早く、着替えの衣類を抱えて、刑務所へ通った。また食料の差し入れができる日には、皮をむいたオレンジや殻から取り出した胡桃《くるみ》の実を持って通った。母親にとっては初めての経験であったが、そういう刑務所通いの作法を教えてくれたのは、実行犯のひとりとして捕まったシオーン・セーグレの従兄で、小説家のピティグリッリであった。いわゆる流行作家であって、ナタリーアの三番目の兄アルベルトは熱心なその読者であった。

ピティグリッリは筆名で、本名はディーノ・セーグレといった。母親の命令で、ナタリーアがピティグリッリに電話をかけると、彼はすぐにレーヴィ家へやって来た。そして母親に細ごまと刑務所の流儀を教えてくれたのである。

母は私〔ナタリーア〕が短篇小説を書いていることを彼〔ピティグリッリ〕に告げた。そして私のノートを彼に見せるように、と言った。そこには自分の作品が三、四篇、ていねいに清書してあった。ピティグリッリは、得体のしれない、高慢でかつ愁いをたたえた、あの態度を、少し

> も変えずに、ぱらぱらとページをめくった。（中略）
>
> やがて〔三番目の兄〕アルベルトと〔その親友〕ヴィットーリオ〔・フォーア〕がやって来た。私の母はピティグリッリに両人を紹介した。するとピティグリッリはふたりの青年を左右に従えて、ウンベルト王通りへと出ていった。あの重い足取りで、高慢でかつ愁いをたたえた、あの態度で、だぶだぶの長い外套の裾を引きずりながら。

パート二〇のなかに、ピティグリッリをめぐる叙述は、これ以上ない。その後にも、このユダヤ人流行作家はほとんど登場しない。そして「パリの亡命者たちと共謀した反ファシズムのグループをトリーノで発見」と喧伝《けんでん》された事件も、レオーネ・Gとシオーン・Sというふたりのユダヤ人活動家が、遠い土地の獄中に繋がれることで、幕を閉じたかに思われた。

しかし、トリーノ知識人やユダヤ人たちへの本格的な弾圧は、一年後に始まった。その間に、ファシズム当局の弾圧機関は、充分に内偵をすすめていた。だからこそ、パリのカルロ・ロッセッリらと連携して始まった、トリーノの〈正義と自由〉グループに対する弾圧の第一波は、レオーネ・Gとシオーン・Sへの禁固だけに、一旦はとどめられた、と考えるべきであろう。

「じつは、レオーネがチヴィタヴェッキアに拘置されていたあいだに、トリーノでは別の事件が起こった」と、先に私は書いておいた（一一三頁）。

一九三五年五月一五日、約二〇〇名の反ファシズム容疑者がトリーノで一斉に逮捕された。新しい出版社エイナウディと、そこで刊行されている雑誌『クルトゥーラ』に拠った知識人たちに、またトリーノの〈正義と自由〉グループと周縁の反ファシストたちに、弾圧は集中した。レオーネ・ギンツブルグの任務を引き継いで『クルトゥーラ』誌の編集にあたっていたパヴェーゼ。社主のジューリオ・エイナウディ。彼らの高校時代の教師モンティたち。あるいは同窓のボッビオやミーラたち。あるいはパヴェーゼと親しかった女性ティーナ・ピッツァルドやヘネクたち。そしてレオーネの指示によって〈正義と自由〉の任務を承けついだヴィットーリオ・フォーア、その友人でナタリーアの兄アルベルト・レーヴィ、陰の指導者カルロ・レーヴィその他。

パート二一はこの事件の顚末を、ユダヤ系レーヴィ家の内側から、ナタリーアの目を通して、簡単に書いている。その終りの部分は、次のようだ。

アルベルトは南のルカーニア地方へ流刑〔カルロ・レーヴィも同様〕となって、フェッランディーナという寒村に送られた。〔ミケーレ・〕ジューアとヴィットーリオ〔・フォーア〕は起訴されて、それぞれに禁固一五年が宣告された。

私の父が言った。

「もしもマーリオがイタリアに帰ってきたら、くらうかもしれない。一五年を、いや、二〇年を！」

ナタリーア・ギンツブルグは、パヴェーゼの詩法に倣いながら、『レッシコ・ファミリアーレ』を書いた。もしもパヴェーゼならば、右のパート二一の末尾に、次の一文を加えたであろう。「団結すべき仲間たちのあいだに、必ずスパイはいる。」

一九三六年三月一三日、禁固四年の刑を二年に減じられて、レオーネ・ギンツブルグはトリーノに帰ってきた。けれども夜間の外出禁止や行動範囲の制限など、要注意人物として、当局の監視の目は光っていた。同じ三六年三月一五日、三年の流刑を減じられて、チェーザレ・パヴェーゼも南イタリアから帰ってきた。パヴェーゼは毎日、レオーネの家を訪ねて、夜一〇時になると、別れの言葉を残して、夜の街路へと去っていった。家へ帰り着くまで、パヴェーゼは自分の後ろについてくる影があることを承知していた。

密告と弾圧と処刑と報復の渦巻いた、レジスタンスの季節が終ってから、OVRA《オーヴラ》(反ファシズム監視弾圧局)の果たした役割が、明るみに出された。そしてOVRA・三七三号は、流行作家ピティグリッリであった。本名はディーノ・セーグレ。彼は月額五〇〇〇リラという法外な報酬と引き換えに仲間たちを売っていたわけである。繰り返すが、セーグレとはユダヤ系の姓だ。

世界じゅうに名の知れていたピティグリッリの小説『貞操帯』(和田顕太郎訳、一九三一年)は、日本でも評判になったらしく、小林秀雄が——批判的に——取り上げている(全集第二巻『Xへの手紙』所収、二〇〇一年)。最近では、短篇「幸福の塩化物」(五十嵐仁訳)が『ちくま文学の森 5』(おかしい話、一九八八年)に再録された。ほかに岩崎純孝訳の長篇『コカイン』(新流社、一九六一年)がある。

発刊直後に、私は一本を恵与された。有島生馬先生を会長に戴いて、イタリア文学会の推進にふたりで励んでいたころの、思い出の一齣《ひとこま》でもある。

第3章

無防備都市 ローマ

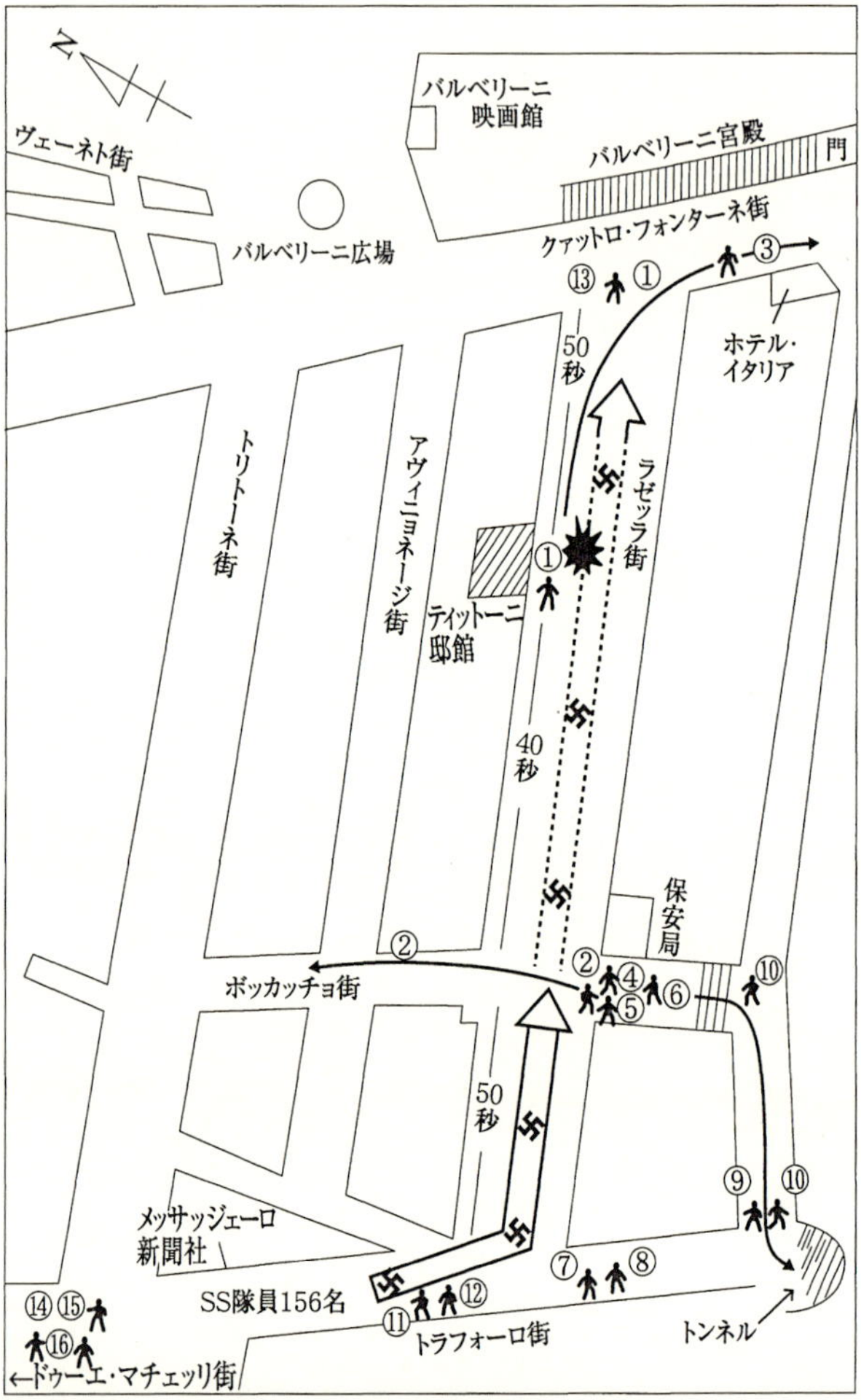
N
ヴェーネト街
バルベリーニ映画館
バルベリーニ宮殿
門
バルベリーニ広場
クァットロ・フォンターネ街
ホテル・イタリア
50秒
トリトーネ街
アヴィニョネージ街
ラゼッラ街
ティットーニ邸館
40秒
保安局
ボッカッチョ街
50秒
メッサッジェーロ新聞社
SS隊員156名
トラフォーロ街
トンネル
←ドゥーエ・マチェッリ街

ラゼッラ街の襲撃

1　ラゼッラ街の襲撃

ローマには街路や広場に美しい泉がいくつもあって、人びとの心にやすらぎを与える。それらの多くは、水のなかで複数の彫像が生みだす調和の美だ。しかし稀に、ひとつにして多様な彫像が、完璧な姿を示す場合がある。

バルベリーニ広場の中央にたつトリトーネの噴水はその最《さい》たる例といってよいであろう。口をあけて水を呑む四頭の海豚《いるか》が逆立ちして支えた尾の上で、左右に大きくひらかれた二枚貝。そこに腰をおろした、神話の存在。下半身は魚で、上半身は人の形。たくましい両腕が高くかかげる法螺貝《ほらがい》。そのなかに仰向く顔が埋められている。

碧空《へきくう》へ吹き上げられる水は見えない顔の表情か、落ちてくる飛沫《しぶき》は語りかける異神の声か。どの角度からこの彫像を眺めても、天才ベルニーニが生みだした変貌しつづける巧みな姿に、私たちは見飽きないであろう。

> 羅馬《ロオマ》に往きしことある人はピアツツア・バルベリイニを知りたるべし。こは貝殻持てるトリイトンの神の像に造り做《な》したる、美しき噴井《ふんせい》ある、大《おおい》なる広こうぢの名なり。貝殻よりは水湧《わ》き出《い》でてその高さ数尺《すしやく》に及べり。
>
> （岩波文庫版。正字体を新字体に改めた）

《永遠の都》の魅力を説いた、森鷗外訳『即興詩人』の書き出しである。著者アンデルセンは、一八三三年から三四年へかけて、初めてローマに滞在した。そのころのバルベリーニ広場は町はずれに位置していた。が、一八七〇年にローマがイタリア王国の首都になってから、人口はふえつづけ、市街地化がすすみ、いまではバルベリーニ広場は中心街のひとつになっている。

周辺には由緒ある建造物が多い。仮に市街図の上で、トリトーネの噴水を軸に半径七〇〇メートルの円を描いてみよう。その内側に、訪れるべき建築や街路が、いかに多く見出されることか。北へ屈曲して登る並木道は、高級ホテルの建ち並ぶヴェーネト街。北西へ伸びる坂道は、スペイン階段上のオベリスクに達するシスティーナ街。その一〇四番地に、アンデルセンは滞在した。逆に南東への坂道を登ってみよう。クァットロ・フォンターネ(四つの泉)街。左側の建物のひとつに、ルネッサンス文化史の碩学ブルクハルトが住んでいた。その先に、鉄柵の塀に囲まれて、バルベリーニ宮殿が現われてくる。けれどもそのとき、もしも右側へ目をやれば、落ちこんでゆく坂道が見えるであろう。これから述べるラゼッラ街だ。

しかし人びとは鉄柵の塀に沿って進み、やがて門を入って、バルベリーニ宮殿を訪れる。そして数々の名画を観賞してきたあとに、ふたたびクァットロ・フォンターネ街に立ったとき、誰もが左へ坂道を登りつづけて、古代の彫像が四隅に置かれたクァットロ・フォンターネの交差点に向かうか、それとも門から右へ坂道を引き返してトリトーネ街まで戻るか、一瞬、迷うであろう。そして、反対側へ落ちこんでゆく、あの坂道のことは忘れてしまう。無理もないことである。それは奈落へ降りてゆくのにも似た、殺風景な街路だから。さほどの道幅がないのに、左右に高い建物が続いている。とりわけ、道を下ってゆく左手、すなわち南側の建物の裏に、さらに高いクィリナーレ宮殿

(現在は大統領官邸)の建物が続くためか、午後には陽射しが遮られて、街路は影の底へ沈んでしまう。バルベリーニ広場から、真直に西へ伸びる、賑やかな目抜き通り、トリトーネ街。それと並行しているにもかかわらず、打って変って人影のない、閑散とした坂道、ラゼッラ街。ローマの中心街にあって、そういう何の変哲もない裏通りの坂道で、一九四四年三月二三日午後三時四五分、事件は起こった。

当時、ローマは《無防備都市《チッタ・アペルタ》》と称されてはいたが、実質上はドイツ占領軍の支配下にあった。その日、北の城門ポーポロから行進してきた、完全武装のドイツ軍SS隊員一五六名が、トラフォーロ街を左折して、ラゼッラ街の坂道を登っていたとき、パルチザンの一隊が仕掛けた爆弾と襲撃によって、多数の死傷者を出したのである。

ドイツ側は報復として、翌二四日に、南の城壁外フォッセ・アルデアティーネで、イタリア人三三五名を虐殺した。そのうちにユダヤ人七五(最新の調査では七六)名が含まれていた。この重大な事件が、歴史書には必ずしも記されていない。それは事件の重要性が軽視されているためではなく、襲撃と虐殺の絡まりあった事件の核心に、歴史化しにくい「テロリズム」が蟠《わだかま》っているからでもあろう。

二〇〇一年一〇月の初め、まだ衝撃が続いている九月一一日のニューヨークの映像を、あちこちのホテルのテレビで目にしてきたせいか、北イタリアの旅からローマに戻ってくるや、私はまっすぐにラゼッラ街を訪ねた。改めて、街路の建物の一つひとつを眺めた。そしてかねてから考えていたレストランのひとつに入った。外の看板には、リストランテやトラットリーアではなく、オスタリーア HOSTARIA と記されていた。

店のなかに入ってメニューをひらくと、「本物のアマトリーチェ料理店」と書いてある。パスタには、ブカテッリ・アッラ・アマトリチャーナを注文した。アマトリーチェというのは、ローマを中心とするラツィオ地方の、北東辺の町(標高九五五メートル)。アブルッツォでもウンブリアでもなく、そのあいだの、マルケ州に近いまさに僻地にある。したがって、一種の山奥の味の料理店だ。

食後に、事件のときのことを訊ねると、オスタリーアの主人は、店の外まで私を連れだして、二〇メートルほど坂の上を指差しながら言った。「あそこですよ。爆弾が仕掛けられたのは。あの邸館ティットーニの前、一五六番地のところです。」

「あなたが見たのですか?」

「いいえ、父から聞いたのです。」

主人の話によると、当時はレストランではなく、食料品店をしていたという。何しろ、ガスも電気も水さえ不足がちで、ろくにパンもなかったので、店を閉めて、田舎に疎開していた。そのとき、事件が起こった。すぐにはラゼッラ街に近づけなかったので、一ヵ月近く経ってから、四月になって様子を見にきた。

「そして料理店を開業したのは、一九六三年になってからです」と、主人は言葉を結んだ。

襲撃された直後のSS部隊は大混乱に陥り、難を逃れた先頭の隊員たちは、いったんバルベリーニ広場の映画館の前まで逃げたが、やがて銃を乱射しながら、ラゼッラ街へ戻った。多くの者が、両側の建物から爆弾を投げ落とされた、と思ったらしい。

パルチザンは手はずどおりに逃走して、全員が無事であった。しかしナチ＝ファシストの隊員や官憲たちは、ラゼッラ街の住民たちをひとり残らず捕え（ティットーニ家の老女主人や通行人も含まれていた）、約二〇〇名の男女を、バルベリーニ宮殿の鉄柵の塀の前に並ばせた。両手を頭の後ろに組まされて立つ、住民たちの写真が、残っている。無実なその人びとのなかから虐殺の犠牲者に加えられた者もいる。

他方、ラゼッラ街の坂道に並べられたSS隊員の死骸も、写されている。爆発と襲撃によって、直後の死者は二六名、瀕死の重傷が一六名、その他に多数の負傷者があった。


ところで、ラゼッラ街の襲撃を実行したパルチザンのことは、事件のその後の推移もあってか、必ずしも明確になっていない。ローマ解放（一九四四年六月）後の早い時期に発表された、当事者たちの一部の証言が、断片的に残っている程度だ。

世の関心は、ドイツ軍SS隊員の死者一名に対して一〇名のイタリア人を虐殺せよとの命令を受け、ただちにそれを実行して、しかもその恐るべき事実を隠蔽しようとした、ドイツ軍SS部隊の報復行為の究明へと移っていった。それゆえ、《ラゼッラ街の襲撃》の実態は、さらに後の一九六七年になって、アメリカ人ジャーナリスト、ロバート・カッツの著わした『ローマに死す』（安達昭雄訳、角川文庫）のなかで、初めて大枠が示された。

それによれば、作戦に参加したパルチザンは一六名。攻撃は二段階に分けて行なわれた。まず、市の道路清掃人に変装したパルチザン①が、手押しの塵芥《ごみ》清掃車に積んだ爆弾二つを運んできて、邸館ティットーニの前で待機する。

矢印の方向へ進んできたSS隊員の列がラゼッラ街の坂道を登りはじめ、ボッカッチョ街と交差する地点に差しかかったとき、隊列の前を、南から北へと、パルチザン②が横切り、帽子をあげて点火の合図をした。

パルチザン①はそれを見るや、パイプで点火する。導火線は燃えだした。それを確認しながら、彼は帽子を脱いで塵芥清掃車の上へ置き、近づいてくるSS隊列の前を横切って、クァットロ・フォンターネ街を坂の上へ向かって逃げた。

隊列の先頭には、自動小銃を水平に構えて、七名のSS兵士が進んできた。点火後、五〇秒足らずで、火薬を一二キロと六キロの二つの容器に分けたTNT爆弾が爆発する。三列縦隊の最後尾には、機関銃を搭載した装甲車が護衛にあたっていた。

轟音と爆風がラゼッラ街を駆けぬける。視界を奪われた空中を無数の鉄片と建物の破片が飛び散った。邸館ティットーニの反対側の建物から、約一〇メートルの高さのコンクリートの壁が崩れ落ちてきて、装甲車を破壊した。

次の瞬間に、ボッカッチョ街の階段側から躍り出てきたパルチザン④⑤⑥が、そしてたぶん⑩も、いっしょになって手榴弾を投げた。相次いで三発の轟音がひびいた。ひとつは不発に終った。これが二段階目の攻撃である。

さらに、後衛のパルチザンたち⑦⑧⑪⑫(⑫については不明)が、ラゼッラ街に入りこんで、坂道を逃げ降りてくるSS隊員を拳銃で攻撃したという。パルチザンたちは指揮官の指図どおり弾薬が切れるまで戦って撤退した。

カッツが作った図面（ここではイタリア語第二版に依拠、Robert Katz, *Morte a Roma*, Editori Riuniti, 1994, p. 31）からは、指揮官の数字がどれに当たるのか不明。しかし、名前はわかっている。カルロ・サリナーリ。その他、主な襲撃者の名前をあげるならば、副指揮官の役割を果たした②はフランコ・カラマンドレーイ、爆弾係①はロザーリオ・ベンティヴェーニャ（当時二一歳、大学医学部の学生）、③はカルラ・カッポーニ（二二歳、大学法学部の女子学生）、⑬グリエルモ・ブラージ（年配の労働者あがり、後に裏切る）。

カッツの図面のなかで、爆発現場から最も遠い位置にあたる⑭⑮⑯のパルチザンたちが、誰であったのか、またどのような任務についていたのかは、わからない。ただ、この日、この時間に、共産党の軍事委員ジョルジョ・アメンドラが、この地点から「作戦を観察していた」と記されている。さらにカッツによれば「〔アメンドラが〕四時に行動党のセルジョ・フェノアルテーアと落ちあう約束をしていた。そしてCLN（国民解放委員会）の危機について話しあうため、キリスト教民主党のデ・ガスペリのところへ赴くことになっていた」という。デ・ガスペリは、図の左下にあるドゥーエ・マチェッリ街を、左へさらに二〇〇メートルほど進んだ、ヴァティカーノ市国の建物、布教聖省《プロパガンダ・フィーデ》に身を隠していた。万一、≪ラゼッラ街の襲撃≫に失敗した場合には、アメンドラにとって恰好の隠れ家になったであろう。また成功した場合には、話す用件があった。

話の順序が逆転するが、一九四三年九月八日、連合軍との休戦協定が公表されると同時に、イタリア国王とバドッリオ政府は南へ向かって逃げだした。その時点から反ファシズム運動は、パルチザンによるレジスタンス武装闘争へ変換していったのである。ただし、武装闘争の形態や人員は地域によってかなり異なった。

ともあれ、いまや、国民解放委員会がレジスタンス全体を統括することになり、その軍事委員会がパルチザンの指導機関となった。そしてローマでは軍事委員に共産党がアメンドラ、行動党がバウエル、プロレタリア統一社会党がペルティィーニであった。《ラゼッラ街の襲撃》に関して、ペルティィーニは賛成しなかったらしい。そのこともあってか、アメンドラはキリスト教民主党デ・ガスペリの同意を得ようとしたのであろう。

《ラゼッラ街の襲撃》は、計画を何度も練り直したあと、結局、共産党が主体のパルチザン組織GAP（愛国行動グループ）の二分遣隊、ガリバルディ、ピサカーネ、ソッツィ、グラムシの四班から成る、総勢一六名で決行された。指揮官はパルチザン名がスパルタコ。本名はすでに述べたカルロ・サリナーリ。文芸評論家で、一九七〇年代にローマ大学文哲学部長になった人物である。

ラゼッラ街のオスタリーアで食事をとった午後、「ローマ・レジスタンスの伝説と現実」という副題のついた、アウレーリオ・レープレの近著『ラゼッラ街』を見つけて、読んでみた。襲撃事件の起こった直後から一週間ほどの、電話の傍受記録を集めた小冊子である。アメンドラの手柄が奇妙に浮彫りされていて、私の期待する論述はなかった。じつは、角川文庫版『ローマに死す』の「あとがき」で、訳者が断っているように、「原書には厖大な脚注および参考文献がつけられている。」もちろん「紙面のつごうで割愛させていただいた」ことになってしまうのであるが、そこには私の考えでは重要な、注目すべき事実が、いくつか記されている。

そのひとつ。結果的に、パルチザン名スパルタコが指揮したGAPの手柄になってしまう《ラゼッラ街の襲撃》は、その下敷きになった、着想、発案、計画、執念のいずれにおいても、別人の生みだしたものであった。

著者カッツが、第一部第一章の冒頭に登場させた人物、マーリオ・フィオレンティーニ。パルチザン名ジョヴァンニ。当時、二五歳の、ローマ大学で数学を専攻する学生。祖先はフィレンツェから移り住んできた、ユダヤ人であった。

前年、すなわち一九四三年、一一月二〇日。バゼント街五五番地の地下新聞『自由イタリア』印刷所で、彼はファシスト警察に逮捕された。編集長レオーネ・ギンツブルグと同時に獄中に繋がれた者たちのあいだに、マーリオ・フィオレンティーニの名前はない。すぐに釈放されたのであろう。けれども、若い彼の心に、抵抗の精神は深く根を下ろした。

2　フォッセ・アルデアティーネの虐殺

一九四四年三月二三日、木曜日、午後三時四五分。ラゼッラ街に仕掛けられたパルチザンの爆弾によって、行進してきたドイツ軍ＳＳ部隊の列が宙に吹き飛ばされた。情況の概略は、前節に記したとおりである。

轟音はローマ全市に響きわたったにちがいない。「このとき偶然にもジャニコロの丘から事件を望見し、さっそく現場にかけつけたところ、まだドイツ兵が右往左往し、いたずらに発砲していたのをみた」(山崎功『イタリアという国』岩波新書、一九六四年、一二三頁)と書かれているから。思うに、記述の半ばは真実であろう。

《無防備都市《チッタ・アペルタ》》と称されながら、ローマは事実上ナチ＝ファシストの軍事的支配下にあった。それゆえ、枢軸側に属する日本のジャーナリストは、比較的自由に行動できたであろう。この時点でもなお、若干名の日本人が、ローマに残ってはいた(日本大使館員や陸海軍関係者などはすでに北の安全圏へ移動している)。

他方、それ以外の国のジャーナリストのなかには、市中に紛れて生活する者たちがいた。秘密機関に属して諜報活動を行なう者たちもいた。何よりもヴァティカーノ市国は別個の方針でドイツ軍や連合軍にのぞみつつあった。そういう混乱した状況を視野に入れながら、アメリカ人カッツの

『ローマに死す』は、興味ぶかい資料の存在を示している。

たとえば「外国人女性ジャーナリスト」ド・ヴィスは書いている。

まだ震えが止まらない。ラゼッラ街には写真屋があって、わたしはフィルムの現像をたのみにゆく。今日の午後、落着いた足取りでその街路へ向かっていると、恐ろしい爆発が起こって、悲鳴や叫び声が飛び交った。狂ったように自動小銃が乱射されたので、わたしは身をひるがえして逃げた。追いすがってくるドイツ軍兵士が、逃げまどう人びとを捕まえていた。脱兎のごとくに走って、わたしはスペイン広場まで来て、足を止めた。（三月二三日の日記から）

あるいはローマの修道院に身を隠していたアメリカ人女性スクリヴナー（仮名）は書いている。

今日は外出しなくてよかった。夕方、立ち寄ってくれた友人たちから、ラゼッラ街で起こった事件の話を聞いた。……大混乱はさらに続いた。午後九時まで、ドイツ軍兵士たちが、またSS隊員やファシストたちが、戦車を連ねて、自動小銃を構えながら、ラゼッラ街の建物だけでなく、周辺の街路の窓という窓、そして屋根へ向かって、乱暴に銃撃を加えていた。

（三月二三日の日記から）

ところで、事件発生後、ナチ＝ファシストの指導者たちのなかで最初にラゼッラ街に姿を見せたのは、ローマ市警察本部長カルーゾであった。バルベリーニ広場のすぐ北にあるコルポラツィオーネ省で、この日、イタリア戦闘ファッシ結成二五周年の記念行事が催され、参加していたからである。

ついで、ドイツ軍ローマ司令官メルツァーが姿を見せた。「ローマの王様」という異名をとったこの将軍は、高級ホテル・エクセルシオールに居を構えていた。短気で、アルコール中毒ぎみの人物である。先ほどまで、ホテルで、ファシストの内務大臣ブッファリーニ＝グィーディやSS中佐カプラーたちと、昼食を楽しんでいた。それゆえ、酒気を帯びた顔を、怒りに戦《おのの》かせ、SS隊員たちの死骸を前に、メルツァー将軍は叫んだ。「報復だ！」

ただちにラゼッラ街の住民や通行人を全員逮捕させた。そして一帯の建物を爆破する、と将軍は息巻いた。SS大佐ドルマンがメルツァー将軍の怒りを鎮めようとした。すると「ローマの王様」はさらにいきりたった。そこへ、ローマのドイツ大使館責任者メルハウゼン領事とブッファリーニ＝グィーディ内務大臣がやって来た。

メルハウゼン領事はSS隊員たちの惨状に驚きながらも、「報復だ！」とわめきちらすメルツァー将軍の見幕に、むしろ憤りを覚えてしまった。ふたりのあいだで激しい口論が起こった。「ローマの王様」の脅《おど》しは、口先だけのものではなかった。なぜならば、将軍の命令によって爆薬の箱を積んだドイツ軍用車が、続々と集まってきたから。SS大佐ドルマンがふたりのあいだに割って入った。将軍はイタリア戦線最高司令官ケッセルリンクの許可を取りつけようと、部下に指示を出した。

他方、大使館へ引き返したメルハウゼン領事は、先手を打ってケッセルリンク元帥と連絡を取り、メルツァー将軍の暴挙を阻もうとした。元帥は、当時、ローマ北方四〇キロほどの要所モンテ・ソラッテ（標高六九一メートル）に作戦本部を置いていた。メルハウゼン領事が電話をすると、元帥は戦線を視察中であった。グスタフ戦線《ライン》（第1章扉裏地図）の内側、ローマに近い岬アンツィオに、連合軍が上陸していて、戦局は微妙な段階にあった。

ラゼッラ街襲撃の情報は、東プロシアにある総統の総司令部へも、すぐに伝えられた。ヒトラーの反応は、アルコール中毒ぎみのメルツァー将軍よりも、さらに激しかった。「全住民をふくめ、ローマの市街全体を爆破せよ。極めて高い比率でイタリア人を銃殺せよ。ＳＳ隊員一名につきイタリア人三〇ないし五〇名を銃殺せよ。」

ラゼッラ街の現場では、ＳＳ大佐ドルマンの制止を受け入れて、結局、メルツァー将軍は事件の調査と指揮を、ＳＳ中佐および秘密警察《ゲシュタポ》ローマ本部長カプラーに、委ねた。こうして、五ヵ月前、《ローマの惨劇》でユダヤ人迫害のため辣腕をふるったヘルベルト・カプラーに、「報復措置」の任務が託されてゆくのである。

カプラーは慎重に上官の意志を質《ただ》しながら、命令系統の鎖のひとつに自分が徹するよう努めた。事件が起こった二時間後には「ドイツ兵の死者が現在のところ二八名に達した」とメルツァー将軍に報告している。

ドイツ軍ローマ管区司令本部で、メルツァーは直属の上官である第一四軍団の司令官マッケンゼン将軍と「報復措置」をめぐって、電話で打ちあわせていた。取りあえず、その内容は「ドイツ兵一名に対しイタリア人一〇名」ということになった。そのあとで、受話器をカプラーにまわした。

ＳＳ中佐カプラーのほうは、秘密警察イタリア総本部長ハルスター将軍とすでに打ちあわせておいた内容を、受話器に向かって繰り返した。「死刑囚や、終身刑を宣告された者たち、もしくは死刑になると予想される者たちを、処刑します」マッケンゼン将軍もこれを了承した。「ローマの王様」メルツァー将軍は、早速に、二八〇名の処刑者リストを作るよう命じた。カプラーはその作成にあたったのである。

午後七時に、ケッセルリンク元帥は前線の視察から戻ってきて、《ラゼッラ街の襲撃》の報告を受けた。また、自分の留守中に、ヒトラーの要求よりも低い比率、すなわちドイツ兵一に対しイタリア人一〇の割合で、マッケンゼンが暫定的な「報復措置」を決めた、という報告も受けた。

ケッセルリンク元帥の胸中には、いまや、崩壊の危機に瀕しているグスタフ戦線のことがあった。だからこそ、次のような命令を下した。「ドイツ兵一名につき、イタリア人一〇名を銃殺すること。二四時間以内に。」午後八時であった。

命令はすぐにＳＳ中佐カプラーにも伝えられた。カプラーは二八〇名の「死罪に値する者たち」のリストを作るだけでも不可能に近いのに、二四時間以内に処刑せよと聞いて、絶句した。その瞬間、ひとつの解決の可能性が、中佐の脳裏をよぎったのであろう。

カプラーはヴェローナの総本部に電話を入れた。そして総本部長ハルスター将軍と、長時間、話しあった。この将軍は「オランダでユダヤ人狩り」をしたことで知られ、後に「アンネ・フランクの死の責任」を問われた人物だが、そのときカプラーに向かって「足りない分はユダヤ人を使えばよい。大切なのはリストを完成させることだ」と答えたという。

それにしても、不眠不休で、カプラーは二八〇名の「死罪に値する者たち」のリストを作った。しかし、二三日の夜更けまでに、ドイツ兵の死者は、二八名から三二名にふえていた。

カプラーが管轄するタッソ街の秘密警察監獄に閉じこめてある者たちと、レジーナ・チェーリ刑務所のドイツ軍棟にいる囚人たちとから、該当しそうな人数を集めてみても、二八〇名にさえ、はるかに達しなかった。それゆえ、ただユダヤ人であるという理由だけで、絶滅収容所への強制送還を待っている者たち五七名を、まずリストに含めた。さらに、ラゼッラ街周辺で拘束した住民や通行人たちのなかから、襲撃と無関係であり無実であると知りながら、一〇名を加えた。そのなかにクァットロ・フォンターネ街でカバン店を経営していたピニョッティ兄弟も入っていた。

こうして、夜更けのデスクにかじりつきながら、死のリスト作りにカプラーが励んでいたとき、タッソ街の近くにあるヴィッラ・ウォルコンスキーのドイツ大使館から、メルハウゼン領事がやってきた。ふたりだけの会話のなかで、メルハウゼンは言ったという。

聞くんだ、カプラー、ぼくがきみの立場にいたら、良心は震え戦《おのの》くだろう。自分ならばどうするかは、わからない。でも、人生の決定的な曲り角に、自分が立っていることは、間違いなく感じるだろう。カプラー、考えるんだ、きみもいつの日か、神の裁きのまえに立って、弁明しなければならないであろうから。

しかし、SS中佐カプラーは、命令をなしとげねばならなかった。それゆえ、タッソ街の監獄に閉じこめて何度も拷問をした、ドイツ軍脱走兵ヨーゼフ・ライダーのことも、幼きイエス《バンビン・ジェズ》女子修道会の司祭ドン・ピエートロ・パッパガッロの名前も、死のリストに入れた。仕事熱心なカプラーは、徹夜で任務を続けて、明け方にはリストの人数が二六九名に達した。そこで一息ついてから、二日前に、ドイツ軍事法廷で無罪になった、ピエートロ・パオルッチという人物の名前を書きこんだ

(この人物は本名をパーオロ・ペトルッチといい、連合軍の諜報員であった)。死のリストはひとまず完成して、二七〇名になった。

カプラーの考えでは、せめて残る五〇名分ぐらいはイタリア側すなわちファシスト警察が都合するべきであった。カプラーはローマ市警察本部長カルーゾにその旨を告げておいた。しかし不安なので、ファシストの秘密警察班長コッホに、彼の秘密監獄に拘束している者たちからも何名かリストアップするよう、申し入れておいた。さらに、ファシストの保安局長アリアネッロや警察長官代理チェッルーティにも協力を要請しておいた。にもかかわらず、ファシスト側リストの作成が遅れ、思わぬ混乱が生じた。

加えて、三月二四日、正午過ぎに、メルツァー将軍の司令本部で、三三〇名分のリスト作成の経緯を報告したあと、カプラーはさらに予期せぬ事態に見舞われた。ひとつは、襲撃されたSS部隊の属する第三ボーツェン大隊の指揮官ドブリック少佐が、処刑の役を命ぜられながら、拒否したため、カプラー自身にその役がまわってきたことである。

いまひとつは、処刑の役を引き受けて将軍のもとを辞したあと、カプラーが食堂にいたとき、部下の大尉が突然に入ってきて、SS部隊の死者がまた一名ふえた、と告げたことである。「二四時間以内に」と命令されたうちの、一七時間ちかくが、すでに経過していた。残る数時間のうちに処刑を完了させなければならない。

それに伴う難題に、気を奪われていたためか、能吏のカプラーが手順をひとつ飛ばしてしまった。すなわち、カプラーは先走って、一〇名分をリストに加えてしまったのである。そのとき彼は、朝方、たまたま逮捕されたユダヤ人一〇名が、タッソ街の留置場にいることを、思いだした。そしてその人びとを処刑の対象に加えればよいと考えた。

カプラーの言い分に従えば、数時間で、三三〇名の処刑をするのは困難そのものだった。そればかりか、あくまでも秘密裡に行なわなければならない。もしもローマの民衆に知れわたったならば、どのような事態が生ずるかわからなかった。部下のひとりが、南の城門を出て遠くない場所に、土砂を採掘したあとの、廃墟があることを教えた。洞窟群が縦横に走るフォッセ・アルデアティーネだ。そこまで、タッソ街から、あるいはレジーナ・チェーリ刑務所から、ドイツ軍の食肉運搬用トラックが、二人ずつ後ろ手にロープで縛った人びとを、運んだ。

カプラーおよび秘密警察《ゲシュタポ》所属のドイツ兵七四名が処刑にあたった。数人ずつを洞窟の奥の所定の位置まで連れていき、ひざまずかせた。後頭部を、自動拳銃で撃って、死に至らしめるよう、指示が出された。「処刑の任を拒む者は処刑される」とも言い渡された。恐ろしい銃声は、午後三時半に始まり、夜の八時まで、途切れなく続いた。運命の犠牲者は三三五名になった。

その間、周囲には非常線が張られ、ドイツ軍が厳重な警戒にあたった。にもかかわらず、大量虐殺の情況を、耳をすませて、八〇メートルの距離から、見守りつづけた者がいる。ニコーラ・ダンナービレ。豚飼いであり、小高い盛り土の上に身を伏せたまま、眼下の情景を残らず見届けた。

記すべき数かずのエピソードのなかから、ひとつを選んでおこう。この虐殺を逃げ延びた者がいる。ドイツ軍脱走兵ヨーゼフ・ライダーである。彼は幼きイエス女子修道会の司祭ドン・ピエートロとともに後ろ手に縛られて、タッソ街からドイツ軍トラックに乗せられ、処刑場まで連れて来られた。フォッセ・アルデアティーネの暗い洞窟を前にして、連れて来られた人びとは、いまや、自分たちの視野いっぱいに広がる死の光景を見た。人びとの群れは輪をなして、しぜんに、ドン・ピエートロ司祭のまわりに集まってきた。誰かが震える声で言った。「神父さま、お祈りを！」するとたくましい体格のドン・ピエートロは、縛りつけられていた手首のロープを振りほどいて、立ちあがった。そして両腕を高だかと天に向かって差しあげ、大声で祈りの言葉を唱え、みなに最後の罪の許しを与えた。

後ろ手に神父と結びつけられていたヨーゼフ・ライダーは、混乱のなかで、いきなり自由になった。手近の洞窟の前に、採掘工事のさいにできた、盛り土の壁が見えた。とっさに、そのかげへ跳びこんだ。暗がりに息を潜めていると、やがてSSの護衛兵に見つけられた。それが、脱走以前ドイツ軍にいたときの、知りあいであった。

オーストリア出身のライダーは、通訳官としてドイツ軍で働いていたが、脱走してイタリア人になりすましていたところを捕まって、タッソ街監獄に入れられていたのである。奇蹟的に生き延びたライダーも、後年に、《フォッセ・アルデアティーネの虐殺》が裁かれるとき、証言台に立った。

3 報復の名の下に

羊飼い、豚飼い、牛飼い。この種の仕事の人びとが、日本にも存在するであろうか。イタリアでは、一九六〇年代には、しばしば彼らを見かけた。近年は、半島で旅をしていても、車窓に家畜の群れを見ることさえ稀になった。だが、シチリア島やサルデーニャ島、あるいは北辺のアルプス山麓などでは、まだ、彼らに出会うであろう。家畜の群れとともに歩き、動物たちと同じように物言わぬ彼ら。服装はみな貧しい。降りしきる氷雨の下で、獣《けだもの》の皮をかぶり、野辺に踞《うずくま》っていたりする。ローマでも城壁の周辺で、かつては、孤独な彼らの姿を見かけた。

ドイツ軍SS部隊による虐殺の現場フォッセ・アルデアティーネは、城壁からさほど遠くないところにある。南の城門聖《ポルタ・サン》セバスティアーノを出て、古代からのアッピア旧街道を数百メートル歩けば、道が三筋に分かれる。左側の路傍に建つのが、小説に名高いドミネ・クオー・ヴァーディス(主よ、どこへ行くのですか)教会堂だ。

左手の本道をさらに一キロ半ほど進むと、聖セバスティアーノ大聖堂へ着く。古来、七大聖堂めぐりの巡礼者たちは、ここまで足を延ばした。大聖堂の地下には、迫害を避けて初期キリスト教徒の使ったカタコンベ(地下墳墓)が広がっている。

アンデルセン作『即興詩人』の主人公も、ここの地底の闇のなかをさ迷った。近くには聖《サン》カリストと聖ドミティッラのカタコンベもあって、見学できる。これら三つの古代地下墳墓に囲まれて、前大戦の惨劇の舞台になった洞窟《フォッセ》アルデアティーネも地下に広がっている。現在は反ナチ反ファシズムと抵抗精神の国立記念館が建てられ、犠牲者三三五名の墓所になっている。それゆえ、新たな巡礼地のひとつとして、現代の旅行者たちにはここに立ち寄ることを、拙著『ローマ散策』(岩波新書、七二―七七頁)のなかで勧めておいた。

一九四四年三月二四日、金曜日。数個ある洞窟《フォッセ》の入口を囲むように、ドイツ軍の非常線が張りめぐらされた。前日のパルチザンによる《ラゼッラ街の襲撃》で命を落とした三二名(プラス一名)のSS隊員への報復として、一〇倍の数のイタリア人を洞窟の奥で虐殺する準備が整ったのである。厳戒態勢のなか、鈍い銃声を響かせながら、秘密裡に虐殺は進行していった。洞窟の入口の前の空地にドイツ軍用車が次つぎに着いた。食肉運搬用トラックが主であったが、赤十字の印をつけたものも混ざっていた。それらの車輛から、零《こぼ》れ落ちるように、縛られた人びとが地面に転り出た。誰にも近づけないはずであった。それなのに、空地を見下ろす位置に、獣の皮をかぶって、ニコーラ・ダンナービレが踞っていた。犠牲者は数名ずつ、同数の処刑者に促され、洞窟の闇へ消えていった。豚飼いの耳は何事も聞き漏らさなかった。

理由なく銃殺された者たちのなかに、大勢のユダヤ人(最近の調査では七六名)が含まれていたことは、先にも述べた。レジーナ・チェーリ刑務所で目撃された場面のひとつを紹介しておこう。パルチザン活動によってこの刑務所内に拘留されていた、ローマの女性弁護士エレオノーラ・ラヴァニーノの証言である。

その日の午後は、つねにない事態ばかりが起こったという。まず、二時過ぎに、一階の鉄扉が音をたてて開かれた。ドイツ兵の軍靴が荒々しく踏み込んできた。タイプに打った《名簿《リスト》》をかざしながら、監房から監房へ、囚人たちを呼び出してまわった。第三ドイツ軍棟の二階にある女性用洗面所で、ラヴァニーノは食器を洗い終ったところであった。洗面所を出て自分の監房へ戻るには、通廊を渡らねばならない。ゆっくり歩きながら見下ろすと、一階の床に二〇名ぐらいの囚人が集められていた。

見なれぬ顔のドイツ兵たちが、下の階の監房から監房へ、往きつ戻りつしながら、さらに人びとを呼び集めていた。強制労働のためドイツへ移送されることは誰もが覚悟していた。しかし、呼び出された人びとは、何ひとつ荷物を持っていない。不可解である、と彼女は思った。荷物を持っていないのは、処刑を意味した。処刑は、一般に、朝のうちに執行される。だからこそ、午前の点呼には誰もが敏感であった。しかし、午後の陽射しもすでに傾きつつあるのに、呼び出しがまだ続いている。

やがて、人びとの群れは、ユダヤ人と非ユダヤ人とに分けられた。後者にはパルチザンとして捕えられた人びとが多く、中央階段から入口のほうへ集められた。

ユダヤ人たちは中央階段から裏窓のほうへ押しやられて、三人ずつ並ぶように命じられた。するとそれまで列をつくっていた人波が揺れて、何人かが入れ替った。ユダヤ人たちはこれから先、長い旅になった場合に備え、半ば本能的に、肉親同士でまとまって行動しようとする。

こうして、三人一組の二二列ができあがった。「穴掘りのような重労働をしてもよいと思う者は、手をあげろ」そう言われて、全員が手をあげた。そこで、SS隊員が《名簿》を読みあげながら、改めて点呼を行なった。するとひとりだけ、名前を呼ばれない者が出た。たぶん、混乱にまぎれて、群れに入りこんだにちがいなかった。

フランコ・ディ・コンシッリオ。一九二七年三月二一日、ローマに生まれた。肉屋の見習い。つまり、一七歳の誕生日を迎えたばかりであった。SS隊員がいくら《名簿》を調べても、フランコの名前はない。しかし、彼の兄サントーロ(一八歳)、その年子《としご》の兄マルコ(一九歳)、父サロモーネ(四六歳)、叔父チェーザレ(三〇歳)、そして祖父モゼ(七四歳)の名前は、みなあった。

たぶん、《名簿》を作るさいに、カプラーがフランコの名前を見落としてしまったのであろう。点呼のSS隊員は、一瞬、ためらった。が、「自分も働きたい」と申し出ながら、その意志をあらわに示す若者を見て、死者の列に加えてしまった。こうして先祖代々、ローマに生まれ、育ち、力を合わせながら暮らしてきたユダヤ人、ディ・コンシッリオ家の六名は、悲しい運命の同じトラックに乗りこんだのである。

非ユダヤ人の群れには、政治や闘争に無関係な、単にドイツ占領軍やファシストたちに素朴な反感を表しただけの、市民が少数まざってはいた。けれども、大多数を占めていたのは、武装闘争中に捕虜になったパルチザン兵や指揮官たち、また反戦運動やサボタージュなどに加わった活動家や政党指導者たちであった。たとえば、旧軍人たちによるローマのFMCR(地下軍事抵抗戦線)の代表的存在であった、モンテゼーモロ大佐。行動党の軍事責任者であった、ピーロ・アルベルテッリ。

アメリカ軍OSS（戦略情報部）のスパイになった、旧歩兵少尉マウリツィオ・ジッリオなど。

モンテゼーモロはピエモンテ州の名家に生まれ、第一次世界大戦に志願兵として参加し、陸軍参謀本部に所属するなど、卓越した経歴の軍人であった。ドイツ軍占領下ローマで、南のバドッリオ政権や連合軍と無線連絡をとり、CLN（国民解放委員会）とも接触していた。それゆえ、SS中佐カプラーは一月末に逮捕して以来、モンテゼーモロ大佐を、タッソ街の秘密監獄のなかでも特別な小部屋に監禁していた。

他方、FMCR側は組織の全力をあげて大佐を救出しようと試みたが、成功に至らなかった。そして三月一九日には、女性活動家フルヴィア・リーパ・ディ・メアーナが教皇ピウス一二世に謁見して、一定の条件の下に大佐の亡命を願い出てさえいた。しかしカプラーは、第一にモンテゼーモロの名を死のリストに書きこんだのである。

哲学史の教授ピーロ・アルベルテッリは、早くから反ファシズム活動を行ない、ローマがドイツ軍占領下に入るや、行動党の立役者となった。しかし同志のレオーネ・ギンツブルグが獄死したあと、三月一日にファシスト秘密警察コッホ班の罠に落ちてしまい、タッソ街やコッホ班の獄舎で、数々の拷問を受けた。

「いくらでもおまえたちの武器や道具を使うがよい。こちらは黙秘という残された武器を使うだけだ」と答えたアルベルテッリの科白《せりふ》は、後世の語り草になっている。

しかしながら、ナチ・ファシストの激しい捜索にあい、行動党の逮捕者は続出した。《フォッセ・アルデアティーネの虐殺》では四五名もが斃れたという。これはその後のローマ抵抗運動に暗い影を落としてしまう。

ファシスト秘密警察コッホ班の私設監獄は、そのころ、終着駅のすぐ近くにあった。昨今では日本人観光客の団体が利用するホテルがあり、賑わっているあたりだ。

通称チェルヴォ（雄鹿）と呼ばれた、アメリカ軍ＯＳＳの諜報員ジッリオ少尉は、テーヴェレ河のはしけ舟の上で、アメリカ軍との無線交信中に、三月一七日、ファシスト秘密警察班長ピエートロ・コッホによって逮捕された。少尉は悪名高いコッホ班の、ありとあらゆる拷問に耐え、ほとんど死体になったところを、トラックでレジーナ・チェーリ刑務所へ運ばれ、さらにフォッセ・アルデアティーネの屍《しかばね》の山の上に投げ出されたのである。

虐殺の翌日、アメリカ軍ＯＳＳの隊長ピーター・トンプキンズ少佐は、部下のチェルヴォを救出するため、終着駅近くのコッホ班の秘密監獄を爆破する予定であった。が、すべては虚しくなってしまった。トンプキンズは著書『ローマに潜入したスパイ』（ニューヨーク、一九六二年）のなかで、《ラゼッラ街の襲撃》は完璧であり、パルチザンたちにあれだけの攻撃能力があるのならば、なぜ、タッソ街のＳＳ本部を爆破しなかったのか、と批判している。

他方、アルデアティーネの洞窟の奥では、凄惨な虐殺が続けられていた。「処刑の任を拒む者は処刑される」と言い渡してあったにもかかわらず、年少の士官のひとりが撃つことを拒んでいる、という報告がもたらされた。

ＳＳ中佐カプラーは、すぐに自分が行くからそのままにしておくように、と答えた。そして現場へ着くや、命令に逆らった士官ヴェティエンSS中尉に歩み寄って、叱らずに、やさしく諭した。カプラーは士官の腰に片腕をまわして、いっしょに洞窟の奥へ進んでいき、屍の山の上に跪かせられた犠牲者に近づいて、並んで撃った。

しかし、残忍な処刑を進めるうちに、部下たちの心は打ち拉《ひし》がれていった。それも予測された事態のひとつである。そこで、カプラーはいったん処刑を中止させ、タッソ街から持ってきたコニャックの壜を取り出して、SS隊員たちに回し飲みをさせた。「部下たちを励ますために」と後にカプラーは言ったが、むしろ、「部下たちの正気を失わせるために」と言うべきだろう。

能吏のSS中佐カプラーは、ひたすら上からの命令に従い、部下にそれを伝えて、みずからはあくまでも命令系統の鎖のひとつになるよう努めた。軍隊は命令によって成り立つ機関である。そして殺人はまちがいなく目的のひとつである。それゆえ、上官の命令に従うかぎり、兵卒は自己の責任を回避できよう。しかし殺人を犯した瞬間に、彼は非人間へ転落するはずでもある。

このように、人間と非人間とのあいだにある、根本的な矛盾と欺瞞とを、どうすれば、兵は免れられるのであろうか。先に記したとおり、ドイツ軍の非人間的な処刑には、SS中佐カプラーを含めて、七四名の秘密警察隊員が関わった。そのうち一名だけ、しかしながら、処刑の任を免れた者がいるという。免れた、というよりは不能であった、といったほうがよい。

ギュンター・アモン曹長は、後にカプラー裁判(一九四八年)のとき、証言台に立った。自分の処刑班といっしょに洞窟の奥へ入っていくと、明りに照らされて、屍《しかばね》が累《るい》々と見えた。「その光景に恐ろしくなって」次の瞬間には、失神してしまった。不能になったアモン曹長をのぞき、いまやコニャックの力まで借りて正気を失った処刑人たちの群れは、乱脈なやり方で、彼らの任務をなしとげたという。少なくともカプラー中佐の報告では、命令された期限の夜八時には処刑が完了した。死者の人数の確認を命ぜられたプリープケ大尉が、自分の任務を全うして答えた。「三三五名を処刑しました。」

カプラー中佐は怪しんで問い返した。「なぜ？　三三〇のはずだが。」

「何かの間違いでした。でも、それだけの人数がいたものですから……」と、別のSS隊員が答えた。

「報復措置」としてドイツ軍に虐殺された遺体三三五は、洞窟の奥に積み重ねられた。そして封鎖のために、入口は工兵隊によって爆破された。

タッソ街の本部へ戻って、カプラー中佐は部下たちをねぎらった。それから一〇日間、毎晩、SS隊員たちは酔いつぶれていたという(メルハウゼン領事の証言)。

カプラーは、すでに三六時間以上、不眠不休で働いてきたが、ヴェーネト街の高級ホテル・エクセルシオールに向かった。そして、集まっていた上官たちに、「三三五名を処刑してきました」と報告した。

「三三五名でも充分ではない」と、ヴォルフ将軍は答えた。

そのとき、メルハウゼン領事とボルヒ報道官が会議の場へ入ってきて、翌二五日付でファシスト系新聞に発表される、ドイツ軍司令部の声明文を、みなに示した。

一九四四年三月二三日午後、ラゼッラ街を行進中のドイツ軍警察部隊に、犯罪分子が爆弾攻撃をしかけた。この襲撃の結果、三二名のドイツ軍警察隊員が死亡、若干名の負傷者が出た。(中略)ドイツ軍司令部は、殺害されたドイツ兵一名につき、一〇名のバドッリオ派＝共産主義者たちを、銃殺するように命令した。この命令はすでに遂行された。

この時点から、虐殺の人数の差(一五名)は、少なくとも、SS中佐カプラーが逃れられないはずの罪であった。その分も含めて、隠蔽をはかったドイツ軍の犯罪は、解明されねばならない。二ヵ月後のローマ解放を待って、ただちに「虐殺の究明委員会」が組織され、ローマ大学講師(ユダヤ人は差別によって正教授に就けなかった)アッティーリオ・アスカレッリにその任が託された。洞窟の奥に、みずからの甥ふたりをも失った、ユダヤ系のこの法医学者は、執念をこめて、重責を果たしたのである。

一九四四年三月二五日、土曜日、正午過ぎ。ローマのトリトーネ街にある新聞社メッサッジェーロの展示ケースに、その日の第一版が貼り出された。毎日のことだが、物見高い人垣ができる。第一面、右半ばに、二段囲みの太文字で、声明文が印刷されていた。《ラゼッラ街の襲撃》に対する報復を記したものである。すなわち「……ドイツ軍司令部は、殺害されたドイツ兵一名につき、一〇名のバドッリオ派＝共産主義者たちを、銃殺するように命令した。この命令はすでに遂行された。」

人波に混ざって、食い入るような目で紙面を追う若い男女があった。読みおえたとき、ふたりの目のまえに真昼の闇が垂れこめてきたであろう。そして暗い闇の奥で、次つぎに銃殺された、親しい者たちの顔が、渦巻いたにちがいない。

若い男はロザーリオ・ベンティヴェーニャ、若い女のほうはカルラ・カッポーニ。ふたりはほぼ同年の満二二歳前後。学部は違うが、ともに大学生で、恋人どうしであった。ただし、それ以上に、反ナチ＝ファシズムの精神で固く結びつけられていた。そしてパーオロとエーレナというパルチザン名で呼びあい、互いに本名を使うことはなかった。若いふたりの結びつきは精神的なものによるのであろうが、より深い根をおろしていた、と考えておきたい。なぜならば、ふたりは同じようにローマに生まれ育ったが、ベンティヴェーニャは外交官の家系らしく、ユーゴスラヴィア人であったから。また、カッポーニのほうは片親がポーランドの出身であったから。たぶん、ユダヤ系であろう。

二日前の二三日、ラゼッラ街で塵芥《ごみ》清掃車に仕掛けた爆弾に点火したあと、坂を登って走ってきた道路清掃夫の姿の恋人パーオロに、エーレナは持っていたレインコートをかぶせた。すぐそばにいて逃走を助けてくれるはずの仲間ブラージは姿をくらましていた。

爆音と爆風に追われ、ふたりはドイツ軍が非常線を張りめぐらしつつあったナツィオナーレ街を走り抜けて、フォーロ・トライアーノの遺跡を見下ろす建物にある、エーレナの母親の家へ、駆けこんだ。パーオロはそこで清掃夫の服を脱いだ。

ふたりはその服を処分しようとした。が、強力な繊維で作られていたために引き裂くことができず、ガスで火をつけても燃えなかった。それで小さな包にして、どこかへ捨てようと街路へ出たが、思いあまって、聖《サン》ピエートロ・イン・ヴィンコリ教会堂に近い暗がりの隅に隠した。

パルチザンたちは、その日、ヴィットーリオ広場で落ち合う約束になっていたが、日暮れの外出禁止時刻が迫っていたため、そこへ行くのはやめにした。襲撃の夜は、ふたりとも家へは戻らずに、ボローニャ広場の近くに住む、エーレナの母親の知りあいであるユダヤ婦人の家で、過ごすことに決めてあった。

彼らユダヤ系の人びとにとって、何らかの事情があったのであろうが、その理由は判然としない。ひとつには、性能のよいラジオを聞くためであったのであろう。しかし、その夜は、ロンドンのBBC放送をはじめ、どこの局からも《ラゼッラ街の襲撃》についてのニュースは流れなかった。ローマ市内で事件を知らぬ人はいなかったのだが。

明けて二四日、金曜日。襲撃に参加したパルチザンたちは、巨大な古代円形闘技場《コロッセーオ》の近くにある地下の隠れ家に集まってきた。全員無事であった。襲撃は完璧な成功をおさめたかに思われた。その場に、パルチザン名ジョヴァンニ、すなわちマーリオ・フィオレンティーニと、その妻ルチーア・オットブリーニが同席していなかった、とは考えにくい。なぜならば《ラゼッラ街の襲撃》計画は、ほとんどの筋書を、若い大学生マーリオとルチーアが考え出したからであり、ほかならぬその地下の隠れ家で、同じ大学生パーオロとエーレナに打ち明けて、四人が主体になって初めは実行しようとしたからである。

ローマ市内でゲリラ戦術をとるGAP(愛国行動グループ)は、原則として、二、三名の小人数で活動した。それゆえ、ローマ周辺部や北イタリアの山岳地帯で活躍するパルチザン部隊とは、組織や編成が異なった。若い男女マーリオとルチーアそしてパーオロとエーレナは、それぞれに、GAPの小単位を作っていた。

たとえば、ブラスキ宮殿から出てきたファシスト高官の襲撃(M・フィオレンティーニ、R・ベンティヴェーニャ、F・カラマンドレーイ)、バルベリーニ宮殿まえでのドイツ軍将校銃撃(L・オットブリーニ)、ドイツ軍燃料タンク車の爆破(C・カッポーニ)など(いずれも( )内が襲撃者)。

またGAPは、共産党系、行動党系、社会党系といった、政党別のまとまりをもっていた。したがって、前回触れた、モンテゼーモロ大佐に代表されるような、旧軍人たちのパルチザンとも、性格を異にした。

二五歳、数学専攻の学生、マーリオ・フィオレンティーニは、すでに述べたように、ユダヤ系で、行動党の地下新聞『自由イタリア』で働いていたが、編集長のレオーネ・ギンツブルグたちと印刷所で逮捕された。そして釈放後に、いくつかのGAPの作戦に参加していた。彼の家はカーポ・レ・カーゼ街とドゥーエ・マチェッリ街の角(本章扉裏地図、左下一〇〇メートル先)にあり、毎日、同じ時刻に、窓の下をSS部隊が行進していた。

同じルートを通って行進する完全武装のSS部隊を襲撃するのに、最適の場所がラゼッラ街の登り坂である、そう考えたのは、フィオレンティーニであった。そのさいに、手押しの塵芥清掃車に爆弾を仕掛けようと考えたり、爆弾係が道路清掃夫の制服を着てはどうかと提案したのも、彼であった。にもかかわらず、彼が襲撃の参加からはずされたのは、彼の叔父がボッカッチョ街に住んでいることを、指揮官サリナーリが知ったからである。それは、ある意味で、正しい配慮であった。

秘密はどこからでも洩れる恐れがあったから。

ともあれ《ラゼッラ街の襲撃》において、GAPは初めて、一六名という大人数での奇襲作戦――最新の論文に一〇名と記すものがあるが論拠は明らかでない――を行なった。そして目標どおりに、完全武装のドイツ占領軍SS部隊に甚大な損害を与え、パルチザンは全員が無事に帰還した。本来ならば、大成功と呼ぶべき「奇襲攻撃」であった。ところが、これに対して大量虐殺という名の「報復措置」が用意されたのである。そのためのリスト作成に、SS中佐カプラーが不眠不休で励んでいた経緯は、先に記したとおりである。

この非道な動きに同時並行して、ドイツ軍内部に、無差別大量虐殺という名の「報復措置」に反対する考え方がすすめられていた点にも、触れておこう。

しかも無差別大量虐殺という「報復措置」を否定する反対と、それを肯定する反対という、二つの考え方があった。その一、否定的な反対とは、SS大佐ドルマンの計画したものである。その二、肯定的な反対とは、ベルリンのSS総司令官ヒムラーが考え出したものだ。「報復措置」を肯定する反対という言い方は、わかりにくいかもしれない。換言しておこう。ヒムラーによれば、「ドイツ兵一名の死者につきイタリア人一〇名の虐殺」では手緩《ぬる》いというのだ。

まず初めに、ドルマンの計画について記しておこう。そのためにも、ラゼッラ街で爆発が起こった直後、現場へ駆けつけてきたドイツ軍ローマ司令官メルツァー将軍と、SS大佐ドルマンやドイツ大使館メルハウゼン領事とのあいだに取り交わされた会話、将軍と領事との対立、両者を宥めたドルマンの態度などを、思い出しておきたい。

酒気を帯び、怒気を含んだ声で、メルツァー将軍がわめきちらした「報復措置」を、ドルマン大佐とメルハウゼン領事は思いとどまらせようとした。しかし東プロシアの総司令部から戻ってきたヒトラーの指示は、さらに非道なものであった。

事件発生から二時間後には、ヴィッラ・ウォルコンスキーのドイツ大使館で、大佐と領事は「報復措置」を阻止するための手立てをふたりだけで話しあった。そのあと、ドルマン大佐は日暮れの空の下をヴァティカーノ市国へ向かって車を走らせた。ドルマンの考えでは、いまや、この緊急事態を回避させることができるのは、教皇しかいなかった。SS大佐はかねてから教皇庁と太いパイプでつながっていた。その仲介役がドイツ系サルヴァトリアーニ修道会の総院長パンクラツィオである。

ふたりは心親しい仲であった。ドルマン大佐がパンクラツィオ神父に打ち明けた方策は以下のようである。ラゼッラ街で犠牲になったSS隊員たちは南ティロルのボーツェン(現イタリア領ボルツァーノ)出身者たちであった。まず、この犠牲者たちの家族をただちに飛行機でローマに呼び寄せる、厳粛な葬儀を行なうために。

そして二五日、土曜日の正午を期して、柩に寄り添った遺族たちの葬列が市中を練り歩く。そのとき市内四〇〇の教会堂がそろって鐘を打ち鳴らすであろう。同時に、犠牲者たちの顔写真を載せた新聞の号外を人びとに配布する。

同じく正午に、ケッセルリンク元帥がラジオの放送を通じて、市民への呼びかけを行なう。遺族への賠償金はローマ市が負担すべきものであり、温情あふれるドイツ側の申し出はこれを最後としたい。今後のローマの運命は、すべて、男女市民の手に握られている。すなわち、今回の殺害の容疑者たちを告発するのは市民の役割であり、同じような事態がまた生じた場合には責任は市民自身に立ち返るであろう。

パンクラツィオ神父はこの方策に絶大な賛意をあらわし、すぐに教皇ピウス一二世に取り次ぐであろうと答えた。神父と大佐は翌日を期して別れた。

一方、《ラゼッラ街の襲撃》事件が、東プロシアにある総統の総司令部へ報告されたのと同時に、ベルリンのSS総司令官ヒムラーのもとへも情報は届けられた。ヒトラーの狂気に優るとも劣らぬ狂暴な「報復措置」を、ヒムラーは考えだした。その思いつきを伝達するため、ヒムラーはイタリア方面SS総司令官ヴォルフを呼びだした。その日、ヴォルフ将軍はガルダ湖畔にいたが、長時間、電話で話しあった結果を、さらにイタリア戦線最高司令官ケッセルリンクに伝えねばならなかった。

それゆえ、翌二四日の金曜日、午後三時に、ローマ北方一〇〇キロほどのヴィテルボ空港へ、ヴォルフ将軍を乗せた飛行機が着いた。パンクラツィオ神父との約束を果たせぬまま、急遽、SS大佐ドルマンが迎えに出た。将軍と大佐は、ドルマンの車で、ケッセルリンク元帥の作戦本部があるモンテ・ソラッテに向かった。途中の山道で、パルチザンの襲撃を受けたりして、本部へ着いたのは午後五時過ぎであった。

ケッセルリンク元帥との会談が始まるまえに、洞窟《フォッセ》アルデアティーネで「報復措置」がすでに実行されつつある、という報告を受けた。「それでは足りない」とヴォルフ将軍が反対して、ヒムラーから命令されてきた内容を伝えた。

ＳＳ総司令官ヒムラーは、数ヵ月まえに、ローマに住むユダヤ人を一網打尽にし、一〇二〇余名をアウシュヴィッツに送りこんだ《ローマの惨劇》を計画し、かつ実行させた人物である。今度は、ローマのパルチザンたちを一網打尽にするため、市内の不穏な地区に住む男子成人たち約一〇〇万を強制移送させようと思いついた。

しかしそのためには、ケッセルリンク元帥は麾下《きか》にある第一四軍団のうち約三個師団をふりあてねばならない。戦略的に可能かどうか、検討してみなければ、と元帥は慎重に答えを留保した。


会談がもたれているあいだにも《フォッセ・アルデアティーネの虐殺》は続けられていた。ドルマン大佐とパンクラツィオ神父が考えだして、教皇ピウス一二世へ訴えようとした、空想の「報復措置」は、結局、空想のままに終った。他方で、ＳＳ総司令官ヒムラーとヴォルフ将軍が、パルチザンの温床になっている地区のローマ市民たちを、ユダヤ人のごとくに強制移送させようとした「報復措置」も、空想のうちに終った。

苛酷な現実は《フォッセ・アルデアティーネの虐殺》となってあらわれた。そしてそれが事実として報道されたのは、冒頭に記したように、翌二五日、土曜日、正午のことであった。

ドイツ軍司令部発表の声明文は、ただちに効果をあらわした。なぜならば、ＣＬＮ（国民解放委員会）の軍事委員会は緊急会議をひらき、キリスト教民主党のスパターロから《ラゼッラ街の襲撃》やＧＡＰの行動を否認しかねない意見が出されたからである。共産党のアメンドラは断固としてこれに反対した。

他方、GAP当事者たちも集まりをもって、三月二六日付で、六項目にわたる長文の声明を発表した。要するに、奇襲作戦を敢行したのは自分たちGAPであると名乗りをあげ、ドイツ軍司令部発表の「無実の三二〇名虐殺」に屈することなく、独立と自由をかちとるまで、GAPが攻撃を続けることを表明したのである。

こうして、新たな抵抗と虐殺、攻撃と撤退が続いていくのであるが、翌四月末の戦闘にさいして、労働者出身のブラージ⑬(数字は本章扉裏地図参照)が捕えられ、たやすく拷問に屈したばかりか、悪名高いファシスト秘密警察班長ピエートロ・コッホの配下になって、その後は逆にGAPの弾圧を行なったのである。

このため《ラゼッラ街の襲撃》に参加した者たちはみな逮捕され、わずかにカラマンドレーイ②だけが、脱走に成功した。そして指揮官サリナーリ、手榴弾攻撃係ファルチョーニ④、同バルサーモ⑩など、いずれも死刑を宣告されて、タッソ街の獄中につながれ、ローマのGAPは潰滅的な状態になった。なお、別の資料から推定すれば、指揮官サリナーリの位置は⑦。

ただし、パーオロ①とエーレナ③は、いつもパルチザン名で呼びあっていたために、身元が判明しなかった。たぶん、若い夫妻フィオレンティーニとオットブリーニも逮捕を免れたのであろう。

結果的に、ユダヤ系の闘士たちは、別の地域で、別の戦闘に加わることになった。

第4章

島のゲットー　ヴェネツィア

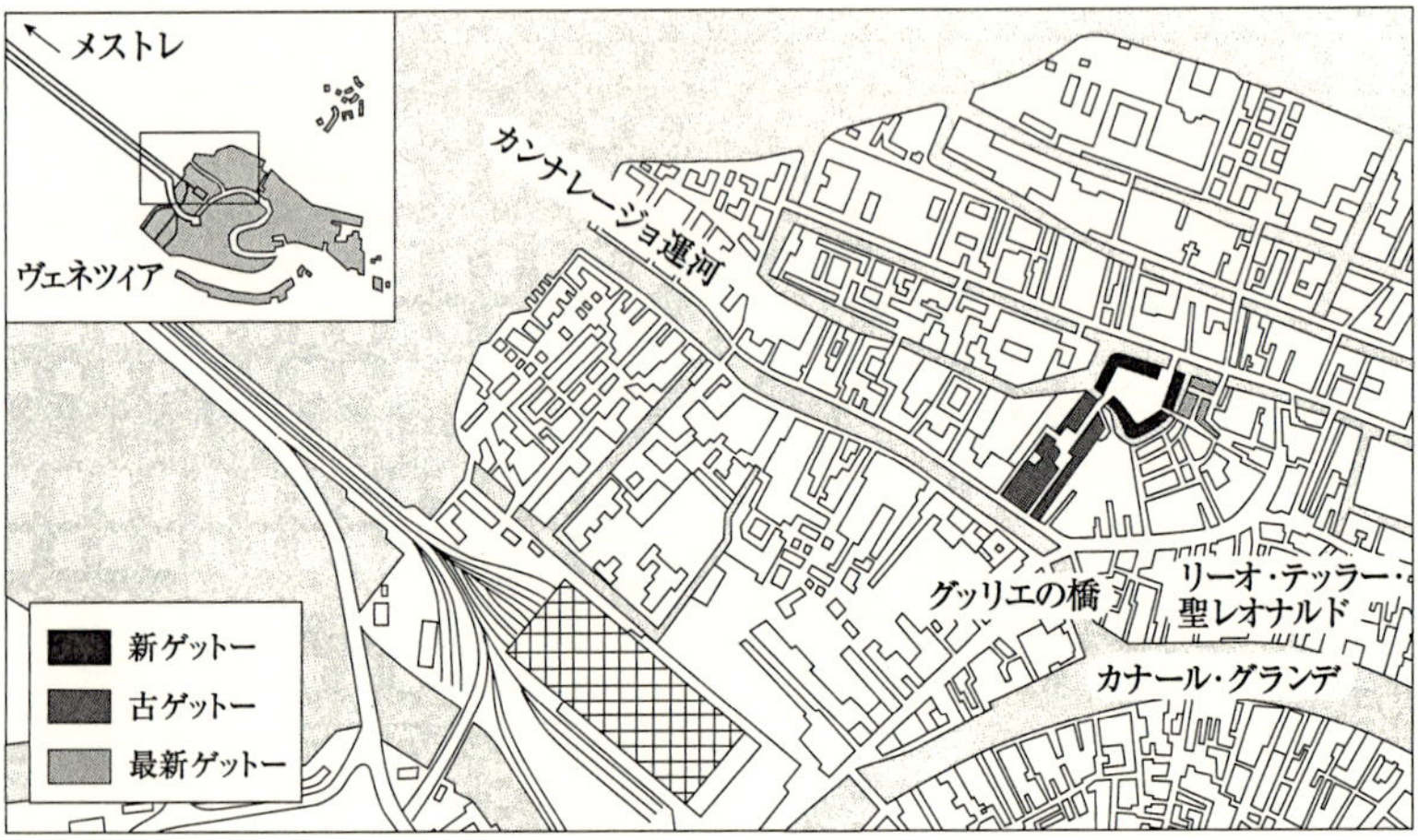

ヴェネツィアのゲットー

1 ローマ発ヴェネツィア行

ローマから北上してヴェネツィアまでは、鉄道で五七〇キロ余り。終着駅を正午過ぎの特急列車で発っても、フィレンツェ、ボローニャ、フェッラーラ、パードヴァを経て、その日のうちに、水の都へ着くことができる。

黄昏《たそがれ》の海上に延びてゆく鉄路を、列車は一直線に進んで、ヴェネツィアの聖女《サンタ》ルチーア駅へ入る。初めて訪ねた一九六〇年代半ばから八〇年代の終りまで、何度となく私が利用した列車名は、「干潟《ラグーナ》の矢号」といった。所用時間は約六時間半。それが、九〇年代からは大幅に短縮されて、約四時間半で着くようになった。

列車名も改められ、「パルテーノペ号」となった。日本人にはあまり馴染みがないので、付言しておこう。パルテーノペは歌の都ナーポリの古名である。伝説によれば、南国の海辺に棲んでいた魔女セイレーンのひとりの呼び名である。彼女は美声によって英雄オデュッセウスを誘惑しようとした。が、果たせずに、海へ身を投げて死んだという。パルテーノペの葬られた土地に、海港都市ネアーポリス、すなわちナーポリが築かれた。それゆえ、北の水路のゴンドラの上で、南国の調べが歌われるのにも、なにがしかの理由があるのであろう。

時代が移ろったためか、近年はコンパートメント型の列車も少なくなった。新しいタイプの座席にすわって、窓外に流れる景色を眺めていると、見馴れていたはずの山野とは少しずつ異なる風景のなかを走ってゆく。ローマ・フィレンツェ間に高速用の新線が建設されたためであった。しかし、それだからといって、日本の軽井沢・横川間のように、在来線が廃止されてしまったわけではない。上下四本ずつの線路が交差したり、時折、複々線となって並存したりする。地元民の足はひとまず確保されているようだ。

　ローマから約八〇キロ北上した、オルテの駅のあたりで、新旧の両線が近寄った。見覚えがある光景だ。《ローマの惨劇》で、ユダヤ人一〇二〇余名を閉じ込めた貨物列車が、一〇分ほど停車した小駅である。そこを通過する数分まえに、トンネルとトンネルの切れ目から、一瞬、窓外に見えた山容はモンテ・ソラッテにちがいない。あの山頂に作戦本部を置いていたとき、ドイツ軍イタリア戦線の最高司令官ケッセルリンクは、ローマから《ラゼッラ街の襲撃》の報せを受けた。そして結果的に、報復として《フォッセ・アルデアティーネの虐殺》を容認した。

　たとえヒトラーやヒムラーの法外な要求を退けたといえ、ケッセルリンク元帥は、麾下のマッケンゼン将軍が示した妥協の比率「ドイツ兵一に対してイタリア人一〇」を、支持したのである。そのことを、後年に、「人間性《ヒューマニティ》を尊重する精一杯の努力をした」と元帥は弁明している。ケッセルリンクはまた「知性と人間性とを尊重する」という趣旨の言葉をしばしば書き残している。たとえそういう発言に表層の魅力が含まれていても、戦争という巨悪が根底にある以上、同意するわけにはいかない。逆に、そういう彼の文章に接すると、元帥という軍人の最高位にまで昇った人間の、露わにされた奇妙な矛盾を、感じてしまう。

たとえば、元SS大佐ドルマンの回想録『われを臆病者と呼べ』(キンバー社、一九五六年)に付したケッセルリンクの序文には、その擬・人間性が端的に読み取れるであろう。同様に、ドルマンもまた「対抗宗教改革《コントロリフォルマ》」の論文によって博士号を取得した人間であり、かつSS大佐であったのだ。特急列車「パルテーノペ号」はラツィオ州を離れ、窓外には丘へ向かって糸杉の列がゆらぐウンブリアやトスカーナの風景が繰りひろげられてゆく。遠ざかりつつある一九四四年春から夏へかけての半島の状況を振り返るとき、いまは、二つの事柄を思い出しておきたい。ひとつは《無防備都市》ローマが解放されたことであり、いまひとつは戦場がグスタフ戦線《ライン》からゴート(ゴシック)戦線《ライン》へ移ったことである。

ローマ解放は四四年の六月四日、連合軍の入城によって実現した。他方、城壁の外へ撤退してゆくドイツ軍に対してさえ、市民の側からは追撃がなされなかった。フィレンツェ以北の諸都市では、民衆の激しい武装闘争によって、自力解放が成し遂げられたというのに。また、ナーポリでも、まったく別種のものではあるが、果敢な自力解放が獲《か》ち取られたというのに。その点において、ローマの場合は、やや特殊な、他力解放になった。これを歴史書では待機主義による結果と呼ぶ。ここでは、さまざまな要因を内含していた待機主義の分析を試みようとするのではない。連合軍の到着によって実現したローマ解放の実態に、少しでも触れておきたいのである。

先にも引用したが、ローマ中心街の修道院に身を隠していたアメリカ人女性スクリヴナーは、四四年六月四日に、長文の日記のなかで、次のように書いている。

私たちの窓のひとつから、ローマの街並を見下ろしていた。不意に、絶たれていた電気が戻ってきた。カーテンの開いていた窓が、甦った自由のように、まばゆく輝いた。それから、舞台に似て、すべてが暗闇にまた沈んだ。ヴェールのような霞を通して、月の光が射し込んできた。突然、城門《ポルタ》ピーアのほうから、拍手と歓声の嵐が沸き起こった。連合軍がローマに入城したのだった。……第五軍団がリソルジメント広場へ着いたときに、ドイツ軍最後尾の落伍者たちはまだモンテ・マーリオの丘の上にいた。

同じく外国人女性ジャーナリストのド・ヴィスも、刻々と移り変る六月四日の街路の光景を、次のように記している。

窓の下を、ついに撤退してゆくドイツ軍の隊列が見えた。装甲車が、軍用トラックが、次つぎに通る。どの車輌にもこぼれ落ちるほどの兵員が乗っている。荷馬車の上にも兵士の群れが、馬の背にも兵士が。……死んだように疲れきった兵士の山を運びながら、軋み続ける轍《わだち》。……やがて、牛の背に乗った兵士たちが通る。そのあとに続く、果てしない徒歩の兵隊の列。どの顔も疲労で灰色だ。目だけがとび出している。口は開けたままだ。裸足の後ろに銃を引きずっている者……。

そして夕闇が降りてきた。私は部屋を出て街路に立った。引きも切らずに、敗走してゆく兵士たちの群れ。城門《ポルタ》ピンチャーナの近くで、ひとりのドイツ兵に呼び止められた。

「この道は、フィレンツェに行くか？」と彼がたずねる。

私は思わず跳び退《すさ》った。「フィレンツェに？　まだ三〇〇キロもあるのよ！」

「かまうものか。一週間も眠っていないのだ。数十キロは歩きどおしだから。」

その顔も灰色だった。私の返事を待たずに、彼は立ち去っていった。

北へ去っていったドイツ軍の後衛部隊と、入れ違いに東と南の城門から市中へ入ってきた連合軍さきがけとの距離の差は、わずか数キロであったという。互いに弾丸の届く範囲内だ。《無防備都市》ローマは、戦火や流血の修羅場に化すことなく、解放されていった。城門を出て、

思い返せば、洞窟《フォッセ》アルデアティーネで虐殺が進行していたとき、あのモンテ・ソラッテの作戦本部にあって、ケッセルリンク元帥はグスタフ戦線からの撤退を決断したのである。ちょうどSS大佐ドルマンがヴァティカーノ宮殿のパンクラツィオ神父と結びついていたように、ケッセルリンク元帥は、より太いパイプで、教皇ピウス一二世と通じていたにちがいない。

ローマ解放は、ひとつにはドイツ軍と教皇権力との合意の結果であり、同時に、さらに太いパイプで結びつけられていた教皇庁と連合軍との合意の結果でもあった。待機主義が奏功して、カトリックの本拠ヴァティカーノ市国をはじめ《永遠の都》ローマの文化遺産は守られたのであった。

ただし、そのかげには、山上の大修道院の破壊という、悲惨かつ凄惨な代償があった。北上する特急列車の後方にローマが遠ざかるにつれ、私の脳裏には、グスタフ戦線の焦点に屹立して、連合軍の空爆により破壊に破壊を重ねられた、ベネディクトゥス修道会の本拠モンテ・カッシーノの姿が、浮かび上がるのであった。

他方、ドイツ軍のローマ撤退が、けっして平和的な行動でなかった点にも、留意しておきたい。先に山崎功著『イタリアという国』の記述について少し触れたが(一五六頁)、同じ件《くだり》に、労働運動

の指導者であったブルーノ・ブオッツィの死のことが、哀惜をこめて書かれている。たしかにブオッツィは非運のなかで殺された。ただし、洞窟アルデアティーネのなかではない。ブオッツィが逮捕されたのは、あの虐殺より後の、四月一三日のことであった。タッソ街のSS本部の監獄に入れられていたあいだ、CLN(国民解放委員会)は何度か救出をはかったが、成功しなかったのである。

そして六月三日の夜、ドイツ軍の撤退のときになって、SS部隊はブオッツィをはじめ一三名の俘囚を軍用トラックに乗せ、タッソ街を出発し、カッシア街道を北へ向かった。しかし重荷になったのであろう。わずかに一六キロほど進んだ宿場街ラ・ストルタでブオッツィたちを下車させ、一夜を乾草小屋へ閉じ込めた。そして翌朝、谷間へ連れ出して全員を銃殺したという。これが、ドイツ軍占領下ローマでの、SS部隊による最後の虐殺行為であった。いや、むしろ、この日から始まった、半島北部の到る所で繰り返されてゆく虐殺行為や凄惨な報復行為の、最初になった。

振り返れば、《フォッセ・アルデアティーネの虐殺》を契機に、ドイツ軍SS部隊の虐殺は対象が混沌として非道なものになっていった。反ナチ反ファシストの運動家への弾圧とユダヤ人に対する虐殺とが混ざりあい、パルチザン部隊との戦闘とも区別がつかなくなった。そしてドイツ軍に不服従なイタリア人一般への、無差別な虐殺行為にまで、発展していったのである。

ただし、ドイツ軍の後ろ楯によって、北イタリアのガルダ湖畔サロに、ムッソリーニのイタリア社会共和国がつくられてからは、この新《ネオ》ファシストによる激しい弾圧が加わって、半島北部は内戦の様相を呈してゆくのである。

たとえば、日本に紹介された数少ないこの種の文献のひとつ、シルヴァーノ・アリエーティ著『パルナス』(森泉弘次訳、みすず書房、一九九〇年)は、一九四四年八月一日、連合軍によるピーサ解放を目前にして起こった虐殺事件(ユダヤ教徒七名とキリスト教徒五名とがドイツ兵の一隊に殺害された)の顚末を描いている。

また双子の監督アンドレーアとアントーニオ・フラッツィの映画〈ふたりのトスカーナ〉(原作はロレンツァ・マッツェッティ『空が落ちてくる』ガルツァンティ社、一九六一年)も、ユダヤ系のアインシュタイン家がSSに虐殺される事件を物語っている。

ここで、ファシズム期の北イタリアにおけるユダヤ人口の分布を、大雑把に示しておこう。ローマは一万二〇〇〇名前後であって、格段に多い。ついで約五〇〇〇名のユダヤ人が居住する都市は、ミラーノ、トリエステとトリーノ。さらにその半数約二五〇〇名が居住していたのはヴェネツィア、ジェーノヴァ、フィレンツェ、そしてリヴォルノ。また、さらに少数の一〇〇〇名前後が居住していたとされる中都市は、ボローニャ、フェッラーラ、パードヴァ、マントヴァ、そしてアンコーナぐらいであろう。

一三都市のうち、水路の便がよいローマ、パードヴァ、フェッラーラを加えるならば、大半の都市が海辺《かいへん》にあることになる。ユダヤの人びとが古来もっぱら水利を伝って移動してきたことは明らかである。とりわけ、小都市にもかかわらず比較的多数のユダヤ人口をもっていた港町リヴォルノとアンコーナに注目しておこう。

西のリグーリア海に面したリヴォルノは、ポネンティーニ(西方の人びと)の入港地となり、いわゆるセファルディー(スペイン系ユダヤ人)を多く受け入れた。反対に、東のアドリア海に面したアンコーナは、レヴァンティーニ(東方の人びと)に接岸しやすい港町であった。

ところで、フィレンツェの聖母《サンタ》マリーア・ノヴェッラ駅を発ってボローニャ中央駅へ着くまでのあいだには、長い長いトンネルが連なる。それらの短い切れ目から外を見れば、列車が巨大な山塊を穿って走っていくことが納得できよう。すなわち、暗いトンネルの頭上に、アペニン山脈が広がっているのである。

アドリア海側のリーミニからリグーリア海側のマッサまで、アペニン山脈の天険を利用して、半島を横断する長い防衛陣地ゴート戦線《ライン》を、ドイツ軍は築いた。背後の北側の平野には、イタリア第一の大河ポーとその支流が、網の目をなして、流れている。ケッセルリンク元帥は、文字どおりに背水の陣を、ここに敷いたのであった。

列車がボローニャ駅を出ると、行手はY字形に分れる。左へ進めばミラーノやトリーノなど内陸へ。「パルテーノペ号」はもちろん右に伸びる海辺へ。やがてアドリア海沿いに繁栄を遂げた、フェッラーラ、ヴェネツィア、トリエステという三都市に、イタリア・ユダヤ人の黄金の風景が見出されるであろう。

けれども、それら三つの土地に広がる街路や水路、広場や運河、絢爛豪華な宮殿や邸館、そして古城や牧歌的な草原にさえ、ファシズムとナチズムが刻みつけた忌まわしい傷痕を、私たちは見逃さないように心掛けたい。

「パルテーノペ号」は、一瞬、パードヴァの駅に停まった。荷物を持って乗客たちが降りる。ホームで待ちかねていた観光客の団体が入ってくる。賑やかな他国語の声は、もう目的地のヴェネツィアに着いたかのように、嬉しさにはずんでいる。列車はパードヴァの駅から離れてゆく。あのプラットホームで、「アックァ、アックァ」と、「水《アックァ》」を求めて苦しんでいた、遠いユダヤ人たちの声を、後ろに谺《こだま》させながら。

本土をメストレで離れるや、一直線に海上を走って、水の都へ着いた。勝手知った駅を出て、いつもならば、目の前の大運河から、常宿のあるリアルト橋行きの水上バスに乗り込むのだが、今日はちがう。左手の街路のあいだを、私はまっすぐにゲットーへ向かった。

2　水に囲まれたゲットー

駅前からゲットーまでは、およそ五〇〇メートル。群衆の流れについて街路を進むと、すぐに聖《サン》ジェレミーア教会堂わきの広地《カンポ》へ出る。そこを突っ切れば、目の前に白い石段が迫《せ》り上がって橋になる。

反《そ》り橋の袂《たもと》の四隅に、尖った石柱が建っていることから、尖塔《グッリエ》の橋とも呼ばれる。下に流れる水はカンナレージョ運河。右手の水はすぐ近くの大運河《カナール・グランデ》に合流する。左方の水は数百メートル延びて本土側の海へ入る。

イストリア産の白い石橋を渡り終ると、群衆はまっすぐに広い通りを進んでゆく。その名はリーオ・テッラー・聖《サン》レオナルド。名前の由来はあとで説明しよう。左へ緩やかに円弧を描くこの街路は、先細りになって、四分の一円周ほど進んだところで、水路《リーオ》に行く手を阻まれる。

しかし、そこまで行き着かぬうちに、円弧の半ばで、群衆の流れは右の横道へ折れてゆくであろう。それから先は、いくつかの水路《リーオ》を越えて――そのさいに渡る狭く小さい橋の数は七つ八つにもなろうか――旅人は群衆とともに優美なリアルト橋の際へ出たり、あるいはさらに数百メートル歩けば、おのずから視界がひらけて、大聖堂まえの聖マルコ広場《ピアッツァ》へ入り込むことになろう。

ヴェネツィアは迷路にみちている。が、恐れるには及ばない。なぜならば旅人は、結局、行く手を大運河《カナール・グランデ》に阻まれるか、さもなければ広びろとした海をまえにして立ちすくむだけであるから。隘路《カツレ》から隘路《カツレ》を少しぐらい迷っても、やがては出発点へ戻ってくるであろう。旅人が自分の足で歩きつづけるかぎりは。

いまは、私たちの出発点を、尖塔《グツリエ》の橋に定めておきたい。なぜかというと、白い石のその反り橋の上に立てば、目のまえにゲットーがあるから。しかし、水の都ヴェネツィアを訪れる夥《おびただ》しい群衆のなかで、そこにゲットーがあると気づく人は少ないであろう。なぜならばこの島に足を踏み入れるやいなや、水上バスに乗るにせよ街路を急ぐにせよ、人びとの心は逸《はや》って聖《サン》マルコ広場や港の正面玄関に当る小広場《ピアツツエツタ》へと飛んでしまっているから。

ところで、ユダヤ人居住区域に、一般の旅人が泊れる宿はない。それゆえ、ゲットーにいちばん近い、カンナレージョ運河をはさんだ、手前の街区にある小さなホテルに、私は日本から部屋を予約しておいた。フロント係の青年は、私の希望に親切に応じてくれた。

「あなたが本当のユダヤ料理を味わいたければ、この店がよい。夜の食事は早めに入ったほうがよいでしょう。店の者に、フランチェスコから教えられて来た、とぼくの名前を言ってください」

そう答えながら、青年は名刺に自分のサインをして、私に手渡した。

近くの書店に立ち寄って、少し時間をつぶしてから、私は改めて暮れなずむ空の下の白い石の反り橋の上に立った。下をカンナレージョ運河が流れている。いつものように、小さい船やゴンドラが行き交っている。たぶん日本でも、いまでは知る人が多いであろう。水の都ヴェネツィアが浅い海の干潟《ラグーナ》の上に築かれていて、島全体があたかも鰈《かれい》か平目のような魚の形をしていることや、その中を逆S字型に大運河《カナール・グランデ》がうねっていることなどは。そして島じゅうに網の目のごとく水路《リーオ》が張りめぐらされていることも。

ただし、本島の内側に、運河《カナール》と名づけられるものは、いくつもない。なかでもカンナレージョは、大運河《カナール・グランデ》に次ぐ、第二の運河なのである。その名も、主要運河《カナール・レージョ》に発するという。名前の由来には他にも諸説がある。しかし、何よりも大切なのは、ヴェネツィア本島がまだ純粋に島であったころ、つまり島へ渡る鉄道も自動車道路も通じていなかったころ、本土とヴェネツィアとを結ぶ運河はいくつかあったが、最短距離はカンナレージョ運河だったことである。カンナレージョ運河とその流れの延長は、本土側のメストレに直結している。それゆえ、少し古い地図には、カンナレージョ運河のところにメストレ運河とも記されていた。

ユダヤ人がヴェネツィアに入ってきたのは紀元一千年前後と考えられるが、それからあと数百年のあいだには、本島での居住を拒まれた時期もあった。そのために多くのユダヤ人がメストレに住んだという。彼らが商業活動の目的で島を訪れたり、その活動を制限されたり、時によってはそれを禁止されたという記録は、種々残っている。が、要するに、彼らの経済活動と生活の拠点になった場所が、カンナレージョ運河の周辺であったことは、充分に納得できよう。

尖塔《グッリエ》の橋を渡り終ると、すぐに左へ折れて、私は運河沿いの堤防路《フォンダメンタ》を進んだ。百歩と行かぬうちにゲットーの入口は見つかる。土地の言葉でソットポルテゴという、ほとんど石の枠組みにちかい、建物に穿たれた通路の入口がそれだ。

ソットポルテゴの内側には、一五〇〇年代から約三〇〇年間、ユダヤ人たちの出入りを制限する門のひとつがあった。鉄柵を食い込ませた跡でもないか？　立ち止って眺めまわしたが、壁は一面に剝落が激しかった。暗い小路が奥へ延びてゆく。両側の建物の階は低く、狭くて、一階の窓のすぐ上に二階の窓が、その上に三階が……と見えない天へ向かって住居が伸びてゆく。

しかし、異界へ踏み込むのはあとにして、いまは、華やいだ窓飾りの店へ入ることにしよう。ソットポルテゴの暗い入口と並んで、隣りに、運河に面した明るい店があった。ガラス戸の把手《とって》を引きながら、念のため、レストランの名前を見返した。教えられたとおりに、ヘブライ語で、「もっと、もっと」という意味らしい文字が書いてある。たしかにイタリア風とは異なる雰囲気の店内へ、私は入っていった。

奥へ細長く席が続いて、片隅に男女の客が一組いるだけだった。突き当たりは鍵形に折れている。その角のあたりに、私は席をとった。店で働く者たちも含めて、なるべくたくさんの人びとを観察したかったからである。近くのカウンターには、大きなダーヴィデの星が嵌められていた。店全体にシャガールの絵のような、淡い紫色の気配が漂っていた。

まず、イスラエル風のアンティパスト(前菜)とイスラエル産の白葡萄酒を注文する。無酵母パンはすでに運ばれてきていた。プリーモ・ピアット(一皿目)にはマール・ロッソ(紅海)のスパゲッティ。魚の白身をトマトの汁《スーゴ》で煮込んだものだが、カレー味が効いていた。セコンド・ピアット(二皿目)には魚介類のクスクス。要するに、ごった煮の一種で、ユダヤ料理には混雑した味のものが多い、という印象を改めて受けた。コントルノ(付けあわせ野菜)にはゲットー風の焼き茄子《なす》を選んだ。食後には、それ以上味が混ざりあうのを恐れて、デザートのユダヤ菓子をナプキンに包んでもらい、持ち帰ることにした。

食事がすすむうちに、店内の座席は大方がふさがった。運河に面した正面入口から次つぎに入ってきた客は、ヴェネツィアの外から来た人びとのようであった。しかしいずれも初めての客とは思えない。他方、鍵形の店のなかで、私の席とは対角線の位置にあるレジの台の脇にも、細い戸口があり、そこからは馴染みの客たちが入ってきた。レジ係と同様に、男はみなキッパー(ユダヤ教徒用のつば無しの小さな帽子)を頭に載せている。

一般に、イタリアのレストランでは、客用の出入口は一箇所しかない。それが、小さな店であるにもかかわらず、二箇所の出入口を設けていた。滅多にないことである。おそらく、細い戸口のほうは、元来がゲットーの人びとのための、すなわちユダヤ人共同体のための、通路であったのであろう。

食事代を支払ってから、その細い戸口を押し開けて、私も店を出た。暗がりの小路に自分が立っていた。振り返ると、先ほどは潜らなかったソットポルテゴの石の枠の向うに、明るい河岸と往き交う人びとの影が見えた。現世に似た明るい街路へは帰ろうとせずに、暗い小路の奥へ、私は入っていった。

周囲の高い建物の窓はみな暗かった。街灯が疎らについている。ひとつの街灯の下に、〈GHETTO VECHIO〉(古ゲットー)という文字が打ちつけてあった。建物に囲まれた四角い空地《カンピエッロ》に出た。見上げると、立派な建物のひとつの壁面に、出窓に似た特異な張り出しがあった。レヴァンティーニ（東方の人びと）のスクオーラ（もしくはシナゴーグ）に違いなかった。

小路をさらに進むと、水路《リーオ》があった。小さい橋を渡る。すぐに、かなりの広さの平地に出た。所どころに黒い樹木がそびえている。夜目にも白く石の井戸の名残りがあった。〈GHETO NOVO〉（新ゲットー）の広地《カンポ》に立っているのだった。人影の絶えた暗い舗石の上を歩きまわっていると、三十数年まえに、ローマの旧ゲットーを夜毎に散策していたときの情景が甦ってきた。

ローマでは旧ゲットーは、イタリア王国への併合（一八七〇年）を機に、大部分の街区が破壊されてしまった。そのあとに、現在のシナゴーグを中心とした街並が整えられたのである。そういう時代の推移は、ローマだけに限らない。イタリア半島各地の旧ゲットーは、近代の統一国家形成を境に、次つぎに解放され、かつ破壊されていった。

しかしヴェネツィアでは、共和国の崩壊（一七九七年）と同時に、ユダヤ人強制居住区域としてのゲットーは解放されたが、ユダヤ人居住区域としてのゲットーは破壊されずに、往時の姿のまま残ったのである。そしてヴェネツィアでだけは、いまなおゲットーが死語ではない。一見、矛盾したかにみえる、このような情況の内実を、説明するのはたやすくない。

たとえば、現在でもヴェネツィアの地図を開けば、ゲットー Ghetto と記された街区が目にとまるであろう。少し詳しいものならば、それが三つの区郭から成ると書いてある。すなわち、①新ゲットー Ghetto Nuovo、②古ゲットー Ghetto Vecchio、そして③最新ゲットー Ghetto Nuovissimo である（本章扉裏地図参照）。

三区郭の番号は、強制居住区域に指定された、歴史上の順序を示している。まず一五一六年に、ヴェネツィア共和国政府はユダヤ人隔離政策を採り入れた。そして水路に囲まれた台形状の小さな島、新ゲットーを、ヨーロッパ最初のユダヤ人強制居住区域に定めたのである。

小さな島には、周りの水路に沿って、同じく台形状に二階建ての建物が続き、内側に広い敷地があった。そして南北二箇所に建物の切れ目があり、そこから橋が延びて対岸へつながっていた。建物の壁と水路に囲まれたこの小さな島は、一四世紀まで、大砲など武具の鋳造場に使われていたが、施設そのものは本島東部のアルセナーレ(共和国造船所)へ移ってしまい、さしたる用途がないまま放置されていた。そこへ、火種のごとき危険なユダヤ人を、まとめて押し込めよう、と政府当局が考えついたのであろう。

ゲットーの語源にも諸説がある。しかし、結局は、鋳造《ジェット》の行なわれていた場所の名前にその端を発するであろう。この点については、要約をすでに書いた(七三頁)。いまは本題へ戻ろう。

①新ゲットーには、一五一六年に、約七〇〇名のドイツ系ユダヤ人(アシュケナージーたち)と少数のイタリア系ユダヤ人とが強制移住させられた。おおむね貧しい人びとであった。わずか三日のうちに移住が完了したと伝えられているのも、彼らの貧しさを裏書きしている。おそらく、家具も持物もろくになかったのであろう。

ひとつにはまた、比較的近くに、集団で、彼らが住んでいたからではないか。なおまた、一五〇九年に、アニャデッロ(ミラーノ西郊)の戦いで、ヴェネツィア軍が大敗を喫したため、本土側に住んでいた多数のユダヤ人が難を逃れて本島へ流入してきたこととも、事態は関係しているであろう。

②古ゲットーは、新ゲットーの南に、小さな木橋ひとつで結ばれた、隣接区郭である。ここには、新ゲットーが定められる以前から、レヴァンティーニ(東方の人びと)と呼ばれる富裕なユダヤ人たちが住んでいた。カンナレージョ運河に面した好条件の土地であり、本来は所有を禁じられていた住居も、事実上、自分たちのものであった。

レヴァンティーニは、オスマン＝トルコ帝国の圏内から移ってきた、さまざまな系統のユダヤ人である。が、なかには、一四九二年にイベリア半島を追放され、いったんレヴァンテ(東地中海諸域)へ渡ってから、ヴェネツィアに集まってきたスペイン系ユダヤ人(セファルディーたち)も混ざっていた。商業に従事する人びとが多かったという。

古ゲットーが強制居住区域に付加されたのは、一五四一年である。このときから、古ゲットーの住民たちの外界への通路は、カンナレージョ運河に面したソットポルテゴひとつになった。そこに堅牢な門が設けられて、門衛が詰めることにもなった。

しかし古ゲットーでは、住み慣れてきた自分の住居に隔離されただけのことであり、富裕なユダヤ人にとって、強いられた生活という感覚は稀薄であったであろう。もちろん、強制居住区域での生活は、夜間の外出が禁止されたり、自分たちの経済的負担で、キリスト教徒の門衛や監視人を常駐させるなど、数多くの差別や不便を伴ってはいた。それらの措置は、しかしながら、彼らの本心の願いと合致するものも少なくなかった。ゲットーという形態は、裏を返せば、ユダヤ人が自分たちの安全と純血とを確保する方便にもなったのである。

③最新ゲットーは、一六三三年に、水路を挟んだ隣接区郭として新ゲットーの東側に設けられ

た。そのさい、新ゲットーの東側建物の中央一階部分に、通路が穿たれ、ソットポルテゴとされた。そして先端に、第三の木橋が架けられ、両ゲットーを結ぶ連絡路になったのである。最も新しく付加された、この第三の強制居住区郭は、四棟の建物から成っている。いずれも新しい建造物のはずだが、最も古い鋳造場跡の建物とほぼ同じように——敢えていえば違わないように——みすぼらしい外見を保っている。

しかし、最新ゲットーに移り住んだのは、レヴァンティーニ(東方の人びと)やポネンティーニ(西方の人びと)のなかでも、ひときわ富裕な血族であったらしい。後者、すなわち一四九二年に追放され、ポネンテ(西地中海諸域)からイタリア半島へ直接に逃れてきた、スペイン系ユダヤ人(セファルディーたち)は、ヴェネツィア共和国政府にとって重要な存在であったから、一五八九年まで身分の自由を許されていた。その後になって、この最新区郭に組み入れられたのである。

ヴェネツィアのゲットーは、一七世紀の初めに、隔離された区域内での繁栄と文化の頂点に達したという。暗く静かな三区郭を歩きまわりながら、私は先ほどまでレストランでともに食事をしていた、ユダヤの人びとの満ち足りた顔を思い出した。そして夜の街区には、私の知らない静かな祭りの気配が漂っていた。

古ゲットー、新ゲットー、そして最新ゲットー。暗がりに閉ざされたかのような、これら三区郭を一巡してから、明るい灯火に照らしだされた表通りへ、私は戻ってきた。

弓なりに弧を描く舗装の街路、リーオ・テッラー・聖《サン》レオナルド。奇妙に幅が広いこの道筋の、

ヤーコポ・デ・バルバリ『ヴェネツィア鳥瞰図』(1500年)

右端をたどって戻り、その延長線上に築かれた、白い石の反り橋の高みに、私はまたもや立った。振り返って、左方の暗闇に沈む街区へ目をやる。五〇〇年間に、この風景のなかで、いったい何が変ったのだろうか、それぞれの建物の丈が少しずつ伸びたことのほかに？

橋上でしばらく眺めたあとに、私はひとまず自分の考えをまとめた。このあたりで、この五〇〇年間に最も大きく変ったのは、たったいま私がたどってきた街路だけである。ここには、かつて、賑やかな街路はなかった。代りに幅の広い水路が暗く流れていただけである。その名は、もちろん、リーオ・聖レオナルド。この水路を埋め立てて、幅を広げて造った街路が、リーオ・テッラー・聖レオナルドである。

リーオが「水路」を意味することは、すでにお分かりいただけるであろう。テッラーは「埋め立てられた」(長音記号は過去分詞の語尾切断を示す)という意味である。それゆえ、ヴェネツィアの街路を歩きまわっているときに、リーオ・テッラーが冠せられていれば、その街路は「埋め立てられた水路」もしくは「元水路」を意味する。つまり、そのとき、かつての水の上を自分が歩いているのだ、と私たちは考えてよい。

尖塔《グッリエ》の石橋を渡り終って、すぐ近くの小さなホテルに私は入った。そして部屋のベッドの上に地図を広げた。ヴェネツィアの街路図は、四種類もってきた。

最初に開いたのは、ヤーコポ・デ・バルバリの描いた『ヴェネツィア鳥瞰図』(一五〇〇年)である。近ごろは、やや専門的な案内書や研究書にはこの図が載っているから、日本の書店でも目にしたことのあるひとが多いであろう。ゲットーのあたりの、その部分図(二〇三頁図参照)を眺めてみる。

まず、大運河《カナール・グランデ》に注ぎ込むカンナレージョ運河がある。白い石橋ではなく、まだ木橋が架かっている。橋板が半ばで切断されているのは、大きな船が通るときに、跳ね橋になるからであろう。それよりも、木橋を渡った先には、狭い堤防路が続いていることに、また堤防ぞいに水をたたえた幅の広い水路(リーオ・聖レオナルド)が弓なりに街区を囲んでいることに、注意しよう。この水路は上方で別の水路(リーオ・聖ジローラモ)と合流している。

要するに、下方左のカンナレージョ運河と、上方の別の水路と、弓なりに二つの流れをつなぐ中央の水路とによって、この街区は三方を完全に囲まれ、孤立していたのである。しかも、その中心に位置した台形の小島は、さらに完璧なまでに、水路に囲まれていた。大砲など武器の鋳造に使う、危険な火気の施設が、そこに置かれていたのは、むしろ当然であった。

一四世紀まで使われていた鋳造場《ジェット》が東部のアルセナーレ(共和国造船所)へ移転したあと、やや荒廃していたにちがいないこの一帯に、ユダヤ人が集団で居住していた可能性は、充分にある。その証拠といってよいであろう。たとえば、弓なりに弧を描く水路の縁の堤防路から、円心へ向かって侵入を拒む袋小路がいくつも延びていた。そのひとつに、カントンというユダヤ人の名前を冠せた隘路《カツレ》さえ、いまだに残っている。ユダヤ人は同族でまとまって移動したり居住する傾向がある。彼らの共同体は強い連帯感によって支えられている。ユダヤ人の街区は外来者に閉ざされ、内住者には開かれているため、通り抜けられる小路は少なく、共同住宅の内部構造も謎めいている。

たとえばまた、ユダヤ人が集団で住んでいたからであろう。この街区にはキリスト教の聖堂がひとつも見出せない。念のため、この街区の周辺に散在する教会堂の名前を記しておく。北には聖アルヴィーゼが、水路一筋を隔てた隣りには聖ジローラモが、そして大運河ぞいには聖ジェレミーアと聖マルクオーラがある。なお、デ・バルバリの『鳥瞰図』には、まだ埋め立てられていない水路を挟んで、細い木橋が渡され、高い鐘楼を備えた聖レオナルド教会堂が描かれている。が、これは後に失われてしまって、現存しない。

これまで述べてきたように、私の想像と独断では、元鋳造場の周辺の街区に、概して貧しいユダヤ人(主体はアシュケナージーたち)が、集団で居住していた。やや荒涼としたそのあたりを、鋳造場《ジェット》があったことから、ヴェネツィアの人びとは土地の訛《なまり》でゲットと呼び慣わしていた。

ところが、一五一六年になって、ヴェネツィア共和国は政策により、それまで放任していた貧しいユダヤ人の集団を、一ヵ所に強制移住させ、さまざまに統制を加えねばならなくなった。そしてそのために好都合な鋳造場跡に、彼らを押し込めたのである。デ・バルバリの『鳥瞰図』にも描かれていた二つの木橋を出入口とし、門衛を詰めさせ、夜間には周回水路を小舟で警戒させるなど、細かい規則も定められた。そして新ゲットーと名づけられた。

ここで、断っておくが、外国語の文字遣いが気になる人のなかには、ゲットーをめぐる私の表記に、不審を抱かれた方もおられるであろう。わが国で一般化している「ゲットー」を、ユダヤ人強制居住区域の意味で、私自身は用いてきた。

しかしイタリア語 Ghetto の発音表記をそのまま日本語に移すならば、音引のない「ゲット」になる。じじつ、そのように表記した日本語の文献もある。ところが、実際にヴェネツィアを訪れて、ゲットーのなかを歩きまわれば、すぐに分ることだが、到る所の標識に記されているのは、イタリア語ではなく、ヴェネツィア語の Gheto である。

ついでに断っておくが、この小文で時たま私は、抑えがたい想像の誘いに惹かれて、独断にたどりつくことがある。もちろん、それは私の責任において導き出した考えだが、多数の研究文献のお蔭でもある。とりわけ、強い刺激を受け、共感を覚えたものに、アッティーリオ・ミラーノ(一九〇七―六九)の大著『イタリアにおけるユダヤ人の歴史』(エイナウディ社、一九六三年)がある。

さて、歴史上、最初にユダヤ人強制居住区域が定められたことから、ヴェネツィアのゲットーを制裁的な人種差別の場所であると、私たちはとかく考えがちだが、それは必ずしも当を得ていない。なぜならば、第一に、ユダヤ人はヴェネツィア共和国の政府権力と決して敵対関係にあったわけではないから。そして第二に、当時、ユダヤ人が最大の緊張関係にあった教皇権力とは、それに拮抗する政治と経済を誇った共和国の傘下では、さまざまな意味で、庇護され距離を隔てられていたから。

第一の理由から述べておこう。たしかに、フランチェスコ会修道士たちなどキリスト教徒側から加えられたユダヤ人排斥の動きはあった。しかし共和国政府にとって、宗教上の理由はユダヤ人に対する強制居住政策の要因ではなかった。政府とユダヤ人共同体との対立は、経済上の理由から生じてくる。それゆえ、このときにも、両者のあいだで妥協点が探られた。

端的に言って、一五一六年に始まった新ゲットーの制度は、ヴェネツィア政府と大多数のユダヤ人との合意の結果であった。ここで大多数というのは、ユダヤ人の全部ではない、たとえばセファルディーたちは含んでいない、という意味である。と同時に、この制度は妥協点の成り立った二系統のユダヤ人、すなわちドイツ系(アシュケナージーたち)とイタリア系ユダヤ人との、合意の結果である。

ドイツ系ユダヤ人がイタリア半島北部のヴェーネト地方に流入してきたのは、一四世紀の後半、ヨーロッパに荒れ狂った黒死病《ペスト》のあとである。彼らは疫病流行の原因として謂れなき汚名をきせられたのであった。他方、紀元後七〇年に、ローマ帝国の指揮官ティトゥスによって、エルサレムの第二神殿が破壊されたとき、いわゆる離散《ディアスポラ》の波にもまれてイタリア半島へ流れ着いたユダヤ人は多数いた。一五一六年に、新ゲットーで隔離生活を始めたのは、これら二つの系統のユダヤ人たちである。

祖国を失ったユダヤの人びとが、苦しく生きつづけたさまざまな土地で、長い歳月のうちに、互いに少しずつ異なった言語や習慣を身につけ、似て非なる群れを形成してきた経緯は知られていよう。新ゲットーの二系統ユダヤ人に共通していた特徴を強いて挙げるならば、いずれも貧しい人びとであったこと、一握りの大金持が混ざっていたこと、また抵当銀行や利子貸付など金融業に携《たずさ》わる者が多かったこと、ぐらいであろうか。ヴェネツィア共和国が鋳造したドゥカート金貨は、一二九四年から一七九七年まで、広く通用した。絢爛たる共和国の繁栄を、ゲットーに住むユダヤ人たちは、裏側から、みすぼらしげに、支えたのである。

共和国の政府権力と敵対関係になかったにもかかわらず、明白な差別の政策によって、ユダヤ人がゲットー三区郭に閉じ込められねばならなかった理由には、教皇権力とユダヤ人との緊張関係が大きく働いている。すなわち、第二の理由を述べるためには、イタリア半島に次つぎに設けられていったゲットーの歴史を振り返らなければならない。

離散の民ユダヤ人は、農耕・牧畜・漁労など一次産業の仕事には携われなかったので、都市に集団で寄生せざるをえなかった。市民権がない彼らは、日々、先住都市民たちとのあいだに生ずる摩擦によって差別されていくわけだが、その根本において決定的な役割を果たしたのが、キリスト教というよりは、教会組織である。普遍宗教の頂点に立った歴代教皇は、それぞれの政策に応じて、ヴェネツィアの新ゲットー(一五一六)に倣い、ユダヤ人強制居住区域を、イタリア半島各地の都市に続々と造りだしていったのである(括弧内は設立年)。

初めに、教皇に選出されるやいなや、パウルス四世がローマ(一五五五)でテーヴェレ河左岸に、ゲットーを設けた。ついで、トスカーナ地方ではフィレンツェとシエーナ(ともに一五七一)に。ヴェーネト地方ではヴェローナ(一六〇〇)、パードヴァ(一六〇三)、ロヴィーゴ(一六一三)に。ウルバヌス八世は教皇権力によってエステ家から奪ったフェッラーラ(一六二四)に、同様にデッラ・ローヴェレ家の断絶に乗じて奪ったマルケ地方のウルビーノ、ペーザロ、セニガッリア(いずれも一六三四)に、またモーデナ(一六三八)に、それぞれゲットーを設けた。

ピエモンテ地方では、まずトリーノ(一六七九)に、ついでヴェルチェッリ(一七二四)に設けられた。さらに、いくつかの小都市で、ゲットーが造られかけた。が、そのころには、イタリア半島でも旧体制は崩れつつあった。そしてすでに述べたように、一七九七年、ヴェネツィア共和国の崩壊と同時に、ゲットー三区郭は解放されたのである。

水の都ヴェネツィアを訪れるたびに、長いあいだ、なぜゲットーがいまの場所に定められたのか、私は考えあぐねてきた。そういう関心から、ゲットー以前にユダヤ人が共同体を築いていたかもしれない場所を探しながら、ある年にはジュデッカ島を、またある年にはムラーノ島を、さらには本島内部のあちこちを歩きまわった。そして別の年に、東の外れにある聖ピエートロ・ディ・カステッロ教会堂を訪れた。

いまは寂れた聖堂の内外を歩きまわりながら、私は驚きを噛みしめていた。ここほどユダヤ人が隠れ棲むのにふさわしい場所はなかったかもしれない、と感じたからである。聖堂のすぐ脇の中庭には、張られた綱に洗濯物がたくさんはためいていた。元来は要塞《カステッロ》であったといわれるように、この小さな島の周囲は完璧に防御され、一筋の木橋（現在は二つ）で本島に結ばれていた。

八世紀に建てられた由緒ある教会堂は、一四五一年から一八〇七年まで、ヴェネツィアの司教座聖堂になっていた。それ以降は、司教座が聖《サン》マルコ大聖堂へ移ったのである。つまり、ヴェネツィア共和国が栄光の歴史を担っていたあいだの約三〇〇年間、要塞《カステッロ》の聖ピエートロ教会堂は、すなわち教皇権力の最大の出先機関は、ゲットーのなかのユダヤ人共同体と同じように、共和国の権力によって周囲を固められ、半ば閉じ込められていたのである。

ヴェネツィアが栄えているあいだ、この共和国の権威と権力の中心は、統領宮殿《パラッツォ・ドゥカーレ》と聖マルコ大聖堂にあった。あるいは、政治と宗教が連結した権威の建物や、その前の広場《ピアッツァ》と小広場《ピアッツェッタ》とにあった。この島国の権力の側は、一般の建物や街角や水路にまで、さまざまに格付けすることを好んだ。だからこそ、ヴェネツィアでは、広場という普通名詞さえ一般に使うことが許されなかったのである。

共和国は巧みな政策によって、司教座聖堂とゲットーを、東と北の周縁に配置したというべきであろう。また、それによって、共和国の庇護の下に置かれることを、ユダヤ人共同体は望んだ。聖ピエートロ教会堂の要塞島《カステッロ》を守るかにみせて、隣りに海軍基地のアルセナーレ(国営造船所)を築いたのさえ、偶然ではないような気がする。そして古アルセナーレ、新アルセナーレ、最新アルセナーレという権力による名称の付け方も、ゲットーの場合とまったくの無関係ではないように感じる。

一夜明けて、聖マルコ大聖堂付近の賑わいや、聖ピエートロ・ディ・カステッロ教会堂の寂れた気配を思い返しながら、私は紺碧の空を映し出すカンナレージョ運河の上の白い反り橋の高みに、またしても立った。そして数分後には、隘路《カッレ》のひとつを通り抜けて、水路《リーオ》・新ゲットーの縁に達していた。

目の前に、最新ゲットーの木橋がある。短い橋の半ばに立って、右手を見れば、水路を挟んでそびえる建物から建物へ、つまり新ゲットーと最新ゲットーとの各階のあいだに、幾筋もの綱が渡されて、洗濯物がはためいていた。下の水路には、小舟が何隻も舫《もや》っている。

建物はいずれも高く、各階の天井は低い。壁に穿たれた窓を数えてみると、七つ八つにまで及ぶ。ユダヤ人は比較的に多産で人口は殖えやすかった。しかし住民の敷地は制限されていたので、屋上に屋《おく》を重ねていったという。デ・バルバリの『鳥瞰図』に描かれた鋳造場跡の建物は、先に見たように、二階建であった。その各階を半分に仕切ったとしても、四階建にしかならない。しかし、その後の増築によって、倍以上の高さに達しているであろう。後に入手した文献のひとつには、九階建になった箇所もある、と記してあった。その断面図によれば、最上階の屋根裏部屋には、ジュディータ・アルプロン夫人が住んでいたことまで判っている。

木橋を渡ると、おのずからソットポルテゴのなかに入る。一瞬、暗い建物の通路を抜ければ、広びろとした新ゲットーの中庭に似た敷地へ出た。所どころに樹木があり、点々と三ヵ所に、井戸の跡がある。地下には、かつて、雨水を貯める共用の貯水槽があった。それぞれに別個の用途があったのであろう。一つひとつの井戸の名残りに、近づいては立ち止り、周囲を眺めていると、間違いなく、一六世紀か一七世紀の空間に、自分が置かれているのだった。

眺めれば眺めるほど、新ゲットー内側の広い敷地を取り巻く気配は、失われてしまった《永遠の都》ローマの旧ゲットーの景色を思い出させた。

ローマの場合は、統一成ったイタリア王国が首都と定めるべく、教皇権力を追いやって、一八七〇年に《永遠の都》を併合したとき以来、近代化の区画整理を進めるなかで、旧ゲットーの街区は大部分が破壊されてしまった。ゲットーの主門を挟んで内と外に設けられていた「ユダヤ広場」も、高い塀壁の内側にあった「五つのスコーラ広場」も、近年のローマ市街図からは、名前さえ消えてしまった。

それに引きかえ、ヴェネツィアの場合は、旧ゲットーのほとんどが造られた当時のままに残っている。それどころか、むしろ事態は逆だ。旧ゲットーの何が失われたのか、私たちは目を凝らしてゲットー三区郭を歩きまわらなければならない。

幸いに、新ゲットーにヘブライ博物館が創られた。案内人つきだが、一部のスコーラ(ユダヤ教集会場)を見学することも、外海を仕切るリード島のユダヤ人墓地を訪れることも、可能になった。案内所は博物館入口の一階にある。早速に入って、見学を申し込んだ。

ある程度まで人数がまとまれば、案内するという。内部はかなり広くて、一面にユダヤ関係の書籍、雑誌、パンフレットの類が、陳列してあった。必要な文献を選ぶと、かなりの量に達した。案内の開始までにはまだ時間があるという。書籍の販売をしていた五〇歳前後の婦人に、荷物を預けて、外へ出た。まず、新ゲットーの敷地を一巡したが、台形の土地を囲む建物のなかで、他に入り込める箇所はどこにもなかった。戸口はみな固く閉ざされていた。木橋を渡って、古ゲットーの袋小路を一つひとつ探索してみた。美しい銀製のメノラー(七枝の燭台)を飾っている店があった。

開いていた別の店へ入って、絵葉書やキッパーなどを求めた。代価を支払うと、相手の差し出す領収書に、ダーヴィデ・クーリエルと氏名が印刷してあった。「もしやエウジェーニオの縁者ではないか?」と、相手の男に尋ねかけて、不躾になるのを恐れ、私は思いとどまった。

エウジェーニオ・クーリエルはイタリア・レジスタンスに斃れた名高いユダヤ系の闘士だが、トリエステに生まれた。クーリエル家は、世に知られたユダヤ系名門のひとつであったし、現に、たったいま買い求めた絵葉書の一枚にも、フォーア、ヴィヴァンテ、フィンツィ、レーヴィ……といったヴェネツィアのユダヤ系名家と並び、家紋が印刷されていた。しかし、ファシズムに対して取った一家の態度は必ずしも一致しなかったから。

もう一枚、気にかかった絵葉書がある。ヘブライ博物館の製作で、「一五一六年のゲットー」と銘打ってあった。もとより、新ゲットーが創設された当初の絵ではないであろうが、描出の角度からみて、デ・バルバリ『ヴェネツィア鳥瞰図』や同系列の古版から復刻して、リアルな線描のペン画に変えたものである。

しかし、デ・バルバリの図では明確でなかった一点が、この絵葉書には描き出されていた。すなわち、新ゲットー平面図における台形底辺の建物と、左側辺の建物とが、はっきりと切断されているのだ。底辺はドイツ系ユダヤ人(アシュケナージーたち)の居住する建物、そして左側辺はイタリア系ユダヤ人の建物である。これら二つの建物のあいだにあった、狭い空間を埋めるようにして、現在ではみすぼらしげな三層のバラックに似たものが積み上げられ、天辺に八角形の小クーポラ(丸屋根)が載せてある。私は新ゲットーの広地《カンポ》へ戻ってきて、建物と建物のあいだの、狭い切れ目を見上げた。

脇に造られた貧しげな物干し台や、陽射しを浴びる洗濯物などに、欺かれてはならない。もしもオペラグラスを握って、仔細に、小クーポラを支える八面の窓を眺めるならば、古いヴェネツィア・ガラスの映し出す美しい色彩やデザインに、見惚れてしまうであろう。

近くの博物館の入口で手招きする者がいる。書籍販売係の婦人だ。人数がそろったので、案内を開始するという。六名のイタリア人たちといっしょだった。例の婦人が案内役になった。正面の階段を昇ろうとすると、先行の多人数のグループが立ち塞がってしまった。婦人は踵《きびす》を返して、書籍売場の奥の細い扉のほうへ私たちを案内した。薄暗い階段を一折れ二折れ昇ると、別の扉の前へ出

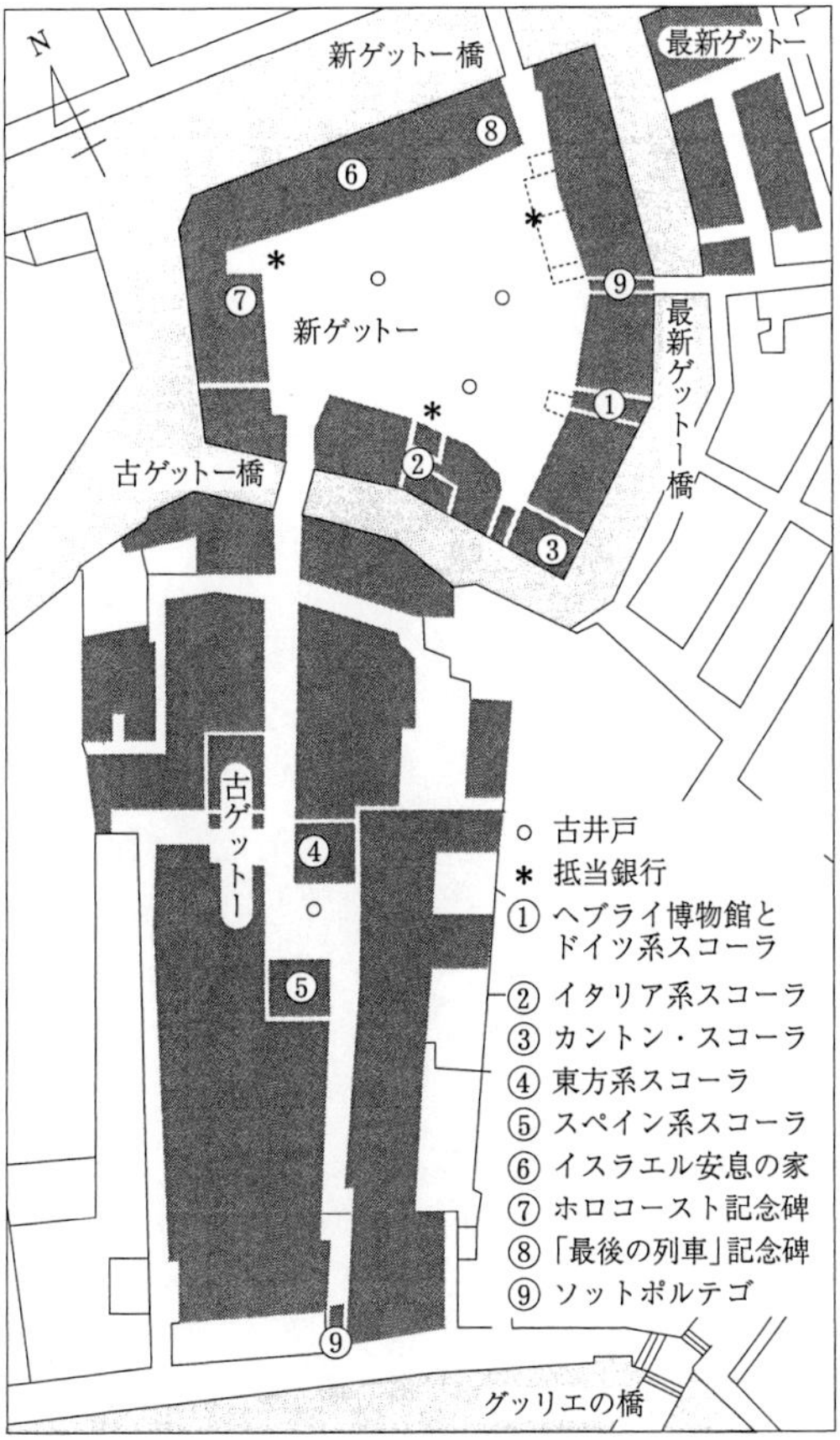
N
新ゲットー橋
最新ゲットー
新ゲットー
最新ゲットー橋
古ゲットー橋
古ゲットー
グッリエの橋
○ 古井戸
＊ 抵当銀行
① ヘブライ博物館とドイツ系スコーラ
② イタリア系スコーラ
③ カントン・スコーラ
④ 東方系スコーラ
⑤ スペイン系スコーラ
⑥ イスラエル安息の家
⑦ ホロコースト記念碑
⑧「最後の列車」記念碑
⑨ ソットポルテゴ

3つのゲットー

た。たぶん三階の部屋であろう。なかへ入ると、机の上にキッパーがいくつも置いてあり、手持ちの帽子がない男性はそのひとつを頭に載せなければならなかった。

他の宗教ならば、逆に、帽子を脱ぐ場面であろう。他にも、思いがけない事態が、いくつかあった。水路側の窓を覆っていた厚手のカーテンが少しずらされ、光が入ってきて、部屋全体を照らし出した。私たちは光の中心に立っていた。ひとことで言えば、秘儀の教場の真中に自分たちが立たされているのだった。

ヴェネツィアでは中世以来、宗派別、職業別、地域別に、さまざまな互助組織が発達してきた。ひとまとめに、それらを「スクオーラ」と呼んでいる。ユダヤ人の場合も似たような組織と考えて、一般には彼らの組織を「スクオーラ scuola」と呼ぶが、ユダヤ人自身は、彼らの組織を「スコーラ scola」と呼ぶ。この呼び方は、先に述べた「ゲットー gheto」の場合のように、ヴェネツィア方言に従うためかと思ったが、調べてみると、そうではなかった。たとえば、アッティーリオ・ミラーノの別の大著『ローマのゲットー』(スタデリーニ社、一九六四年)によれば、やはり「スコーラ」を使う。ローマに「五つのスコーラ広場」があったことは、先に記したとおりである。

種々の語源辞典や慣用語辞典を調べても、ユダヤ人がなぜ「スコーラ」を使うのかについては、たしかな説明がない。漠然と疑問を抱きながら、そのとき私は案内を続ける婦人の話に聞き入っていた。私たちが最初に入った部屋は「カントンのスコーラ」であった。そこは、新ゲットーの「カントーネ」(イタリア語で隅や角の意)に位置している。そのために、「そう思われがちだが、違う」と、彼女は答えた。「カントン」とは富裕なアシュケナージーの姓であり、教義に詳しい人物に由来していた。

「カントンのスコーラ」が造られたのは、一五三二（ヘブライ暦五二九二）年であった。とすれば、アシュケナージーたちが新ゲットーに閉じ込められてから、一六年後に、元鋳造場の建物のこの切れ目は埋められたことになる。先ほど外から見た小クーポラの下には、丸天井から射し込んでくる淡い光が、さらに八角形の薄衣《うすぎぬ》を通って降り注ぎ、黄金の説教壇を浮き立たせていた。そして基台の上には、左右に四段ずつの昇降階段がある。その外側に四本ずつ列柱があり、黄金の蔓をからませた柱頭が奥へ、半円形に黄金の天蓋を支えていた。すべてが黄金と白銀とに包まれている。

説教壇の反対側の壁には、二本の柱で神殿風に支えられた、黄金の三角形があり、その下に厨子《ずし》に似た扉があった。案内の婦人が「アロン」とも「アルマーディオ」（イタリア語では書棚の意）とも言った。なかには「トーラー」（ヘブライ語の「モーゼ五書」）や「タルムード」（注解書の類）が納めてあるという。どうやらユダヤの人びとは、生活と宗教と学問とを、絡みあったひとつの実体とみなしているようだ。私が勝手な思いに浸っていると、案内の婦人は別の、より豪華な部屋へ、私たちを招き入れた。

この黄金の部屋にも、向きあって、一方に説教壇があり、他方に聖なる書物を納めた戸棚があった。部屋の中央にある空間を挟んで相対して並ぶ席は、向きあって討論をする教室に似ていた。そればかりか、楕円形の中二階に、黄金にきらめく傍聴席まであった。古いロマネスクの教会などで見かけるマトロネーオ（婦人用特別席）にそっくりである。キリスト教の説教者ならば、壇上から一方的に聴衆へ向かって語りかけるだけでよい。ところが、ユダヤ教では壇上に立つ者の一言一句が、対面する既成の学説によって、問い糺されるにちがいない。おそらくユダヤの人びとは、「スコーラ」に入って彼らの信仰と生活と学問を鍛練するとき、中世キリスト教の「スコラ哲学」を意識しているのであろう。

私たちが案内された二つめの大きな黄金の部屋は「ドイツ系スコーラ」またの名を「大ドイツのスコーラ」といった。いずれのスコーラでも、階段や側柱や長押《なげし》など、到る所に刻まれていたヘブライ文字が、情け無いことに私には解読できなかった。同様に、博物館のなかでも、おのれの無知を私は思い知らされた。

やがて案内の婦人や同行の人びとと別れ、広地《カンポ》へ戻ってきた。眼前には、新ゲットーの虚ろな空間を取り巻いて、ドイツ系ユダヤ人の建物と、別棟になって伸びるイタリア系ユダヤ人の建物とが、秋の陽射しを浴びてわびしげに立っていた。遠い片隅に、ひときわ貧しそうに見えるのは、「カントンのスコーラ」の小さなクーポラだ。どの建物の窓も、みな、みすぼらしげである。しかし、ここに、ユダヤの人びとを生き延びさせてきた、あるいは彼らの文化を密かに承け継がせてきた、真骨頂がある。イタリアの格言に「外観は欺く《ラッパレンツァ・インガンナ》」という二語がある。

聖《サン》マルコ大聖堂まえの広場《ピアッツァ》や統領宮殿《パラッツォ・ドゥカーレ》まえの小広場《ピアッツェッタ》が生みだす豪華な景観、絢爛たる陽気さ。それとはまったく逆の気配が、新ゲットーの広地《カンポ》に立つと、感じ取れるであろう。

広地《カンポ》には、三ヵ所に、古井戸(地下には貯水槽)の跡がある。それぞれの井戸に対応して、建物ぎわの三ヵ所に、抵当銀行《バンコ・ディ・ペーニョ》が開かれたのであろう。さらに古くは公認の質屋であったはずだ。抵当銀行の発行する受取の色が、赤、緑、黄であったことでも知られている。元来、ヴェネツィア本島にユダヤ人が住むことは、公けには許されなかった。そこで、自分たちの生業である(キリスト教徒には忌み嫌われ禁じられていた)抵当貸付と有利子の質屋を公認してもらい、同時に居住権を獲得するために、多数のドイツ系ユダヤ人と少数のイタリア系ユダヤ人とが、集団で新ゲットーに移住した。その後に付加された区郭である古ゲットーのユダヤ人(レヴァンティーニやポネンティーニたち)は、金貸し業ではなく、貿易や商取引に従事していた。

したがって、シェイクスピアの劇中に登場するシャイロックは、ほとんど確実に、アシュケナージーであった。『ヴェニスの商人』にユダヤ人は三名しか出てこない。ヴェネツィアの商人アントーニオのために人肉一リッブラ(ポンド)の抵当で三〇〇〇ドゥカートを用立てた金貸しシャイロック、その友人テューバル、そして若い娘ジェッシカ。ふたりの男がアシュケナージーらしい名前をもつのに引きかえ、シャイロックの娘のようでありながら、そうでないジェッシカには、イタリア女性の名前がつけてある。

わびしげな新ゲットーの風景のなかで、そのとき私が寄りかかっていた石の古井戸のすぐまえには、かつての赤の銀行の建物があった。ジェッシカが住んでいたのは、そこの「差掛け penthouse」(第二幕、第六場)屋根の上の窓であっただろうか。先ほどまで、すぐ右手の「大ドイツのスコーラ」にいたときにも、案内の婦人の説明をぼんやりと聞きながら、私の記憶のなかでは、シャイロックの科白が切れ切れに響いていた。

……その通りだ。テュバル、お前は行って、役人に金をつかませろ。……それから、俺《わし》たちのあの礼拝堂《シナゴーグ》へくるんだぞ。……テュバル、それから、礼拝堂《シナゴーグ》でな。
（第三幕、第一場、中野好夫訳、岩波文庫より）

一七九七年、ヴェネツィア共和国の崩壊とともに、ゲットー三区郭の桎梏《しっこく》は解かれて、ユダヤ人の多くはゲットーを越え、広い世界へ出ていった。

小説家アルベルト・モラーヴィア（一九〇七―九〇）の血族の場合を振り返ってみよう。モラーヴィアは筆名。父方がユダヤ系であった（第1章）。

父親カルロ・ピンケルレは、一八六三年、ヴェネツィア生まれ。パードヴァ大学を卒業し、建築家になって、首都ローマへ出た。そして山手の新興ブルジョワ地区に高級住宅をいくつか建てた。そのひとつに小説家自身も生まれ育った。

モラーヴィアの回想によれば、父親は几帳面な性格でズヴェーヴォ（トリエステの小説家、ユダヤ系）の作中人物に似ていたという。そして終生、故郷のヴェネツィアに愛着をいだき、土地の訛《なまり》が脱けなかったらしい。年に二回、長い休暇をとってヴェネツィアへ帰り、ホテル・フェニーチェに泊って風景画を描くのが趣味であった。父方の祖父母は、モラーヴィアが生まれる以前に亡くなってしまったので、彼自身は写真でしか知らないという。イタリア国家統一独立運動期《リソルジメント》の小説家マンゾーニの作中人物のようであった、と記している。

たしかに祖父ジャーコモ・ピンケルレは愛国者の青年であったし、さらに一世代前の大伯父レオーネ・ピンケルレは、一八四八―四九年にヴェネツィア共和国を再興したダニエーレ・マニンの、臨時政府の閣僚のひとりであった。マニンはユダヤ系の革命家であったが、リアルト橋近くの生家まえに立つ銅像によって、いまなお人びとに知られていよう。祖父母の代には、すでにゲットーを出て、大運河《カナール・グランデ》に面した館に住んでいたという。子供は五人いたが、長女はトリーノに嫁ぎ、次女はボローニャに嫁いで、結局、ヴェネツィアにはひとりも残らなかった。

モラーヴィアが父方の血族で親しく回想しているのは、叔母アメーリアのことである。彼女は一八七〇年、ヴェネツィアの生まれ。一六歳のときに父(すなわちモラーヴィアの祖父)が亡くなったため、彼女は母といっしょにローマへ出てきた。法務省の書記官であった長兄ガブリエーレ(後に上院議員)と建築家の次兄カルロ(すなわちモラーヴィアの父)が、すでにローマに家を構えていたからである。

アメーリア・ピンケルレは一九歳のとき、三歳年上のジョー(戸籍名はジュゼッペ・エマヌエーレ)・ロッセッリと知りあい、二二歳の春に結婚した。ジョーはトスカーナ地方の西海岸リヴォルノの生まれ。この港町はスペイン系ユダヤ人(セファルディーたち)の拠点であった。ジョーの両親は代々それぞれに名家を承け継いできた。加えて、両家のあいだには稠密《ちゅうみつ》に血縁が結ばれていた。

ジョーの母方の祖母サーラ・ナータン・レーヴィは、イタリア国家統一独立運動《リソルジメント》の英雄マッツィーニと、ロンドンの亡命時代に関係があった。またサーラの娘ジャネット・ナータンはジョーの伯父ペッレグリーノ・ロッセッリに嫁いでピーサに住んだが、その家に、最晩年のマッツィーニは密かに身を寄せて、息を引き取ったのである。

ジョー・ロッセッリは音楽家を志したが虚しかった。しかし妻アメーリア・ピンケルレは女性作家として名を成したばかりか、離婚したあと、独力でカルロやネッロら子供たちを反ファシズムの雄に育てあげたのであった。カルロ・ロッセッリの実践の一端として、スイスの法廷に立ったときの簡潔な文言を紹介しておこう。

いまやイタリアで自由は死んだ、一切の自由が。……わたしは家を持っていた。それは破壊された。わたしは新聞社を持っていた。その発行は禁止された。わたしは大学に講座を持っていた。それを去らねばならなかった。今日と同じように、わたしは持っていた、思想と自負心と理想とを。それらを守るために獄舎につながれねばならなかった。師や友人たちを持っていた。アメンドラ、マッテオッティ、ゴベッティ。彼らは殺されてしまった。……度重なる悲劇をまえに、わたしたちは闘っている。

一九三〇年七月一一日、ミラーノのドゥオーモ広場上空から、カルロの所有する小型飛行機がグループ《正義と自由》の印刷物を撒いたときに、スイス領空侵犯の責任を問われたさいの証言である。

3 最後の列車

海上共和国の崩壊(一七九七年)によって、一地方都市へ転落したヴェネツィア本島は、フランスやオーストリアなど外国勢力による支配下におかれた。そして半世紀以上にわたった苦難の歳月の後に、ようやくイタリア王国に併合(一八六六年)されたのである。

この変転の歴史のなかでさえ、ゲットー三区郭は往時の姿を保つことができた。ところが、解放されたはずのユダヤ人共同体に深い傷痕を残したのは、ファシズムである。隘路《カッレ》や空地《カンピエッロ》や広地《カンポ》を囲む古びた建物の連なり。その壁の所どころに嵌められた碑文に、悲しみの物語は刻まれている。

たとえば、新ゲットーの広地《カンポ》に立って、北側を囲む建物に歩み寄ってみよう。正面入口に「イスラエル安息の家」と記されている。三階建ての軒の高さは、かつての鋳造場時代のままであろう。ただし、建物の左右の部分が失われてしまっている。というよりも、ユダヤ人共同体が利用しやすいように、左右の部分を解体整理したのであろう。

「安息の家」の内部に由緒あるスコーラが存在することは知られている。しかし一般には公開されていない。左右には、低い屋根の別の建物や、陽射しの降り注ぐ庭がある。けれども広地《カンポ》の側からは、高い煉瓦塀に遮られて、内部は見えない。反対側は幅の広い水路《リーオ》・聖ジローラモに隔てられていて、裏からは近づけない。

ところで、「安息の家」正面入口の右手には、鉄格子の入った窓が二つある。その中間の壁の高みに、次のような碑文が見えるであろう。

ジュゼッペ・ヨーナ／高名なる医師／廉直にして善良なるマエストロ／悲しみの極みの迫害の最中《さなか》にありながら／ヴェネツィアの共同体を支えてくれた／高潔なる尊厳によって／そしてまた注いでくれた偉大な／その魂のあらん限りを

一九四三年九月一七日、すなわちローマでバドッリオ軍事政権と連合軍との休戦協定が公表されてまもないころ、ヴェネツィアのユダヤ人共同体で首長の任にあったヨーナは、市当局のある人物から、ユダヤ人居住者の《名簿》を提出するよう求められた。ヨーナは人種法(一九三八年)によって追放されるまでパードヴァ大学に勤めていた高名な医師であり、かつヴェネツィア市の助役でもあったというから、依頼に来た人物とは旧知の仲であったにちがいない。

ユダヤ人共同体の正確な《名簿》を用意するため、ヨーナは一日の猶予を求めたという。そしてその夜のうちに、一切の書類を焼却処分し、仲間たちに適切な指示を与えて、服毒自殺を遂げた。一八六六年一〇月、ヴェネツィアに生まれているから、喜寿を目前にしての決断である。この首長の高潔な行為によって、どれだけ多数のユダヤ人の命が救われたことか。

いまは詳しく述べる余裕はないが、連合軍との休戦協定が公表されると同時に、イタリア半島の北半分を制圧したドイツ軍と、その後ろ楯によって息を吹き返したムッソリーニのイタリア社会共和国との命令によって、各地のユダヤ人共同体責任者に、《名簿》の提出が求められた。そのさいに関係者のとった対応の仕方が、多数のユダヤ人の命運を分けたのである。

ヴェネツィアには当時、東欧から逃れて来たり、ヴェネツィアを通過してゆくユダヤ人が多かった。亡命の途上にあった彼らから、首長ヨーナはユダヤ人迫害の実情を正確に知りえたであろう。東欧における集団殺戮《ジェノサイド》の情報は、遅くとも一九四二年秋までにはローマに達していた。その証拠はいくつか挙がっている。

文学者がもたらしたものとしては、クルツィオ・マラパルテの報告が名高い。『コッリエーレ・デッラ・セーラ』紙の特派員として、マラパルテ(本名クルト・エーリッヒ・ズッケルト)はポーランドの各地を、ワルシャワのゲットー内部に至るまで訪れ、ユダヤ人絶滅政策についてほぼ掌握していた。詳細が語られるのは戦後になってから、すなわち一九四六年刊の『カプット』(邦題は『壊れたヨーロッパ』古賀弘人訳、晶文社、一九九〇年)のなかであるが、少なくともマラパルテの周辺では、ユダヤ人迫害は早くから周知の事実であった。

ところで、新ゲットーの広地《カンポ》に、話を戻そう。「イスラエル安息の家」の左右へ延びる煉瓦塀の高い壁には、青銅製レリーフがいくつか嵌めてある。左側に掲げられた七枚がユダヤ人大虐殺「ホロコースト」の場面を、右側の壁を穿って鉄格子に嵌められた大きな一枚が「最後の列車」を、それぞれに描いている。

右側の鉄格子の背後に見える横板には、一九四三年から四四年へかけてヴェネツィアのゲットー三区郭に襲いかかった事件の傷痕が、文字によって記されている。犠牲者全員の氏名や年齢が、一つひとつ、木材に刻まれて。

それらを読み終えて、青銅製レリーフ「最後の列車」に眺め入ったときの印象は、私にとって忘れられないものとなった（リトアニア出身の彫刻家アルビト・ブラタスが、惨劇から半世紀を記念して、一九九四年に作製）。あのときの感覚が、このほど、ポランスキー監督の映画〈戦場のピアニスト〉を観て、まざまざと甦ってきた。同じような列車の情景を撮りながら、スピルバーグ監督〈シンドラーのリスト〉やベニーニ監督〈ライフ・イズ・ビューティフル〉を観ていたときには感じられなかったことである。別の例を挙げておこう。ポランスキー監督の作品のなかでは、ピアニストのシュピルマン一家が広場で《最後の列車》を待つ場面がある。そして近くにすわっていた若い女が虚ろな口調で繰り返す。「どうしてあんなことをしたのかしら？　ああ、どうして！」

この場面にも、不自然な作為を、私は感じなかった。フィレンツェに住んでいたユダヤ人の若いルゼーナ夫妻が、二歳の赤子を連れて隠れ家に潜んでいたとき、踏み込んできたファシストに気づかれないように、泣きだしかけた赤子の口を封じて窒息死させてしまった例を、知っていたからである。ただしこの夫婦は、その後で自殺してしまったが。

一九四三年も終りに近づいた、一二月五日の夜更けに、寝静まったヴェネツィアのゲットー三区郭を不気味なサイレンが駆け抜けた。次の瞬間、家々の戸口を破って、ファシスト警察が踏み込んできた。「安息の家」にも一隊が押し入って、驚き怯えるユダヤ人たちを片端から捕まえた。

すでに大多数のゲットーの住民たちはヴェネツィア市の内外へ身を隠していた。したがってその夜捕まったのは、身動きならなかった病人や老人たち、あるいは不運にも舞い戻ってきていた者や、行く場のない貧しい人たちであった。一夜のうちに逮捕されたのは、一五〇名ほどであったという。

凍てつく冬の深夜に、哀れな老若男女や幼い子供たちがどのようにして連行されていったのか、定かな情報はない。連れて行かれた先は共和国末期の統領《ドージェ》マルコ・フォスカリーニの旧邸館であった。水路を挟んで通称「オテッロの家」があるので、ドルソドゥーロ区のそのあたりの光景を知る人も多いであろう。

おそらく、大きくない船艇に詰め込まれ、大運河《カナール・グランデ》から、開通して間もない新水路《リーオ・ヌオーヴォ》を経て、旧邸館の寄宿学校《コッレージョ》に連行されたにちがいない。長椅子の板の上に寝かされて、食事もろくに与えられなかった。それを見かねて、近所の人びとが食べ物を差し入れた、と伝えられている。そこに一〇日ほど閉じ込められていたが、その間に、選別が行なわれたはずである。強制連行の適否の規準は、イタリア社会共和国の条令にあり、たとえユダヤ人であっても、七〇歳以上の老人や重病人、非ユダヤ人と結婚した者などは除く、という除外項目があったからである。

こうして、一二月一五日に、強制収容に該当するとされたユダヤ人九七名が、同じドルソドゥーロ区の西はずれにある聖母マリーア・マッジョーレ刑務所へ移された。そこは、一筋の水路を隔てて、貨物列車の引込み線が鈍く光る、ヴェネツィア本島のなかでも殺風景な地帯だ。

その年も押し詰った一二月三一日、イタリア人の警官や憲兵に付き添われたユダヤ人たち九三名が、三等客車二輌に分乗して、ヴェネツィア駅を発ち、モーデナ北方のカルピ駅へ向かった。郊外五キロの地点にあるフォッソリ強制収容所に移送されたのである。この日、九三名が乗ったのは《最後の列車》ではない。その証拠に彼らが乗せられたのは貨車ではなく、あくまでも人間として、客車に乗せられているから。

移送に漏れた四名は、重い病状の子供たち(三歳から六歳まで)であり、長旅に耐えられないと判断したため、年が明けた一月一八日に、回復を待ち、改めて付添いをつけて、移送したことが記録に残っている。

またフォッソリでの収容所生活は、初めのうちは、危ぶんでいたよりも穏やかなものであった。物資の差入れや通信も比較的に自由であり、ユダヤ人の家族や親族がまとまって日々を過ごしている様子を、二月一日付で、一三歳の少年がヴェネツィアの同級生宛に書き送っているので。

このような状況は、後にアウシュヴィッツから生還したプリーモ・レーヴィの証言とも合致する。

フォッソリの収容所は旧陸軍の収容所であり、以前にはイギリス人の捕虜が抑留されていた。設備はよく整っていて、食糧も蓄えられていた。所長をしていた「ドメーニコ・」アヴィタービレ氏には、再会できれば嬉しいかぎりだが、要するに氏はドイツ軍が主人であることを認めようとしなかった。私たちとの関係は良好であり、とても親切にしてもらった。「自分がここにいるかぎり、みなさんに心配はありません」、そう言ってくれていた。……収容所のユダヤ人の娘たちがモーデナ市まで行ってきたい、あるいはカルピの町の歯科医院へ行ってきたいとか、とくに浴場へ行きたいと訴えれば、いつでも彼は認めた。お願いですから逃げたりしないで下さいね、と言い添えて。

……ところが、突然、ドイツ軍によって彼の権限が剝奪されてしまうと、数日のうちに「死への」輸送が始まった。……折からアイヒマンがイタリアにやって来ていた。……それゆえアイヒマンがイタリア警察から権限を奪ったのでしょう。……そうです、フォッソリからの出発と同時に〔私の物語〕『これが人間か』(邦題『アウシュヴィッツは終わらない』竹山博英訳、朝日新聞社、一九八〇年)が始まったのです。

(N・カラッチョロとのインタビュー)

悲運のイタリア・ユダヤ人たちを、アルプスより北の絶滅収容所へ送り込む中継点の役割を果たした、カルピ郊外フォッソリ強制収容所の実態は、ようやく明らかになりつつある。

プリーモ・レーヴィが言うように、フォッソリにあった元来の陸軍捕虜収容所を旧キャンプとし、隣接地に新キャンプを設営した。台形の用地を二重の有刺鉄線で囲み、四隅に監視のための望楼を立てた。半分を政治犯用区画、残る半分をユダヤ人収容区画とし、バラックの舎屋をそれぞれに七棟と八棟建て、相互に接近できないよう分離帯を設けた。

ユダヤ人用の舎屋一棟には二五六名を収容した。調理場と売店と洗濯場とは別棟になっていた。初めのうちは、イタリア側モーデナ県警察本部の管轄下にあったが、一九四四年三月一五日を境に、ドイツ側公安警察の直接管理下へ移された。寛容なアヴィタービレ所長が在任していたのは二月半ばまでである。

ところで、プリーモ・レーヴィがアオスタのファシスト軍兵舎からフォッソリの中継もしくは通過収容所へ送られてきたのは一月二〇日のことであり、ユダヤ人狩りで名高いSS専門官ダンネッカーの後任としてボスハマーがイタリアに入ったのは一月末であった。

ドイツ側の本部はヴェローナにあり、その直接管理下に置かれたフォッソリ強制収容所には、北イタリアの各地から、捕えられたユダヤ人が送られてきた。そしてこの収容所に集められたイタリア・ユダヤ人たちが、カルピの駅から《最後の列車》に詰め込まれて、北の絶滅収容所へ向かったのである。

フォッソリが通過収容所の役割を果たした期間は短く、八月一日には閉鎖された。先に述べたようにグスタフ戦線が崩壊し、六月四日にローマが解放され、ドイツ軍はゴート戦線まで撤退して防衛しなければならなかった。しかし、このわずか半年間に、フォッソリ強制収容所から、アウシュヴィッツなど北の絶滅収容所へ輸送されたユダヤ人の数は、二四六一名に達した。

その第一便《最後の列車》に、ヴェネツィアのゲットーから連れてこられた九七名のユダヤ人も、アオスタから移送されてきたプリーモ・レーヴィたちも、詰め込まれたのである。

《最後の列車》の特徴は、原則として、RSHA(Reichssicherheitshauptamt 全ドイツ国家保安本部)の記号が付けられ、必ず貨車であったことである。そのときの描写はプリーモ・レーヴィ『これが人間か』の冒頭に記されている。出発前にドイツ兵による点呼があって「六五〇個あります」と上官に報告されている(傍点は引用者)。レーヴィは化学者であり、数字を間違うはずがない。「貨車は一二輌あり、私たちは六五〇人いた。私の車輌には四五人しか詰めこまれなかったが、一番小さな貨車だった」「私の貨車にいた四五人のなかで、家に帰りつけたのは四人だけだった」しかし「私の貨車が最も運に恵まれた貨車だったのだ。」

ヴェネツィアのゲットーで捕われたユダヤ人やプリーモ・レーヴィたちを詰め込んだ《最後の列車》は、一九四四年二月二二日にカルピの駅を発ち、二六日にアウシュヴィッツに着いた。大多数はただちにガス室へ消えたが、選別されて残った男性は九五名(腕に刻まれた忌まわしい数字は174471〜174565)、女性は二九名(75669〜75697)。

しかしながら、輸送リストが残っていないため、このときの総人数は不明である。しかし現代へブライ資料センターの女性研究家ピッチョットらの執念を籠めた調査によって、《最後の列車》に詰め込まれた四八九名までの氏名は判った。このうち生還した者は二三名である。

プリーモ・レーヴィは作品のなかであまり実名を出さないが、『これが人間か』の冒頭部分で気になるのは、詰め込まれた貨車のなかで「私の脇には一人の女性がいた」と書いている箇所だ。「私たちは旅の間中、人の体に押されて体を寄せあっていた。二人はかなり前からの顔見知りで、同じ不運に出会ったのだが、お互いのことはよく知らなかった。」

プリーモ・レーヴィはこう書いているが、私はこの女性をヴァンダ・マエストロではないかと思っている。あるいはルチアーナ・ニッシムかもしれない。三人は同じ一九一九年生まれで、いっしょにアオスタ渓谷でパルチザン闘争に加わり、不運にもファシスト軍に捕まった。

しかしユダヤ人である身許を明かして、三人はいっしょにフォッソリの通過収容所へ送られ、同じ《最後の列車》に乗ったのである。もしも「体を寄せあっていた」のが、小柄で高潔な女性化学者ヴァンダであったならば、衰弱の果てに、彼女はビルケナウのガス室で殺された。あるいはルチアーナならば、ビルケナウからライプチヒへ逃れ、アメリカ軍に救出されて、彼女は生還した。75689の番号を腕に付けて。

第5章

丘と港の町で　トリエステ

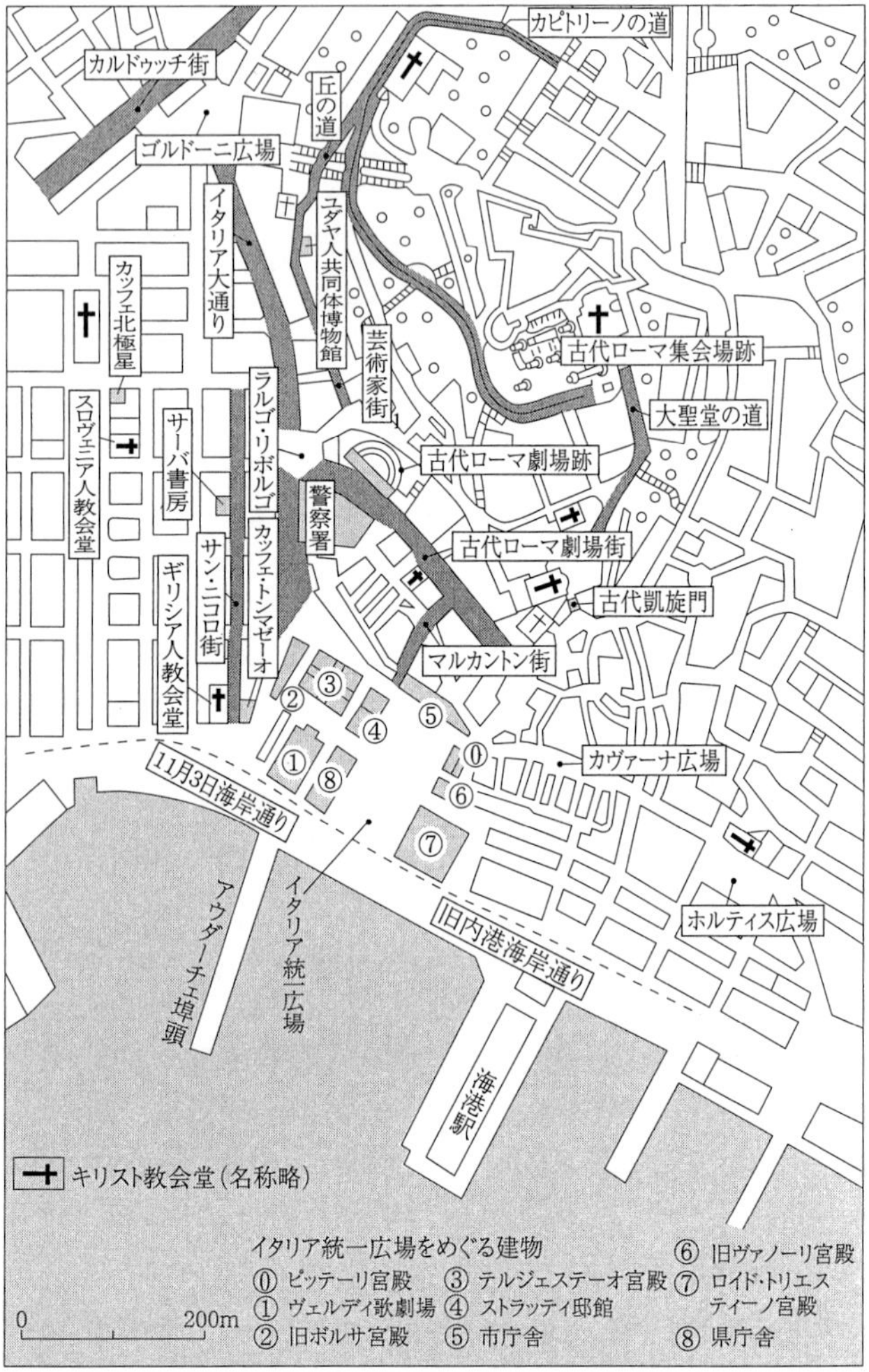
カルドゥッチ街
ゴルドーニ広場
丘の道
カピトリーノの道
イタリア大通り
ユダヤ人共同体博物館
芸術家街
古代ローマ集会場跡
大聖堂の道
カッフェ北極星
スロヴェニア人教会堂
サーバ書房
ラルゴ・リボルゴ
警察署
古代ローマ劇場跡
古代ローマ劇場街
古代凱旋門
サン・ニコロ街
ギリシア人教会堂
カッフェ・トンマゼーオ
マルカントン街
カヴァーナ広場
11月3日海岸通り
アウダーチェ埠頭
イタリア統一広場
旧内港海岸通り
ホルティス広場
海港駅
キリスト教会堂(名称略)
イタリア統一広場をめぐる建物
⓪ ピッテーリ宮殿
① ヴェルディ歌劇場
② 旧ボルサ宮殿
③ テルジェステーオ宮殿
④ ストラッティ邸館
⑤ 市庁舎
⑥ 旧ヴァノーリ宮殿
⑦ ロイド・トリエスティーノ宮殿
⑧ 県庁舎
0
200m

現在のトリエステ

1 鉄路の先に

アドリア海北端の湾岸に沿って、ヴェネツィアからトリエステまでの距離は、鉄道で一五七キロ。途中に目立った観光都市もなければ、商業地もない。そのためか旅人は、イタリアのなかでもやや辺境へ入り込んでゆく印象を受ける。

潟海《かたうみ》を左右に割って走りだしたトリエステ行の列車のなかで、故郷ヴェネツィアを後にしたときの、囚われのユダヤ人たちの身の上を、私はあれこれと想像した。一九四三年も終りの一二月三一日に、行先が中継収容所であることさえ知らずに、モーデナ市北方のフォッソリに移送されていった、ゲットーの住民たち九三名の場合は、まだしもである。すでに述べたように、彼らは人間として、三等客車二輌に分乗していったのだから。

しかしその後に、ヴェネツィア本島で捕えられたユダヤ人たちの扱いは、どのようであったのだろうか。新ゲットーの博物館入口で手に入れた資料によれば、ドイツ軍占領下におかれた約二〇ヵ月のあいだに、ヴェネツィアから強制連行され殺害されたユダヤ人の数はおよそ二〇〇名。詳細はなお、今後の解明を待たねばならない、とあった。

新ゲットーに「イスラエル安息の家」があり、その左右の壁面に「最後の列車」と「ホロコースト」のレリーフがあることには、すでに触れた。古ゲットーの建物の壁に、アドルフォ・オットレンギの殉教と遺徳を讃える碑文が嵌めてあったことを、いまは述べておこう。

一九一九年から四四年までの長きにわたり、ここでラビ(共同体における宗教上の指導的地位)をつとめていたオットレンギは、一八八五年の生まれで、先のファシスト警察による一斉捜索でいったんは逮捕された。しかし老齢であり、視力もほとんど失われ、重い病床にあったのを理由に、釈放された。そして身を隠す手段はいくらでもあったのに、頑《かたく》なにそれを断わって、一九四四年八月一七日夜の再度の捜索には、「イスラエル安息の家」に泊りあわせていた他のユダヤ人たちといっしょに、ドイツ軍SS部隊の囚われとなり、まずトリエステの強制収容所へ、ついでアウシュヴィッツの絶滅収容所へ輸送され、死の運命をともにしたのである。

トリエステに向かう列車のなかで、私は考えつづけた。再度の一斉捜索でSS部隊に逮捕されたユダヤ人の総数は九〇名ほどであるという。そのうちオットレンギ師をはじめ「イスラエル安息の家」で囚われの身になった老人や病人たちは二二名。彼らはたぶん、しばらくのあいだ、聖母マリーア・マッジョーレ刑務所の内に閉じ込められたであろう。その後、水路一筋を隔てた駅近くの引込み線から、貨物列車に詰め込まれて、私と同じこの線路の上を、トリエステに向かって運ばれていったにちがいない。

それゆえ、彼らは移送されたというよりは、輸送された、もしくは搬送された、とでも記すべきであろう。そしてトリエステの駅に着いてからも、あの港町には新港から旧港へ、さらには岬をまわった工業地帯の港へと、埠頭《ふとう》に沿って貨物運搬用の鉄路が延びていたから、たぶん、貨車に封印されたまま、絶滅収容所「リジエーラ・ディ・サン・サッバ」まで運ばれていった。それにしても腑《ふ》におちない点がある。なぜならば、オットレンギ師たちは、さらにアウシュヴィッツへ輸送されたからである。

少しずつ説明を加えていかねばならない。ヴェネツィアのゲットーに対する一斉捜索の第一回は、ドイツ軍の後ろ楯によって息を吹き返したムッソリーニのイタリア社会共和国「警察条例　第五」(一九四三年一一月三〇日)に基づいて行なわれた。これには、たとえユダヤ人であっても、七〇歳以上の老人や重病人は除く、などといった除外項目が付加されていた。

したがって、オットレンギ師たちは、これらの除外項目を適用され、フォッソリ中継収容所へ送られるのを免れたのである。しかし、わずか二ヵ月後には、宥和的なイタリア警察から、ドイツ保安警察の直接管理下へ、ユダヤ人たちの身柄は移されていき、中継収容所のユダヤ人たちの上にも恐ろしい運命が降りかかってきた。それはプリーモ・レーヴィらの証言にあるとおりだ。

加えて、一九四四年の夏には、北上する連合軍によってローマが解放(六月)され、ドイツ軍の防衛陣地はゴート戦線まで退《しりぞ》きつつあり、フィレンツェの解放(八月に実現)は目前に迫っていた。そういう時点で、すなわち八月一日をもって、フォッソリ中継収容所は閉鎖されたのである。

ドイツ軍は、しかしながら、ユダヤ人絶滅政策をつづけるため、新たに二ヵ所の中継収容所を北辺に設けた。その一が、ボルツァーノに近いグリーエス強制収容所であり、その二が、トリエステの強制収容所「リジエーラ・ディ・サン・サッバ」である。ほかにもいくつか、ドイツ軍は建設しかけていたらしいが、間に合わなかったというのが実情であろう。別の言い方をすれば、右の二ヵ所が間に合ったのは、ムッソリーニを失脚させた後にバドッリオ政府と連合軍との休戦協定が公表されるや、間髪を入れず、二日後に、ヒトラーが対イタリア作戦地域を設定したからであった。

その一が「アルプス前山作戦地域」であり、そこにはボルツァーノ、トレント、そしてベッルーノの三都市を中心とする地方が包括されていた。またその二は「アドリア海沿岸作戦地域」であり、ウーディネ、ゴリツィア、トリエステ、そしてイストリア半島のポーラ(現クロアチア)、フィウーメ(現クロアチアのリエーカ)、リュブリャーナの各都市を中心とする地方を囲い込んでいた。

さらに言えば、前者の山岳地域には、ドイツ語圏との国境線をめぐる不安定要因が燻《くすぶ》りつづけていたし、後者の沿岸地域には、イストリア半島をめぐって根深い領土帰属問題が蟠《わだかま》っていた。このような全般の情況を念頭においたうえで、いまは、トリエステの強制収容所に焦点をあてていこう。なお、ボルツァーノ＝グリーエス強制収容所の凄惨な実態も近年ようやく明らかにされつつあるが、ここでは触れない。

さて、一九四四年秋以降には、ドイツ占領軍ＳＳ部隊が主役になり、隠れ住むユダヤ系の人びとの摘発が主になったため、文字どおりの「ユダヤ人狩り」が北イタリアの各地に展開していった。そしてもはや除外項目などは無意味と化した。むしろ逆に、摘発の対象になったのは、逃げ隠れのできない老人や病人たちであった。さもなければ、密告や裏切りによる逮捕連行であった。

ヴェネツィア本島の南方に、外海と潟海とを分かつ細長い堤防にも似て、リード島が伸びていることは、いまや日本でもよく知られていよう。リード島と本島とのあいだには、ごく小さな島が点在する。そのなかに、聖《サン》クレメンテ島と聖《サン》セルヴォロ島もある。いずれの島にも精神病院があった。

一九四四年一〇月六日、聖クレメンテ島の病院にユダヤ人の患者がいることを突き止めたドイツ軍SS部隊は、イタリアの保安警察に先導させて病棟に踏みこみ、五名のユダヤ人を連れ去った。同様にして、一〇月一一日には、聖セルヴォロ島の病院から、六名を連れ去った。合わせて一一名のこれら悲運のユダヤ人たちはすぐにトリエステへ送られたわけではない。SS部隊に逮捕され、乗せられた巡邏艇は、鰈《かれい》や平目のような形をしたヴェネツィア本島の尾の部分を迂回し、北側の護岸フォンダメンタ・ヌオーヴェの半ばから水路へ分け入り、市立病院に横づけになった。

病院の隣には聖《サンティ》ジョヴァンニ・エ・パーオロ教会堂がある。昨今の観光客もジョヴァンニ・ベッリーニの美しい祭壇画を観に行ったり、広い正面空地の片隅に建つヴェッロッキオの騎馬像を見上げていると、時折、けたたましく響くサイレンや点滅する紫色の電光によって、すぐ隣に救急病院があることに気づくかもしれない。その市立病院の大部屋のひとつが二つに仕切られ、片方が女性用、他方が男性用となった。そしてすべての窓に鉄格子が嵌められて、仮の収容所に早変りした。別の公立精神病院のいくつかから、一五名のユダヤ系患者が搬送されてきた。ほかならぬ市立病院に入院していた患者のなかからも、ユダヤ人と判明した者が出た。さらに、日を追ってヴェネツィアの街路で捕まったり、家宅捜査で囚われの身になった病人や老人たちが、市立病院へ運ばれてきた。そして仮収容所の人数が五〇名ぐらいになったところで輸送が行なわれたという。

こうして、湾岸沿いに東へ一五七キロの鉄道を揺られて辿り着いた先が、中央《ミッテル》ヨーロッパ最良の海港トリエステであった。格調の高い旧市街や一般市民の生活区域からは、隠蔽されたかのように、岬をまわった工業地帯の、丘の背後に建つ、重厚な石造りの元精米所――「リジエーラ・ディ・サン・サッバ」――これをひとまず中継収容所兼絶滅収容所と呼んでおこう。

一九四四年一〇月末に、ここまで運ばれてきたヴェネツィアの病人や老人たちのうち、これ以上の旅に耐えられないことが明白な者たちは、その場で殺された。女性四名と男性二名。それらの氏名は明らかになっている。

辛うじて体を動かせる者たちは、少しずつ、《最後の列車》に詰め込まれて、北へ向かった。トリエステは湾岸沿いに細長く伸びる都市だ。海原と岩山の国境に、狭く低く囲まれている。《最後の列車》はウーディネ市街を抜け、イタリア領土内を北上し、タルヴィージオから国境を出ていった。行先は主にアウシュヴィッツである。

「リジエーラ・ディ・サン・サッバ」にはイタリア・ユダヤ人でない人びとがあまりにも多く運び込まれたので、そこを通過したり、そこで殺された人びとの実態は、非常につかみにくい。痛ましい一例として、しばしば挙げられるのが、イタリア・ユダヤ人セレーニ一家の悲劇である。

イタリア全土の解放は、いちおう、一九四五年四月二五日になっている。それゆえ現在でも、四月二五日が、解放記念日に定められている。しかしトリエステの場合は、やや遅れて、四月三〇日に市街で民衆の蜂起があった。五月一日から二日へかけて、西からは連合軍側の車輛が、東からはユーゴスラヴィア軍の戦車が市の中央部へ入って、トリエステは解放された。政庁舎の正面バルコニーに連合軍二国(アメリカとニュージーランド)の旗にはさまれて、イタリアの三色旗が掲げられた。その後にも、トリエステ市には問題が多く残った。それはひとまず措くとして、ユーゴスラヴィア側に近いサン・サッバの強制収容所跡からは、さまざまな残骸が発見された。パルチザン部隊も五月一日には内部へ入ったようだが、四月二九日から三〇日へかけての夜に、ドイツ軍は撤退をまえにして、死体焼却用の火葬炉を爆破した。

獄舎や独房の到る所に、刻み込まれた遺書のごとくに、文字が見つかった。そのなかにセレーニ一家について記したものがある。

一九四四年九月二一日、逮捕された。夫アルド・セレーニは、一八九四年一二月一九日生まれ、一〇月一二日に発っていった。私はその妻ジャンニーナ・ボルディニョン、セレーニ家に嫁したが、一八九六年五月二六日生まれ。長男ウーゴ・セレーニは一九二五年一月六日生まれ。次男パーオロ・セレーニは一九二七年五月二四日生まれ。長女エーレナ・セレーニは一九三〇年五月三〇日生まれ。どうか神が私の家族をお守り下さいますように。一九四五年一月六日、ウーゴの誕生日に、母親記す。どうか神が私の子供たちや夫を祝福して下さいますように。

このセレーニ夫人の文字の下に、別の囚人(言葉遣いからイタリア人ではないと思われる)の刻み込んだ文字がある。

このセレーニ夫人がどのような最期を遂げたのかはわからない。

後になって、いくつかの事実が判明した。セレーニ一家はヴェネツィアの聖マルコ広場近くに店を出していた。近年ますます観光客で賑わう道筋の一軒である。一九四四年九月二一日、密告によって、ファシストたちとドイツ軍SS部隊に捕えられた一家は、聖母マリーア・マッジョーレの刑務所にしばらく拘留されたあと、トリエステの中継収容所へ輸送されてきた。

セレーニ夫人が生き別れになったと記す日付とは異り、夫アルドが実際にアウシュヴィッツ行《最後の列車》に乗せられたのは一〇月一八日であった。他方、長男ウーゴ(当時一九歳)、次男パーオロ(一七歳)、そして長女エーレナ(一四歳)は、いずれも一一月一日にラーヴェンスブリュック行《最後の列車》に乗せられた。生きて帰ってきたのは、次男パーオロだけである。

他方、セレーニ夫人ことジャンニーナ・ボルディニョンは《最後の列車》に乗せられなかった。彼女はユダヤ系ではなく、アーリア系で、カトリック信者でもあったから。そして一九四五年二月に、当然のことながら、サン・サッバの収容所から出されることになったのだが、そのさいに夫と子供たちの消息を教えるよう強く主張した。と同時に、自分がSS部隊に逮捕されたときバッグに入れておいた三万リラという大金が失くなっていたのを返却するように迫った。そのため、獄舎へ連れ戻されて、一九四五年三月三一日、ドイツ兵に殺された。その死体が火葬炉へ入れられ、焼却されたのはまちがいないという。

私が乗った列車は、日暮れの風景のなかで、イゾンゾ川を渡った。モンファルコーネを過ぎると、車内に客の影はほとんどなくなった。左手には白い岩肌が続くことで名高い、岩盤地帯カルソが、覆いかぶさってくる。あたりは第一次大戦の激戦地である。その塹壕のなかで、死に囲まれながら、ウンガレッティの短詩は生まれた。

右手には詩人リルケのドゥイーノの城が海へ突き出している。それが一瞬後には、車窓の彼方へ、消え去った。私が初めてトリエステを訪ねたのは、まだローマ大学へ通っていた一九六六年のことである。そのときには別の目的があった。ふたたびトリエステを訪ねたのは、トリーノ駅前にある、パヴェーゼが自殺したホテルの、あの部屋に住んでいたころ、すなわち一九八一年のことである。そのときにも別の目的があった。

文学者ズヴェーヴォやジョイスやサーバについて、トリエステに関する必要最小限の文章はすでに書いた(『イタリアをめぐる旅想』平凡社ライブラリー、一九九四年)。この四〇年間に、国境の都市にまつわる資料は、少しずつ整ってきた。にもかかわらず、あまりにも優雅な、このユダヤ人の都市に関して、私の目に見えない部分は多い。

列車が白い岩山の斜面から港町へ降りてゆく。暮れてゆく街路に、埠頭に、点々と灯火がまたたいた。そのとき、ふと、ルチアーナ・ニッシムの言葉を、私は思い出した。彼女はプリーモ・レーヴィら三名のパルチザンの僚友たちとともに《最後の列車》に詰め込まれて、ついに夜のアウシュヴィッツの駅へ着いた。そして貨車の隙間から、見知らぬ光景を見つめながら、彼女は独り心に誓ったという。

いまこそヒトラーへの単独の戦いを宣言し、この風景のなかの秘密を暴いてみせよう。

二〇〇一年一〇月二日、火曜日、午前一〇時過ぎ。曇り空が低く圧する「リジエーラ・ディ・サン・サッバ」の門に立った。巨大な二列の壁のあいだに入っていかねばならない。

そそり立つ灰色の壁。二、三歩進んだが、思わず後退《あとずさ》りした。念のために戻って、門ともいえない分厚いコンクリートの片側に打ちつけられた灰色の掲示板に、黒い文字を読む。RISIERA DI

S. SABBA——直訳すれば——サン・サッバの精米所。その上に、トリエステ市《コムーネ》。その下に、国立記念館。さらに下に、季節別の開館時刻。いちばん下に、入場無料、とそれぞれ記してあった。

断わるまでもない事柄のようだが、イタリアには、市町村とか、ましてや政令指定都市といった、区別や序列の呼称はない。人びとの住む所すべてに一律の「共同体《コムーネ》」を用いる。呼称は、たぶん、地方自治の精神と関連するであろう。

あたりに人影はまったくない。高い高い壁と壁に区切られた、細くて長い、灰色の空。足下にも同じ灰色の、コンクリートの道が、かすかな傾斜をなして、前方の濃い茶色の煉瓦の建物の下へ吸い込まれてゆく。見上げれば、二階、三階、四階と、煉瓦の壁面に穿《うが》たれた、虚ろな窓がみえる。それらは暗い両眼のように、荒廃した歴史の眼差を投げかけてくる。

煉瓦のアーチの下の暗がりへ入った。数歩過ぎてから、左手の部屋が事務所らしいことに気づく。戻って、入ってみた。初老の人物が応対してくれる。カウンターの上に、いくつかの資料が並べてあった。「帰りがけに頒《わ》けていただけるか？」

「もちろん」と、相手は答えた。

「一三時までは開いているでしょうね。」

「いや、一二時半ぐらいには閉めたい。」

「それまでには戻ってこよう」そう告げながら、私は小部屋の奥を覗いた。

事務室用にいまでこそ仕切られているが、その暗い小部屋こそは哀れな囚人たちが最初に入れられた場所にちがいなかった。現に、隣のやや広い部屋(A)には「死の監房」という札がつけられて

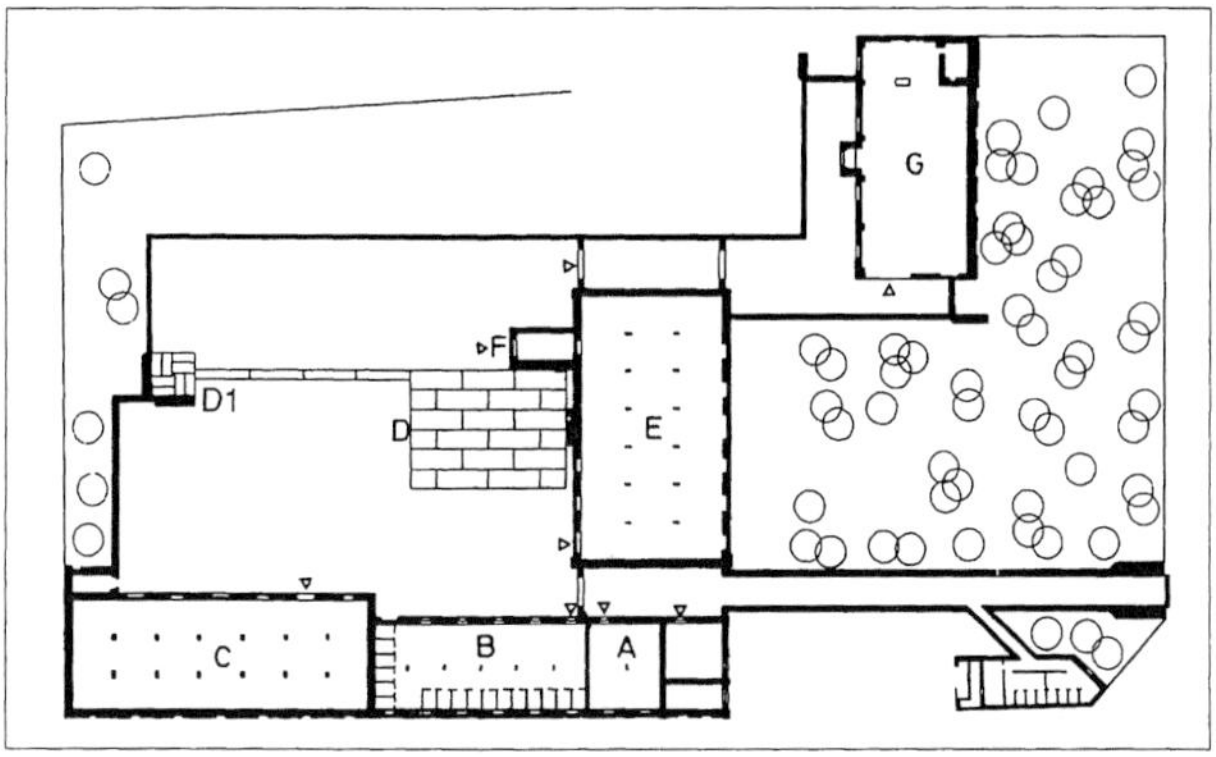

リジエーラ・ディ・サン・サッバ国立記念館平面図

いた。窓はない。いや、以前にはあった。が、塗り込められている。

そこよりも三倍は広い、隣の大部屋(B)には、壁に沿ってL字形に独房が一七室並んでいた。「独房」というのは適切ではない。押入れ一間ほどの大きさだ。各房に木製のドアがつけられ、円形の覗き穴があけてある。「押入れ」のなかを覗くと、粗い壁に沿って蚕棚《かいこだな》に似た板が渡してある。その狭い空間に囚人一六名を詰め込むのが一般であったという。厚い煉瓦造りの壁に四方を固められているが、中庭に面して四つだけ窓が穿たれていた。四角い敷石の床に、朝の光がかすかに射し込んでくる。この石の床で、どれだけの残忍な行為が繰り返されたことか。

しかし明るい中庭は、もっと凄惨な死体の処理場であった。火葬炉もしくは死体焼却炉の跡は、周辺の壁にまで歴然と残っている。何よりも、一段と低い床(D)に張られた硬質の金属板が、溝をなして、中庭の隅(D1)まで延びている。そこにコンクリートの高い囲い塀を背にして、それよりも高く、真黒な鉄柱を組み立てた、悲痛なオブジェが天へ向かって伸びている。黒い煙の魂を象《かたど》った物だ。ここから煙となって、どれだけの命が虚空へ消えたことか。

火葬炉はかつて精米所乾燥室のあったところに造られた。六階建て、重厚な煉瓦造りの工場の一部に、それよりも高い、八階建ての、塔状の構造物(F)がみえる。エレベーター室のように、荷物の昇降機を据えつけていたのであろう。そういう既存の設備の一つひとつがどのような役割を果たしていたのか、眺め返しても私の心には解明できない。元精米所の壁に穿たれた、あまりにも多数の虚ろな黒い窓が、人影のない中庭へ向かって見下ろしている。

あれらの部屋の窓から、ナチス・ドイツの監視人たちやファシストたちの目は光り、その背後に協力者《コッラボラトーレ》たちは蠢《うごめ》いていた。「死の監房」や「独房」の群れを内蔵する大部屋、さらに大きい「十字架の広間」(C)の建物の上層には、数知れぬ囚人たちが閉じ込められ、労働を強いられた。

別の棟には、ドイツ軍SS部隊の事務所や宿舎、食堂やガレージ、ユダヤ人から収奪した金品類の倉庫も、いくつか存在したが、いまはない。そればかりか、国立記念館として囲った、高いコンクリート塀の外には、かつて相当数の建物があったことや、貨物列車用の引込み線があったことも、忘れてしまわないほうがよい。線路のいくつかは数百メートル先の海へ向かって伸びていた。そして岬をまわった外港に沿って続く巨大な工業地帯には、あちこちに貨物を搭載する停車場があった。

記念館のための二つの陳列室(E)(G)にはマルチェッロ・マスケリーニの彫像をはじめ、多数の展示品が並べてあったり、映像の設備もある。火葬炉跡の周辺に嵌めこまれた碑文の場合もそうであったが、英独仏伊その他さまざまな言語による説明も整っている。しかし、当時、中庭に犇《ひし》めいていた殺人者の群れや、獰猛な番犬たち。非道な行為や悲鳴を掻き消すために使われていた狂暴な音量操作。建物に横づけにされていたはずのトラック類。間断なく続けられていた、自動車の排気ガスによる殺人行為……。そういった恐ろしい過去の現実の一々は、現在の静寂のなかでは思い出しにくいであろう。強固な想像力なしには。

トリエステの市街図や観光地図、あるいは市周辺の案内図は、一般に、「リジエーラ・ディ・サン・サッバ」の位置を明確には記していない。稀に記載した図面があっても、非常にわかりにくい。第一、サン・サッバが聖者の名前なのか、聖《サン》サーバと同じなのか、それとも中世異端の信仰サーバトに関係しているのか、土地の人びとにたずねても、答はない。

ただ、サン・サッバに、どことなくユダヤの気配がつきまとっていることと、かつてサン・サッバという場所があって、そこへ至る道として街路の名前が残っていることだけは、確かである。そして少し古い地図には、サン・サッバの道とセルヴォラの道という二つが記されていて、その二つが交わるあたりに、たぶん水車小屋があった。そこに精米所が建つことになったのであろう。一八九八年に描かれた最初の設計図が残っている。その修正案が二度、一八九九年と一九〇〇年に作られ、一九〇〇年代初めには精米所が稼動した。そして一九〇三年の図面によれば、工場内部の中庭へ向かって早くも汽車の引込み線が記されている。

工場の南東にはムッジャの入江に向かって工業地帯がさらに広がり、現在でも所どころに鉄道駅が残っているが、かつてはムッジャの町の先からイストリア半島の港町パレンツォまで、鉄道が伸びていたらしい。というのも、最近の地図には記されていないが、今回の旅にも私が携えてきた、一九〇九年版ベデカー『イタリー』には、その鉄道路が載っているから。

精米工場の南東沿いには、かつてはプリマーリオという川《リーオ》が流れていて、数百メートル先で海へ注いでいた。それが暗渠にされて、いまではリーオ・プリマーリオ街と名づけられている。他方、かつてのセルヴォラ街も、部分的に名を改められてはいるが、セルヴォラの丘へ登っていくことに変りはない。この丘は古くはスロヴェニア人の住む村であった。その麓《ふもと》にイータロ・ズヴェーヴォ街があるのも当然といってよい。彼の代表作『ゼーノの意識』(一九二三年)はこのあたりを舞台にして書かれたのであるから。

ところで、国境の町トリエステの後背地カルソからゴリツィアやウーディネにかけては、第一次世界大戦の激戦地になった。そういう戦中戦後の困難な歳月を乗り切った精米所が、一九二九年には、経営不振に陥ったらしい。理由は定かではないが、金融恐慌の煽りを食ったためであろう。一九二九年から四三年まで、元精米所はほとんど無人の建物になった。ときおり、サヴォイア王家の騎兵隊が駐屯に利用した程度である。工場の敷地には雑草が生え、動物の臭いが染みついたという。そして一九四三年九月一〇日がきた。連合軍との休戦協定が公表された二日後、ヒトラーによるOZAK(アドリア海沿岸作戦地域 Operationszone Adriatisches Küstenland)が設定される。

繰り返して書くが、トリエステを中心にイストリア半島を含むこの地域は、アルプス前山作戦地域と合わせれば、イタリア半島北東部全域を指す。すなわち、この日を境にして、この全域はドイツ占領軍の直接支配下に置かれたのであった。加えて、他の北イタリア諸地方は、ガルダ湖畔サロに本拠を置く――ドイツ軍に救出された――ムッソリーニの社会共和国の支配下に、名目上、組み込まれてゆくのである。

さて、OZAKの行政権力の座に就いたのはオーストリア・ナチ党の指導者フリードリヒ・ライナーであった。ドイツとイタリアとバルカン半島を結ぶ重要な結節点として、トリエステを有効に機能させるべく、ライナーは沿岸警察とSS最高指揮官にオディーロ・ロターリオ・グロボズニクを任命した。

トリエステに生まれて、一九二二年にオーストリア・ナチ党に入り、ライナーとも親しかった。このグロボズニクは、すでにポーランド各地の収容所で百数十万のユダヤ人を死に追いやってきた人物である。彼はEKR(ラインハルト作戦 Einsatzkommando Reinhard)の仲間たちの到着を待って、一九四三年一〇月末には「リジエーラ・ディ・サン・サッバ」を《警察収容所《ポリツァイハフトラーガー》 Polizeihaftlager》に改造する準備を整えた。そしてポーランドのトレブリンカやソビボールの絶滅収容所で火葬炉を作った経験の持主エルヴィン・ランベルトに製作と監督とを依頼した。その結果、遅くとも一九四四年の前半には、精米所を火葬炉に造り変えて、絶滅収容所としての「リジエーラ・ディ・サン・サッバ」が死の作業を開始したはずである。

この点をめぐっては、しかしながら、いくつかの疑問が残った。なぜなら一九四五年四月二九日から三〇日の夜にかけて、ドイツ軍が撤退したさいに、火葬炉をはじめ多くの設備を爆破してしまい、証拠の湮滅《いんめつ》を図ったからである。さらに、ユーゴスラヴィア(当時)とイタリアとの国境線がなおしばらく確定せず、トリエステ市と周辺地域のイタリア領帰属に手間取って、犯罪の真相の解明が遅れてしまったからである。

トリエステは国境の町だ。そこに住む人びとの心は二つの土地にまたがって引き裂かれている。とりわけ、ユダヤ人の場合はそうであった。実業家エットレ・シュミッツ(一八六一―一九二八)が、まったく別の人間、つまり二重人格者のごとくに、小説家イータロ・ズヴェーヴォ(名はイタリア人で姓はスワヴィア人)と名乗り、双方の人格を皮肉に批判しつづけたのは、引き裂かれた精神に統一体を求めてあげた悲鳴といってもよい。スワヴィアはドイツ語ではシュワーベン。ドイツ南部の歴史的地域である。

ズヴェーヴォは自動車事故で命を落としてしまうが、それはやがて「アドリア海沿岸地域」に襲ってくる大事件の予兆のようなものであった。ズヴェーヴォは暗い笑い声を残して忽然とこの世から消えたが、少なくとも彼が晩年の作品――その多くが未完に終った――を模索していたあいだは、トリエステの丘から眺める港も海も、かろうじて紺碧の輝きを保っていたであろう。

たとえば、一九二六年一一月生まれのマルタ・アスコリの場合を考えてみよう。一九四四年三月一九日、トリエステの中心街、大運河わきの家の戸口を叩く者があった。一七歳の彼女は、学校の予習をしていた。夜八時をまわったばかりである。兄弟は外出して留守であった。

母親が扉を開くと、黒い制服のドイツ兵ＳＳ二名が踏みこんできた。母親イーダはアーリア系で、カトリック信者であった。押し問答をしているところへ、父親が帰ってきた。いつもならばカッフェ・ミラーノかカッフェ北極星《ステッラ・ポラーレ》でチェスにでも興じているはずの時刻なのに、その日に限って、父親が帰宅したのだった。父ジャーコモ・アスコリは一八九〇年生まれ、半ばユダヤ系であった。

結局、四分の一ユダヤ系の少女マルタは、両親といっしょに、近くの公園の脇に停められていた有蓋トラックまで歩かされ、そのなかにいたユダヤ人たちとともに、郊外の「リジエーラ・ディ・サン・サッバ」へ連行された。ドイツ兵SSたちは、そのさいアスコリ家のめぼしい金品を奪い、鍵は自分たちのポケットに入れた。

元精米所の巨大な工場には、ユダヤ人と政治犯とパルチザンという三種類の囚人が多数閉じ込められていた。一階には明りのない小さな監房がたくさんあり、恐ろしい拷問と虐殺とが繰り返されていたという。

収容所に着いたときから、囚人たちは男女の別に分けられた。マルタは母親といっしょに女たちの群れのなかで暮らした。ユーゴスラヴィアから来た女性が多く、フィウーメ市やアルベ島から続々とユダヤ人が送られてきた。収容所内に多数のドイツ軍SSがいたこと、その下にイタリア人SSや、さらにその下にウクライナ人SS補助員がいたことも、マルタ・アスコリが半世紀後に発表した手記によって確認された。

三月二九日、マルタは早朝の点呼によって母親と引き離され、獣《けだもの》の群れのごとくに他の女たちと追いたてられ、港に近い貨物停車場から《最後の列車》に乗せられた。そのとき、父親の姿を見つけたので、イタリア人SSに頼み、約八〇名の男たちだけの車輛に、少女は入れさせてもらった。

列車がアウシュヴィッツに着いたときには、酷《むご》い旅のあいだに、運ばれていた人びとの数が半減したという。けれども、たどり着いた先が、父と娘の永遠の別れの場所になった。少女はまずビルケナウの収容所へ送られ、果てしなく重い苦しみの一日一日に耐え抜いて、およそ一年後の一九四五年四月一五日、ベルゲン・ベルゼンで解放された。そして娘が死んだとばかり思っていたトリエステの母親のもとへ、帰ってきたのである。

戦後の年月の移ろいとともに、しだいに明らかにされたトリエステの《警察収容所》をめぐる証言のなかで、私が強く説得されたのは、たとえばまた、ジュゼッピーナ・トマ夫人のものである。彼女は当時、夫の働いていたシェル石油の工場があった工業港湾地区に住んでいた。彼女の断言するところによれば、一九四四年二月から三月にかけて始まったことだが、収容所の煙突から、毎日、午後になって吐きだされる煙が、人肉を焼く異臭を撒きちらした。彼女はまた、ある日、家へ帰る海沿いの小道のはずれで、ドイツ兵二名が荷馬車に積んだ袋から大量の灰を海へ投げ入れるのを見た。同種の証言は他の人びとの口からも告げられた。それによれば波打際には、しばしば数百メートルにわたって、寄せては返す骨片の帯《おび》が認められたという。

初めてトリエステを訪ねたときから、私は疑いを抱いていた。「火葬炉がここに造られたとすれば、内陸では処分に困った大量の骨灰を海へ撒きちらすためではなかったか」。しかし、そこまでの臆断は控えて、私はトリエステの海について悲しみの印象を書いた、「ここの海には灰色が少し溶けこんでいる」と(『イタリアをめぐる旅想』所収「死んだ港」)。

2 消されたゲットー

イタリア半島は地図の上で長靴の形に似ている。東側にひろがるのがアドリア海。その沿岸にいくつかの良港がある。長靴の踵《かかと》ちかくに位置する港町がブリンディジ。古来、ギリシアへ向かう船の多くがここから出た。ギリシアでの旅の途中に病《やまい》をえた古代ローマの大詩人ウェルギリウスは、この港へ帰りついてまもなく世を去った。紀元前一九年九月のことである。

はるか後の話になるが、一八九〇(明治二三)年一月に発表された、森鷗外の小説『舞姫』の青年主人公が、ヨーロッパから日本へ帰国するために上船したというのも、この港であった。いまでもブリンディジの街路を歩いていると、ギリシア語など異国の文字を掲げた店があって、半島を南下してきた旅人には東方世界の近づいてきた気配が感じとられよう。

アドリア海沿岸には、このほかバーリ、アンコーナ、ヴェネツィア、リエーカ(もしくはフィウーメ)など、古くから東方世界へ開かれてきたイタリア人の住む良港がある。そういうなかで、とりわけ古代の気配を色濃く留めた港町があるとすれば、それはトリエステだ。

たとえば、トリエステ湾の西端にグラードという岬町があって、そこから浅い潟海を割って入っていくと、古代に栄えたアクイレイアがある。ローマ帝国の時代に、この都市は北方征圧の軍事基点として勇名をはせた。その後にも、千年以上の長きにわたり、ギリシア正教の長老座が置かれていた。しかしヴェネツィア周辺の海域と同様に、潟海は近代の大型船舶の接岸に不向きであって、次第に歴史の流れから取り残された。近年におけるアクイレイアの人口は約三五〇〇。他方、トリエステの人口は、二五万に達しようとしている。

ところで、トリエステには、広い港湾と新旧の市街を見下ろす古い丘がある。丘の上に季節のめぐるかぎり、ここに異なる種族の人びとは住みつづけてきた。紀元前一五〇〇年には早くも砦《とりで》らしき石積みの尾根が築かれていたとか、大昔にケルト人が多く住みついていたといった話題は尽きない。しかし私たちの関心と論題の筋道からして、西暦紀元以降に、いまは時の流れを限定しておきたい。

すなわち、トリエステの海と港町を見晴らす基点の丘に立って、風に吹かれながら周囲を眺めれば、古代ローマ帝国時代の礎《いしずえ》の跡は、次つぎに視野に入ってくる。まず、私たちの立つ台地が、神殿のあった場所である。失われた列柱の痕跡を追って、往きつ戻りつすれば、広い敷地は古代市民が行政広場にあてた空間だったと知れるであろう。傍らに、天を突いて石積みの城砦が聳えている。その鋭い角度からして、明らかに後代(一五、六世紀)の造りだが、古代には、異神を祀った聖域であったにちがいない。一段低い敷地には、この港町の守護聖人である聖《サン》ジュスト大聖堂が控えている。

折角の巨大な正面薔薇窓に、あまりにもそぐわない、低い小さな正面入口が、不均等に、三ヵ所も設けられている。なぜであろうか。そして美的バランスを欠いた、丈の低い大聖堂を、さらに低く這い蹲《つくば》らせたかのような印象を与える、あまりにも太く巨きく低い鐘楼。本当に、これが鐘楼なのであろうか。

半ば訝《いぶか》りつつ大聖堂の内部に入ると、薄暗がりのなかで、不均衡な内部の構造が少しずつ見分けられてくる。簡略に述べるならば、大聖堂の内側に、中小異なった教会堂が並んで建っている。それら二つの古い(中世前期か)既存の建物を、いわば左右の側廊とし、その中間に、より長く、より大きな、主身廊を生み出して、上から大屋根のような天井をかぶせているのだった。

当然のことながら不均衡な内部構造をもつ、大中小の合成による聖堂だ。鐘楼かと思われた脇の建物も、本来の洗礼堂を兼用したものであった。聖ジュスト大聖堂の内部にはじつに多様な種類の石柱が使われていて、一見したときには、古代ローマの建築とキリスト教建築とが渾然一体となっているかに思われた。しかし仔細に見れば、そこから浮かびあがってくるのは、融合した調和の感覚ではなく、むしろ後代のキリスト教建築が、先行した神殿の部分部分を力ずくで剝ぎ取ったことを思わせた。

トリエステの丘の上に時は流れて、古代ローマの栄華や権威はほとんど失われてしまい、中世一千年のあいだに、キリスト教の信仰と権力とが取って代った。その証拠に、この古代の丘を古代の名で呼ぶ者はいなくなりつつある。どの地図を開いても、どの案内図を覗いても、この高台を「聖《サン》ジュストの丘」と記しているではないか。この由緒ある高台がしばしば「モンテ」と呼ばれるのは、「山《モンテ》」を意味するからではない。古代ローマの人びとが「七つの丘」を呼びならわしたときのように、トリエステのこの高台は「丘《モンテ》」のはずである。

もしもトリエステの——どこでもよい——街角から「聖《サン》ジュストの丘」へ行ってくれ、とタクシーに頼むならば、車は結局「カピトリーノの道」を登って、頂上に達するであろう。いまは忘れられ、消されつつあるが、この高台の本来の名は「カピトリーノの丘」なのだ。現代のローマの人びとは現代の語音に合わせて「カンピドッリオの丘」と呼びはするが。

トリエステに生まれ育った人が、「カピトリーノの丘」に歩いて登るときには、いくつかの異なったルートがある。一八〇〇年代末にユダヤ人街で生まれた詩人ウンベルト・サーバが好んでたどったのは「丘《モンテ》の道」である。それには理由があった。自分が生まれ育ったころのトリエステの旧市街は、中世のころとほとんど違わなかった、と詩人は述懐している。

「イタリア・ユダヤ人の風景」をたずねる旅に備えて、今回、私がいくつかの古地図を携えてきたことは、しばしば述べた。そのひとつ「トリエステの新旧市街図、一八四五年」(部分、二五七頁)を見ていただきたい。図のなかで、方形や台形など、直線で仕切られた区郭は、みな新市街である。そのほとんどが港湾に沿って存在する。この部分に、ネオクラシックやらリバティースタイルをも含めて、華麗重厚そして端正上品な近代建築群が並び立っている。

新市街はほとんどが、近世近代から以後に、海運や船舶や港湾の事業と並行して建造整備されていった。別の表現をすれば、海岸線をめぐる広範な湾岸区域を埋め立てながら、近代の新市街は生みだされたのである。それ以前は、すなわち中世には、小規模の交易と漁業を中心とする港町が、「カピトリーノの丘」の山腹から麓へ、階段状にひろがり、その最下辺の浜辺を波が洗っていた。図のなかで「丘《モンテ》」の裾を内港《マンドラッキオ》(現在は埋め立てられて存在しない)へ向かって、楕円状に道の取り巻

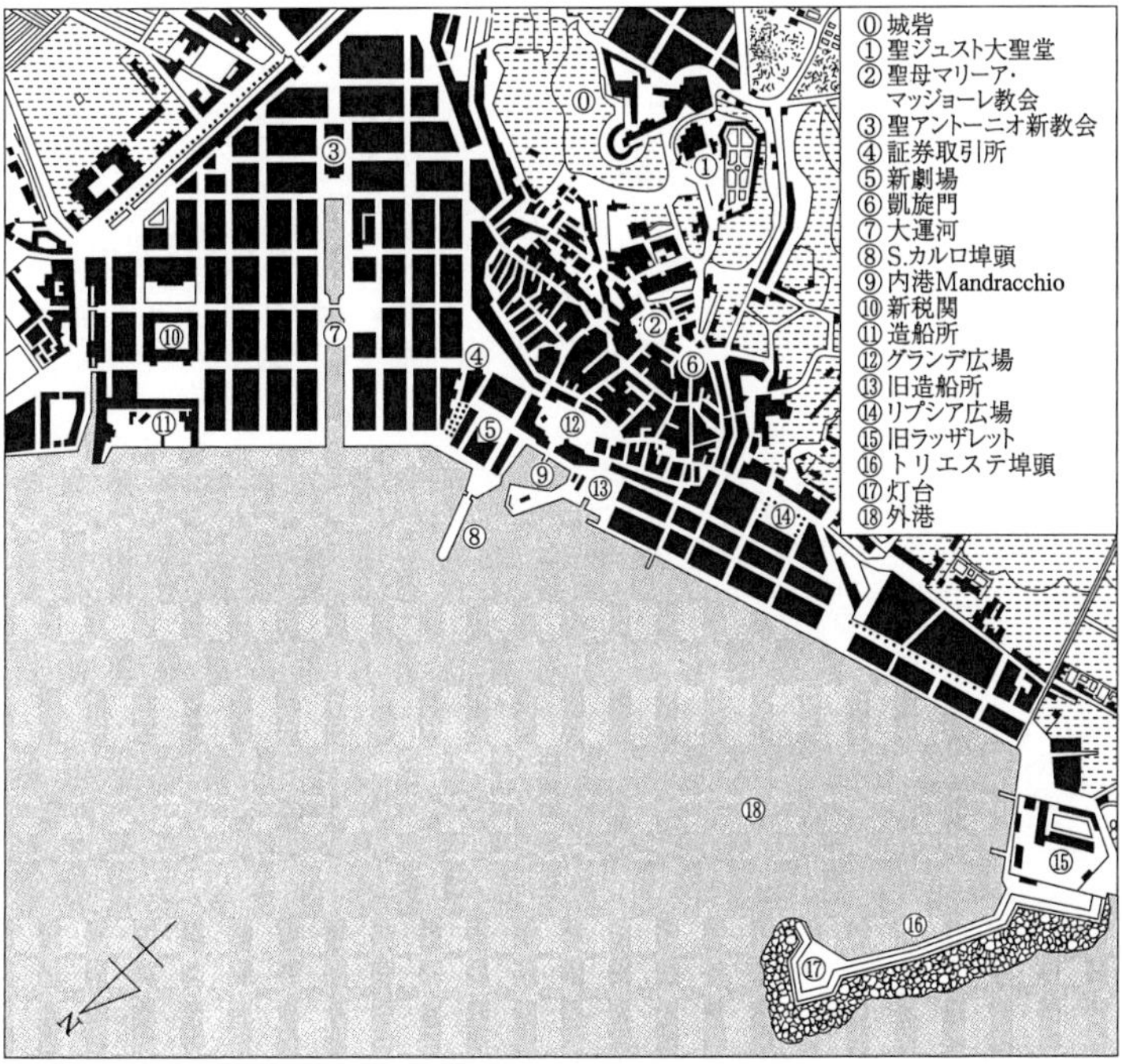

トリエステの新旧市街図，1845年

く区域が見えるであろう。これが旧市街であり、この居住区域と丘の斜面とを合わせて、かなり長いあいだ、市壁が取り囲んでいた。

一七〇〇年の港町トリエステを描いた風景画には、内港に面して正面入口の城門が築かれ、かなりの高さの堂々たる市壁が左右へ伸びている。そして「カピトリーノの丘」と一段低い聖ジュスト大聖堂をはじめ、邸館や修道院、教会堂や密集する家屋が、市壁内に細かに描きこまれている。

一〇世紀に自治都市となった時期もあるが、トリエステはヴェネツィア共和国の支配に屈したり、ハプスブルク家の領土になったり、中央ヨーロッパに最も近い良港としての価値を狙われ、絶えずその価値を高めてきた。一八六一年に近代国家を形成したイタリアも、トリエステの民衆にとっては、強圧的な権力機構であることに変りはない。

にもかかわらず、大勢《たいせい》としては、日常生活のなかでイタリア語を話しイタリア国家への帰属を望むトリエステ市民が多かったようである。市内には大規模な不動産の持主である貴族や富裕な上層階級も住んでいれば、貧しい漁民や港湾労働者も暮らしていた。周辺の耕地に働く農民やさらに貧しい南スラブ系の羊飼いも混在していた。

他方で、中央ヨーロッパの文化的伝統に強く心を惹かれる市民もいれば、いずれの文化にも政治にも違和感をおさえきれないスロヴェニアの人びとも多かった。要するに、周辺権力が奪いあう的《まと》とされながら、長い歴史のなかで領土の帰属に揺れてきた「国境の町トリエステ」は、人種的にも文化的にも、信仰や生活習慣からも、混沌と雑多が支配する土地なのだ。だからこそ、そこに、古くからユダヤ人も住みついてきた、と言ってよいであろう。

一六九六年、神聖ローマ皇帝レオポルト一世による人種隔離政策のために、トリエステのユダヤ人は旧市街に設けられたリボルゴのゲットーに強制移住させられた。そしてこれが廃止されたのは、一七八五年八月三〇日であった。ちなみに、トリエステのユダヤ人の数は、一七八八年が七二八名、一八〇二年が一二四七名、一八三二年が二四六九名、そして二〇世紀初めにユダヤ人の世帯数は五〇〇〇に達した。

このような時代の推移と社会の環境のなかで、後にトリエステを代表する詩人ウンベルト・ポーリ（サーバは筆名）は、一八八三年三月九日金曜日、リボルゴ街二五番地に生まれた。母親ラケーレ・フェリーチタ・コーエンはユダヤ系。父親ウーゴ・エドアルド・ポーリはヴェネツィア貴族の流れを引くイタリア人であり、カトリック教徒であった。

ウンベルトが誕生したとき、父親は姿を見せなかった。しばらくまえから母親を棄て去っていたためであるという。晩年に世話になった女性に宛て、詩人は次のように書き送った。

一八八二年に、家具の分割〔月賦〕販売をする男がいた。鰥夫《やもめ》で、幼女がひとりいた。……四〇歳にならんとするころ、結婚を仲立ちする者〔名前はトンバ〕から、男は私の母をすすめられた。彼女がとくに若かったわけではない。彼女のほうは承諾した。不運な男は四〇〇〇フィオリーノ〔という大金〕を目当てに割礼を受け、名前をアブラーモと変えた。（一九五五年九月一八日付）

信頼すべき研究書からの引用である。しかし、私が所有するウンベルト・サーバ『ある女性への書簡集』（エイナウディ社、一九六六年）の同日付――この女性とはノーラ・バルディのこと――の文中に同じ記述はない。他方で、それよりも二〇年後に出版された別の文献には、前掲サーバの手紙の内容を批判的に踏まえたうえで、「両親が結婚したのは、一八八二年七月二日」「このとき父親は二九歳、母親は三七歳」「彼女は妊娠していた」とあり、さらに父親がトリエステで生まれたのは「一八五三年二月九日、過去に結婚歴は見出せない」とも記してある。

したがって、しばしば言われるように、サーバという筆名を詩人が選んだ理由もしくは根拠を、イタリア人の父親（割礼まで受けたのに）を拒んだためとか、ユダヤ人の母親の血を受け容れたからと主張するのは、あまり説得的でない。同時にまた、単語の「サーバ」がユダヤ人にとって「パン」や「祖父」を意味するからという説明も、私には釈然としない。

それに引き替え、ウンベルトが幼いころペッパ・サバッ Peppa Sabaz という名の乳母に育てられたという記述には、遠い昔にサーバの詩を読みだしたときから、私は大いに心を惹かれた。ただし、この点でも諸文献の表記や根拠は定まらない。たとえば、サッバッ Sabbaz という記述もある。ところで、詳細を述べる紙幅はまったくないので、結論めいた私の独断を示しておこう。父親のいない幼児《おさなご》の誕生を見守り、熱い眼差を注いで不運なウンベルトを立派に育てあげようとしたのは、母親ラケーレとその長姉レジーナであった。

ユダヤ人一家の長姉レジーナは、自分より倍も年上の、アメリカ帰りの金持の男「松葉杖」と結婚し、リボルゴ街に古物店を開いた。たぶん末の妹ラケーレのために四〇〇〇フィオリーノという高額な持参金を用意したのも、彼女であったであろう。ユダヤ人姉妹レジーナとラケーレは一粒種ウンベルトのためならば後々まで献身的な努力を惜しまなかった。

が、まず最初に困ったのは、晩婚のラケーレに母乳が出ないことであった。八方手を尽くして、ドゥイーノに二四歳の乳母を見つけた。未婚ではあったが、近ごろ子供を死産したという。名前はジョゼッファ・ガブローヴィチ。スロヴェニア人の農民の娘だった。イタリア語読みにすればジュゼッパ。略してペッパ。この乳母を「カピトリーノの丘」の奥に住まわせて、ウンベルトを育てさせた。たぶん、ユダヤ人姉妹は充分な報酬を娘に与えたのであろう。

ペッパはやがて小さなタバコ屋を開いた。乳母はウンベルトを可愛がってベルトと呼び、三年間、懐《ふところ》に抱いて育てた。そのころペッパはタバコ屋の馴染みの客で、肉屋を業とする、同族の好人物エルメネジルド・スコバルと結婚し、スコバル(重複子音をイタリア語読みにしてサバツもしくはサッバツ)家の嫁となった。そして「丘《モンテ》」の通り一五番地に所帯を移した。そこはもう、ユダヤ人姉妹とウンベルトの住むリボルゴ街とは、目と鼻の近さだった。

乳離れをしたはずの幼児ウンベルトは、すぐに家を抜け出しては、「丘《モンテ》」の坂道を登り、ペッパ・サバツの家へ入っていってしまう。ウンベルトではなく、ベルトになるために。そのころを回想した詩篇の一部を引用しておこう。

……ある日/ぼくの母が言った。「思いきってウンベルトを/ステッリーナ叔母さんやエルヴィーラのところへやったら? たぶん/戻ってきたときには、ついにわたしを愛してくれるだろう。/たぶん、遠くにいるうちに、ペッパを/永遠のペッパを、忘れてくれるだろう」

こうして乳母ペッパからベルトを切り離すために、母親たちはウンベルトを遠いパードヴァの親戚へ預けてしまう。小学校を卒業するまでの五年間、幼い子供は故郷トリエステと乳母ペッパを偲びつづける。海の彼方にある坂道の上のサバツの家と白いカピトリーノの丘とが、少年の心には灼きつけられてしまう。

終生、トリエステをうたいつづけたサーバは「詩によってわたしはトリエステをイタリアに嫁がせた」とまで言った。そして苦しみ悩む胸のうちから幼いベルトを救い出すために、五〇歳に近い詩人は『小さなベルト』(一九二九—三一年)という連作をまとめて、フロイトの弟子である精神分析医エドアルド・ヴァイスに献じた。

見かけはひどく素朴で単純な語句の連なりだが、サーバの詩篇は途方もない心の捩《よじ》れと鬱屈した胸の裡が詩行に溢れ出たものである。それをどうすれば日本語に自立させられるのか、と虚しく錯誤を私は繰り返している。

スロヴェニア人で信心深いカトリック教徒の乳母はベルトの手を引いて坂道を降り、ユダヤ人の母親の家へ幼児を送り帰すのだが、そのまえに古いロザーリオの教会堂に入って、聖母への祈りを呟きつづけるのだった。

街路の集まってくる場所をイタリア人が広場《ピアッツァ》と呼ぶのはよく知られていよう。広場に似て非なる呼び名にラルゴ(広い所)がある。大通りの一部をさらに広げた場所に使うことが多い。それゆえ、ラルゴとは「広げた所」の意味かもしれない。ぼんやりとそう思っていると、タクシーの運転手に言われた。「ラルゴ・リボルゴに着きましたよ。」

荷物を受け取り、代金を支払った。駅前から乗ったタクシーは、すぐに港沿いの道へ出て、大運河《カナール・グランデ》を渡り、懐かしい風景を走ってきた。何ひとつ変っていない。二〇年まえに比べて。いや、三五年まえに比べても。いま走ってきたのがイタリア大通り《コルソ》。二〇〇メートルほど先の街路のはずれにネオクラシック様式、神殿風の正面列柱四本を配した旧ボルサ宮殿が見える。たしかに、この大通り《コルソ》を太い境界として、港町トリエステは新旧の両市街に分かれる。

港を背にして右手「丘《モンテ》」の山腹へ広がるのが旧市街。迷路のように小路の連なるのが特徴だ。それとは対照的に、左手の海岸へ向かって、平坦な土地を方形に区切り整然と並ぶのが新市街。

港町トリエステがもつ構造のそういう概略については先に述べたが、併せて載せた一八四五年の古地図を参照していただきたい。少し付言しておこう。一七世紀までは旧市街しかなかった港町が、一八世紀に入ってにわかに活況を呈した。ハプスブルク家の神聖ローマ皇帝カール六世が「アドリア海の航行自由」を宣言し、「トリエステは自由港である」と公布(一七一九年)したからである。ついで女帝マリア・テレジアの商工業振興政策をいわば満帆《まんぱん》に受けて、トリエステ湾内奥《ないおう》の大規模改造計画が始まった。すなわち遠浅の湾岸一帯は当時、塩田になっていたが、ほぼその中央に幅広い海水路を掘削して、大運河《カナール・グランデ》(二五七頁地図の⑦)が造られた(一七五六年)。帆船の群がる水路の正面に、六本の列柱を配した神殿風ネオクラシック様式の聖《サント》アントーニオ新教会堂(同③)が建てられ(一八四二年)、周辺の街区に住みだしたカトリック教徒の信仰の拠点となったのは、一世紀後のことである。

この間に、現在目にするような新市街の骨格ができあがった。それゆえ、新市街全体を女帝の名にちなんでテレジーア街とも呼ぶ。また、息子ヨーゼフ二世はユダヤ人に対してとりわけ寛容な態度で接し、リボルゴのゲットーも廃止されたのである。これを機に、劣悪な居住環境から解放された富裕なユダヤ人たちが、テレジーア街に美しい居館を次つぎに建てた。

話を元へ戻そう。旧市街にリボルゴという街区がその後も存在したらしいことは、再々述べてきた。たとえば、詩人サーバがリボルゴ街二五番地に生まれたというように。にもかかわらず、リボルゴという街路名は現在では存在しない。今回イタリアへ旅立つまえにも、日本で調べたかぎり、トリエステのどの市街図にも「リボルゴ」と名のつく場所は見出せなかった。ここ「ラルゴ・リボルゴ」のほかには。

したがって、この名前のラルゴに最も近い小さなホテルを、私は旅の拠点に選んだのである。それにしても、タクシーから降り立ってみれば、見覚えのある街角だった。

なぜならば、このラルゴの脇の高層建築の背後に、半円形の古代ローマ劇場跡があることを、私は承知していたから。また発掘されたままの古代劇場舞台跡に平行して走る広い新設の街路を挟んで、素気ない白さの近代的な建造物が続き、そのひとつが中央警察署であることも承知していたから。そればかりか、警察署側の大通り沿いには、ファシズム期の白い建造物がいくつか並んでいて、奇妙な違和感を受けた記憶が甦ってきたから。

幸いにそれら白い建物の方向ではなく、逆に暗い路地を入ったところに、私が日本から予約しておいたホテルはあった。電話で話したときの、聞き覚えのある声の女性が、フロントで応対してくれた。案内してもらった部屋に荷物を置き、ただちに街路へ出た。夜の闇が降りきらないうちに、トリエステの海を見たいと心が逸《はや》っていたので。

再びラルゴ・リボルゴに私は立った。そしてイタリア大通りを海へ向かった。鋪石の道はかすかに港へ傾斜している。大通り《コルソ》はすぐに三角形の広場へ着き、旧ボルサ宮殿の脇の細い街路を抜ければ、一一月三日海岸通りへ出る。目の前に泡立つ海が迫り、遠いかすかな水平線めざして黒ぐろと突堤が伸びていた。

斜めに敷き詰めた石畳の埠頭は両岸が無雑作に海面へ落ち込んでいる。しかし岸壁の手前三メートルほどの左右に、ほっそりとした街灯の列が立っていて、虚空に点々と明りが沖へ伸びていた。

細身の街灯と街灯とのあいだに、数箇ずつ、低く丸い椅子に似た、船舶をロープで繋留する金具が、埋め込まれている。埠頭の先端に近いそういうひとつに腰かけて、波の音を聞きながら、港町の夜景を振り返った。

暗い海上へ突き出した埠頭の呼び名は、いまではアウダーチェ(大胆不敵)。最も古い埠頭であり、一八四五年の古地図では別の名前(二五七頁地図の⑧)になっていた。突堤の付け根に左右へ伸びるのが、一一月三日海岸通り。さらに右手へ続くのが、旧内港海岸通り。

古地図を見返していただきたい。現在の海岸通りの内側に、入り込んで、古代からの内港《マンドラッキオ》(同⑨)があった。トリエステを訪れた人びとが誰でも魅惑されるイタリア統一広場。それが、埋め立てられた旧内港と、さらにその内側にあったグランデ広場(同⑫)とを、つなげて整備したものであることを、いまではどれだけの人が知っているであろうか。

フランス革命後の社会変動とナポレオン軍の席捲とによって、もはや名目だけになっていた神聖ローマ帝国が消滅するのは一八〇六年である。そのころから、三度、トリエステはフランスの支配を受けた。そしてオーストリア皇帝の権力下にいったんは戻ったものの、第一次世界大戦のなかで、ハプスブルク家そのものが終焉してしまう。他方、統一後まもないイタリア王国は、対オーストリア戦線において辛うじて勝利を収めた。

一九一八年一一月三日、晩秋の冷たい小雨が降る下で、朝から、熱狂した群衆は海岸通りと古い埠頭を埋め尽くしていた。やがて、午後四時近くにトリエステの市民が待ち望むイタリア海軍の船影が姿を見せたのである。駆逐艦アウダーチェ(大胆不敵)号は群衆の歓呼するなかで接岸した。

当時は旧内港《マンドラツキオ》を埋め立てたあとに樹木が植えられ公園になっていた。それらの樹の枝の上にまで見物の人びとがのぼっていた。あの日の興奮と熱狂――それが誤りの始まりではなかったか。

そういう疑いを拭いきれずに、私は重い腰をあげて、久びさに目にした暗い海を背に、アウダーチェ埠頭から来た道を引き返した。手許には別の古図を一枚持っていた。一七七五年のトリエステ市街を描いたものである。

ヨーゼフ二世の時代に、現在のクロアチアの諸都市で道路建設に携わったという人物マヨール・シュトルッピが作成したものである(私の手中にあったのはその引用部分図)。かなり正確に描かれた平面図だが、素人の私には理解できない直線と曲線とが引かれていた。たぶん、市街の水路にかかわるものであり、建築物につけられた色彩の濃淡は一般の住宅と、宗教施設や公共機関とを、見分けるためのものであろうか。

ともあれ、シュトルッピの地図と前掲した一八四五年の地図とは、街路の状態がほぼ一致するので、一八〇〇年代初めにおける旧市街の実体はおおよそ把握できたと考えてよい。問題は、その後に加えられた変更である。そこで現在のトリエステの街路図(旧市街を中心に)を掲げておこう(本章扉裏)。

この街路図と一八四五年の古図とを比べれば、その後に二つの変更が加えられたことがわかるであろう。第一は、イタリア統一広場とその周域の整備。これをA計画と呼んでおく。第二は、ラルゴ・リボルゴとその周域に加えられた変更。これをB計画と名づけておこう。

A計画はイタリア統一広場を囲む壮麗な建築群によって整備された。大小それらの建造物に、便宜上⓪から⑧までの数字をつけておく。この広場の基調はやはりネオクラシックと呼んでよい。その意味では、一七〇〇年代後半に塩田を埋め立てて作られたテレジーア街の伝統を承け継いでいる。( )内は建物の造られた年、もしくは完成年である。簡略に述べておこう。

①ヴェルディ歌劇場(一八〇一)。古図では「新劇場」と呼ばれているが(二五七頁地図の⑤)、作曲家の没した一九〇一年に、イタリア国内のどこよりも早く、名称をジュゼッペ・ヴェルディの栄誉にささげた。

②旧ボルサ宮殿(一八〇六)。現商工会議所。細長い三角形の地所に建てられたのは、ここが小運河《カナール・ピッコロ》であったのを埋め立てたためである。

③テルジェステーオ宮殿(一八四二)。内港があったところには旧税関の場所。すなわち、古代から長い中世を経て近代の初めまでは、ここが港町トリエステの表玄関であった。そこにほぼ正方形、五階建て、ネオクラシック様式の、巨大な建造物を建てた。一階には十字形にガラス天井の屋内通路、いわゆるガッレリーアを設け、商業と取引と社交の中心点にした。

④ストラッティ邸館(一八三九)。富裕なギリシア商人が建造。一階に広いカッフェ・スペッキを開いた(一八四〇)。

⑤市庁舎(一八七五)。

⑥旧ヴァノーリ宮殿(一八七五)。現在はホテル。

⑦ロイド・トリエスティーノ宮殿(一八八三)。極東航路で戦前まで日本へも運航していた船舶海

運会社の本拠。

⑧県庁舎(一九〇四—〇五)。イタリア領になる以前にはオーストリア政府の出先機関が置かれていた。

最後に残った比較的に小さな建物は⓪ピッテーリ宮殿(一七八〇)。これだけが前の世紀に建てられた。しかしネオクラシック様式の先駆的建築物である。

イタリア統一広場を歩きまわって感心するのは、三方を囲む大小建築群がよどみなく連続して調和し、ただ一方向が海へ向かって水平に開かれていることだ。ひときわ明るいカッフェの建物に、私は歩み寄った。客の影は少なく、外のテーブルには犬を連れた女性が独りですわっているだけだった。さらに近づくと、白い服の店員がガラス扉を開けてくれた。濃紺の海の色のソファーにすわって、軽食をとりながら、ガラス窓の外の広場を眺めた。

斜めの照明に浮き上がって、市庁舎中央の時計塔が見えた。その下方に、正面バルコニーがある。かつて、そこに設けられた舞台に、「DUX《ドゥクス》」というラテン語の文字が大きく張られた。その上に姿を現わした人物に向かって、「DUCE《ドゥーチェ》! 統領《ドゥーチェ》!」というイタリア語の連呼がこだました。熱狂する群衆が広場を埋め尽くしていた。

一九三八年九月一八日、アウダーチェ号の顰《ひそみ》に倣って、沖から姿をみせた駆逐艦カミーチャ・ネーラ(黒シャツ)号が、埠頭に接岸した。ムッソリーニが姿を現わして、民衆の歓呼にこたえた。ついで壇上に立ったムッソリーニは、演説のなかで人種政策の重要性について述べたのである。

どのような曲折を経て、トリエステの市民たちがムッソリーニに説得されたのか、どのような考えの筋道を通って、彼らがファシズムに同調していったのか、私には理解できない部分が多い。とりわけ、ユダヤ人のなかにも、初めはファシズムに共鳴した者が多かったのではないか。いずれにせよ、ムッソリーニが黒シャツ姿で壇上に登ったとき、イタリア統一広場を群衆の黒シャツが埋め尽くしていたとすれば、ユダヤ人にとってトリエステはすでに失われていたのである。

カッフェ・スペッキを出てから、由緒あるテルジェステーオ宮殿の脇を通って、私は暗い路地のホテルに戻ってきた。テルジェステーオという単語はふつうの辞書には出てこない。トリエステの古名テルジェステ Tergeste に由来する言葉だ。古名といってもラテン語ではテルゲストゥム、ギリシア語ではテルゲストンと呼ばれていた。したがって、それよりさらに古い呼称で、ヴェーネト地方の「商い terg」と「都市 este」とを合成したものであるという。

たしかに、海港トリエステは、古来さまざまな人種が集まる商業都市であった。雑多な人種の交易に、無国籍者や超国家民ともいうべき彼らの国際性に、価値があった。その中心に、国を失ったユダヤ人たちが住みついてきたはずである。

またの日の朝、もはや失われてしまったユダヤ人居住区を、一時は強制的に彼らが囲われたリボルゴのゲットーのあたりを、探索してみた。しかし旧ゲットーは、複数あったユダヤ教諸派のスコーラもろとも、再現不可能なまでに破壊されてしまっていた。それがB計画の結果である。

しかしその破壊は古い時代に行なわれたものではない。私の推測では、一九二〇―三〇年代、すなわちファシズム期に行なわれた「建設という名の破壊」であり、それは「ファシズムの野望」のあらわれであった。ファシズムを呼号して地中海に新しいローマ帝国をつくろうとしたムッソリーニは、古代ローマを道具立てに使い、大衆の心理を操作して、彼の野望を遂げようとした。「古代ローマを残らず凡庸で醜いものから解放しなければならない」と、ムッソリーニはローマの名誉市民に推された日(一九二四年四月二一日)に、カンピドッリオの丘の上で演説した。ファシズムの統領は御用学者たちがすすめた古代遺跡の発掘や考古学の調査に名をかりて、みずから先頭に立って破壊のための鶴嘴《つるはし》を振った。トリエステの場合がどのようであったか、実態を知らせてくれる資料は乏しい。

けれども彼の野望は野望に終って、ファシズムの無惨な残骸だけがあとに残った。「ラルゴ・リボルゴ」に立って、私はあたりを見まわした。破壊される以前、そこは聖《サン》ジャーコモ小広場と呼ばれていた。そこから丘の頂へ向かって幾筋かの小路が登っていた。そして右手へは、細い街路をうねらせながら、丘の斜面の反対のはずれの城門まで、中世の狭いメインストリートが伸びていた。それがリボルゴ街である。

リボルゴ街はほとんどが壊されてしまった。そればかりでない。聖ジャーコモ小広場を起点に細く狭くうねり始めたリボルゴ街の上手、つまり斜面の高い側には、中世以来の民家が折り重なるように軒を連ねていた。それらは、古代ローマの半円形劇場跡の上に、隙間なく建てられてきたものであった。そういう五、六階建て民家が密集する街区を破壊して、観客席六〇〇〇名の古代劇場跡が掘り出されたのである。ただし、発掘はその後、遅々として進まず、二一世紀になっても未完であり、観客席の半ばは雑草に覆われている。貧しかったといえ、人びとが住みつづけてきたリボルゴ街は消えて、中途半端な古代ローマ劇場の廃墟になった。名前だけが新しくなって、広い街路の下手にあったはずの旧ゲットーは半ば壊され、白い建物が並んでいる。そのひとつ旧ファッショの家が、いまでは警察署になった。

3　商都の文学者たち

久びさにトリエステを訪ねた翌朝、目が覚めると、窓のあたりから薄明りが斜めに射し込んでいた。ベッドを降りて、石の床を数歩進み、半ば手探りで窓辺へ近寄った。

白いレースを張ったガラス窓を、左右に内側へ開いた。霧をふくんだ冷気が入ってくる。ついで、木製の重い鎧戸を、左右に外へ押し開ける。その瞬間が、見知らぬホテルに泊ったとき、町の第一印象の風景になる。それゆえ期待と躊躇《ためら》いから、ひと呼吸おいて、鎧戸を押し開ける癖がついた。

闇と夢のなかで、港町の景色を、夜じゅう思いつづけていたのであろう。予想とは異なる風景が私の目の前にあった。赤茶色と焦茶色の斑《まだら》をなす細く丸い瓦の屋根が、幾棟《むね》か折り重なって、あちこちに小さな煙出しが立っていた。その先には、緑の梢が横へ並び、それら木立の列が、よく見れば、層をなして迫《せ》り上がり、霧の斜面へ消えてゆく。

視界はそこまでであった。私は耳を欹《そばだ》てる。物音はしない。もしも人声に似て、霧深い緑の奥から啼くものがいれば……それはサーバの詩の世界であった。

部屋の窓は丘の中腹に面していた。とすれば眼下に「丘《モンテ》」の道があるにちがいない。一階の食堂へ降り、簡単に朝食をすませてホテルを出る。たしかに坂道が始まっていた。目の前には暗く粗い切り石積み《ブニャート》の壁があった。重厚なその建物は往時のスコーラ・ヴィヴァンテであり、現在ではヘブライ博物館になっているはずだ。純白の石でダーヴィデの星が飾られている。すぐにもその坂道を登りたかった。かつて、幼いベルトが、乳母ペッパを求めてサバッツの家へ急いだときのように。

だが、そのまえに、調べるべき場所があった。ラルゴ・リボルゴから、さらに幅広いイタリア大通りを渡って、新市街へ入った。そして賑やかな広場のひとつから郊外行きのバスに乗り、サン・サッバの《中継収容所兼絶滅収容所》跡へと急いだ。

そそり立つ壁と壁のあいだの、あの灰色の狭い道を通って、国立記念館に入った。そしてさして広くない敷地のなかを、午後一時の閉門まで、歩きまわった。人影はほとんどなかった。擦れ違った見学者は男女数組にすぎない。

高い灰色の壁に囲まれた敷地内で、抑圧され抹殺された人びとの苦しみと血にまみれた建物が、いまでは整然と配置してある(二四五頁図参照)。整理過多ではないか、という印象を受けた。なぜならば、記念館の敷地内には、収容され殺戮された人びとの苦痛の気配が満ちみちているのに、加害者の影は認めにくいからだ。

せめて、正面入口の左手にあった、二階建て煉瓦造りの司令官棟だけでも、残しておいてくれたならば……。不満と不安の入り混じった感情をいだきながら、振り返りつつ私は、サン・サッバの国立記念館を後にした。そしてその日は、心に暗澹たる場景をいくつもかかえながら、港町の周縁をとくに選んで歩きまわった。

痛ましい場面や弾劾すべき悪事は、忘れることなく語りつづけなければならない。しかしそれだけでは足りないであろう。整理しにくい暗闇のなかから、ひとつの濃い人影を見分け出そうと、私は努めていた。入手できた資料だけでは不分明な点が多く、矛盾する記述もあって、影像は定かに結べない。

ただ、奇怪な彼の経歴からして、「死の商人」と呼ぶのにふさわしい人物だと思った。正式な長い名前はオディーロ・ロターリオ・ルドヴィーコ・グロボズニク。一九〇四年四月二一日、トリエステのジューリア街に生まれた。父親フランチェスコはリュブリャーナ出身、オーストリア・ハンガリー帝国騎兵大尉であったという。母親アンナ・ペックニカはイゾンゾ川支流ヴィパッコの谷間の出身。両親ともにスロヴェニア人である(ただし、母親がハンガリー人であったとか、オディーロ自身はスロヴェニアの地方語しか話せなかったとか、材木商の息子であったとか、異なった記述は多々ある)。

ともあれ、彼の名は略して、オディーロ・グロボズニク。トリエステの実業学校へ通い、建築技師になった。そのころに、商都トリエステがオーストリアからイタリア領へ振り替ったためであろう。やや北方のオーストリア領ケルンテン(イタリア語ではカリンツィア)地方へ出て、グロボズニクはオーストリア・ナチ党に入り、活発な運動家になったらしい。一九二三年にはクラーゲンフルト市に住んでいた。

やがて、軍人としての履歴を重ねて、グロボズニクはヒムラーとも個人的に親しくなった。ヒムラーはグロボズニクをグローボとかラテン語風にグローブスと呼んでいたという。ヒムラーの下にあって、一九三九年、グロボズニクは総督府領(ドイツに併合されていないポーランドの部分)ルブリン地域のSS(親衛隊)とSD(警察)の指揮官になった。そしてEKR(ラインハルト作戦)に大きな役割を果たした。同時に、ユダヤ人から奪った莫大な金品を私物化した、といわれている。

グロボズニク指揮下にあって建設された絶滅収容所はベウジェッツ、ソビボール、そしてトレブリンカ。さらに強制収容所と絶滅収容所とを兼ねた複合的な構造のマイダネク(ルブリン)を合わせるならば、彼が死に追いやったユダヤ人の総数は二〇〇万にも達するであろう。

一九四二年から四三年のわずか一年余のうちに、これほどまでに大量の虐殺を行なった巨悪の主《ぬし》がトリエステに生まれ育ったことは、スロヴェニア系の血筋を引きながらオーストリアの復権を彼が願っていたことともに、考え直してみる必要がある。グロボズニクはまた、ルブリンに本社を置く親衛隊企業「東部工業」の社長になった。泥炭工場、ブラシ工場、繊維工場、鉄工所、毛皮加工など、手広く商売をして、ユダヤ人を死ぬまで使いまくった。


一九四三年九月一〇日、ヒトラーによるＯＺＡＫ(アドリア海沿岸作戦地域)が設立された。トリエステを中心にイストリア半島を含むイタリア半島の北東辺が、ドイツ軍占領下に入ったのである。そしてこの地域の指導者にフリードリヒ・ライナーが就任した。ときに三九歳であった。彼はただちにオーストリア・ナチ党以来の盟友でほぼ同年のグロボズニクＳＳ中将をトリエステの対ゲリラ警察最高司令官に任命した。この抜擢はヒムラーの意向とも一致した。

トリエステの地理に明るいグロボズニクはサン・サッバの元精米所を《警察収容所《ポリツァイハフトラーガー》》に改造し、ＥＫＲで働いた部下九二名(ウクライナ人ＳＳなどを含む)を呼び寄せた。他方で、一一月四日、彼はヒムラー宛に次のメッセージを送ったという。「総督府領にて継続して参りましたラインハルト作戦を、一九四三年一〇月一九日をもって終了し、収容所を解体しました。」

たしかにグロボズニクの報告どおりである。しかしほぼ同時に、彼は元精米所を火葬炉に変えようとも考えていた。何のためにか。

その目的を知ろうとするには、ナチ強制収容所や絶滅収容所の全体像を思い返しておくほうがよい。二〇世紀も終りに近づいたころから、日本語の文献でも――たとえばラウル・ヒルバーグ『ヨーロッパ・ユダヤ人の絶滅 上・下』(望田幸男ほか訳、柏書房、一九九七年)、マルセル・リュビー『ナチ強制・絶滅収容所』(菅野賢治訳、筑摩書房、一九九八年)、長谷川公昭『ナチ強制収容所』(草思社、一九九六年)などによって――概況は読み取れるようになった。

簡略にいって、ナチ強制収容所の数は、一二、絶滅収容所の数は六あった。後者のうち総督府領内にあった四は、グロボズニク指揮下のEKR要員によって建造され、かつ解体された。残る二は総督府領外のヘウムノとアウシュヴィッツである。ヘウムノにいわゆるガス室はなかった。ガス・トラックによる殺戮が行なわれていたという。それに比べて、アウシュヴィッツが巨大産業に似て、複合的な構造を備えていたことはいまでは知られていよう。

トリエステ周辺のOZAKで、あるいは近隣のヴェネツィアやパードヴァなどで、強制収容されたユダヤ人の数は、ポーランドなどに比べて相対的に多くない。それゆえサン・サッバの《警察収容所》は、トリエステ周辺で捕われた不幸なユダヤ人がアウシュヴィッツに送り込まれるまでの《中継収容所》となった。リリアーナ・ピッチョット『記憶の書』の最新版によれば、そのようにしてトリエステ発《最後の列車》に乗せられ死地へ赴いたイタリア・ユダヤ人は一一九六名であった。したがって、少なくともユダヤ人にとって、サン・サッバは《中継収容所》ではあっても《絶滅収容所》ではなかった。たとえ総督府領内でＥＫＲが用いていたものと同種の火葬炉を装備したとはいえ。

トリエステは、いまや、ドイツ帝国の領土に組み入れられた。ＳＳ中将グロボズニクは、警察最高司令官になって、生まれ故郷へ戻ってきた。しかしトリエステを取り巻く戦況は容易でなかった。西からはイタリア抵抗運動《レジスタンス》の闘士たちが迫り、東からはユーゴスラヴィアのパルチザン勢力が機会を窺っていた。グロボズニクの当面の任務は、ユダヤ人の収容よりも、むしろ対ゲリラ作戦にあった。そのためにこそ彼はＥＫＲの経験を活用したのである。

一九四四年四月四日、サン・サッバの火葬炉で、性能を確かめるかのごとくに、七一の屍体処理が行なわれた。それは前の日に、オピチーナ（スロヴェニアの発音ではオープチナ）の射撃演習場で銃殺されたパルチザン捕虜たちの遺骸であった。ドイツ軍兵士七名を殺されたことへのＳＳ部隊による報復措置という名の残虐行為である。

ただし、この種の屍体処理もふくめて、犠牲者の総数はいまだ定まっていない。国立記念館の文書に示された概数は次のようになっている。すなわち、《警察収容所》として火葬炉で処理され殺害された抵抗運動者たちの総数は約五〇〇〇。《中継収容所》としてアウシュヴィッツなどへ送られて殺されたユダヤ人の総数は約二万。

ところで、一九四五年四月二九日から三〇日へかけての夜に、ドイツ軍は死体焼却炉を爆破してサン・サッバから撤退した。最後まで残った指揮官はＳＳ中尉オーバーハウザーであった。最高司令官ＳＳ中将グロボズニクは、四月二六日から二七日夜へかけて、早くもヴェネツィア・ジューリア地方へ逃れ、二九日にはフリウーリ地方トルメッゾで腹心の部下アラースといっしょにいたことが判っている。勝手知った間道を抜ければ、旧オーストリア領ケルンテン地方は目前にある。そこの中心クラーゲンフルト市もしくはその近郊で、一九四五年五月もしくは六月のある日(日付は定かではない)、ドイツ軍幹部たちはイギリス軍に逮捕されたという。

連行される寸前に撮られたらしい一葉の写真が残っている。野外に立つ一〇名ほどが写っている。中央にダブルの背広を着たライナー、右隣にレルヒ。左端に立つ人物の足元に何やら分らない塊があり、丸い囲みがつけてある。それが自殺したグロボズニクだという。

戦後になっていくつかの戦争裁判は開かれたが、結局、元SS少佐エルンスト・レルヒは、生まれ故郷のクラーゲンフルトで、名高いカッフェを経営して優雅な生活を送り、元保安警察中佐ディートリヒ・アラースは、ハンブルクで弁護士業をつづけ、貧乏籤をひいた最後の指揮官ヨーゼフ・オーバーハウザーは、遅れて開かれたトリエステの裁判に強制力はなく、ミュンヘンのビール販売店で働きとおした。

ただ、ユダヤ人狩に辣腕をふるった元SS大尉フランツ・シュタングルだけが、聖職者の仲介を経て逃亡した先の、ブラジルで発見された。それゆえ、「ユダヤ人から強奪し、強制収容所で搾取した厖大な財宝や金品を隠匿し、親衛隊企業で利益をあげた元凶グロボズニクが、たやすく自殺したはずはない。イギリス軍と領土売買の取引を密かに結んで、トリエステをふくむケルンテン地方に、《大オーストリア》の再生をはかっていたのだ」と主張する者もいる。

またの日の朝、ようやく、「丘《モンテ》」の道を私は歩きまわることができた。幼い日のベルトの気持になって。細い登り道の右側には、暗い色の切り石積み《ブニャート》の壁が続いていて、三、五、七……と奇数の番地が、右手の頂上へと丘を巻いてゆく。その道が途中から折り返して、カピトリーノの道に合流するのは、まえに書いたとおりだ。「丘」の道の長さはせいぜい三〇〇メートル。左手の貧しい家並はすぐに途切れて、低い石塀になってしまう。登り口の右手には、かつてのスコーラ・ヴィヴァンテがあった。その日に内部の見学はできなかったが、一九〇九年二月二八日、兵役をすませたサーバはカロリーナ・ヴェルフレルと、そこのスコーラの神殿で、ユダヤ風の結婚式を挙げた。

三番地はユダヤ共同体の現在の小学校(一九三〇年創立)の入口になっている。英才教育で名高かった旧小学校は、五番地のあたりが入口であった。エットレ・シュミッツ(イータロ・ズヴェーヴォ)はここに馬車で通ってきた。ウンベルト・ポーリ(サーバ)のほうは、坂のすぐ下の旧ゲットーに住んでいたのに、坂の上の一五番地に乳母ペッパ・サバツが移り住んできたため、遠いパードヴァの小学校へやられ、五年間も親戚に預けられてしまった。

「丘《モンテ》」の道七番地はユダヤ人にとって危険が迫ってきた時期(一九二一―四三年)に海外移民のための拠点となった。中東ヨーロッパを離れて約束の地イスラエルに向かった人びとが、ここで船待ちをしたのである。七番地あたりの建造物が新しいのは、以前にはそこが脇道の石段になっていて、それを登れば建物の裏手の斜面一帯に古いユダヤ墓地があったからである。そういうユダヤの領域に対抗するかのように、坂道の左側カーブのあたりには、十字架を掲げて「キリストは命なり」とラテン語の文字を記した礼拝堂の跡のようなものがある。

坂道をさらに登ると、左側の石塀は低くなって、落ち込んでいく丘の斜面が見えた。空間は大きく開かれて、広びろと新市街があらわれ、彼方に海が光っている。そこまで来れば、ベルトは一五番地に駆け込んでしまう。少年の日々にだけそうしたのではない。いつまでも帰ろうとしないベルトに向かって、もう乳母ではないペッパは、やさしくミルクコーヒーを淹《い》れて言った。「もうお帰り、おまえの妻のところへ。」

ウンベルト・サーバが真に独り立ちしたのは、一九一九年のある朝、サン・ニコロ街で、一軒の売店舗を買い取ったときである。薄暗い洞窟に似た古書店だった。棚一面に詰まっている薄汚い古本は全部まとめてアドリア海の沖に捨てよう。店内をきれいに造り変えて、高値で売りとばす。売りさばく自信はあった。念のために、そのことを妻に知らせておこう。そう思って、彼は手紙を書いた。たまたま妻リーナ(カロリーナの愛称)は、ひとり娘リヌッチャを連れて、イストリア半島のポルトローゼ(現スロヴェニア)へ避暑に行っていた。すると妻から電報で返事が来た。

「売ラナイデ、書店ヲ」

彼はわれにかえった。電文の一行に、詩を感じ取ったのである。これを「戒め」と彼は心に受け止めた。ウンベルト・ポーリはすでに映画館を所有していたし、家作の売買も経験していた。折から一九一九年、歴史の曲り角にあった。商都トリエステはオーストリアからイタリアの領土に移りつつあった。ウンベルト・サーバは危うく有能な不動産の商人になってしまうところであった。

去りがたい港町トリエステを後にする日、やはり、サーバ書房を訪れた。サン・ニコロ街三〇番地。もう何度、横目に見ながら、店舗の前を通り過ぎたことか。

街路に面して二枚の大きなガラス窓がある。その一方のショーウィンドーに陳列された古書や古地図。左右を神殿風の列柱に支えられた窓ガラスの上の半円形アーチ。天辺に近いガラスに貼られた金文字 UMBERTO SABA。何もかも昔と同じだった。

変ったのは私のほうである。以前ならば、真直ぐにガラス扉を開けて店のなかへ入った。初めて訪れた三五年まえには、ローマから北上して、ついに国境の町トリエステに達することができた喜びを嚙みしめながら、ただちに店へ入った。そして壁面全体に備えつけられた書棚を、足元から天井まで、長い梯子を使って隅々まで探した。貧しい留学生には買える古書が限られていた。当時、思いがけないほど安い値段で手に入ったのは、イタリア語以外の古書である。もしやジェイムズ・ジョイスの詩集でもないか。そういう期待をもって背文字を追った。

しかし虫がいい当ては外れた。サーバの詩集はもちろん並んでいた。他所では見たことのない私家版もあった。ただ、手に取って眺めるしかなかった。薄暗い洞窟のような店の奥には仕事机があって、かつては詩人の巣になっていたところだが、女性が独りですわっていた。サーバ自身は一〇年ほどまえに亡くなっていたし、妻リーナはその少しまえに先立っていた。それゆえ、華奢なからだつきのその女性は、独り娘のリヌッチャであろう、と私は勝手に思い込んだ。彼女はカードを整理していたが、やがて、その手を止めて、たずねた。私は問われるままに、ローマの自分の住所と東京の研究室の住所とを伝えた。

二度目にサーバ書房を訪れたのは、一九八一年のことであった。そのころ住んでいたトリーノの駅前のホテルから、半ば衝動的に、トリエステに向かう列車に飛び乗ったのである。一九七〇年代はイタリアの読書界にも少なからざる変動があった。定期的に送られてきていたサーバ書房のカタログも、やがて来なくなった。失われてみて初めて、愚かにも私は、さりげない造りのそのカタログが最も美しい小冊子(一七×一二センチ)である、と思い知った。たぶん、サーバ書房も無くなってしまったのであろう。そう危ぶみながら、二度目に、私はサン・ニコロ街へ急いだのである。すると店舗はまったく変らずに、店員として長くサーバに仕えてきたカルロ・チェルネ氏が、暖簾《のれん》を引き継いでいた。そのとき、彼が教えてくれた。

「一四年まえにこの店を守っていた女性は、誰だったのか?」そう私が訊ねると、彼が言った。「それならば、サーバの姪だ」と。

詩人の誕生には屈折した事情があり、父親が失踪したいきさつは先に記した。詩人に兄弟はいない。他方、同じくユダヤ系ヴェルフレル家出身の妻リーナには兄と妹がいた。妹は富裕なユダヤ商人グァスタッラ家に嫁いで、娘パーオラが生まれた。サーバは最晩年をゴリツィアのフランチェスコ修道会の病院で独り過ごしたが、彼に面会を許された女性は前掲ノーラ・バルディ(二五九頁)と、姪のパーオラだけであったという。

ところで、今回、三度目にサーバ書房を訪ねようとして、私はすぐに店舗のなかへ入るのを躊躇《ためら》った。それは、最初に記したように、ひとつには私自身が変ってしまったからである。詩や詩集に対する興味が薄れたためではない。それよりも詩人を取り巻く状況に、あるいは状況のなかで詩人が取った態度のほうに、強い関心をいだくようになったためだ。

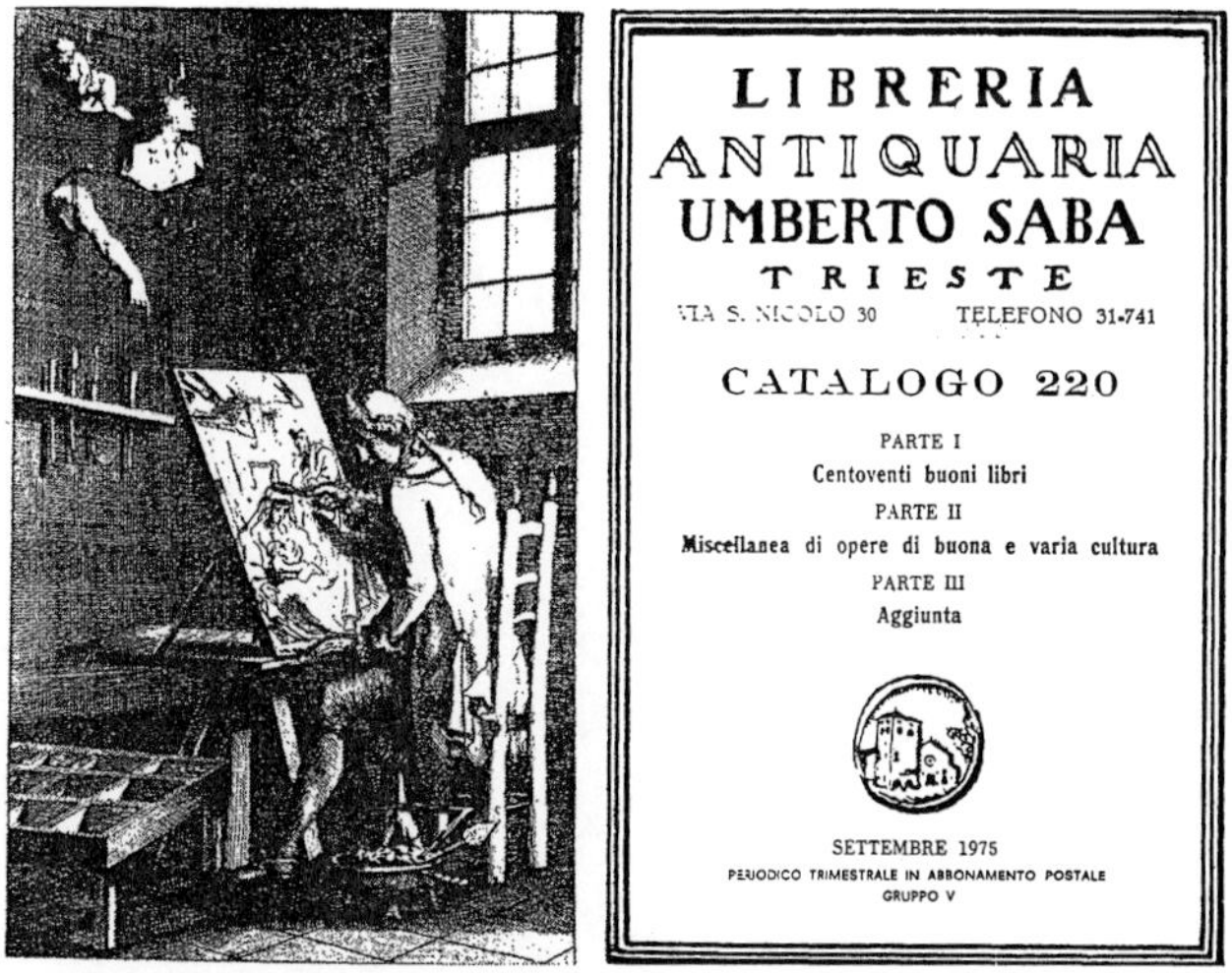

サーバ書房のカタログ(1975年9月). 表紙(右)と裏表紙(左)

この点については別に少しずつ述べるとして、サーバ書房の入口に立って、ガラス扉のノブに手をかけながら、自分に言いきかせた。「たとえジョイスの詩集があっても、今日は買うまい。自分の旅行カバンはもう書籍でいっぱいだから。」

それどころか、カバンに入りきらない分を詰めこむために、美しく堅固なリュックをひとつ、近くの商店で求めてきたところだった。いまや資料の山を背負って帰らねばならなかった。久びさに見る書房の内部はどことなく雑然としていた。書棚の秩序が乱れていた、と言ったほうがよいかもしれない。二〇年の歳月を経て、すっかり恰幅のよくなった息子のマーリオ・チェルネ氏が、好人物な笑みを浮かべて、種々の話題に応じてくれた。サーバの初期詩集などは、貴重なものになって、もう書店には置かないという。帰りぎわに、出口近くで、雑本の山に埋もれかけていた大版の一巻に、私の目は止まった。飽くなき探究心で《永遠の都》ローマについて大作を著わしつづけたドノーフリオの豪華版『ローマの方尖碑《オベリスク》』だった。どうしてこんなところに？　彼の他の主著は手に入れたが、ローマの古書店でさえ見つけられなかったこの貴重な研究書が、どうしてここに？

私の疑問は浅はかなものであった。むしろ、トリエステだからこそ、たやすく見つかったのだ。ドノーフリオの大作は直接に日本へ送ってくれるようマーリオ氏と話をつけて、私は身軽のまま残った時間を歩きまわることができた。

サーバの詩行のあちこちに滲み出ている古典の気配が、いまや私には当然なものと思われるようになった。丘の上の神殿の廃墟から港を埋めた石垣に至るまで、ネオクラシックの町トリエステには古代の気配が漲っている。古典考古学の父とも呼ぶべきヴィンケルマンが、旧内港の旅宿で「不慮の死」に遭ったことさえ因縁めいて思い出された。彼の記念墓碑は「丘《モンテ》」の上の博物館にあり、古代ローマの石碑や古いユダヤの墓碑もそこに収められている。

古典文献の蒐集家ドメーニコ・ロッセッティがここから出たのも当然であり、イストリア半島より南のダルマツィア出身のトンマゼーオが『イタリア語大辞典』を著わしたのもこの周辺の風土を踏まえたうえでの結果であろう。サーバが買い取るまでサン・ニコロ街三〇番地で書店を開いていたマイレンデルという人物は、元来がフィウーメ(現リエーカ)出身の、風変りなユダヤ人であった。彼は店内にあった新旧の書籍約二万八〇〇〇冊を含めて、サーバに廉価で店舗を売り渡したという。

書房のガラス扉入口の右側には、三〇番地の建造物全体の共住者出入口がある。その上方の壁面に「ここで／詩人が／古書店を／開いた」という旨の石碑が掲げられているので、気がつく人は多いであろう。よく観察すれば、同じ建物の三階にジョイスが住んでいた(一九〇五―〇六年)こともわかる。ここでジョイスの長男ジョルジョは生まれた(一九〇五年七月二七日)。

さらに観察すれば、右隣りにはやや低い瀟洒《しょうしゃ》な建物がある。その中央入口の左右に、すらりと伸びた白亜の半円柱が付けられ、上方でそれらの側柱に支えられたバルコニーに、白い鉄骨の繊細な造りの手摺が見えるであろう。鉄骨に突き立てられて、四角い旗が飾られている。青地に黄色い花文字の組み合わせ。それはベルリッツ英語学校の標識だ。

ジョイスがこの英語学校で働き、その生徒のひとりに――授業は個人教授の形態をとるのが一般的であろう。ヨーロッパ古典文学の正統を受け継いだジョイスがトリエステに住み、転々と居を移しながらこの港町に足跡を残したことは、偶然であろうはずがない。実業家エットレ・シュミッツ(作家イータロ・ズヴェーヴォ)がいたことは、もうよく知られている

今回、久びさにトリエステを訪ねて、際立った変化がひとつあった。それはズヴェーヴォやサーバの文学の跡だけではなく、ジョイスの足跡も控え目ながら丁寧に示されていることだった。サーバ書房にズヴェーヴォがしばしば訪ねてきたことは詩人の文章にも記されている。

サン・ニコロ街を海岸のほうへ歩けばすぐにトンマゼーオ広場に出る。その角の建物はユダヤの名家ヴィヴァンテのものだ。一階にあるカッフェ・トンマゼーオはトリエステ文化人の集った場所であり、サーバもズヴェーヴォもしばしば訪れた。しかし、大運河のほとりを少し戻ってカッフェ

北極星に入ると、ジョイスの通っていたころの古い雰囲気がそのままに残されていた。そのほかにも、たとえば『ユリシーズ』の構想を練ったと伝えられる、菓子店を兼ねたカッフェ・ピローナも健在であった。

食事をするため旧市街へ引き返すと、ホルティス広場に面した市立図書館には小さいながらズヴェーヴォ博物館が設けられていて、リーヴィア・ヴェネツィアーニ夫人の回想を交えつつ作家の業績が映像に写し出されていた。旧市街の隘路には古いレストランが多かった。そういうなかにチッタ・ディ・ポーラ、チッタ・ディ・ケルソ、チッタ・ディ・パレンツォ……といった旧イタリア領の地名の看板があって心惹かれた。なぜ、チッタ(市、町)をいちいち付けるのか? そういう一軒を選んで、食事に入ってみた。

店内の造りは落着いて気品があった。高級でも贅沢でもなく、珍しい郷土料理を売物にしてもいない。むしろイタリアの標準的な食事を丁寧に出した。それが失われてしまった自分たちの日常である、といわんばかりに。物静かな雰囲気のなかで、逆に、奪われた家郷を偲ぶ悲哀が感じられて、領土問題や国境紛争がもたらす理不尽さを改めて考えさせられた。

戦火と戦後の混乱とを逃れて、イストリア半島やダルマツィアに居住していたイタリア人が、トリエステへ大量に雪崩込んできた。サン・サッバの凄惨な強制収容所跡さえ、一九五〇年代には、難民キャンプに使われていたのである。

トリエステから戻る列車は、いったんヴェネツィアで乗り換えなければ、フェッラーラまで着かない。たとえ接続がよくても四時間ちかくかかるであろう。その間、まだ瞼《まぶた》の裏にくっきりと残っている港町の場面のいくつかについて記しておかなければ……。そう思っていると、動きだした列車の窓外に、トリエステの海が広がった。

青く光る湾の奥に古代の丘がそびえ、一摑《ひとつか》みの街並が見えた。サーバならば遠ざかる白い崖の端に一軒の家を探したであろう。むしろその下に半円形劇場の跡があれば、どんなにすばらしいことか、と私は考えた。そのためには、あの白いファシズム期の建物を取り壊さねば。驚いたことに、ラルゴ・リボルゴの脇を歩いていたとき、近代的な白い壁のひとつにA・O・I (Africa Orientale Italiana イタリア領東アフリカ)という略号さえ残っていた。

たとえば、シチリア島で見かける半円形古代劇場跡——タオルミーナ、シラクーザ、セジェスタなど——の観客席にすわってみれば、納得がいくであろう。古代野外劇場の舞台の後景には、遠く近く紺碧の海が広がっている。トリエステの場合にも、半円形劇場が造られたころ(紀元後一、二世紀)、舞台後方の遠くないところに波打際が走っていた。

列車が遠ざかるにつれ、初めてトリエステを訪ねたときの、忘れかけていた記憶が甦ってきた。あのときにもフェッラーラに寄り、フィレンツェに寄ったりして、ローマに帰ったのだが、パンテオン近くの下宿部屋へ戻ってみると、書籍の小包みが待っていた。ひとつはサーバ書房から送られてきたものだった。なかから見覚えのない薄い詩集が出てきた。表紙の文字は、ウンベルト・サーバ『戒めとその他の詩篇　一九〇〇—一九一〇』。定価は、どこにも付いていない。表紙をめくると、こう印刷してあった。

本版は書店で販売されるものではないゆえ、送料一〇リラだけを送られたし。外国向けの送料はやや高い。著者に直接たずねられたし(トリエステ、S・ニコロ街三〇番地)。

ペーパーナイフでアンカットのページを切っていくと、全八〇頁。一九三二年秋の印刷。巻頭に断り書きがあった。それによればサーバは生涯をかけて一巻の詩集『カンツォニエーレ』を編もうとしているのだが、彼にとって最初のグループの詩篇が「戒めとその他」であり、それに続くのが「トリエステとひとりの女」であるという。

私家版『戒めとその他の詩篇』は「若かりし青春の詩」(一七篇)と「軍隊詩」(一三篇)と「家と田園」(五篇)の三部に分かれているが、そのなかの一篇の訳を記しておこう。

閉ざされた礼拝堂　(トリエステ、一九〇三年)

何世紀も閉ざされたままか。戸口で、
指先にロザーリオの連珠《れんじゅ》をまさぐる、
座《ざ》して、盲《めしい》た、独りの乞食。

閉ざされたのだ永遠に。入った人は
みな死んでしまった。残されたのは
燃えた蠟と消えた声の悲しみ。一筋の

壁の裂け目に湿って崩れて
草が萌える、濃い緑となって。
裏庭では——墓石から
墓石へと——無心に遊ぶ幼児《おさなご》たち

傍らで草を食《は》むのは牝の仔山羊。

これがちょうど百年まえに詩人サーバがうたったトリエステの風景だ。ユダヤの濃い血を承け継ぐ母親と、スロヴェニア人で熱烈なカトリック信者の乳母とのあいだで、彼は心を引き裂かれながら育った。「丘《モンテ》」の道一五番地にあった乳母サバッツが住む家の前には、古いキリスト教の礼拝堂があったという。また乳母の家の裏手には古くからのユダヤ人墓地があった。

「山羊」はユダヤとともにある者、そして「閉ざされた礼拝堂」は詩人の心の映像だ。今回、久びさにトリエステを訪ねるにあたって、もしもあの華奢な女性パーオラにめぐりあうことがあれば、そう考えて私はあの薄い詩集のコピーを持ってきた。遠い貧しい日に受けた詩心の謝意を彼女にあらわしたかったためである。というのも、その後、イタリアの文学辞典や研究書にしばしば私家版『戒めとその他の詩篇』のことが取り沙汰されて「わずかに六〇〇部、トリエステで印刷され、著者のために詩友ヴィルジーリオ・ジョッティが編んだ、いまではほとんど入手できない優雅な版本」と讃えられているから。

暮れかかった窓外に川が見え、列車は走りつづけた。たぶんリヴェンツァかピアーヴェの流れを渡ったのであろう。だとすれば、反対方向の窓外にモッタ・ディ・リヴェンツァとトレヴィーゾの二つの町を結ぶ道路が走っているはずであった。一九二八年九月一二日、雨天のなかを、トレヴィーゾから走ってきた乗用車が、リヴェンツァ川の橋を渡りきったあたりで、運転を誤って立ち木に激突した。その事故がもとで翌一三日木曜日、午後二時半、トリエステの実業家にして作家エットレ・シュミッツ＝イータロ・ズヴェーヴォは息を引き取った。

トリエステの実業家エットレ・シュミッツは長年、高血圧症に悩まされてきた。日常生活のなかで身辺に些細な異変が起きるたびに、彼の胸は激しく動悸を打って、気分が悪くなった。長篇第三作『ゼーノの意識』(一九二三年)をいつものように筆名のイータロ・ズヴェーヴォで自費出版したあと、遅れてきた名声が不意にパリの文学界から届いた。一九〇七年にトリエステのベルリッツ英語学校で奇縁を結んで以来、文学的親交を重ねてきた年若い友人ジョイスが、フランスの文学者V・ラルボーやB・クレミューらにズヴェーヴォ作品の真価を説いてくれたお蔭である。

わずかに先立って、イタリアでも、若き詩人にして批評家E・モンターレがトリエステの無名の小説家を讃える文章をあらわした。いまや六〇歳代半ばを越えたズヴェーヴォは、実業界の第一線から退いて、第四作の『長老』(未完)に取りかかった。一九二八年八月末に、暑さを避けて妻リーヴィアと六歳の孫パーオロを伴い、スイス国境に近いボルミオに半月の予定で赴いたのである。ボルミオはコーモ湖に流れ込むアッダ川の最上流に位置し、効用のある温泉保養地(標高一三二八メートル）として名高い。滞在中は、前年同様に良好な健康状態を保ち、執筆も進んだ。ただ、アルプス山中に位置するため、トリエステとの往復に時間を要した。自家用車で片道一〇時間の距離である。途中のトレントに一泊しなければならない。

一九二八年九月一二日、ボルミオの谷間は暗い雨雲に閉ざされていた。にもかかわらず朝八時には出発した。日暮れまでにはトレントに着きたかったからである。じじつ、自動車は順調に走って、夜にならないうちにトレントに入り、ホテルに一泊した。翌朝も雨であったが、同じように出発して順調に正午にはトレヴィーゾに着き、予定どおりに昼食をとった。しかし雨足がさらに激しくなったので、シュミッツの妻リーヴィアは不安になって運転手のジョヴァンニ・コッレオーニにたずねた。すると「心配いらない」という返事がかえってきた。けれども、モッタ・ディ・リヴェンツァの橋を渡ったところで、異変が起こった。

夫人の回想に則して書くならば、事態はほぼ次のようであった。「突然、自動車が右へ傾《かし》いだ。元へ戻そうとして運転手が左へ急ハンドルをきった。すると後輪が浮いたように宙を滑って、自動車はなおもジグザグに進んで激しく立木にぶつかった。」

そのとき「ジョヴァンニ、どうした？」というエットレの叫び声がしたという。しかし夫人はそこで意識を失ってしまった。やがて額《ひたい》に激しい痛みを覚えて、気がつくと、後頭部にも傷を負っていた。が、それよりも驚いたのは、幼い孫のパーオロの顔面が血まみれになっていたことだった。

自動車の奥から夫の叫ぶ声がした。「脚《あし》だ、わたしの脚が！」無傷なのは運転手のジョヴァンニだけだった。運転手は後部座席からエットレ・シュミッツを引き出したが、脚に傷を負っていて立てないため、主人を道路にすわらせた。雨が降りしきっていた。時計を見ると午後二時半だったという。

駆けつけてきた農民たちがモッタの町へ急を報せ、モッタの車がエットレを運び、夫人と孫は通りかかったフランス人の自動車に拾われて、町の病院へ着いた。夫人は自分の傷がいちばん重いと思っていたのに、病院の医者が自分たちを見るなり、「いちばん重い人を先に」と言って、エットレを最初に運び込ませた。その瞬間から、夫の身に危険が迫っていることを彼女は悟ったという。

ズヴェーヴォの脚の傷は重くなかった。弱っていた心臓のほうが事故のショックに耐えかねていたのである。病院の一室に小さなベッドを三つ並べて不安な夜を明かした。急の報せを受けて、夜の明けないうちに、娘のレティツィアとその夫が、ズヴェーヴォには甥にあたる医師アウレーリオ・フィンツィとともに、駆けつけてきた。

午前中に、エットレ・シュミッツ＝イータロ・ズヴェーヴォの病状は悪化した。娘が涙を流しているのを見て、父親はやさしく言いきかせたという。「泣くのじゃないよ、レティツィア、死ぬなんて何でもないことだ」そのときにはもう舌がもつれかけていたのに、傍らにいた甥の医師がタバコに火をつけるのを見て、ズヴェーヴォは自分にも一服させろという仕草をした。甥のアウレーリオはそれを断った。するとズヴェーヴォは途切れ途切れの声で言った。「これが、本当に、最後のタバコに、なるというのに。」

長篇『ゼーノの意識』には、「これが最後の一服」と言いながら、どうしてもタバコを止められない主人公が登場する。リーヴィア夫人の回想にもおのずから語られているが、シュミッツ＝ズヴェーヴォの小説には、無意識の存在に気づいた意識の持主が登場する。分裂する意識のなかで、無意識の存在を追おうとすると、彼は知らぬまにタバコに火をつけているのであった。

やがて、ひとりの修道女が病室へ入ってきて、低く抑えた声で夫人に訊ねた。「司祭さまをお呼びしましょうか？」

夫人は信心深いほうであったが、とっさに答えた。「いいえ、いまは結構です。」するとその気配を察したからであろうか、夫が何か言った。見ると、祈るかのように、両手を合わせている。それで、夫人は不安になって訊ねた。「エットレ、お祈りがしたいの？」すると、かすれかけた声で、シュミッツ＝ズヴェーヴォがささやいたという。「長い生涯にいちども祈らなかったのに、最後になって祈ったところで何になろうか。」

それから二時間後に、イタリア・ユダヤ人の最初にして最大の小説家イータロ・ズヴェーヴォは息を引き取った。そういう彼の最後の場面を思い出していると、列車は潟海を割ってヴェネツィアの駅へ入っていった。

すぐに別のホームから、別の列車に乗り換えて、私は潟海を後にした。これでしばらくは、アドリア海に別れを告げることになるだろう。内陸へ入った列車がパードヴァで分岐した鉄路を南下すれば、一時間少々でフェッラーラに着く。遠ざかる暗い潟海を眺めているうちに、トリエステ湾の光景が脳裏に甦ってきた。

丘の上に白亜の聖ジュスト大聖堂……なだらかに外海へ突き出した岬……その背後に光るサン・

サッバの沖が夢のように美しい……。かつては、そこも長閑《のどか》に小舟の通う海であったにちがいない。ジョイスが若き日にうたった短詩「サン・サッバで針舟を眺めながらWatching the needleboats at San Sabba」(一九一二年)の場面が思い出された(西脇順三郎に邦訳がある)。

それにしても詩人サーバが、自分の店の美しいカタログの表紙につけた丸い小さな印の図柄は、まぎれもなく聖ジュストの大聖堂を描いたものだ。なぜであろうか。サーバ自身はユダヤ神殿でリーナとの結婚式を挙げたのに。

カタログの印をよく見れば、単純な円形ではない(二八三頁参照)。陰影のある太い線は図形に厚みを描き出したものだ。たぶん、古代ギリシアやローマの貨幣を模したものであろう。シチリア島の南端ジェーラ(古代ギリシア植民市ゲラ)の博物館でこれに似た古代金貨や銀貨を見たときのことを思い出した。どの貨幣も美しく分厚い扁平に鋳造されていた。もちろん聖ジュスト大聖堂ははるか後年に建造されたものである。美的バランスを欠いた、丈の低い大聖堂と不釣合に巨きい鐘楼については、すでに記した。古代の貨幣の枠に入れられたこの大聖堂の図を見ていると、シナゴーグとの奇妙な類似を感じてしまう。

トリエステのシナゴーグは新市街区から聖フランチェスコ街をわずかに三〇〇メートルほど内陸へ入った場所に建てられた。一九一二年のことである。あたりは当時、郊外の始まりといってよい住宅街であった。その一角に、壮麗で堅固な、やや要塞に似た、極端に窓の少ないシナゴーグが建造されたのである。正面の壁に巨大な薔薇窓に似たものがひとつ穿たれている。もちろん薔薇窓ではない。巨大な円形模様の中心にダーヴィデの星が組み込まれているから。あまりにも低いアーチの入口がいくつか不均等に設けられている。丘の上のキリスト教大聖堂が姿を変えて平地の住宅街へ降りてきた、という印象を私は受けた。

折悪しくシナゴーグのなかへは入れなかったので、二度、三度と、やむをえずその一角をまわって、背後にある建物の一階の店へ入った。シナゴーグの住所は聖フランチェスコ街一九番地だが、背面の建物はバッティスティ街一八番地になる。こちらのほうが賑やかな大通りだ。私が入った店の名前はカッフェ・サン・マルコ。トリエステで最も名の知れたカッフェであり、周辺に住む人びとの応接間か居間の延長のような役割を果たしている。

別の日、私がそこで軽食をとっていると、広いカッフェの奥の、一段と低い部屋では、祝いごとの集まりか、団体客たちがいた。案の定、ユダヤの男女の群れであった。ズヴェーヴォもサーバも、詩人のジョッティも、ここの常連であった。ただし、カッフェ・サン・マルコの過去の歳月は必ずしも穏やかなものでなかった。一九一四年に開店したころ、オーストリア統治下にありながら本来はトリエステがイタリアに帰すべきと主張する人びとの集《つど》う場所となったため、第一次世界大戦中にカッフェは破壊された。背後にあるシナゴーグも、ファシズム下の一九四一年から四二年にかけて、白亜の外壁に黒ぐろとユダヤ人罵倒の言葉が塗りたくられ、内部も破壊された。シナゴーグとカッフェ・サン・マルコとは、表裏一体をなして、似かよった運命を辿ってきたのである。ズヴェーヴォはこの近くで生まれ育った。グロボズニクのような反ユダヤの人間も、この近くで生まれ育った。そしてサーバの経歴を調べていくと、驚いたことに、一九〇八年の秋にイタリアでの兵役を終えたあと、翌年二月にリーナと結婚するまで、彼は一時的に聖フランチェスコ(現在のジョッティ)

広場に面した家に住んでいた。

その広場の周辺の家屋を壊して、ほかならぬシナゴーグが建造された。ということは、旧ゲットーのリボルゴ街のあたりに住んでいたユダヤ人たちが、まとまった土地や家屋を手に入れて、新市街地に近いシナゴーグ周辺に彼らの共同体の場を移したのである。しかし一九三八年にファシズム政権がいわゆる人種法を出してからは、トリエステのユダヤ人たちも多くがイスラエルをはじめ海外へ逃れ出た。ユダヤ系五〇パーセントのサーバは妻リーナ（一〇〇パーセント）と娘リヌッチャ（七五パーセント）とを連れて、まずパリに逃れた。


パードヴァで分岐する線路をまっすぐ進めばミラーノやトリーノに達する。どちらの都市からも国境を越えてフランスに入るのは容易だ。私が乗った列車はパードヴァから南下し、やがてモンセーリチェの駅に一瞬、停車した。乗降する客はほとんどいない。しかし車窓右手のエウガーネイ丘陵を訪れるときにはここで下車する。さらに南下する列車は、平野を進みながら、にわかに速度を落とす。濃い霧のなかへ入ったからだ。まるで牛の歩みのように列車がのろのろと鉄橋の上を進む。渦巻く霧の下で水面さえろくに見えない。ポー河の流れだ。やがて、渡りきった所ポンテラーゴスクーロを過ぎれば、駅に着いたも同然である。

「フェッラーラ、フェッラーラ、スタツィオーネ・フェッラーラ」

駅舎のアナウンスは以前と変らぬ調子だが、最後尾のホーム脇にあったバールが無くなってしまった。コーヒーを淹《い》れてくれた、体格のよい、双子の老人はもういない。

「歳々年々人同じからず」というが、フェッラーラを訪ねるたびに、私の受ける印象は似たものになる。ここは最も霧深い町だ。ポー河のデルタ地帯が生み出したこのあたりはあくまでも平坦であり、人びとは易やすと自転車を乗りまわしている。以前、新聞の連載コラムに、私は次のように書いたことがある(『読売新聞』一九九一年二月一八日—二八日)。短い紙幅のうちに要を尽くさねばならなかったが、そこに記したフェッラーラについての考えはいまだに少しも変らない。

北イタリアの都市は総じて霧深い。たとえば、晩秋のトリーノ空港は、しばしば濃霧に閉ざされて、旅客はミラーノにまわされてしまう。パヴィーア、ピアチェンツァ、クレモーナ、パルマ、そしてマントヴァ。歴史の栄光を一時期、それぞれに担った、これらの都市国家群も、みな霧深い。

たぶん、フランス国境のアルプス山中に源を発して、これらの諸都市の城壁と周辺を洗いつつ流れ下ってゆく、イタリア最長の大河ポーのなせる業であろう。なかでも、アドリア海に注ぐ河口デルタ地帯に近いフェッラーラは、最も霧深い都市である。

人口は約一四万。縦横両軸ともに約二・五キロの市街を、周壁が不整形に取り巻き、所どころにスペード型の稜堡を突き出している。いまなお城郭都市の面影を強く残したフェッラーラの中心部、縦横両軸の交点に、深い濠の水をたたえて、エステ家の居館がそびえる。それは、いわば、二重に築かれた、堅固な城塞であって、四隅に張り出した角塔に霧が立ち込めれば、時間は消滅し、一五、六世紀に栄えたエステ家宮廷の豪華絢爛たる生活が甦ってくる。エステ家が保護したルネサンス文化は、詩人アリオスト(一四七四—一五三三)、タッソ(一五四四—九五)、またフェッラーラ派の画家たちの名声とともに、イタリア半島はもとより、広くヨーロッパに知れわたった……。

いままで私はエステ家の居館周辺に宿を定めてきた。だが、今回の旅はいつもと異なる。日本を発つまえに、旧ゲットーにいちばん近い小さなホテルに部屋を予約しておいた。市中の道筋はみな知っているが、荷物があるので、タクシーを待つ必要があった。フェッラーラの人びとは自転車を使うのが一般なので、タクシーは極端に少ない。駅前にバスは頻繁に来るが狭くて古い街路の奥までは入ってくれない。やむをえず、駅舎に備えつけの電話で申し込み、タクシーの順番を待った。

乗ってしまえば、一〇分もしないうちにホテルに着いた。フロントの前の広間に大きなテレビがあって、アメリカ軍によるアフガニスタンの空爆が始まったことを報じていた。「ニューヨーク、九・一一」の波紋はイタリアにも及んでくるであろう。とりわけ、ユダヤ人社会の周辺には。

昨日、トリエステでシナゴーグの門が固く閉ざされていたのも、考えてみれば余波のひとつであった。ジョッティ広場には、自動小銃をかかえた要員が警戒にあたっていた。他にも、私と同じ通行人を装って、警備をする者がいた。張り出した正面玄関では閉ざされた扉の前に黒いハンドバッグを置いて、若い女性が腕を組んで立っていた。彼女も警戒の任にあたっていたのであろう。イスラエルをめぐる緊張はフェッラーラにも届いているはずだった。

第6章

愛と憎しみのフェッラーラ

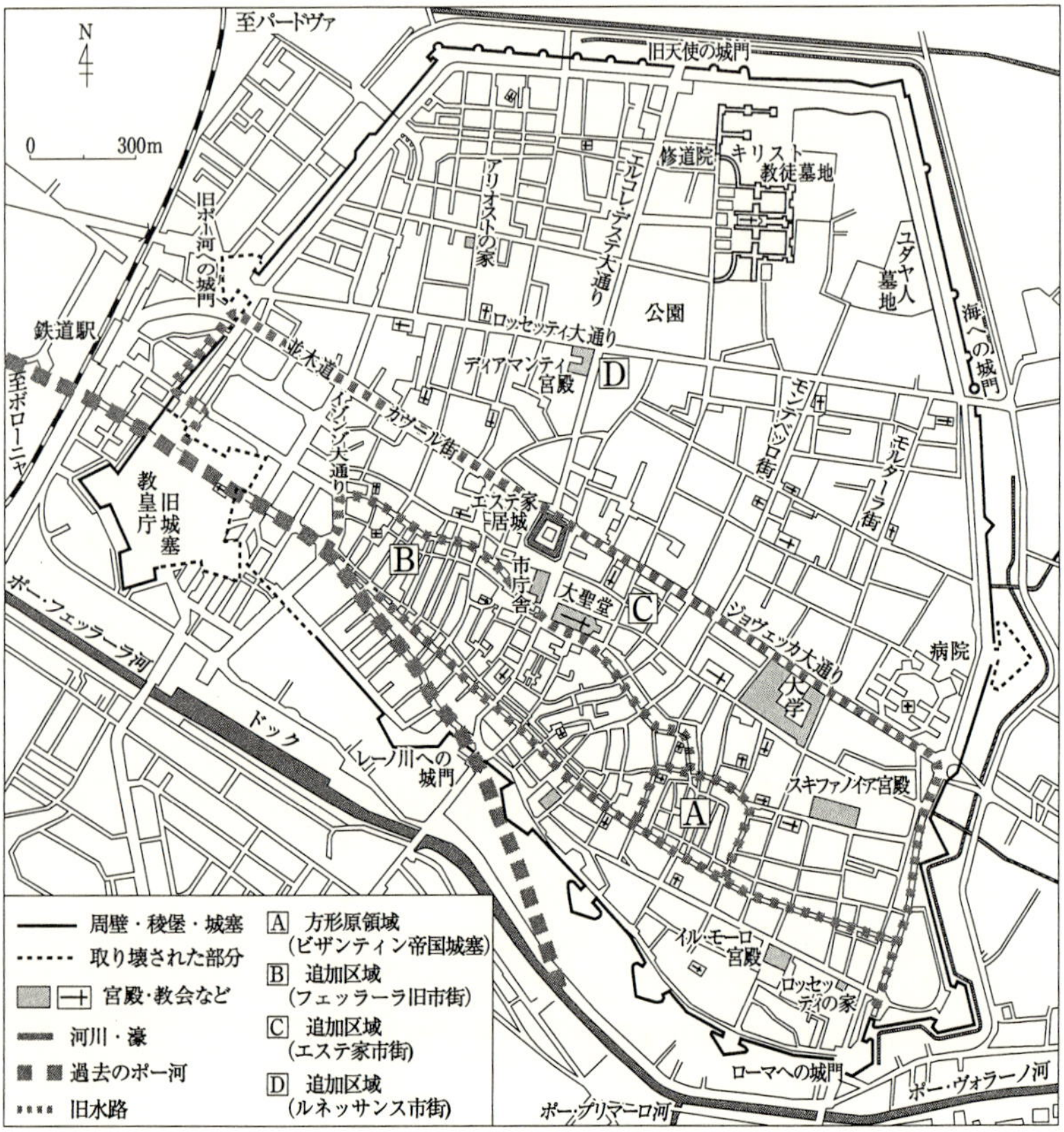

至パードヴァ
旧天使の城門
修道院
キリスト教徒墓地
ユダヤ人墓地
アリオストの家
エルコレ・デステ大通り
公園
海への城門
旧ポー河への城門
ロッセッティ大通り
ディアマンティ宮殿
鉄道駅
至ボローニャ
並木道
カヴール街
モンテベッロ街
モルターラ街
教皇庁
旧城塞
エステ家居城
市庁舎
大聖堂
ジョヴェッカ大通り
病院
大学
ポー・フェッラーラ河
ドック
レーノ川への城門
スキファノイア宮殿
イル・モーロ宮殿
ロッセッティの家
ローマへの城門
ポー・ヴォラーノ河
ポー・プリマーロ河
周壁・稜堡・城塞
取り壊された部分
宮殿・教会など
河川・濠
過去のポー河
旧水路
A 方形原領域（ビザンティン帝国城塞）
B 追加区域（フェッラーラ旧市街）
C 追加区域（エステ家市街）
D 追加区域（ルネッサンス市街）

フェッラーラ市街図

1　ポー・デルタの城郭都市

イタリア半島における最大の海水浴場といえば、アドリア海にのぞむリーミニの海岸であろう。リーミニは古代ローマ帝国のフラミーニア街道とエミーリア街道の合流点であり、古くから交通の要所として栄えてきた。遠浅の海が沖へ美しくひろがっている。

ある朝、友人の運転する車に乗ってリーミニを発ち、海岸線を北上して、フェッラーラまで半日旅行に出かけた。一九六六年の夏のことである。車はたちまちにカエサルとは逆の方向へ、ルビコン川を渡った。すぐにラヴェンナの町並へ入る。故国フィレンツェを追放された詩人ダンテが没した土地だ。ラヴェンナは中世前期にビザンティン帝国の主要都市になった。建物の外見はみな地味だが、暗い内部を絢爛たるモザイクが飾っていることで名高い。

ラヴェンナから北西へ七〇キロ余りのわずかに窪む大地の平原のなかを、中小夥《おびただ》しい流れを横切って直《ひた》走る道の前方に、土手と周壁をめぐらす都市が現われた。所どころにスペード型の稜堡を突き出している。その構えは明らかに中世の名残りだ。

フェッラーラの外壁をまず一周してみた。自動車でもかなりの時間を要した。ついで東側の「海への城門」からなかへ入り、直線道路を西へ抜けてみる。途中で南北に走る大通りと交差する。その一角に豪壮なディアマンティ宮殿が建っていた。西端の周壁は、城門も、その脇にあったはずのスペード型の稜堡も、跡形無く壊されてしまっている。前方に鉄道の駅を設けたり、駅前広場や緑地帯をつくったためである。それゆえ、汽車を降りて駅舎を出た旅人の目には、フェッラーラは古い城郭都市としての姿を見せないであろう。

駅前広場からこんどは東南へ市中に延びる並木道カヴール街を車で走ってみた。必要以上に道幅が広い。一キロほど進むと、市の中心にある広場の右側に、エステ家居城がそびえていた。周囲の濠が深い水をたたえている。かつてのフェッラーラは周壁の内奥に、さらに防御の濠をめぐらせた城塞都市であったのだろう。カヴール街の先は、名前が変って、ジョヴェッカ大通《コルソ》りになる。これはジュデッカと同義の古い呼び名だから、ヴェネツィアの島の場合と同様に、この都市も古来、ユダヤ人と浅からぬ因縁をもってきたにちがいない。

市街を南北に分ける、必要以上に太い直線街路は、元来が水路であったことを示している。それは防衛のためであると同時に、船舶の航行が可能な流路であったはずだ。現に、南側の周壁を洗って流れる俗称ポー・フェッラーラ河は、いまでこそ水量が乏しい。だが、五〇〇メートルに近い接岸可能なドックを残存させている。フェッラーラだけではない。ラヴェンナも、仔細に歩きまわると、一種の港湾都市であったと考えねばならなくなる。まだ留学生としてローマに住んでいたころ、初めてこのあたりを旅したときの私の印象は、それ以上のものでなかった。アドリア海の渚が少し沖へ遠退いたためではないか。漠然と私はそう考えていた。

その後、一九八〇年代から九〇年代へかけて、たびたびフェッラーラを訪ねた。私の関心はエステ家宮廷と深い係わりをもったルドヴィーコ・アリオスト（一四七四—一五三三）やトルクァート・タッソ(一五四四―九五)の文学世界であり、エステ家宮廷をめぐるルネッサンス文化への理解は私なりに進んだ。が、城郭都市フェッラーラについての考えは、停滞したままであった。

一般に、イタリアの都市の成り立ちは、樹木が年輪をひろげるごとくに成長拡大する。そう勝手に私は考えてきた。たとえば、ローマはパラティーノの丘を四角い柵で囲んで、伝説の王ロームルスが建国したという。それが紀元前七五三年四月二一日である、と細かい年月日まで奇妙に真実めいて伝わってきた。その真偽は別として、永遠の都ローマに核となる囲い地があったことは、間違いあるまい。

後に四角い柵が堅固な壁になったのも自然の勢いであり、これを「ローマ方形原領域《クアドラータ》」と呼んだ。ついでパラティーノの丘を中心にして、七つの丘を囲むセルウィウス王の城壁が出来た(前五六五年頃)。さらに人口が殖えるなかで、現在も残っているアウレーリアーヌス帝の城壁が築かれた。フィレンツェの場合も、現在の共和国広場を中心に、縦横五〇〇メートルほどの《方形原領域》があったことは、よく知られていよう。それならばフェッラーラの場合は、この都市のどこの部分が、どこの壁が、発生期に核を形成したのであろうか。

しばらくは出口の見出せなかった私の考えに活路を示してくれたのは、旧ゲットーの街路であった。いや、より正確には、フェッラーラの旧ゲットーの街路に必ず――ときには隙間なく、ときには象徴的に一筋だけ――埋め込まれている、丸い石の群れだった。ゲットーの街路を敷き詰める、小児の握り拳《こぶし》ほどの、無数の、粒ぞろいの石の群れ。

イタリアの諸都市の旧ゲットーは、すでに見てきたローマやトリエステの場合のように、因習からの解放と同時に破壊されて跡を留めなくなった例が多い。あるいは少数だが、ヴェネツィアのように旧来の姿を留めた場合でも、観光客や一般人の目に触れにくいところが多いであろう。しかしフェッラーラの場合はやや異なる。なぜならば、フェッラーラの旧ゲットーはむしろ中心街に位置しているから。また脇道に入ればすぐに袋小路になる独特な仕組みの街路も、決して貧しい気配があるわけではなく、むしろ豊かな往時の姿を留めているから。フェッラーラのユダヤ人たちは、明らかに富裕な階級に属し、現在でも心静かに住みつづけている。

しかし、その界隈がかつて強制居住区域であった証拠はたしかにある。賑やかなマッツィーニ街の両端で、立ち止まって、見まわせばよい。あるいは脇道に入って、ヴィーニャタリアータ街やヴィットーリア街の外れに立ってみればよい。目を凝らせば、そこここに、日没閉門を画した鉄柵の跡が残っているから。しかし、それ以上に確かな証拠として、私たちが歩きまわる旧ゲットーの街路には、必ず、あの小児の拳ほどの丸石が敷いてあるだろう。

フェッラーラは銀輪の街である。人びとの数ほど自転車が走りまわっている。それゆえ、街路の一部には、たとえ小石を敷き詰めた道であっても、自転車のために一筋の舗装の帯がついている。ある日、通い慣れたレストランへの路地を歩いていると、一軒の家の戸口の前で、道路工事のために土が掘り起こされ、十数個の小さな丸石が脇に積み上げられていた。あの赤錆色のゲットーの丸石を、ひとつだけでよい、私は心の底から欲しいと思った。折から昼食時で、あたりに人影はなかった。しかし、あれこそは、ユダヤの小児の握り拳にも等しいものであるから、持ち去るわけにはいかなかった。

もっと大きな、不揃いの石ならば、フェッラーラ市街のあちこちで見つけることができるであろう。たとえば、観光客の誰もが訪ねるディアマンティ宮殿の周辺の街路にだって、似た石は容易に見出せる。けれどもやはり、ゲットーに閉じ込められて、ユダヤ人たちが踏み均《なら》した丸石とは、似て非なるものだった。

あの丸石の使い方を、ユダヤ人はローマから、あるいは遠いエルサレムから、伝承したのではないか、と私は考えている。ローマの旧ゲットーに「五つのスコーラ広場」があったことは、先に何度か記した。そこでも述べたが、離散の民ユダヤの共同体社会には、イタリアの各地で、奇妙に似通った要素が伝承されている。フェッラーラの旧ゲットーの路地を歩いていると、失われたローマの光景が思い出されてきた。

貴重な記録として、「ローマのシナゴーグとスコーラ広場」を描いた水彩画(レンギ作、一八三二年、カバー裏)が一枚残っている。広場の地面には隙間なく黄土色の丸石が埋め込まれていた。ローマのユダヤ人たちが紀元前後からティベリーナ島の周辺に住みついたことはよく知られている。それが後に左岸のゲットーに閉じ込められたのであった。テーヴェレ河の流れが運んできた丸石を使って彼らが広場を敷き詰めたことは明らかである。他方、フェッラーラのユダヤ人たちが、無数の小児の握り拳に等しい丸石を、ポー河の岸辺から拾い集めてきたことはもちろんである。しかし、どこの河原からであろうか。ポー河はフェッラーラの周辺であまりにも広いデルタ地帯を生み出してきた。

まず、近くから検討してみよう。現在なおユダヤ人の多くが住みつづけ、メインストリートにまでなった通りにマッツィーニ街(三四九頁地図参照)がある。この名称は、もちろん、ユダヤ人が強制居住区域を解放された後のものである。それ以前には、サッビオーニ(砂土)街と呼ばれていた。この街区の周域に設けられた五カ所の鉄柵門によってユダヤ人たちが閉じ込められたのは、教皇ウルバヌス治下の一六二四年からナポレオン軍に解放される一七九六年までであった。

ゲットーの中心通りが、河筋に関係のあるサッビオーニ街であったことを念頭に置きながら、当面は時代を溯っておこう。最後の君主アルフォンソ二世(在位一五五九―九七)の死によってエステ家の宮廷が途絶え、フェッラーラが教会国家へ組み入れられると、ユダヤ人の社会生活はにわかに制限されるようになった。そして彼らはゲットーに強制移住させられたのである。しかしそれまでは、すなわちエステ家が君主でありつづけたかぎりは、ユダヤ人はエステ家と宮廷文化の繁栄を分かちあってきた。

たとえば、一四九二年の災禍を機に、スペインやポルトガルを追われたユダヤ人(セファルディーたち)も数多く、エステ家の庇護を求めて、はるかにフェッラーラへ移り住んできた。もちろんそれ以前から、ドイツ系ユダヤ人(アシュケナージーたち)も、北上したイタリア・ユダヤ人たちも、フェッラーラに集まってきていた。彼らの活動の記録は一二七五年まで溯ることができるが、それより古くは、いつからとも知れないという。

ともあれ、エステ家の初代君主オビッツォ二世がフェッラーラの住民たちに迎え入れられたのは、一二六四年であった。エステ家の先祖は、ポー河の北を平行して流れるアーディジェ川の、さらに北に位置する町エステから出たのである。エステはモンセーリチェの西方一〇キロほどのエウガーネイ丘陵の裾にあって、城郭のまわりに二筋の流れを巧みにまわした古い町で、ここにもユダヤ人の住む跡はあったが、丸石の路地は見当たらなかった。

フェッラーラのユダヤ人は、たぶん、エステ家よりも古くからフェッラーラに住みついたのであろう。彼らの生活風景を見据えるためにもポー河の動きに注目しなければならない。なぜならば、城郭都市フェッラーラの成立は、ポー河の大変貌に依存しているからだ。

エミーリア＝ロマーニャ地方の要《かなめ》ともいうべきポー河デルタ地帯への私の関心は、ダンテの文学思想を理解するために始まった。ラヴェンナの南郊クラッセ（三〇九頁地図参照）に広がる松林が『神曲』に描かれた地上楽園——煉獄篇、第二八歌——のモデルだとも言い伝えられている。ラヴェンナを訪れた人は、市内の建物のモザイクを観てまわったあと、郊外に聖《サント》アポッリナーレ・イン・クラッセ教会堂を訪ねるであろう。そこから数キロ足を延ばせば、フォッソ・ギアイアという水路をはさんで、地上楽園に似た幽玄な景色が展開する。フォッソとは溝の意。そしてギアイアこそは、あの丸石の群れを意味する。

『神曲』に関連しては地獄篇、第五歌に語られるフランチェスカ・ダ・リーミニの悲恋を思い出す読者も多いであろう。彼女は自分の身の上を明かしながら詩人に向かって言う。

わたくしの生まれた土地が横たわるのは
ポー河が流れ下ってついに海辺に

お伴の川々を従えて安らぎを見出すあたり。（九七—九九行）

ダンテはここで、海辺に近づきながら一〇前後の支流に分岐するポー河デルタ地帯の光景を、巧みに描き出している。と同時に、現代の読者はダンテがポー河口をいささかラヴェンナ寄りに考え過ぎているのではないか、と思うであろう。それゆえ、ここで少し立ち入って、説明しておきたい。

ローマ大学で私が謦咳《けいがい》に接することのできたイタリア文学の泰斗N・サペーニョは、『神曲』注解のなかで、右の三行の原文に次のような主旨の注を付けた。

［その一］「わたくしの生まれた土地」とはラヴェンナのこと。「わたくし」とはラヴェンナの君主グィード・ダ・ポレンタの娘フランチェスカ。

［その二］「海辺」とはアドリア海の岸辺であり、当時のラヴェンナは現在よりも海が近かった。そこにポー河の二つの支流(バドレーノとパデンナ)が流れ込んでいて、ポー・プリマーロ河も遠くなかった。

ところで、サペーニョ教授をはじめ先学の諸注には明言されていないが、地図に記入されている現在のポー河の流れはかつて存在しなかった。正確に言うならば、一一五二年に、フィカローロの町(海抜一〇メートル、現在の人口約三〇〇〇)の数キロ下流で左岸が決壊し、それ以来ポー河の流れはへアピン状に現在のごとく流路を変えたのである。

そこはアペニン山地側からパナーロの細流が入り込む地点であり、崩落した高台の土砂が元来のポー河すなわちポー・プリマーロ河の行手を塞いだのか、それとも複数の文献に記してあるように左岸の土手が激しく決壊したのか、私には定かでない。とにかくこの時を境にポー河は大変貌をと

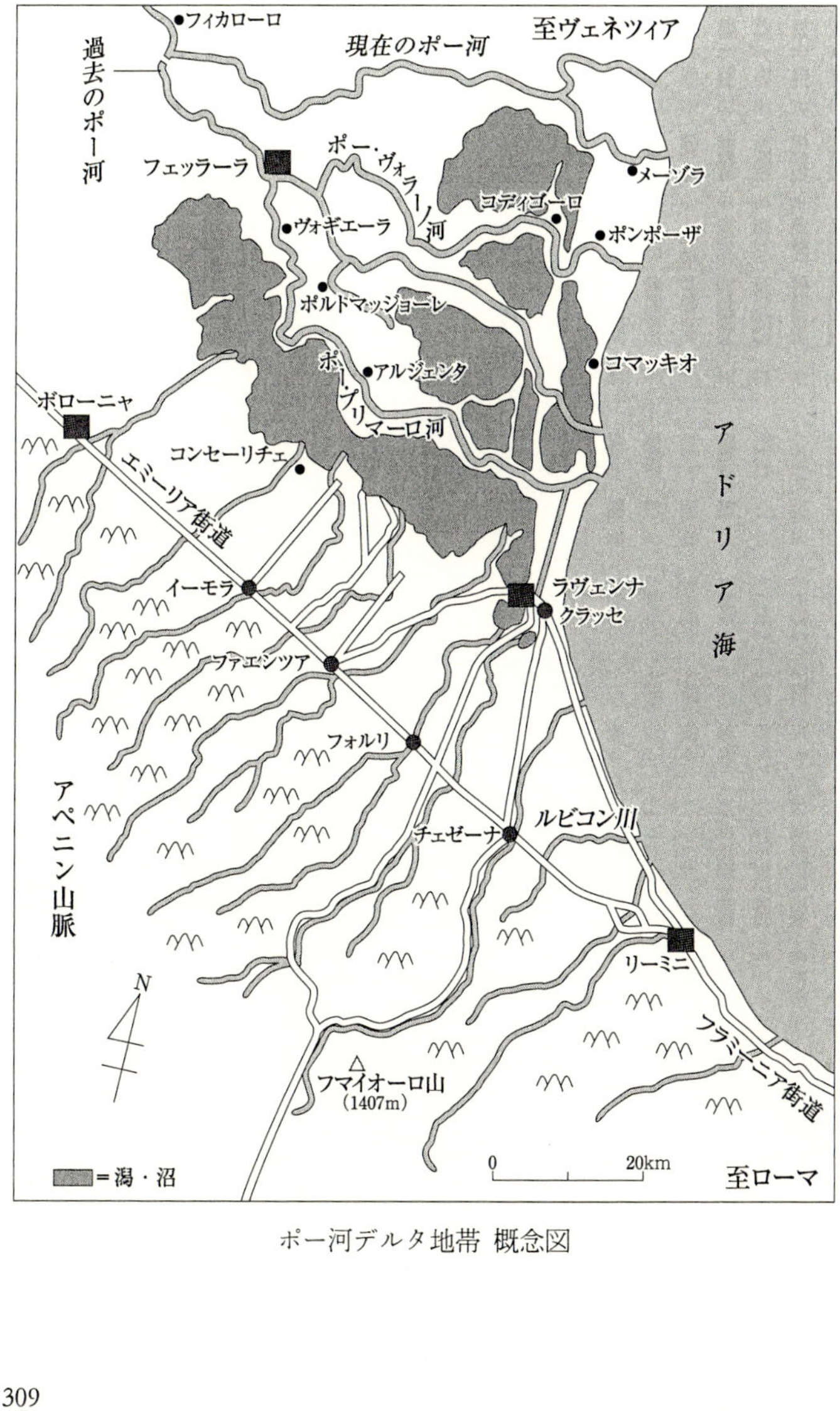

ポー河デルタ地帯 概念図

げ、本来、フェッラーラに向かって流れていたポー・プリマーロ河は水を失い、次第に衰退していったのである。詩人ダンテは、大自然のそういう過程の一時期に立ち会った、というべきであろうか。現在の地図にはPo morto di Primaro(死んだ・ポー・プリマーロ)と涸れた流路が記してある。

ここで、私の作図に「現在のポー河」と記した流れが無かったときの様子を、すなわち一一五二年以前の「過去のポー河」だけが生み出していたデルタ地帯を、読者には想像していただきたい。それが古代から中世までのフェッラーラをめぐる水と陸の状況であった。

概括して私なりに言えば、次のようになる。当時のラヴェンナはアドリア海に直接のぞむ良港であった。また当時のフェッラーラはポー・プリマーロ河を本流とするデルタ地帯と、周辺の浅海の奥に位置した良港であり、同時にフェッラーラは当時の大河を渡る唯一の場所であった。

もしも要衝の岸フェッラーラを避けるならば、旅人も軍団もエミーリア街道を北上して、上流のどこかで対岸へ渡るしかなかった。換言すれば、古代から中世へかけての一千年間、フェッラーラはポー河を渡る最重要の地点だったのである。加えて、ポー・プリマーロ河がポー・ヴォラーノ河と大きく分れるあたりに、中洲の島が二つあった。とりわけ、大きな下流の島に橋を架けて、通行が可能になった。イタリア半島を南北に分ける大河を越えて、人びとが往来するために、この橋が大切な関所になったのである。

早くからこの橋を防衛するため傍らに城塞が築かれて、交易する人びとが集まってきた。異なる言葉を巧みに話し、秀れた技術の持主であるユダヤ人たちが、その要衝の地の営みに関与して才覚を発揮したのは、当然の趨勢であった。周囲に水をまわしたそこの砦がフェッラーラの《方形原領域》になったのである。

フェッラーラの現在とポー河デルタ地帯のその後について確認しておこう。一一五二年にフェッラーラから上流三〇キロほどのところで左岸が決壊し、ヘアピン状に流路を変えて以来、ポー・ヴェネツィア河が生まれ、その舌端がいくつにも分岐して、ごく一般的な「世界地図」に現在見られるように、大きなデルタ地帯が形成された。しかし中世まではむしろアドリア海の近くに位置していたメーゾラの集落も、ポンポーザのベネディクト会修道院も、いまでは内陸に建てられたかのようだ。

他方、フェッラーラ旧市街の南岸を直《じか》に洗っていたそれまでのポー河本流は、次第に水勢を失い、ついには涸れてしまった。そして死んだポー・プリマーロ河の縁にラヴェンナへ向かう道が踏み固められた。この道路沿いに、二〇世紀には鉄道が敷かれた。しかし水運の絶たれた都市フェッラーラは孤立し、流れ込む水を失った周辺の湖沼も浅瀬も湾岸も、いまでは動植物が豊かに棲む平原や湿原に回帰した。深い水を湛えているのは漁村コマッキオの周辺だけになった。そういう驚くべき自然の変化の過程に立ち会った知識人は、どのような考えを抱いたのであろうか。

詩人ダンテ・アリギエーリ(一二六五—一三二一)は最晩年にラテン語による『水陸論』を著わした。漠然とそのことを考えながら、何度か、私はフェッラーラとラヴェンナを結ぶ地方鉄道の汽車に乗ったのである。中世前期にビザンティン帝国の都として栄えたラヴェンナも、ヨーロッパ随一のルネッサンス宮廷文化を担ったフェッラーラも、近代に入って、豊かな産業都市や観光都市を結ぶ鉄道の幹線から外れ、特急列車も停まらなくなった。ましてや、痩せ細ったポー・ヴォラーノ河沿いにフェッラーラとコディゴーロを結んで走る小さな鉄道で旅をする者は滅多にいない。ある年の九月半ばに、通勤通学する人びとと二輛連結のコディゴーロ行列車に乗り合わせて、私は蚊の群れに悩まされた。車窓の外には一面の湿地帯が続く。ポンポーザの修道院の暗がりでも蚊に刺され、メーゾラの城でも蚊に悩まされた。エステ家の狩猟のために建てられたこの出城は、ポー河デルタ地帯の南端にあって、小説『薔薇の名前』(U・エーコ、一九八〇年)の異形の文書館に似た構造を備えている。

いまでは鄙びた景色になっているが、ヴェネツィアから島伝いに南下して港町キオッジャに入り、そこからメーゾラ、コマッキオを経て、ラヴェンナに至るアドリア海沿岸の街道は、ローマへの巡礼路として、中世末期から近代の初めまで、長いあいだ半島を上下に結ぶ重要な道筋であった。一三二一年九月、詩人ダンテは寄食していたラヴェンナの君主のために、使節となって、ヴェネツィア共和国へ赴いた。そして帰途のどこかで、悪い蚊に刺されたのかもしれない。急の病をえて(マラリアであろうといわれている)同月一三日夜半から一四日未明にかけて没した。

ダンテの家系はほぼ五代前まで遡ることができる。四代前の曾々祖父カッチャグィーダはフィレンツェの人で、第二次十字軍(一一四七―四九年)に参加し、ドイツ皇帝コンラート三世麾下の騎士になった。そしてイスラーム教徒を相手に戦死した。カッチャグィーダの妻はフェッラーラの人アルディギエーロ・デッリ・アルディギエーリの娘であり、ダンテの姓アリギエーリはこれに由来する。現在のフェッラーラに、アルディギエーリ街とカッチャグィーダ広場が隣りあわせて設けられているが、詩人の先祖の家は不明である。しかし、まったくの虚偽ではない。なぜならば、そこから一〇〇メートルほど南の(本章扉裏地図参照)Bと記したあたりには、紀元一〇〇〇年ごろに、カノッサの侯爵テダルドが城塞を築いていた。その頃はまだ「過去のポー河」の本流が砦の岸辺を洗っていて、そこに二つめの橋が架けられた。水路に囲まれたB地区には、大勢の武人たちが住んでいて、なかにユダヤ系も混ざっていた、と私は推測している。

なお、地図にAと記した箇所は、先に記したフェッラーラの《方形原領域》である。一辺が約二〇〇メートルの水路に囲まれたこの方形の城塞が、南岸を洗う大河ポーの中洲の島へ架けた第一の橋の防衛にあたっていたことは先に述べた。

《方形原領域》Aは、紀元六七〇年ごろに「宮廷人の城」と呼ばれて、ビザンティン帝国支配下の地方総督に守られていた。ひとつめの橋を守備するAと二つめの橋を防衛するBとのあいだには、やがて、水の流れと敵勢とを防ぐために分厚い壁の街路が二重に形成された。そして並行する二筋の街路の所どころをつないで、頑丈なアーチで補強するようになった。

初めてフェッラーラを訪れたとき以来、この奇妙な二重街路――ヴォルテ街――を歩くたびに、これが「過去のポー河」と並行して築かれた、水勢と敵勢とを防ぐための街の構造なのだと思い至るまでには、かなりの歳月が私には必要だった。

さらに独断を述べるならば、《方形原領域》AとB区域とを併合したものが「フェッラーラ旧市街」であり、この中心地域の形成にユダヤ人が大きく貢献した。その後さらに、エステ家支配による区域Cとルネッサンス期に整備された区域Dとが付加され、今日のごとくに城郭都市フェッラーラの構造が整ったのである。

ところで、ここで指摘しておかねばならないのは、この城郭都市の北東辺に設けられたユダヤ人墓地の存在である。死者の数は生者のそれにほぼ相応するであろう。すなわち、キリスト教徒の人口に拮抗して、ここではユダヤ人が歴史の重みを大きく担ってきたはずである。

ジョルジョ・バッサーニ(一九一六―二〇〇〇)は代々フェッラーラに住みつづけてきたスペイン系ユダヤ人の名家に生まれた。この都市には異端として火刑に処せられた宗教革命家サヴォナローラの生家を中心に大学が造られている。この区画の東隣りに、バッサーニ家の邸館がある。ただしバッサーニ自身は、隣町ともいうべきボローニャの大学に通って、その文学部を卒業した。小学校、高等学校、大学とつねに机を並べて学んだ友人にL・カレッティ(アリオスト研究やタッソ論をはじめとする古典文学者)がいた。大学ではA・ベルトルッチ(詩人)らボローニャ派の文学者たちと親交を結び、美術史の教授R・ロンギや画家G・モランディとも親密であった。

しかし、いま問題にしたいのは、彼が大学を卒業した一九三九年から、その後数年間にわたってフェッラーラを襲った、緊迫した状況下の物語群に関してである。まず第一に『クレーリア・トロッティの最後の年月』(ニストリ・リスキ社、一九五五年)を思い出しておこう。後に回顧してバッサーニは次のように記している。

クレーリア・トロッティという女性の主人公は想像上の人物である。けれども仔細にみれば、社会主義に殉じた老女性教師によく似ているであろう。その思想ゆえに迫害された彼女のもとへ、一九三六年から四三年へかけて、私は足繁く通った。本当の名前はアルダ・コスタという。政治的信条を共有し、友情に結ばれていたがゆえに、彼女を追悼する意味においても、私はこの作品を書いた。そして脇役に登場する青年ブルーノ・ラッテスは、幾分か私に似ていて、私の分身といってもよい。

バッサーニは一九三九年にボローニャ大学を卒業したと先に書いたが、それこそは前年に公布された人種法がイタリア・ユダヤ人たちの存在を窮地へ陥れていった年である。フェッラーラはミラーノと並んでファシズムを支えた都市である。それゆえ、ここに住んでいたユダヤ人は半信半疑になったであろう。他の土地に住むイタリア・ユダヤ人たちが次つぎにイスラエルやアメリカへ脱出していったとき、バッサーニの両親の世代は逡巡した。父親は医者(産婦人科)であったが、開業はしなかったらしい。母親は音楽家を志したが、結局は、家庭に釘付けになってしまった。弟のパーオロと妹のジェニーが生まれたからである。ジョルジョは長男であった。

大学を卒業するとすぐに、バッサーニは名門アリオスト高校の教師になった。しかし折から人種法に伴う差別があからさまになり、ユダヤ人たちは公職を追われた。同時に、その子弟も公立の教育機関から閉め出された。バッサーニは旧ゲットーに設けられた私塾のような施設で後進の指導にあたったのである。彼の授業が異彩を放つ魅力的なものであったことは、生徒たちが証言している。体制下の学校では教材に扱われなかったウンガレッティやモンターレの詩篇が語られ、ロッセッリ兄弟やグループ〈正義と自由〉について、またクローチェの思想やピントールの存在が話題にのぼった。『レッテラトゥーラ(文学)』誌(一九三八年四月号)が回覧され、ヴィットリーニの小説『シチリアでの会話』や、ジャーコモ・マルキという変名で発表されたバッサーニ自身の短篇も、そこに載っていた。マルキというのは敬虔なカトリック教徒であった母方の祖母の姓である。

そのころナチ＝ファシズムの暴虐に怯えた人びとが半島北辺から移ってきて、フェッラーラのユダヤ人のなかにも町を離れる者が出てきた。二〇歳代の初めに、人生の行く手に立ちはだかった壁を前にして、バッサーニはこのとき苦しんだのである。自分が没入しかけていた詩作という行為を擲《なげう》ってでもフェッラーラの土地に踏み止まること、それがバッサーニに課された。もしもあのときの試練に耐えられなかったならば、後年の自分の文学世界は開かれなかったであろう、と彼は述懐している。

彼にとっての試練の時期とは一九三八年から四三年までである。この間、バッサーニは地下の反ファシズム活動に専念したという。彼の行動の基盤になり指針にもなったのが、社会主義者の老いた女性教師アルダ・コスタ(一八七六―一九四四)すなわち作中人物のクレーリア・トロッティであった。

小説のなかでは、主人公の青年ブルーノ・ラッテス(バッサーニの分身)が八方手を尽くして、もはや伝説的な存在になってしまっていた老女性教師を探し出すことに、物語の力点が置かれている。ファシズム当局に警戒され、OVRA《オーヴラ》(反ファシズム監視弾圧局)に行動をチェックされていた社会主義者の女性は、意外にも、ユダヤ人青年主人公の家の近くに住んでいた。それが《方形原領域》の一角である。老女性教師はそこに隠れ住んでいたというより、むしろ軟禁状態に置かれていた。しかも監視をしていたのは、同じ建物に住む実の妹とその夫であった。バッサーニの描く物語のなかでは、身近な人びとが対立し、互いに相手を疑い、争いあう。別の言い方をすれば、同じフェッラーラの人びと同士がファシズムと反ファシズムとの双方に分かれ、かつ入り組んで、争いあうのである。

したがって、截然と対立する人間関係を、バッサーニは物語のなかで解明していくのではない。絡みあい縺れあった人間関係のうちに、未来への筋道を見出そうと苦しんで、さらなる混迷へと落ち込んでしまうのである。それゆえ、冷静に現状を分析し、未来への光を求めつつ、青年と老女はしきりに語りあうのであった。けれども、ふたりの密会じたいが、時を追って困難になる。ある日、危険を冒して外出した老女が旧ゲットーの青年の教室へ訪ねてくる。そしてしまいに、ふたりはフェッラーラの男女が公然と密会できる唯一の場所、すなわち街外れの周壁に近い墓地の草原へ行って語りあうのであった。

一九四三年五月初めのある朝、ユダヤ人生徒がわずか三名だけになってしまった教室に、バッサーニは姿を現わさなかった。反ファシズム活動の理由で逮捕されてしまったからだ。数日後には、古典語の若い女性教師であったマティルデ・バッサーニも来なくなった。やはり逮捕されたからだ。こうしてユダヤ人の子弟のための学校は閉ざされてしまう。

それから約三ヵ月、バッサーニたちはピアンジパーネ街の刑務所に拘留されていた。奇妙な名前(パンを求めて泣く)のついたその街路は、所どころがアーチで補強されている二重の街路――ヴォルテ街――の一筋南にあって、大昔にはまさにそこを「過去のポー河」の本流が走っていた。もちろん、老いた女闘士アルダ・コスタも監房のひとつに閉じ込められていた。そして七月二五日に宮廷クーデターが起こって、ムッソリーニは失脚した。フェッラーラにも一瞬の平和が戻ってきた。翌二六日に、バッサーニは釈放された。八月四日に、彼はボローニャでヴァレーリア・シニガッリアと結婚した。同じくユダヤ系である。ふたりはフェッラーラを離れて、しばらくはフィレンツェに住んだ。

そのころフェッラーラはナチ＝ファシストの完全な支配下に入った。《方形原領域》Aや旧市街Bのあちこちに息をひそめて住みつづけていたユダヤ人たちは強制収容され、フォッソリの中継収容所へ送られた。そして《最後の列車》に乗せられて、ほとんどが生きて帰らなかった。ただ、両親と妹だけが、サヴォナローラ街の隣りの区画にあった古い邸館の戸棚の奥に隠れていて、難を逃れた。フランスの大学へ行っていた弟は、スペインを経由してイタリアに戻り、抵抗戦線へ加わった。

バッサーニ自身は一九四三年一二月にローマに移った。翌四四年一月から二月へかけての日記が残されていて、レジーナ・チェーリ刑務所でレオーネ・ギンツブルグが虐殺されたことも、記されている。しかし女闘士アルダ・コスタがナチ支配下にあったコディゴーロの刑務所で獄死したことについては記されていない。彼女が正確にはいつ、どのような死に方をしたのかは、わからない。それればかりか、アルダ・コスタが、たとえばアナーキズム運動家として名高いアンドレーア・コスタ(一八五一―一九一〇)と関係があったのか、なかったのかさえ、私には判然としない。女性革命家アンナ・クリッショフや社会党の長老フィリッポ・トゥラーティたちと(これらの人物については第2章3節参照)、女闘士コスタはいかにも関係ありそうな記述が、小説中には出てくるのだが。それゆえ、小説作品だけを読んでいても、バッサーニがフェッラーラでどのような反ファシズム運動を実践していたのかは、またアルダ・コスタがどのような女闘士であったのかは、判然としない。

この難点を克服する資料として、ジョルジョ・バッサーニといっしょに旧ゲットーでの子弟の教育にあたっていたマティルデ・バッサーニの証言を、私は辛うじて見出すことができた。ただし、同じ姓でありながら、ふたりの姻戚関係は定かでない。簡単に述べるならば、マティルデはパードヴァ大学に学び、そこで従兄のエウジェーニオ・クーリエル(二一三頁)から影響を受けて、地下運動に入った。マティルデはフェッラーラでジョルジョとともにアルダ・コスタのもとに通い、労働者や学生たちを組織して、反ファシズム運動を推進したという。その後、フィンツィ家に嫁した彼女は、一九四四年前半に、ローマで武装闘争を展開し、膝に負傷した。しかし夏にはフィレンツェの解放戦線に加わったという。

2　一九四三年の長い夜

フェッラーラは中世以来の城郭都市である。ポー河平原に築かれた街並を囲む周壁は、距離にして延べ約九キロ。西方の鉄道駅へ出入りする付近を除けば、周壁に切れ目はなく、往時の防備の姿を留めている。突堤の上の道を、閑にまかせて、木立ち沿いに一周することもできる。

台形をなすフェッラーラの街並が地図の上でどことなく安定して見えるのにはわけがある。ひとつには、下辺を洗っていた「過去のポー河」が涸れて河床を露呈させるにつれ、スペード型の稜堡をいくつも築いて、南からの侵入に備えを固めたからである。いまひとつには、この都市の出発点になった《方形原領域》Aを、ほぼ相似形に拡大発展させて、何世紀にもわたり周壁を造りあげてきたからである。そして残るひとつには、旧市街Bのすぐ上に、市民生活の中心となる場（一般にチェントロと呼ぶ）、すなわち大聖堂や市庁舎や公共広場などを設け、さらに内濠に囲まれたエステ家居城を築いて、このあたりを宮廷城郭都市のいわば重心に定めたからである。

フェッラーラは前大戦のさい、空爆などによって重要な建造物の四〇パーセント近くを破壊されたが、すぐに修復を完了した。加えて、ファシズム期から始まった環境破壊の波を食い止めようと、そのための協会〈イターリア・ノストラ〉の会長を、作家バッサーニは長年つとめたという。

ところで台形の周壁に穿たれた東西南北いずれの城門から入っても、中心にあるエステ家居城に容易に到達する。内濠に囲まれた堅固な居城には四隅に段をなして方形の塔がそびえている。が、同時に三つまでしか、私たちの目には見えない。それゆえ、互いに似ていながら少しずつ異なる四塔の全容を見届けたいと願いつつ、濠の周囲をめぐり歩くことになる。

初めてエステ家居城の周辺を眺め歩いたとき、そうしてはならないことを、すぐに私は思い出した。日本でバッサーニの小説『フェッラーラ物語五話』(エイナウディ社、一九五六年)を読んだとき、その第五話に収められた「四三年のある夜」の書き出しの部分から強烈な印象を受けたためである。もしも居城の東側にある内濠に沿った歩道を往き来する者がいれば、それはフェッラーラの人間ではないであろう。いや、フェッラーラの歴史の惨劇を知らない人間であろう。バッサーニはそう書いていた。私にとっては無知を戒める文章のひとつであった。

二〇〇一年の秋、エステ家居城の南東隅の塔に嵌められた大時計を斜めに見上げながら、広い車道をはさんだ柱廊の下に、久びさに私は佇んでいた。白い列柱のアーケード街の上には店舗の持主たちの住居がある。市立劇場へ入る小路の角には相変らず薬局があった。そのガラス扉の脇に自転車が何台か立て掛けてある。

私の寄りかかる白い石柱の上には、車道側へ突き出して、緑十字が掛かっていた。それが薬局の印だ。半円形のアーチを支える列柱ごとに、異なる商店が続く。数軒先には小さなバールがあった。店の前のアーケードには客のためのテーブルが並べられ、椅子が置かれていた。

そのひとつに腰をかけて、私はエスプレッソ・コーヒーを注文した。五〇歳前後の主人が独りで店を切り盛りしていた。カップを運んできた彼にたずねてみる。「以前には、ここは違う名前の街路でしたね？」

私の問いに、一瞬、相手は戸惑った。そしてカップをテーブルに置きながら、隣の席で自転車を立て掛けていた年配の男に、助けを求めた。それゆえ私が言葉を続けた。「たしか……ローマ大通りといったのではありませんか？」

腰にセーターを巻きつけた年配の男は、袖をまくりあげた片腕をサドルから放して、宙を見据えていたが、やがて眼鏡を押しあげながら答えた。

「そう、ローマ大通りといった。戦争まえまでは。懐かしい名前だよ。」

ふたりに礼を述べてから、私はなおしばらく居城を眺めていた。左方に大時計を嵌めたマルケザーナ塔がそびえ、ほとんど正面には、水際から切り立つ城の壁の上に、「オレンジの樹の温室」に連なる屋上庭園が見えた。

車道には銀輪の群れが往き交っている。自動車は滅多に通らない。すぐ先の旧市街の入口で車止めになってしまうから。私が腰かけているアーケード街とは反対側の歩道には、濠に沿って、大人の胸の高さほどに、長い煉瓦の壁が続いている。観光客が立ち止っては歩き、また立ち止っては、濠の水面を覗き込んでいた。

アーケードの下のテーブルに頰杖をつきながら、私は向かい側の胸壁に沿って視線を移してゆく。煉瓦の壁面二ヵ所に、白く嵌め込まれた石碑が見えた。二つの石碑のあいだには少し距離がある。二〇メートルもあるだろうか。同時に双方を撃つわけにはいかない。

私は重い腰をあげて、車道を横切り、まず右手の石碑へ近づいて、刻まれている文字を読んだ。
ここで自由のために斃れたのは
パスクァーレ・コーラグランデ弁護士
ジューリオ・ピアッツィ弁護士
ウーゴ・テッリオ弁護士
アルベルト・ヴィータ・フィンツィ
次に左へ進んで、同じような石碑の文字を読んだ。
ここで自由のために斃れたのは
エミーリオ・アルロッティ上院議員
ヴィットーレ・ハーナウ
マーリオ・ザナッタ弁護士
マーリオ・ハーナウ
聖トマーゾ教会堂の壁の斜堤では
ジローラモ・サヴォヌッツィ工学士
アルトゥーロ・トルボリ会計士
ボルディーニ街では
チンツィオ・ベッレッティ
左手の石碑のところで胸壁が尽き、鉄柵の門になる。両側には白い方形の石が門柱のように積みあげられている。そこにも石碑が嵌められ、長い説明文が刻まれている。

要約しておく。一九四三年一一月一五日、夜明け。市民一一名を虐殺することによって、専横な体制がナチ・ドイツとの共犯行為を開始した。政治的自由を回復したフェッラーラは、正義と神と平和の理念の下に、この卑劣な犯罪を弾劾する。一九四五年一一月一五日。

《事件》については、その後さまざまに記述されてきた。しかしそれらの内容は、大同小異、私には腑におちない点で似通っていた。そういうなかにあって例外ともいうべき傑出した叙述の二つは、カラマンドレーイとバッサーニの書いたものだ。バッサーニの小説については、後に述べる。

カラマンドレーイの見解に接したとき、率直に言って、私は説得させられた。フランコ・カラマンドレーイという姓名の人物ならば、すでに二、三度登場している。一度はローマの《ラゼッラ街の襲撃》における副指揮官として(一五三頁)。別の一度は、その襲撃後に逮捕されたが、ファシズム警察の獄舎を破って脱出に成功したときに(一八一頁)。

だが、いまから取り上げるのは、息子フランコではない。その父親ピエーロ・カラマンドレーイ(一八八九―一九五六)のほうである。この卓抜な反ファシズム思想家の活動については、私のような門外漢の寸評ではなく、本格的な研究があって然るべきであろう。が、とりあえず一九五〇年一一月一五日に、フェッラーラ市庁舎のバルコニーで行なわれた、彼の記念演説(一九五五年刊の著書に所収)の概略を記しておく。

「七年が経った、一九四三年一一月一五日から。」この書き出しでわかるように、カラマンドレーイは《事件》を風化させるまいと、フェッラーラの市民に語りかけていく。聴衆のなかには多数のユダヤ人がいたはずである。カラマンドレーイはフィレンツェに生まれ育ち、ピーサ大学を卒業した後はメッシーナ、モーデナ、シエーナの各大学で法学を講じ、三〇歳代半ばからは終生フィレンツェ大学で教鞭をとった。

カラマンドレーイは行政法の大家であり、同時に著名な弁護士として活躍した。早くからロッセッリ兄弟の志を承け継ぎ、グループ〈正義と自由〉や行動党に加わって、反ファシズム活動に専念した。そして解放後には政治と文化の雑誌『ポンテ』を創刊して論陣を張ったのである。

《事件》から満七年が経った日、フェッラーラの市民を前にして、カラマンドレーイは当時の、すなわちファシズム期の、新聞や出版物、目撃者や生き残った人びとの証言をもとに、事態と状況とを再構成し、自分の推論を加えながら、《事件》の真相と意義とを明らかにしてみせた。

カラマンドレーイによれば、一九四三年一一月の事態は、それよりも百日ほど前の七月二五日、すなわちムッソリーニ失脚に、端を発しているという。

あの日、悪夢のごとき苦難と屈辱とにまみれた、二〇年にわたるファシズム支配が崩れて、一瞬の晴れ間のように、ここフェッラーラにも安らぎが戻ってきたではないか。まるで霧が霽《は》れたときのように、ここの街路からもファシストたちが姿を消したではないか。しかし、九月に入って、ドイツ軍が現われ、秋とともに暗雲は垂れ込めてきた。一一月にはユダヤ人全員に対する逮捕と財産の略奪が始まった。そして一一月一四日が来たのである。その日、ヴェローナ市のカステルヴェッキオでは、息を吹き返した全土のファシストたちが再起の集会を行なっていた。

一四日、日曜日の午後。そういうヴェローナでの集会の最中に、ファシズム党フェッラーラ支部長殺害の報せがもたらされた。議事を中断して、党書記長が告げたという。「今日この場に同席しているはずであった、フェッラーラの支部長ギゼッリーニが……拳銃六発の弾丸によって暗殺された。この報復はただちに実行されねばならない……。」

翌一五日付『コッリエーレ・デッラ・セーラ』紙によれば、次のように書かれている。「……すると一斉に会場から憤りの叫び声があがった。フェッラーラに行こう、みなでフェッラーラに！」

議長はしかしながら議事を進行せねばならないとみなに告げ、フェッラーラには同市の党員たちとともに、ヴェローナ市のファシズム警察隊とパードヴァ市の行動隊とが、それぞれのトラックに乗って、復讐へ向かうように、と指示を出した。このとき以来ファシストたちのあいだでは「フェッラーラ化する」という合言葉が使われだしたという。「イタリアをフェッラーラ化する」といったように。

ここで注意しておきたいのは、ファシズム党フェッラーラ支部長ギゼッリーニを殺害した犯人が誰であるかは、ファシストたちにはわかっていたことである。それは党支部の内紛による結果であった。そこで、カラマンドレーイはその人物について言及せずに、次のように言う。

復讐は、たしかになされた。だが、何に対する復讐であり、誰に対する復讐なのか？ それは党支部長殺害の犯人に対する復讐ではない、なぜならば、あなた方が知っているように、犯人はほかならぬファシストの隊列のなかにいたのだから。したがってそれは無実に対する、文明に対する、穏和で正直な人びとの誠実さに対する、復讐だったのだ。敢えていうが、それは七月二五日に対する、あの日を祝って同意した穏和な人びとの心に対する、復讐だったのだ。

カラマンドレーイには文学作品の創作や文学研究書もある。しかし彼は何よりも思想家であり、同時に私の考えでは古典的な雄弁家であった。彼の文章には雄々しい声が漲っていて、強い説得力を発揮する。あの日の悲劇的な事態について、彼は次のように述べる。

かくして、一九四三年一一月一四日から一五日へかけての夜間にフェッラーラで起こったことは、あの七月二五日に対する復讐であった。あの七月二五日に、思わずほっとして微笑みを浮かべ、これで流血の時期が終った……そう思い込んだ人びと——それがイタリア民衆の大部分であった——に対する、復讐であった。その証拠に、あの夜の闇のなかで選び出された人びとは、あらゆる階層にわたっていた。彼らに貴賤の区別は無く、学者もいれば労働者もいたし、カトリック教徒もいればユダヤ教徒もいた。反ファシズムの闘士もいれば政治に無縁な者もいた。互いを区別する点に意味はなく、犠牲者である点でのみ彼らは等しかった。

「あの夜の事件の細部について、いまは繰り返すまい」、そう断わったうえで、カラマンドレーイは付け加えた。

思い出していただきたいのは、虐殺行為が終ったあとに、ヴェローナから来たファシスト隊員たちが、任務を終えたことに満足して、犠牲者たちの山を居城の前に黒ぐろと放り出したまま、酒場へ入って賑やかに呑み明かしたことである……。

さらに翌日には、フェッラーラの警察当局が次のような報告書を作成したことも、いまでは周知の事実である。

「身許不明の一一死体を発見。死因も犯人もまったく不明。」

カラマンドレーイはこれら「一一死体」の身許を、次のように分けながら、説明した。私的怨恨か別個の理由で別々の場所で虐殺された者たちが三名（すなわち線路工夫ベッレッティと会計士トルボリと工学士サヴォヌッツィ）。それにエステ家居城の前でまとめて銃殺された者たちが八名。

後者の八名を、さらに、ユダヤ人四名と弁護士四名とに分けた。ユダヤ人グループは、鞣革《なめし》商人ハーナウ父子すなわちヴィットーレ（六五歳）とマーリオ（四一歳）、商会会長で六人の子供がいたヴィータ・フィンツィ、それにファシズムにとっては裏切者である上院議員アルロッティ。

残る弁護士グループは、ピアッツィ、テッリオ、ザナッタと、裁判官をもつとめたコーラグランデ。このうちテッリオ弁護士は、反ファシストでありかつユダヤ人でもあったから、二重の憎しみを受けたにちがいない。他の三弁護士は、単に役職上の理由によって、銃殺された。

カラマンドレーイの考えによれば、弁護士たる者は所定の官服トーガを着用して、いかなる暴力にも権力にも屈することなく、一貫して正義の名の下に不正と闘ってきた。だからこそファシズムの暴虐者たちは弁護士を畏《おそ》れて虐殺の的に選び出したのである。また裁判官をもつとめたコーラグランデに関しては、最後の夜の彼の言動を、目撃者たちの証言から再構成して、フェッラーラ市民を前に以下の要約のごとく演説を締め括った。

あの七月二五日の朗報によって、群衆が狂喜しながら街路に溢れ出た翌朝のことである。謹厳実直な司法官コーラグランデは刑務所へ駆けつけ、拘留されていた反ファシズムの政治犯たちを釈放した。それがために、九月八日から彼は、同じ獄舎に繫がれたのである。そして一一月一四日の夜に銃殺班が探しに来たとき、ひそかにコーラグランデを逃そうとする動きがあった。しかしコーラグランデは言い返したという。「助かるならば全員だ。さもなければ、誰でもない」そして真先に、銃口の列に立ちはだかるや、判決を下すように叫んだ。「殺人犯《アッサッシーニ》だ！」突き出された遺骸の腕は、固く拳《こぶし》を握りしめていた。

生涯をかけてフェッラーラの都市と人びとを描きつづけた作家バッサーニは、短篇「四三年のある夜」によって、同じ《事件》を別の観点から捉えた。

反ファシズムの思想家にして政治学者カラマンドレーイが、フェッラーラ市民を前に熱弁をふるったのは、《事件》からちょうど七年後の一九五〇年一一月一五日。そしてバッサーニが問題の短篇をローマの雑誌『ボッテーゲ・オスクーレ』に発表したのは一九五五年。これを第五話に収めた短篇集『フェッラーラ物語五話』によって、バッサーニはストレーガ賞を受けた。

ただし、この短篇集は度重なる改変を経て『周壁の内側で』となり、全六巻『フェッラーラの物語』(決定版、一九八〇年)の第一巻に落着いた。その間、短篇「四三年のある夜」にも作者はさまざまな修正を加えたが、いまは論議の対象としない。文学手法上、異校の比較検討は大切であり興味深いが、行き着く先は別の問題だからである。バッサーニの名誉のため一言断わっておくが、彼は生涯をかけてフェッラーラの風土と人心を描き出すために文体の工夫と技法とを重ねながら、稀に見るイタリア語現代文の使い手になった。

ところで、エステ家居城の濠端に折り重なって斃れていた《身許不明の一一死体》を、バッサーニは短篇のなかで二つのグループに分けた。ひとつはピアンジパーネ街の刑務所から引き出されてきた五名(全員が弁護士)の遺骸であり、残るひとつは別個に各自の居場所から連れ出されてきた六名(内訳は国会議員、工学士、会計士それぞれ一名。そしてユダヤ人二名と労働者一名)の遺骸である。

ここで《事件》の発端に話を戻しておこう。一九四三年一一月一四日、北イタリアのヴェローナ市で、息を吹き返したファシストたちが再起の集会を開いていた。フェッラーラの党支部長が行方不明であるという報せは午前中から伝わっていた。そして午後には支部長ギゼッリーニ暗殺の詳報が入ったこと、当時相次いでいた「テロによる」ファシズム幹部殺害の報せに、いきり立ったファシスト参会者たちが「フェッラーラに！」と叫んで報復の合言葉を作りだし、警察隊と行動隊とが復讐に向かったことなどは、前に記したとおりである。

文学作品以外の文献から知りえた情報のいくつかを補っておこう。

(1)ヴェローナのファシズム党会議場では「殺されたファシスト一名に対して一〇名の報復を」という規準が叫ばれた。

(2)フェッラーラの党支部長を暗殺したのは反ファシストではなく、「親しい仲間内」であり、会議場でその名前も口にされた。

(3)議長をつとめていた党書記長パヴォリーニが議事を中断して、報復の手筈を整え、その任務をノヴァーラのファシスト、ヴェッツァリーニに託した。

(4)ヴェローナのファシズム警察隊を率いてフルロッティがフェッラーラに赴いた。

さらに細かい経緯を記すならば、ヴェローナを出発して報復のためのファシスト要員を乗せたトラック(バッサーニの作中ではヴェローナの番号標識《ナンバープレート》をつけた四台とパードヴァの二台)は、一一月一四日日曜日の夜八時頃に、轟音をたてて雨のフェッラーラに入り、銃声と歌声を交えながら市民を威嚇して街路を走りまわった。彼らは党フェッラーラ支部が作成した反ファシスト八四人の名簿をもとに捜索をすすめ、夜半までに七五人(七四と記す文献もある)の市民を拘束して、ファシストの関連施設に集めた。

そして翌一五日月曜日の夜明けに、エステ家居城の濠端で、惨劇が展開したのである。その実態については近年になって新しい説も発表されている。が、いまは、バッサーニの短篇に沿って話を進めておこう。

念のために断わっておくが、バッサーニが書いたのは小説である。そのため作中人物の姓名は実際とは異なっている。《事件》が起こった月日も実際とは異なって、一二月一五日夜から翌一六日朝にかけて、になっている。また現実の惨劇の晩にはフェッラーラで雨が降っていたのに、小説のなかでは雪が降っている。

さらに、バッサーニの作中では、惨劇が起こったローマ大通り(現在の街路名は自由の殉教者大通り)の、濠端とは反対側のアーケード街に、一軒の薬局とカッフェ・ボルサという店があって、とりわけ、薬局の主人ピーノ・バリラーリと若い妻アンナとが、惨劇の目撃者として、重要な役割を果たすことになる。先に、小説の情景を先取りして、私は旧ローマ大通りのアーケード街に同じような薬局と小さなカッフェ(バール)が現存することを記しておいた。

小説にはもうひとり、「疫病神《シャグーラ》」という渾名のしたたかなファシストが登場する。カルロ・アレトゥージという姓名をもつこの人物はバッサーニの虚構の存在であるが、同時にフェッラーラ市民には「あれだ」と思い当たる実在の人間であった。

短篇「四三年のある夜」の作者バッサーニの考えによれば、《事件》の夜ヴェローナから六台のトラックに分乗してフェッラーラに来たファシスト部隊が、ピアンジパーネ街の刑務所へ乗りつけるのには、何の苦労もなかったはずである。そして所長に名簿を突きつけて、五名の弁護士を引き渡させたのも、容易にちがいなかった。

小説中の人物名はみな架空のものである。弁護士五名は反ファシストであって、内二名は社会主義者であり、残る三名は行動党に所属していた。行動党のファーノ(ユダヤ人の姓)という弁護士が、カラマンドレーイの書く、真先に銃口の列に立ちはだかったコーラグランデになる。

ここで付言しておくが、ほかならぬこのコーラグランデの決断によって、数ヵ月前の七月二六日に、バッサーニはピアンジパーネ街の刑務所から釈放されたのである。そして入れ替りのごとく囚われの身となったコーラグランデをはじめとする弁護士たちは、バッサーニの同志もしくは親しい知人であった。

そういうバッサーニによれば、《事件》の夜にヴェローナから駆けつけてきた、いわば余所者《よそ》のファシズム部隊に、残る六名の市民を探し出せるはずがなかった。別の言い方をすれば、フェッラーラの内情に詳しい人物がいたからこそ、残る六名を探し出せたのである。たとえば、ユダヤ人カーセス父子の場合のように(実際にはこれが殺されたハーナウ父子であろう)。

バッサーニは書いている。

九月の大規模な捜索を逃れたユダヤ人のなかにあって、ふたりは皮革製品の商売に専念していた。政治のことなど夢にも考えたためしがなく、旧ゲットーの袋小路にある古い家の納屋に隠れていた父と子は、アーリア人で、敬虔なカトリック教徒であり、妻であり母親である女性によって、床にあけた穴から食べ物をもらって生き延びていた。

そのようなユダヤ人父子を、どうして余所者が探し出せたであろうか?

たとえばまた、国会議員アッボーヴェの場合がある(これが殺された上院議員アルロッティであろう)。アッボーヴェはジョヴェッカ大通りに住んでいたが、自分の邸館で捕まったのではない。彼は旧市街のなかでも分りにくい《方形原領域》に隣接した、小路の奥の崩れかけた中世修道院の一隅にいたところを、ファシストたちに踏み込まれて、連れ出されたのであった。その建物を安値で手に入れ、内部を改造して、彼は自分の仕事場にしていたのである。

一九四三年七月、宮廷クーデターによってムッソリーニが失脚したあと、バドッリオ軍事政権の四五日間に、国会議員アッボーヴェの仕事部屋で国王権力に近づこうとする秘密の会合が何度かもたれた。その集まりに工学士(これが周壁東南の斜堤で殺害されたサヴォヌッツィであろう)と会計士(同じく斜堤で殺害されたトルボリであろう)とは、常連として参加していた。しかし毎回誘われながら参加しなかったのが、「疫病神《シャグーラ》」であった。

ここまで書かれれば、バッサーニの主張は明らかである。すなわち、フェッラーラの事情に明るい古参のファシスト――渾名はシャグーラ――を除いて、他の誰が旧市街の目立たない建物に潜んでいた人びとを探し出せたであろうか。
ただし線路工夫ベッレッティ(小説のなかでは電力会社の工員)だけは例外である。この労働者は外出禁止の時間帯に、仕事のため街路へ出たところを、ファシズム部隊に見咎められて命を落としたのだから。
濠端の胸壁二ヵ所に嵌め込まれた石碑の光景を思い返しつつ、バッサーニが作中に描いた惨劇の場面を、以下に訳しておく。

斃れた人びとの、数は一一あった。折り重なって三つの塊をなし、城の内濠の胸壁に沿って、カッフェ・ボルサとバリラーリ薬局のちょうど反対側の歩道に、累々と横たわっていた。それらを一つひとつ数えながら身許を確認しようと、思いきって歩み寄った最初の市民にとっては――遠目には、人の体とも見えなくて、襤褸《ぼろ》きれか、あるいは哀れな襤褸や荷物が、そこへ投げ出されたかのように、汚れた雪のなかで、陽にさらされていたので――うつ伏せになった死体を仰向けに起こさねばならなかったし、縺れあって倒れたために、いまでは絡まりあい大きな塊になった亡骸の硬直した手足を、一本一本、引き離さねばならなかった。

しかし集まってきた市民が犠牲者たちに近づくことは簡単ではなかった。すぐにファシストの見張りが駆けつけてきて、威嚇し、群衆を追い払ったからである。にもかかわらず、ファシスト側の目的はあくまでも報復であり、見せしめのために、《身許不明の一一死体》を、濠端の歩道にさらしつづけたのである。

短篇「四三年のある夜」はこの凄惨な光景から生み出された。ただし作者バッサーニが自分の目で惨劇を見たわけではない。前にも述べたように、彼は七月末にピアンジパーネの刑務所から解放され、ただちにフェッラーラを離れて、秋にはフィレンツェに潜伏していたので。

映画〈43年の長い夜〉の1シーンより(1960年製作, 監督 F・ヴァンチーニ, 邦題〈残酷な夜〉)

九月に入ってから、ドイツ軍の後ろ楯でファシズムが息を吹き返すや、バッサーニたちを釈放した弁護士コーラグランデ(小説のなかではファーノ)らは逆にピアンジパーネの刑務所に拘束され、《事件》の夜明けに濠端へ引き出されたのである。

無情な銃声が鳴るまえに、ファーノ弁護士があげた「甲高い、鋭い叫び声は、大聖堂広場周辺やジョヴェッカ大通りの家々のなかまで聞こえた」という。しかし誰が決定的なその瞬間を目撃したのか。

ここで、ローマ大通りを挟んでアーケード街に住む薬局の主人ピーノ・バリラーリが登場する。父親の遺産によって立派な店を受け継いだピーノは、一九三七年の秋に、フェッラーラじゅうの注目を、にわかに集めた。一七歳の美貌の娘アンナと結婚したからである。男友だちの多いことで噂の絶えなかった彼女が、なぜ三二歳の冴えないあんな薬屋と……。

それから二年も経たないうちに、突然の麻痺に襲われ、ピーノの脚は立たなくなった。以来、彼はアーケードの上の窓辺に、あたかも劇場の正面桟敷にすわる客のように、パジャマ姿の上半身をみせながら、濠端の往来を眺めるようになった。

そして《事件》の夜、いつものように、半身不随の夫を寝かしつけてから、アンナは家を出た。「……せいぜい一時間後には戻ってこられることがわかっていた——薬局を営んでいることを口実に、夜間の外出禁止時間にも有効な、通行許可証も持っていたので。」

ところが半時間もしないうちに、銃声が響きわたって、街路は騒然となった。それゆえ、足止めを食った親しい仲の家から、彼女が戻ってこられたのは夜明け近くであった。雪はとうに降り止んでいて、満月が街路を照らしていた。人気のないローマ大通りに入ると、いつものように城のマルケザーナ塔の大時計が見えた。「四時二一分」だった。

いつもとちがって「襤褸きれか荷物のようなもの」が、胸壁の手前の歩道に、散らばっていた。アンナは自分が何をしているのかもわからずに、大通りを横切って、正体不明の塊に近づいた。そしてそれらが惨殺された死体であるとわかったとき、自分を見つめる者の視線に気づいた。振り返ると、アーケードの上の窓に、見おろしている夫の目があった。

同じ日の夕方、拳銃六発の弾丸によって殺害されたファシスト支部長ボロニェージ（《事件》の発端になったギゼッリーニであろう）の葬儀を取り仕切ってきた——その葬列には多数の臆病な市民たちが加わった――古参のファシスト「疫病神《シャグーラ》」が、見せしめの《身許不明の一一死体》が散らばる濠端へ、視察に立ち寄った。

見張りのファシストたちが駆けつけてきて報告した。身寄りらしい連中が近づくのを追い払ってはいますが、いくら脅しても動かないやつがいます。「そう言ってから、片手を上げて、ひとつだけ明りの点る窓を指差した。するとそのガラスのかげに、じっと動かない、ピーノ・バリラーリの影法師《シルエット》が浮かび上がった。」

ファシズムが政権を取るきっかけになったローマ進軍(一九二二年)に、ピーノは弱冠一七歳で汽車に乗りフェッラーラから参加した。古参のファシスト「疫病神《シャグーラ》」とはそれ以来の知りあいであった。物語はこのあと愛と憎しみの関係を軸に屈曲した展開をみせるのだが、いまは、むしろ非文学的な私の空想を、最後に付け加えておく。

というのも、先に記したごとく、文学作品以外の文献に「ヴェローナのファシズム警察隊を率いてフルロッティがフェッラーラに赴いた」とあったからだ。これは、ムッソリーニ失脚の原因をつくった「反逆者たち」を裁く二ヵ月後のヴェローナ裁判で、銃殺刑を執行したさい、チャーノ(ムッソリーニの娘婿)に止《とど》めの一撃を放った人物である。

したがって、ヴェローナの場合とほぼ同様の銃殺班が処刑にあたったとすれば、胸壁の前に引き出された人びとに向かって、警察隊員二五名が横二列に並び、前列は片膝をつき、後列は起立したまま、銃を構えたであろう。そのときであった、「殺人犯《アッサッシーノ》だ!」という叫び声が響きわたったのは。同時に「撃て!」という指揮官の声も聞こえたであろう。

次の瞬間には、轟音がすべてを掻き消した。それがフェッラーラにおけるレジスタンスの、そして市民同士が殺しあう内戦の、始まりであった。カラマンドレーイもバッサーニも忘れてはならない歴史の一場面を指摘したのである。ただし、反ファシズムの闘士は「殺人犯《アッサッシーニ》だ！」と複数形で叫ばせ、反ファシズムの作家は「殺人犯《アッサッシーノ》だ！」と単数形を用いた。さらに文学の立場から言えば、いかなる体制の変転のなかでも、「疫病神《シャグーラ》」と渾名されるがごとき人物は、大手をふって、世のなかを罷り通っている。

3 マッツィーニ街の墓碑

城郭都市フェッラーラでは第二次世界大戦によって主要な建物の四〇パーセント近くが被災したという。いや、被害はそれ以上に甚大であった、と強調する者もいる。たとえば、あの堅固で美しいエステ家居城でさえ、一角を無惨に破壊された。堅牢そのもののディアマンティ宮殿も一部が壊され、聖ベネデット教会堂の大円天井が失われ、聖ジョルジョ大聖堂《ドゥオーモ》も被災した。

この機会に思い出しておきたいのは、イタリア半島における諸都市が蒙った空爆などによる被害は、ドイツ軍にではなく、もっぱら米英など連合軍によってもたらされた点である。フェッラーラの場合も例外ではなかった。

市当局の出版した文献『空爆下のフェッラーラ』によれば、人的被害は次のとおりである。

(1) 一九四三年一二月の最初の空爆から四五年四月の解放までに蒙った市民犠牲者は一〇七一名。

(2) ナチの強制収容所に連行されて死亡したユダヤ系市民は一五八名。

(3) 解放闘争に斃れたフェッラーラの愛国者は四三一名。

エステ家居城の北数百メートル、いわゆるルネッサンス街区の中心に建つディアマンティ宮殿は、フェッラーラ派の絵画を収蔵する国立美術館としてあまりにも名高い。それに比べて目立たないが、隣接して、イタリア国家統一《リソルジメント》独立運動と抵抗運動《レジスタンス》の博物館がある。ドイツ占領軍、SS部隊、ファシスト軍団などの遺留品が並べられたり、対抗したパルチザン部隊の活躍を示す資料が展示されていた。

しかしながら、ままあることだが、室内の写真撮影は一切禁止。パンフレット類はなく、関連資料が二〇種類ぐらい入口に並べられていたが、頒布できるものはないという。半ば呆れていると、館員のひとりが贈与してくれた。それが先に掲げた『空爆下のフェッラーラ』(ガンディーニ編著、一九頁、一九九九年)である。大半は犠牲者の氏名、生没年、被災場所などを記したものであり、もちろん貴重な資料だが、検討すべき問題点も多く含んでいた。

例をあげるならば、「解放闘争に斃れたフェッラーラの愛国者は四三一名」として全員を「パルチザン」にし、老女闘士A・コスタも、胸壁の前で銃殺され死体をさらされた一一名も、同列に数えあげている。また、フェッラーラから連行されて強制収容所で死亡したユダヤ系市民は九六名だけなのに、フェッラーラ出身者たち六〇名ほどを加えている。生還者についての記述はない。

ところで博物館展示室に、濠端に折り重なって斃れていた《身許不明の一一死体》に関しては、映画の一場面を拡大したスチール写真を掲げていた(三三五頁参照)。おそらく大多数のイタリア人は《事件》を映画〈四三年の長い夜〉(監督ヴァンチーニ、一九六〇年)で知ったのであろう。この映画は〈残酷な夜〉と題されて、一九六一年に、日本でも公開された。が、その印象、反響、批評など、正確なものを一切、私は知らない。

ついでに記しておくが、バッサーニの作品を映画化したものに、〈フィンツィ・コンティーニ家の庭〉(監督デ・シーカ、一九七〇年)と〈金縁の眼鏡〉(監督モンタルド、一九八七年)がある。前者は〈悲しみの青春〉と題されて一九七一年に、後者は〈フェラーラ物語〉と題されて一九九〇年に、それぞれ日本で公開された。

いまは映画〈四三年の長い夜〉と原作者バッサーニとの関連について簡単に記しておく。監督ヴァンチーニは一九二六年にフェッラーラに生まれた。《事件》のときには一七歳であり、《身許不明の一一死体》を遠巻きに眺めたか、あるいは直接の目撃者から話に聞いたことであろう。脚本はパゾリーニとの共同執筆で成った。

パゾリーニは一九二二年にボローニャで生まれ、戦乱の時期ではあったが、基本的にボローニャで学業を終えた。戦後、疎開先のフリウーリ地方から母親とローマに移り住み、次第に文名をあげ、やがて映画界でも華々しく活躍したのは、世に知られているとおりだ。ただし、まだ世に容れられなかったころ、パゾリーニは貧しく苦しい生活のなかで陰に陽にバッサーニの支援を受けた。無名のパゾリーニの才能を、バッサーニが高く評価したからである。そのころローマで、バッサーニは国際的文芸誌『ボッテーゲ・オスクーレ』の編集を任され、映画界でも脚本の製作に早くから従事していた。

ボローニャの文学風土に育ったパゾリーニは、同郷の先行詩人であるバッサーニやベルトルッチから強い影響を受けた。バッサーニは自分が小説家である以前に詩人であることを終生主張していたし、盟友の詩人ベルトルッチの息子二人が詩文よりむしろ映画において活躍していることは周知のとおりである。また、映画監督ヴィスコンティの活躍の軌跡がバッサーニの文学観にほぼ並行して展開したと考えているのは、私だけであろうか。

けれどもヴァンチーニとパゾリーニに託された短篇「四三年のある夜」の映画化は、バッサーニにとって満足のいく結果にならなかった。

小説と映画が種類《ジャンル》を異にする芸術である以上、映画化にさいして原作にさまざまな変更と修正とが加えられることは、バッサーニも充分に承知していたであろう。ただ、この作品の場合、作家として承認できなかったのは、映画化におけるタイトルの変更であったという。晩年のインタビューのなかで、彼は次のように語っている。

〈四三年の長い夜〉と名づけられたヴァンチーニの映画は、さらしものになった虐殺の客観的な描写において、とりわけすばらしい。つまり、そのとおりであったがゆえにすばらしい描写なのであり、創り出されたものではない。ところが私の短篇は違う。さらしものになった虐殺を語る以上に、主人公ピーノ・バリラーリの事件を物語っているから。彼は——まさにこの点に彼の悲劇が成り立つのだが——殺戮者たちの側にありながら、どうしても彼らといっしょにはなれない。それゆえに裁判官の問いに答えて、証言するのだ。「わたしは眠っていました」と。

どうやら映画も原作と同様に、解放後に生じた《事件》の黒幕ファシストをめぐる裁判の場面を取り入れているようだ。法廷で厚かましくも無実を主張し、証拠を出せと息巻く古参のファシスト「疫病神《シャグーラ》」の前に、ついに証人として車椅子に乗った薬局店主ピーノ・バリラーリが登場する。

車椅子を押す介添役の妻アンナを含めて法廷じゅうの人びとが固唾をのんでピーノの証言を見守った。そして吐かれた科白が「眠っていました」なのである。敢えて付言しておくが、この証言を、不倫の夜から戻ってきた妻の行動を黙認するための言葉だ、などと考えてはならない。

バッサーニの説明は彼特有の晦渋さを伴い、やや分りにくい。それゆえ私なりの言い換えをしてみる。「長い夜」とは特別の夜を、すなわち眠られぬ夜を意味する。ところがバッサーニは逆を、常態の夜を表わしたかったのである。

バッサーニの短篇は史実を踏まえて書かれている。《身許不明の一一死体》を胸壁前でさらしものにした報復措置が、実際には、ファシズム党の内紛に発した卑劣な犯罪行為であったことは、一九四八年九月二五日、フェッラーラの戦後法廷で明らかにされた。しかし、それだけでは足りない、と文学者バッサーニは考える。やはり晩年のインタビューに答えて、彼は次のように説明した。

あの時代のフェッラーラの社会は現在と根本的に違っていた。それはごく少数のエリートだけがいた社会であり、残りは大衆であった。と言っても、いるのかいないのか定かでない大衆であった。いまでは私たち全員が同等である。もしくは、ほぼ同等な存在である。ところが、あの時代のフェッラーラには、今日の私たちのイタリア社会に似たものは、何もなかった。要するに、貴族階級の残滓だけを留めた社会があって、そこではほとんど全員がファシストであった。ユダヤ人たちだって、ほとんど全員がブルジョアであり、商人であり、大土地所有者であり、その他の何であれ、ユダヤ人たちだってほとんど全員がファシストであった。この点を私は語ったのである。

要するに、被害者の追悼を行ない過去を歴史化しても、真の未来は開かれずに、忘却だけが日常を支配していってしまう。バッサーニはそう言わんとしているようだ。私なりの言い換えをさらにしておく。あの時代のフェッラーラには現在と異なる人びとが住んでいた。ピーノ・バリラーリもそのひとりであった。

半身不随の彼の眼前で《事件》は展開した。ピーノはすべてを見た。勇気ある弁護士の「殺人犯だ！」という声も聞いた。しかし自分は立ち上がれず、叫び声のひとつもたてられなかった。それゆえ証言したのである。「わたしは眠っていました」と。

フェッラーラの主要な建築物が戦争の惨禍を蒙ったことは先に記した。が、旧市街の中心であったにもかかわらず、ユダヤ人居住区は無傷のままに残った。

しかし多くのユダヤ人が逮捕連行され、強制収容所から帰らなかった。身を隠して逮捕をまぬがれた者たちは解放と同時に戻ってきた。フェッラーラではユダヤ人共同体の発案によって、マッツィーニ街九五番地、シナゴーグ入口の左右の壁に、白い大理石の墓碑を掲げることにした。向かって左側には、ヘブライ語による哀歌(一、一八)が二行に刻まれ、邪《よこしま》な人種差別による犠牲者は全ヨーロッパで六〇〇万以上、イタリアでは八〇〇〇以上、そしてフェッラーラ縁《ゆかり》の人びとは一五〇以上と記された。右側の壁面には、まず詩篇(四四、二三)がヘブライ語で刻まれ、フェッラーラの共同体が出した犠牲者数を九六名と記し、その下に二列にわたって失われた人びとの姓名を刻みつけた(後に一名を追記)。

一九四五年八月のある日、もはや帰らない人びとの姓名を刻んだ大理石の墓碑が、真昼の陽光の下で、若い職人によって壁面に取りつけられていた。工事を見守る人だかりのなかで、足場に昇って作業をしていた職人の踵《かかと》を、嘲るように突ついて話しかける人物がいた。

バッサーニの短篇集第三話「マッツィーニ街の墓碑」(初出は『ボッテーゲ・オスクーレ』誌、一九五二年)はこのような場面の描出から始まる。若い職人が足場の上で振り向くと、「奇妙な毛皮の帽子を目深にかぶった、背の低い、ずんぐりとした男がいた。何という肥《ふと》りぐあいだ! まるで脹《ふく》れあがった水死人ではないか。」

男はジェーオ・ヨスッと名乗り、「そこに名前を刻まれている者だ」と言った。そして腕をまくりあげ、手首に刻まれた数字の入れ墨を見せた。変り果てたジェーオの姿を、しばらくは誰にも見分けられなかった。が、やがて、ひとりが進み出て、彼に抱きついた。叔父のダニエーレ・ヨスッであった。再会した二人は連れだって家へ帰った。サラチェーノ街から下のボルゴ街へ進み、《方形原領域》の上手《かみて》にあるエステ家墓所のコルプス・ドミニ修道院へ出た(三四九頁地図参照)。そして二人は向かいの広大な屋敷へ入った。しかしヨスッ家の邸館は、戦時中にはファシスト軍団に占拠され、戦後にはパルチザンの統治本部となっていた。

ジェーオはその日から屋敷全体を見渡す邸館中央の高い一室に陣取って、日夜、パルチザンたちを威圧する。不法占拠をしていたパルチザンたちはやがて旧ファシズム党本部の建物へ移転していく。他方で、平和と復興の気運が漲るフェッラーラ市の中心街で、ジェーオ・ヨスッは時流に逆らって奇妙な行動をするようになった。そのひとつが、ピーノ・バリラーリ薬局のすぐ近くにある賑やかなカッフェ・ボルサで、着飾った客たちを前に、「強制収容」の悲惨な光景を語りつづけたことである。あの縞模様の囚人服を着込んで。

アウシュヴィッツの地獄から生還した作家プリーモ・レーヴィも、ジェーオ・ヨスツと同じように、襤褸《ぼろ》をまとい、肥って、むしろ「脹《ふく》れあがった」姿で帰ってきたという。彼らが家の者たちにさえすぐに見分けられなかったとしても、無理はない。死体の数のほうが多い病室に放置されたまま、一九四五年一月二七日に、ソ連軍によって解放されたのである。どれだけの飢えに、彼らが耐えねばならなかったことか。

さらに、解放された後にもいくつかの収容所を転々として、ポーランド、ベラルーシ、ウクライナ、ルーマニア、ハンガリー、チェコスロヴァキア、オーストリアなどを大きく迂回し、そのたびに飢えに苛《さいな》まれながら、彼らはイタリアに辿り着いたのだ。往きと違って、六一輛の貨客列車に乗り込んだ一四〇〇名ほどのイタリア系難民のなかに紛れて帰還したのである。

レーヴィの記憶によれば往きには《最後の列車》に乗せられていた総勢六五〇名が、「帰りには三名になっていた」という(P・レーヴィ『休戦』終結部)。しかしレーヴィが乗せられた《最後の列車》の生還者は二三名まで判明している。したがってここは、彼が帰還したときには「仲間が三人になっていた」というほどの意味であろう。いっしょにいたのが誰であるかは、別個な問題だが。

まず何よりも、アウシュヴィッツで同じ日に解放された者たち一〇名、なかでもイタリア・ユダヤ人七名(男性六と女性一)は、レーヴィといっしょのコースを辿って帰還した可能性が高い。ブレンネロ峠を越えた彼らの列車がヴェローナへ向かい、近郊のペスカンティーナ収容所で、一行は別れの夜を明かした。「わたしたちはそこで解散し、各自がおのれの運命に向かった」とレーヴィは書いている。

長い旅のあいだレーヴィはレオナルド・デ・ベネデッティと行動をともにした。デ・ベネデッティは年配の医者であり、レーヴィと同じトリーノ市に住み、互いの家も近かった。翌日の夕方に、ふたりはヴェローナ発トリーノ行列車でいっしょに帰ったのである。そしてもうひとりは？　レーヴィは長い帰還の様子を書いた『休戦』のなかで、名前を明確に記してはいないが、それはヴェネツィア出身のルチアーノ・マリアーニか、さもなければフェッラーラ出身のエウジェーニオ・ラヴェンナであろう。

ルチアーノのほうはダニエーレという変名で『休戦』のなかにときおり登場する。往きの《最後の列車》でルチアーノはレーヴィの隣りの車輛に乗りあわせていたという。マリアーニ一家の悲惨きわまりない末路については、いまは記せない。

他方、エウジェーニオのほうはレーヴィの作品にほとんど登場しないが、この人物は一九四三年一〇月九日にフェッラーラで逮捕され、フォッソリの収容所へ送られた。そこへ、スイス国境に近いドモドッソラで別に逮捕された父、母、姉、弟たちも移送されてきた。レーヴィと同じくフォッソリ発《最後の列車》に乗せられてアウシュヴィッツに送り込まれたラヴェンナ一家のうち、生還したのは174542番の入れ墨をしたエウジェーニオ、通称ジェージョだけであった。

従弟にあたるというこの人物の運命をもとに、バッサーニは「ジェーオ・ヨスツの物語」を創り出したのである。

フェッラーラを去る日、初秋の朝日が穏やかに射し込む古い街路から街路を丹念に歩きまわった。

一般の地図に「旧市街」は明示されていない。《方形原領域》Ａや《カノッサ侯テダルド城塞》Ｂなどと示す標識が街路に出ているわけでもない。

しかし「ＡとＢ区域とを併合したものが「フェッラーラ旧市街」であり、この中心地域の形成にユダヤ人が大きく貢献した」と私は独断を示しておいた(本章1節)。言い方を換えてみよう。この旧市街の中心に、こともあろうに旧ゲットーが位置している。その点の特異性と重要性とを私としては指摘したかったのである。他の諸都市には滅多に類例をみないから。

拡大した「旧市街」の図(三四九頁)を辿っていただきたい。底辺をなす長いリーパ・グランデ街(東半分は後にカルロ・マイエル街と名づけられた)が元来は堤防の役割を果たしていた。それを補強したのが二重の街路(ヴォルテ街やコペルタ街⑮)である。中世までは「過去のポー河」がピアンジパーネ街からギアーラ街へと流れていたから。

同じように二重の街路を湾曲させながら廻らせて、地図の上辺で流れを塞き止めていたのが、後のガリバルディ街、マッツィーニ街、サラチェーノ街、そして下のボルゴ街などである。

「過去のポー河」の右端にあった橋の守りを固めていた城塞の跡が《方形原領域》Ａであり、左端の橋の守りのために造られたのが《カノッサ侯テダルド城塞》の跡Ｂであり、両者がほぼ同様の街路構造になっている点にも読者は気づくであろう。注目すべきは、ＡＢいずれも内側に小さなキリスト教会堂さえ設けていないことである。

時代が下って、ユダヤ人を閉じ込めるゲットーが造られた。ＡＢ両街区の中間に位置するとはいえ、当時としてはむしろ淋しい荒地であったであろう。旧名サッビオーニ(砂土)街から斜めに下る

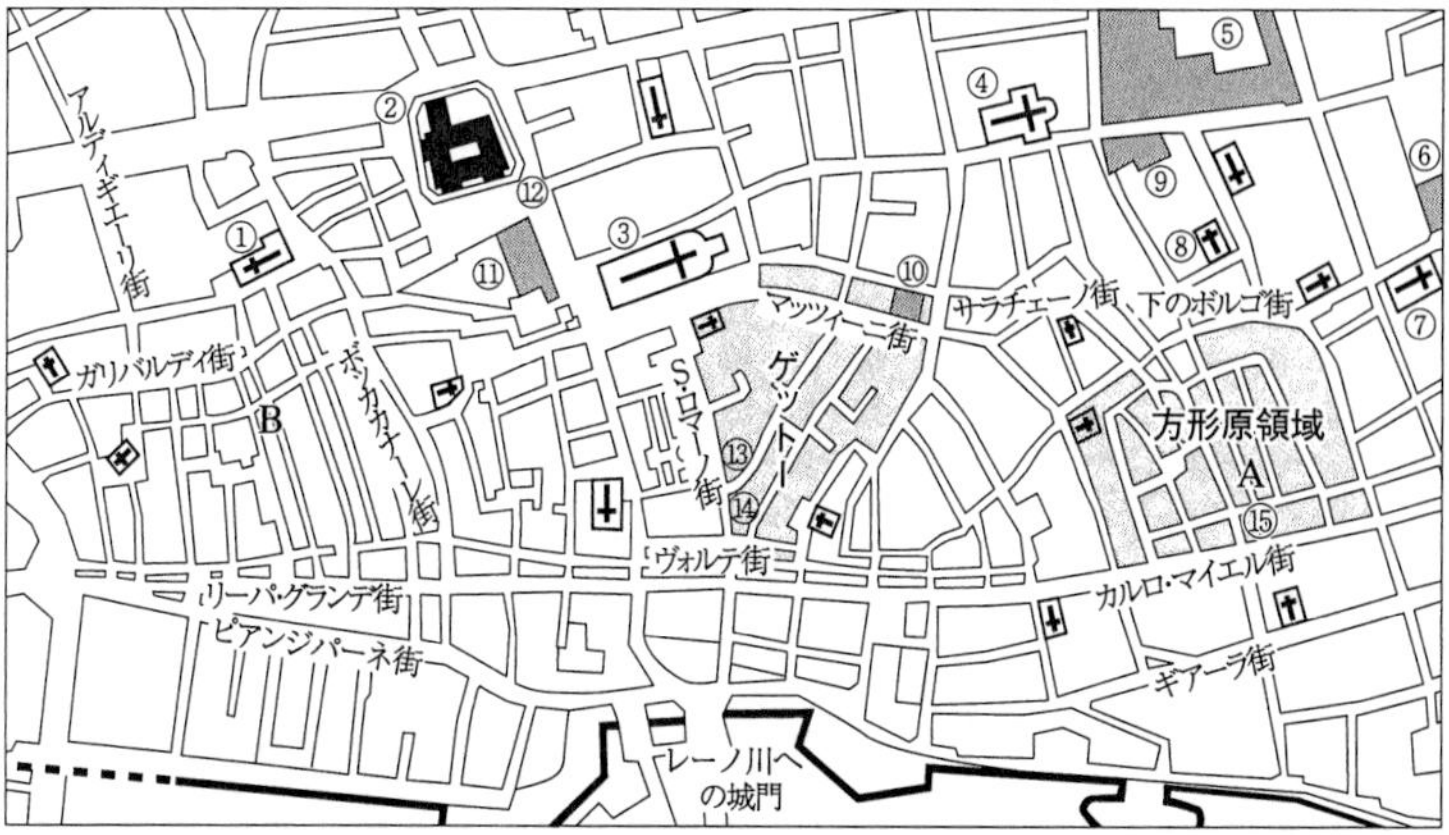

①聖ドメーニコ教会堂（1230年）
②エステ家居城（1385年）
③大聖堂（1135年）
④聖フランチェスコ教会堂（1227年）
⑤大学（1391年）
⑥スキファノイア宮殿（1385年）
⑦聖女マリーア・イン・ヴァード教会堂（1000年頃）
⑧コルプス・ドミニ修道院（1406年）
⑨ロメーイの家（1445年）
⑩シナゴーグ（1481年）
⑪市庁舎
⑫自由の殉教者大通り（旧ローマ大通り）
⑬ヴィーニャタリアータ街
⑭ヴィットーリア街
⑮コペルタ街

フェッラーラ旧市街の中心部

道が二筋だけ設けられた。すなわち葡萄畑を切り開いたヴィーニャタリアータ街⑬とヴィットーリア街⑭である。ヴィットーリア（勝利）街という名前は後のもので、はじめはガッタマルチャ（野良猫）街であった。

二筋の道を結んで短い横丁はあるが、他の脇道はみな行き止まりの袋小路になっている。ゲットーを取り巻く周辺の街路からユダヤ人が住む建物への出入口は皆無である。それゆえマッツィーニ（旧サッビオーニ）街の左右両端、ヴィーニャタリアータ街の上下両端、そしてヴィットーリア（旧ガッタマルチャ）街の下端——合計五ヵ所——に、監視つき鉄柵の門を設ければ、外界と遮断することができた。

にもかかわらず、いや、だからこそ、ユダヤ人共同体は内に富を蓄えて繁栄を重ねてきたのである。ゲットーの桎梏が解けたのちにも、ここには破壊されたり遺棄された建物はない。ユダヤ人は静かに、かつ豊かに、住みつづけてきた。わずかに、ファシズム期に、マッツィーニ街九五番地のシナゴーグ⑩の内部を暴徒に破壊されたことはあったが。その部分の修復も成って、すべては往時の姿を留めている。

新たに加わったものは、シナゴーグ正面入口の左右の壁に嵌められている、あのジェーオ・ヨスツの名前を刻みかけた、大理石の墓碑だけであろう。初秋の太陽の下で、その日もマッツィーニ街は賑わっていた。ユダヤ暦の祭りのためか、このところ一般人への参観は拒まれたままだ。が、相変らず、正面の門に向かって、反対側の道端に、ひとりの乞食がすわっていた。

年の頃は四〇前後であろうか。帽子を目深に被り、清潔な身なりで、タバコの煙をくゆらせている。それゆえ、初めは彼が腰をおろして休んでいるものと思い、私は脇に立って前方のシナゴーグの入口や、時たま細く開けて戸口から出入りする人びとを、彼といっしょに眺めたりしていた。

しかし男の膝のあいだの地面には、灰皿に似ていながら、灰皿のためではない、小さな器が、置かれていた。その日も小銭ひとつ入っていなかった。昼食時まえの雑踏のなかで、人びとの邪魔をしないように、男は身を細くして俯きかげんにタバコをすっていた。

それでも邪魔者であることに変りはない。しかし旧ゲットーの住民たちには、彼の素姓は知れているし、彼の存在意義も明らかなのであろう。私の目にも男の果たしている役割は明白なものに映った。中東でユダヤ人国家イスラエルが生み出す緊迫した情勢は、イタリアのユダヤ人共同体の周辺に鋭敏に伝わってくる。

思い返せば、ローマでは、神殿《テンピオ》と一般に呼ばれるシナゴーグを守って、特務警官《カラビニエーリ》が自動小銃を構えていた。またトリエステでは、要塞に似た神殿の周囲に特務警官が自動小銃をかかえて配備されていた。そればかりか、通行人を装う男や、正面玄関の扉の前にハンドバッグを置いて油断なく見まわす女さえいた。

それらに比べれば、偽装乞食による警戒の方法はいかにもフェッラーラらしかった。商店街のあちこちの窓から余所者を見つめる隠れた目を意識しながら、私は斜めの横道へ入った。

古くは葡萄畑を切り開いて作ったヴィーニャタリアータ街が、現在では丸石を美しく敷き詰めた閑静な住宅街になっている。その建物のひとつが、ファシズム期にはユダヤ人子弟の教育の場に充てられたり、バッサーニが老女性革命家コスタと落ち合ったりした所である。

その日、フェッラーラでの最後の食事をとるため、私は地味な構えのレストランに入った。旧ゲットーのほぼ中心に位置しているのに、内装が新しいので、初めて入ったときにたずねてみた。すると主人は答えた。「自分が開業したのは二〇年ほどまえからですが、代々レストランとして承け継がれてきた店です」そう言って、彼は奥の部屋の古い造りの部分を見せてくれた。

そこではユダヤ料理と称するものは一切なかった。他の一般のレストランと何も変りがない。念のために私の注文したメニューを書いておこう。

前菜《アンティパスト》——マッツァンコッレ(海老の一種)のサラダ

一皿目《プリーモ・ピアット》——茸とゴルゴンゾーラ・チーズのタリアテッレ

二皿目《セコンド・ピアット》――小ぶりの烏賊にカルチョーフィの付け合わせ

食後――カッサータ(アイスケーキ)とカッフェ・エスプレッソ

断わっておくが、フェッラーラのレストランはどこで食べても美味であり安価だ。強いていえば、この店の料理はやや上品な作りであり値段が高めであった。丁寧に生み出されたイタリア・ユダヤ人の味とでもいうべきであろうか。

主人に別れの挨拶をしてから、私は横丁の道を抜けて、別の斜めの街路を歩いた。古くはガッタマルチャ(野良猫)街と呼ばれた道だが、さらに脇へ入ると、折れ曲って、行き止まりになる小路があった。トルチコーダ(尻尾よじれ)という名前が残っている。その奥の静かな突き当たりであろうか、鞣革《なめし》商人のハーナウ父子が床下に隠れ住んでいたのは。

自分の夫と息子を匿った女性はアーリア人であり、カトリック教徒であった。ファシストたちに引きずり出されて、翌朝、濠端の胸壁の前で銃殺され、さらしものにされたユダヤ人たちの亡骸を遠巻きにしながら、どのような恐れと悲しみでフェッラーラの人びとは眺めたのか。

たとえ宗教は異なっても、死者を悼む気持は同じであろう。フェッラーラに来ると、ユダヤ教とキリスト教が少しずつ歩み寄り、密かに共存しているという印象を、いつでも抱いてしまう。

過ぎ去りつつある二〇世紀の苦しみを思いながら、私はマッツィーニ街を後にした。いまは無い鉄柵の門を出たところは、大聖堂の側面に広がる長大な空間だ。そこにはさまざまな市《いち》が立ち、商業の中心地になってきた。いまでもエルバ広場という昔の名前で呼ぶ人が多い。アルベルティの設計になる鐘塔が重くそびえている。それと並んで、大聖堂の側面に低く連なるアーケード街に、ユダヤ商人たちの高級店舗が軒を連ねてきた。

フェッラーラ旧市街の中心部の地図(三四九頁)を見返していただきたい。①から⑪まで番号をつけた大建造物はすべてが――シナゴーグ⑩を例外として――旧市街の外側に造られている。( )内に示された建設年は、それぞれの建造母体の権力や勢力が高まった年代を意味している。

なかでも注目すべきは、フェッラーラの守護聖人である聖ジョルジョの大聖堂③が造られた年(一一三五年)と、旧市街中心部との位置関係である。詳細は省くが、この前後約一世紀に、フェッラーラにも中世自治都市《コムーネ》が形成されたという。比較的短命に終ったが、その自治組織の成立と消長とにユダヤ人共同体が大きく関わったことは間違いあるまい。

フェッラーラを去るまえに、私は改めて大聖堂の正面に立った。類例のない美しさに見惚れてしまう。天を突く三連の三角形、細長く伸びた白い柱の数々、それらのあいだに嵌め込まれた円と曲線。よく見れば、円の内側に穿たれた形はユダヤの印と見紛うものではないか。

待たせてあったタクシーは、大聖堂まえの広場から、駅へ向かって走りだした。初めは群がる自転車のあいだを、それよりも遅い速度でタクシーは走った。濠端の胸壁に嵌められている二つの石碑はたしかに見た。が、薬局のほうは、忘れてしまった。振り返ると、スピードをあげる車窓に、エステ家居城の角塔がわずかに見えた。

汽車に乗ってから目を閉じると、夢のなかでのように、白じろと大聖堂の正面が浮かびあがった。あの細長い、三連の、巨大でありながら華奢な、大聖堂の前面が、霧のなかで倒れてしまいそうな気がした。そのときだった。類例のない美しさ、と思っていた大聖堂の造りが、ユダヤ人墓地の草原に傾《かし》いで立ちつくす、三角形が連なる尖った薄い石碑に、似ていると気づいたのは。

今回の旅では、ユダヤ暦の祭りと重なったために、城郭都市の北東辺に広がる墓地へ詣でることは叶わなかった。しかし一〇年ほどまえの冬には、ダーヴィデの星の門を開けてもらい、バッサーニが建てたばかりの、両親の墓を訪ねることができた。あのとき、霧にぬれた草原の奥で、上半身を起こしたかのように、三角形の薄い石碑の群がる光景が、鮮やかに甦ってきた。

列車はいつのまにかボローニャに近づき、すぐにまたボローニャを離れ、アペニン山脈の長いトンネルに入った。これを抜ければ、束の間、プラートの駅に停車し、たちまちにまたフィレンツェへ下っていくだろう。

北イタリアのユダヤ人たちは、フィレンツェまで南下すれば一安心と考えたようだ。一九四三年七月二六日、ピアンジパーネ街の刑務所から釈放されたバッサーニは、取る物も取りあえずにフェッラーラを離れた。そして八月四日に、ボローニャで結婚した妻を伴って、フィレンツェに移った。しかしそこでもユダヤ人の生活が安全なものでなかったことは、詩人サーバの例をみてもわかるであろう。一九三八年に人種法が出たころから、サーバは自分の古書店に息を潜めて暮らすだけでさえ危うさを覚え、一時はパリに移住した。が、そこでも不安は消えずに、イタリアへ舞い戻ってきた。それからはトリエステ、ミラーノ、パードヴァなどに次つぎと居を移した。そして一九四三年九月八日、休戦協定が発表されるや、トリエステの店を完全に見棄てて、フィレンツェに隠れ住んだのである。

ここには親しい友人たちがいた。作家ヴィットリーニ、詩人モンターレ、彫刻家バンディネッリ、医師マルティネッティなど、友人たち一一軒の家を転々と移り住んだ。サーバは妻リーナと娘リヌッチャとを連れていた。ユダヤ人ひとりを告発すれば、五〇〇〇リラの報奨金を手にすることができたという時世である。サーバの隠れ処を訪ねるだけで、危険を伴った。が、後のノーベル賞詩人モンターレは毎日、欠かさずに、詩人サーバに会いに行ったと回想している。

一九四三年の秋は、イタリア・ユダヤ人にとって、酷薄な季節であった。一〇月半ばには、ローマの神殿周辺に住んでいたユダヤ人たちを詰め込んで、悲劇の貨物列車がフィレンツェを通り過ぎていった。その暗い噂はサーバやバッサーニの耳にも届いたにちがいない。フェッラーラでのユダヤ人狩りを、辛うじて逃れた両親と妹が、フィレンツェに住むバッサーニのもとへやってきた。彼は友人の作家カンコーニに両親たちを託して、年末には、妻とともにローマへ向かった。

バッサーニは列車を利用したのではなく、抵抗運動の組織の網の目から網の目へと伝って、南下していったのかもしれない。たまたま、翌四四年一月二五日から二月一九日までの、彼の日記が残っている。いわば身辺の行動記録のようでありながら、戦況を踏まえたローマでの、切迫した様子が描かれている。

折から、レジーナ・チェーリ刑務所で獄死したレオーネ・ギンツブルグの報せが、仲間の口から口へ伝わってきた。タッソ街のドイツ軍SS本部で殺されかけている同志たちの噂も届いてきた。そのころバッサーニ夫妻はローマの聖天使城に近いペンシオーネに潜んでいた。

市中でゲリラ戦術をとるGAP(愛国行動グループ)の活動も日記には書かれている。が、バッサーニ自身がＧＡＰに加わっていたとは考えにくい。ともあれ、《ラゼッラ街の襲撃》(三月二三日)から、翌日のＳＳ部隊による城壁外《フォッセ・アルデアティーネの虐殺》、そして六月四日のローマ解放まで、激動の日々を、何らかの任務を果たしながら、バッサーニは地下活動に従事していた。実践の内容はわからないが、彼が行動していたことは間違いない。なぜならバッサーニはしばしば断わっていたから。「いまは文学を二の次にしなければならない」と。ただし、詩作だけは止めなかった。

詩集『夜明けは窓ガラスに』(エイナウディ社、一九六三年)に収められた彼の初期詩篇が次つぎに思い出された。それらは、若き日のバッサーニがフェッラーラとボローニャのあいだを汽車で往き来しながら、車窓に浮かび上がらせた心象風景であった。そのときに編み出した詩法をたずさえながら、若き日のバッサーニはフィレンツェからローマへと乗り込んだのである。

気がつくと、私の乗った列車は山間を出て、左手の窓外に視界が開けた。トラジメーノ湖の水面が光っている。振り返れば、カーブする線路の後方に、トスカーナの山々がそびえ、丘上の町コルトーナが見えた。

コルトーナからローマまでは、鉄道で約二〇〇キロ。たとえ戦乱のなかでも往来可能な距離であった。一九四三年九月、ドイツ軍制圧下に入ったローマを逃れて、コルトーナの丘に隠れた「一〇〇パーセントユダヤ系」を自認する文学者デベネデッティは、折にふれて、動静を探るためローマへ戻った。

エピローグ

ふたたびローマへ

ローマ・ボルゲーゼ庭園周辺

二〇世紀を代表するイタリア・ユダヤ人の文芸批評家ジャーコモ・デベネデッティは北イタリアのビエッラに生まれた。アルプス前山に囲まれた小都市である。

少年時代から青年時代へかけては北の都トリーノに出て学業を終えた。一家はトリーノにおいてさえ隠れもない名家であり、デベネデッティ自身の文名も若くして高かった。それゆえ人種法が出た一九三八年には、目立たないように、ローマへ移り住んだのである。

アヴェンティーノの丘の上にあった聖《サント》アンセルモ街の住居は、南の聖《サン》パーオロ城門から遠くない位置にあり、古代ローマ護民官カイオ・チェスティオの白いピラミッドが見えたという。詩人サーバもデベネデッティ家へ身を寄せていたことがある。

しかし一九四三年九月八日、連合軍との休戦協定が公表されるや、事態は一変した。たびたび断ってきたように、九日には国王やバドッリオ政権が南部へ逃げ出して、入れ替りにドイツ軍が進んできた。ローマ周辺でいくつかの武力衝突が起こった。ドイツ軍とファシストたちを相手に、CLN(国民解放委員会)の下で抵抗運動《レジスタンス》が始まったのである。

九月一〇日には、聖パーオロ城門付近で攻防戦があった。しかしドイツ軍は、翌一一日、たちまちにローマ全域をほぼ制圧した。そして一二日、デベネデッティ一家はトスカーナ地方のコルトーナに難を逃れた。親しい文芸批評家P・パンクラッツィの援助を受けたからである。デベネデッティの履歴紹介に関しては、研究書にも一般に、そのように書かれてきた。

ところが、後年に、子息である文学者アントーニオ・デベネデッティが父親を回想した記録『ジャコミーノ』(リッツォーリ社、一九九四年)のなかで、いくつかの新事実を明るみに出した。なお、ジャコミーノとは、親しい文学者仲間で用いられていた呼び名である(プロローグ)。

「一九四三年九月の混乱のなかで、誰かが私たちの父に忠告をしてくれた。……」こう書き出しながら、子息アントーニオは記憶を辿ってゆく。「ただちに身を隠して、ローマを立ち去るように」「奥さんも子供たちもいっしょに、一刻の猶予もならない」と、その人物が父親に告げたという。

出発は慌しく始まった。小さな旅行カバンに着替えを詰めた。黄金のタバコケースを二個。一個は祖父トビーアのもの、もう一個は父ジャーコモがアブルッツィ侯から贈られたものだった。二つの貴重品によって家族の生計の一年近くが支えられた。

九月一二日、一家はすぐにアヴェンティーノの丘を後にした。母レナータ、姉エリーザ(当時一〇歳)、そしてアントーニオ(六歳)の三人は、まずローマ市の中心街へ向かった。そしてヴェーネト街から脇道に入ったホテル・ボストンに宿をとった。

父ジャーコモが別行動をとった経緯は細かくは記されていないが、機会を窺ってローマに戻ってくるための手筈を整えてきたらしい。一三日の朝、父親が合流して、家族はホテルにもう一泊した。そして翌一四日の午前に、徒歩で終着駅へ向かった。

歩き始めてすぐ、ヴェーネト街へ出ると、あまり人影のない坂道を降りてくるモラーヴィアとモランテの夫妻に出会った。ふたりは暢気に腕を組んで歩いていた。

モラーヴィアが訊ねた。「こんな朝から、そろってどこへ行くのだい？」

デベネデッティがコルトーナに行くのだ、と手短に説明して、ふたりに低い声で勧めた。「よかったら、いっしょに来ないか？」

モラーヴィアはまだ事情が呑み込めなかったのであろう。ただ当惑して、脇にいたモランテの意向を訊ねた。

「わたしは駄目よ、長篇小説を書きかけているから！」と彼女が言った。

これはモラーヴィアとモランテがまだ自分たちの身に迫る危険に気づかなかったときの様子を、如実に物語っている。おそらくその翌日には、もしくはその瞬間から三日と経ないうちに、モラーヴィア夫妻も危険を悟って、連合軍の陣営に逃げ込もうと南へ向かった。ただし、そこまでは到達できずに、グスタフ戦線《ライン》の只中へ入り込んでしまったのだが（第1章）。

こうして「イタリア・ユダヤ人の風景」の出発点へ、私たちは戻ってきた。改めて確認しておかなければならない。イタリア半島に生活していたユダヤ人たちの身に迫る危険を、最も鋭く感じ取った文学者は、ローマに住むデベネデッティであった。それゆえ、コルトーナに引き籠って隠れ住みながら、デベネデッティはローマの旧ゲットーに生活しつづけるユダヤ人たちの命運に注目したのである。

近年に出版された雑誌『ヌオーヴィ・アルゴメンティ』の特集号「ジャーコモ・デベネデッティ」に収められた文章によれば、《ローマの惨劇》のさいに、デベネデッティは旧ゲットー近くの知り合いの家に隠れてその惨状を把握したという。だからこそ、あのように生々しい描写で綴られている。伝聞だが、その可能性は充分にある。

私が乗った列車は、コルトーナを後にしてから、テーヴェレ河沿いにローマへ向かった。コルトーナは古代エトルリア起源の丘上都市であり、標高は約五〇〇メートル。デベネデッティ一家は初め友人パンクラツィのところに身を寄せていた。が、やがて、谷間をひとつ隔てた低い土地に恰好な山荘を見出した。

広大なその山荘を、同じように身を隠す場所を探していた別の一家と、折半にして住んだという。山麓のその屋敷で、デベネデッティが『アルフィエーリ論』を書き、プルーストの『スワンの恋』を訳出したことは、私も承知していた。しかし同じ屋敷を分かちあって住んだ相手がコッラード・パヴォリーニの一家であると知ったのは、前述した子息アントーニオの回想記『ジャコミーノ』によってである。コッラード・パヴォリーニは詩人、劇作家、批評家として、主にファシズム期に活躍した。コッラードは弟のアレッサンドロから仇敵のごとくに狙われていた。兄コッラードがユダヤ人の女性マルチェッラ・ハーナウを妻にしていたので。

アレッサンドロ・パヴォリーニはファシスト幹部で、人民文化相もつとめた(一九三九―四三)。ムッソリーニがドイツ軍の傀儡政権をガルダ湖畔のサロにつくったとき、息を吹き返した全土のファシストたちが、一九四三年一一月一四日、ヴェローナ市で再起の集会を行なったことは先にも述べた(第6章2節)。そのさい議長をつとめたファシズム党書記長がアレッサンドロ・パヴォリーニである。

ついでに思い出しておくが、その夜から翌一五日早朝にかけて、フェッラーラの濠端で処刑され、さらしものになった、《身許不明の一一死体》のなかに、ユダヤ系の鞣革商人《なめしがわ》ハーナウ父子がいた。また、バッサーニの母方の祖母がハーナウの血を引いていて、たぶんその関係であろう、例の短篇の主人公ジェーオ・ヨスッすなわちアウシュヴィッツ帰りのジョルジョ・ラヴェンナもハーナウの血を承け継いでいた。

ともあれ、みずからを「一〇〇パーセントユダヤ系」と公言するデベネデッティは、ファシズム権力が人種法によってイタリア・ユダヤ人を迫害したときの要《かなめ》に、《名簿《リスト》》が存在していた、と考える。その《名簿》を、どこで、どのようにして、誰が作成したのか？　また《名簿》の作成に、各地域のユダヤ人共同体が何らかの関与をしたのではないか？

ローマに限ったことではない。ヴェネツィアにせよ、トリエステにせよ、フェッラーラにせよ、その種の《名簿》はどこでも、つねに、イタリア・ユダヤ人にとって生死を分ける決定的な役割を果たした。それゆえ、《名簿》の作成に逆らったり、それを拒んだ場合には、大きな力を発揮した。とりわけ、ユダヤ人共同体が拒んだり、有耶無耶にできた場合には、多くの人が救われた。

悲劇を完全に避けることができなかったとはいえ、ヴェネツィアの場合を思い出しておこう。ユダヤ人の《名簿》を提出するよう市当局に求められ、共同体の首長であったヨーナは、一日の猶予を願い、一切の書類を焼却処分にして、服毒自殺を遂げた(第4章3節)。それは一九四三年九月一七日のことであり、ヴェネツィアはまだ戦火の遠い、安穏な土地であった。

わずか数日まえに休戦協定が公表されて、慌てた国王とバドッリオ政権がローマから南へ逃げ出したところであった。事態の急変に慌てたのは、イタリア人だけではない。ローマの日本大使館関係者と在留邦人たちは車を連ねて北へ向かった。そして大半が翌四四年夏までヴェネツィアに滞在した。そういうなかで、目立たない、孤独な行為とはいえ、ヨーナの自殺は高潔な抵抗であった。日本人の動きについても簡略に述べておこう。陸軍関係者はスキー場で名高いコルティーナ・ダンペッツォに、海軍関係者はボルツァーノより北の町メラーノに、それぞれ移った。なお日本人新聞報道関係者たちは、ドイツ友軍がグスタフ戦線で連合軍の北上を阻んでいるのを見て、ヴェネツィアからローマへ舞い戻った。

また、イタリア・ユダヤ人の強制収容所への輸送という観点から述べるならば、《最後の列車》第一号はメラーノ発(九月一六日)アウシュヴィッツ行(到着日不明)、犠牲者は三五名(生還一名)。第二号がローマ・ティブルティーナ発アウシュヴィッツ行(一〇月一八日—二三日)。第八号がフォッソリ発アウシュヴィッツ行(翌四四年二月二二—二六日)である。

ドイツ軍制圧下の北イタリア諸都市から出発した《最後の列車》は全部で二〇列車。加えて、ドイツ軍直接支配下の都市トリエステなどから出発したのが別に二四列車。したがって、合計は四四列車。本書に取り上げられたのは、ごく一部の例である。また出発地のローマを除けば、空間的には、アドリア海沿岸に偏った。

「イタリア・ユダヤ人の風景」を述べるにあたって、やむをえず生じた偏りは、地域的なものに止まらない。時間的にも、内容的にも、偏りは避けられなかった。

《最後の列車》第八号がP・レーヴィやL・ニッシムやE・ラヴェンナたちを乗せてフォッソリの中継収容所からアウシュヴィッツへ向かったのは一九四四年二月末。それから一ヵ月後の三月二三日、ローマではGAP(愛国行動グループ)による《ラゼッラ街の襲撃》が決行され、翌二四日、城壁外の南郊で《フォッセ・アルデアティーネの虐殺》が起こった。

「殺害されたドイツ兵一名につき一〇名のイタリア人(パルチザンやユダヤ人など)三二〇名を報復措置として銃殺した」とするドイツ軍司令部の発表や、事件の報道が、枢軸国の日本も含めて、世界じゅうに広まったという。しかし「現場にかけつけた」とみずから述べる特派員山崎功の記事は残念ながら読売新聞には見出せなかった。

その頃の日本に届いた報道として、私の目に留ったのは、朝日新聞のローマ特電による二つだ。ひとつは二七日発「ローマ非武装都市」と題された、イタリア派遣ドイツ軍司令部発表の宣言文であり、いまひとつは「ヴェネチアで日伊協会誕生」を告げる小さな記事である。後者の全文は以下のとおり。

ヴェネチアよりの報道によれば、ムッソリーニ首班を会長とする日伊協会が誕生、その発会式が二五日ヴェネチアで挙行された。同日は日高駐伊大使、首班代理としてイタリア・ファシスト共和国外務次官マゾリニ氏、前駐日伊陸軍武官スカリーゼ将軍、サンマルタノ教授ら名士多数出席盛大であった。

(昭和一九(一九四四)年三月二九日より)

《ラゼッラ街の襲撃》と《フォッセ・アルデアティーネの虐殺》の両方とも、結局は日本に伝わらなかったらしい。しかし報復措置のなかに、犠牲者として多数のユダヤ人が加えられたという情報は、コルトーナのデベネデッティの許には、もちろんすぐに伝わった。なお、詳細は省くが、先に掲げた朝日新聞のひとつ目の記事、すなわちローマを非武装化する宣言文には、間近に迫ったドイツ軍の撤退を成功させようとする企図が透けて見える。すでに最高司令官ケッセルリンクの胸中には、ローマ南方のグスタフ戦線《ライン》からフィレンツェ北方のゴート戦線まで、防衛陣を退かせようとする策略が渦巻いていたから。

一九四四年六月四日、さしたる砲火を交えることなく、連合軍によって解放されたローマに、デベネデッティ一家は戻ってきた。そういう南への動きとは逆に、撤退するドイツ軍とともにファシスト幹部たちは北へ敗走していた。そのひとり、ローマ市警察本部長カルーゾが、事故のために怪我を負い、途中からローマへ連れ戻されてきた。

一九四四年九月二〇日、《フォッセ・アルデアティーネの虐殺》におけるファシスト側の責任を問われて、ローマ市警察本部長カルーゾの裁判が行なわれた。そのさいにも《名簿《リスト》》が問題になった。ドイツ軍SS中佐カプラーの要請を受けて、ファシストの保安局長アリアネッロらが《名簿》の作成に協力した。裁判と同時にこの点を論じたのがデベネデッティの『八名のユダヤ人』(アトランティカ社、一九四四年)である。

ついで書かれた《ローマの惨劇》をめぐる生々しい報告「一九四三年一〇月一六日」も、同じようにトスカーナ地方での潜伏から戻ってきたナタリーア・ギンツブルグの詩「思い出」(一三四頁)も、解放直後のローマの雑誌『メルクーリオ』(一九四四年一二月号)に発表された。そのころ北イタリアでは戦争がまだ続いていた。八月にフィレンツェが自力解放されたあと、アドリア海側のリーミニからアペニン山脈を横断してリグーリア海側のマッサに至るゴート戦線《ライン》を挟み、戦況は膠着状態に入った。

つまり、本書『イタリア・ユダヤ人の風景』は、空間的にはアドリア海側に重心が置かれ、時間的には一九四四年秋までのファシズム下ユダヤ人の状況が中心に述べられた。しかしその年の厳しい冬の戦いから翌四五年春の解放までは、北イタリアの各地で苛酷な抵抗運動とパルチザン戦争が繰り広げられ、別種の内容のものとなった。

約言するならば、イタリア・ユダヤ人は、もはや隠れ潜み、捕えられ、苦しく生き延びるだけでなく、戦いに苦しむ者へ、すなわち苦しみ戦うイタリア・ユダヤ人へ、と変らざるをえなくなったのである。もとより、早くからそういう意識をもって、抵抗し戦ったイタリア・ユダヤ人が、ローマの周辺や他の地域にもいなかったわけではないが。

二〇〇一年九月半ばから一〇月半ばまで、ローマを発ってトリエステに至るアドリア海沿岸に、「イタリア・ユダヤ人の風景」を改めて求め歩きまわってきた私の旅も、ようやく終りに近づいた。目を窓外に向けると、列車はローマ東端の見知ったティブルティーナ駅をかすめて、ゆっくりと右へカーブを描きつつあった。あと数分で、私の車輌もローマ終着駅の到着番線へ入るであろう。そう思って目を閉じると、逆方向へ走り去った《最後の列車》第二号が思い出された。アウシュヴィッツへ向かった一〇二〇余名のなかに、その前夜に生まれ落ちたひとりの赤児がいた。苦しくも短い旅のあいだだけ、この世に生きた、無垢なその魂に、名前はない。

あとがき

本書は岩波書店の『図書』（二〇〇一年七月号〜二〇〇四年八月号）誌上で三八回に及んだ連載を一巻にまとめたものである。巻頭には小文「ローマのユダヤ老人」（同誌、二〇〇一年二月号）を置いて、プロローグとした。

かえりみれば、たしかに、それが新たな「旅のはじまり」であった。というのも、その三ヵ月まえに、私は『ローマ散策』（岩波新書、二〇〇〇年一一月）を公刊したばかりであったから。小著とはいえ、積年の旅の経験をそのなかに注ぎ込んで、《永遠の都》ローマの魅惑の秘密をほぼ明るみに出すことができた。

安堵の胸を撫でおろすとともに、他方で新書の制約上、どうしても盛りきれなかった項目がいくつかあり、心が落ち着かなかった。そのひとつが、イタリア半島における古くからのユダヤ人問題であり変貌するゲットーの現在であった。この心残りの主題の入口を示しておこう。そう考えながら書いたのが、レストランで働く、白い上着を着た、小柄な、ローマのユダヤ老人をめぐる一文だ。

二〇〇一年九月一一日、ニューヨークで事件は起こった。背後にユダヤ人国家イスラエルの問題が蟠《わだかま》っていることは明らかであろう。そのとき「イタリア・ユダヤ人の風景」の連載は始まっていて、半世紀以上まえの一九四三年一〇月一六日、ローマのユダヤ人街区を襲った《惨劇》の逐一は、すでにまとめてあった（二〇〇一年九〜一一月号）。私の導き手はデベネデッティ教授である。

目を閉じれば、巨大なビル爆破の残映が生々しく浮かんでくる身を、座席にゆだねながら、私は成田空港を飛び立ち、ローマへ向かった。そしてたちまちにユダヤ人街区の外れに赴き、古代ローマの廃墟に近い草むらの前に佇んだ。あの日、家畜の群れのようにそこに集められた、一〇〇〇名以上のユダヤ人のなかの、一〇歳の子供のひとりの気持になって、それからは列車に揺られながら、私は半島の鉄路を北上した。

ヴェネツィア、トリエステ、またフェッラーラの各都市で、ユダヤ人街区の小路の奥に私が見届けた彼らや彼女らの現在は、そして幻影のように浮かび上がってきた私の思念のうちの彼女らや彼らの過去は、どのように読者に伝えられたのであろうか。

連載の途中で、たくさんの未知の方々から、また既知の友人知人から、励ましと教えの便りをいただいた。おかげで休みなく連載を続けることができた。この場をかりて心からお礼を申し上げる。

加えて、ともかくもふたたびローマまで、長い旅を全うできたのは、読者と私とのあいだで力を尽くされた担当編集者ふたりのおかげである。初めは加賀谷祥子さんに、ついで富田武子さんに、あつくお礼を申し上げる。そして単行本化するにあたっては全面的に富田武子さんのお世話になった。全六章に区分し、内容にあわせた目次を組み、内実にふさわしい造本をしていただいた。

背後にあった『図書』編集部に、支えて下さった岩波書店の諸氏に、目に見えないところで尽力された方々に、深甚の謝意を表しつつ。

二〇〇四年一一月三日　浅間南麓頂庵

河島英昭

主要参考文献

一般の読者に近づきやすいものは本文中に示した。ただし、本書の作成に参照した文献はほとんどがイタリア語で書かれ、厖大な量に達するので、ここでは基本的なものに限り、以下にふたつに分けて記しておく。

Giacomo Debenedetti, *16 ottobre 1943*, Il Saggiatore, 1959.
Renzo De Felice, *Storia degli ebrei italiani sotto il fascismo*, Einaudi, 1961.
Attilio Milano, *Storia degli ebrei in Italia*, Einaudi, 1963.
Attilio Milano, *Il Ghetto di Roma*, Staderini, 1964.
Gina Formiggini, *Stella d'Italia Stella di David*, Mursia, 1970.
Liliana Picciotto Fargion, *L'occupazione tedesca e gli ebrei di Roma*, Carucci, 1979.
Liliana Picciotto, *Il libro della memoria*, Mursia, 1991.
Storia d'Italia, Annali 11, *Gli ebrei in Italia*, A cura di Corrado Vivanti, vol. I, Einaudi, 1996/vol. II, Einaudi, 1997.
Michele Sarfatti, *Gli ebrei nell'Italia Fascista*, Einaudi, 2000.

Roberto Battaglia, *Storia della Resistenza italiana*, Einaudi, 1964.
Giorgio Bocca, *Storia dell'Italia partigiana*, Laterza, 1977.
Atlante storico della Resistenza italiana, A cura di Luca Baldissara, Bruno Mondadori, 2000.
Dizionario della Resistenza, A cura di Enzo Collotti, Renato Sandri e Frediano Sessi, vol. I, Einaudi, 2000.
『イタリア史』森田鉄郎編、山川出版社、一九七六年。
北原敦『イタリア現代史研究』岩波書店、二〇〇二年。

	軍が救出
	サロに本拠地をおくイタリア社会共和国が成立．ムッソリーニが首班
27日	ナーポリが独軍に対して蜂起
10月13日	バドッリオ政府がドイツに宣戦布告
10〜11月	ナチ＝ファシスト軍占領下の諸地域でパルチザン軍結成
11月14日	ヴェローナで全イタリアのファシストが再起，集会を開催
1944年	
1月11日	ファシスト大評議会(前年7月25日)でムッソリーニを少数派に追い込んだメンバーに対する裁判がヴェローナで開始．これら「裏切り者」のほぼ全員に死刑が宣告され，5名が銃殺
22日	連合軍，アンツィオに上陸するが独軍戦線を突破できない
3月23日	《ラゼッラ街の襲撃》
24日	《フォッセ・アルデアティーネの虐殺》
5月	グスタフ戦線崩壊
6月4〜5日	ローマ解放
8月22日	フィレンツェ解放
秋〜冬	ゴート戦線で戦況は膠着状態
1945年	
2〜4月	ソ連軍が東から，英米軍が西からドイツを占領
4月24〜25日	北イタリア国民解放委員会が一斉蜂起を指令．パルチザン軍は北部の主要都市を解放．連合軍はポー平原を制圧．ムッソリーニはスイスへ逃亡を試みるが捕えられ，死刑を宣告され銃殺(4月28日)
29〜30日	独軍がサン・サッバの死体焼却炉を爆破してトリエステから撤退
6月19日	行動党のパッリが解放イタリアの初代首相となる

関連年表

1938年	
5月	ヒトラーのイタリア公式訪問．ムッソリーニはドイツのオーストリア併合を承認
秋	「人種法」成立
1939年	
9月1日	ドイツがポーランドに侵入．第2次世界大戦が始まる
3日	英仏，対独宣戦布告
1940年	
6月10日	ムッソリーニ，英仏に対し宣戦布告
1941年	
6月22日	ドイツ，ソ連侵攻を開始
12月8日	英米，日本に宣戦布告．太平洋戦争開始
11日	独伊，対米宣戦布告
1942年	
1月18日	ベルリンで日独伊軍事協定調印
1943年	
1月31日	ソ連軍，スターリングラードを奪還
7月10日	英米軍がシチリアに上陸，全島を占領
25日	ファシズム大評議会でムッソリーニは少数派に転落，同日，国王の命令によって逮捕．バドッリオ元帥を首班とする軍事政権が成立，英米軍との間で停戦交渉を開始
9月3日	バドッリオ政府が休戦協定に署名
8日	連合軍との休戦協定公表．独軍がイタリアの主要な戦略的地点を占領
9日	反ファシズム諸勢力は国民解放委員会ＣＬＮを結成．一方，バドッリオと国王はローマを放棄し，ブリンディジに逃亡．連合軍，サレルノに上陸
9月12日	逮捕後グラン・サッソに幽閉されていたムッソリーニを独

初出誌『図書』二〇〇一年二月・七月号〜二〇〇四年八月号

■岩波オンデマンドブックス■

イタリア・ユダヤ人の風景

2004年12月10日　第1刷発行
2006年3月15日　第3刷発行
2015年6月10日　オンデマンド版発行

著　者　河島英昭《かわしまひであき》

発行者　岡本　厚

発行所　株式会社　岩波書店
〒101-8002　東京都千代田区一ツ橋2-5-5
電話案内　03-5210-4000
http://www.iwanami.co.jp/

印刷／製本・法令印刷

ISBN 978-4-00-730215-2　Printed in Japan